생각에 날개를 달다

정화여자고등학교 독서 토론 동아리 **'날개'**
독서 토론 기록과 도서 감상문

· 꿈을 향한 아름다운 비상을 응원합니다 ·

독서 토론 동아리 '날개'의 독서 토론 기록문 '생각에 날개를 달다' 발간을 진심으로 축하드립니다.

수많은 깃털이 모여 하나의 날개를 형성하고 그 날개로 새가 하늘 높이 비상하듯이, 날개라는 동아리는 혼자만의 독서에서 얻은 생각과 지성에 부원들의 토론을 통해서 날개를 달아 생각의 깊이와 지성의 폭을 넓히는 멋진 동아리입니다.

활동 초기에 '인간 생활에 대한 탐구'라는 주제로 토론을 하면서 편중되지 않은 시선으로 사회를 바라보는 통섭훈련으로 시작한 독서 토론 활동이 금년에는 여섯 가지 삶의 덕목에 대해서 토론을 하면서 서로의 생각과 의견을 교환하면서 동시에 지역아동센터에 도서를 기부하고, 타 고등학교와 연합하여 발제 선정 및 토론을 기획하는 등 대내외적으로도 활발한 활동을 해왔습니다.

　특히 날개는 선배들의 우수한 전통을 물려받아 정화여고에서 가장 우수한 동아리로 정착했습니다. 입시 준비로 바쁜 와중에도 독서와 토론 활동을 통한 지식의 확장과 상호 소통을 통한 협력 활동으로 더욱 발전하는 모습을 보여주었습니다. 앞으로 더 많은 활동을 통하여 더욱 발전하는 날개가 되기를 기원합니다.

　바쁘신 가운데도 지도에 헌신해주신 최민영 선생님, 정주현 부장, 김한나 부장 그리고 부원들 모두 수고 많았습니다.

　오랫동안 꿈을 그린 자는 그 꿈을 닮아 간다고 합니다. 주옥같은 글 속에 아름답게 피어나는 꿈들을 보면서 무한한 감동을 느낍니다.

　먼 훗날 세계 속을 날갯짓하는 우리 정화인을 상상하면서 생각의 나래를 펼쳐봅니다. 다시 한 번 여덟 번째 이야기 '생각에 날개를 달다' 발간을 축하드립니다.

정화여자고등학교 교장　이 인 우

· 날개, 더 힘차게 날아 오르다 ·

정화여자고등학교 독서 토론 동아리 '날개'의 문집이 발간되었습니다. 매일 매일의 이야기들이 모여 더 큰 웅덩이가 되고, 끊임없이 들이부어지는 생각의 향연이 하나의 강줄기를 이루어 바다를 향해 흘러 가게 되었습니다. 진심으로 축하합니다.

날개 부원들은 매주 이어지는 토론 시간 동안 각자의 생각을 치열하게 전개하면서도, 함께 생각을 나눌 줄 알아 발전된 이야기를 안고 돌아갈 수 있었습니다. 책을 통해 얻은 지식은 친구와의 깊이 있는 대화를 통해 바뀌고 다듬어져 혼자만의 이야기에서 벗어나 더 크게 날아오르게 되었습니다.

따로 또 같이 생각하고 전개된 이야기들은 삶의 더 다양한 순간에 대한 기억으로 남아 학창시절의 아름다운 순간으로 우리들의 가슴 속에 영원히 남을 것입니다.

여러 가지 학교 생활과 학업 활동으로 바쁜 와중에도 모두들 동아리 활동에 게으름을 부리지 않고 열과 성을 다 하는 모습이 참 좋았습니다. 축제 준비와 개인별 프로젝트 활동으로 시간이 여유롭지는 않았지만 자신의 일로 생각하고 최선을 다 해주어 올해도 좋은 결과물과 더 풍성한 이야기들이 나온 것 같아, 부장과 날개 부원들에게 감사의 인사를 보냅니다.

지도교사 **최 민 영**

목 차

날개를 펼치며

모두에게 고마움과 사랑을 전합니다

　날개의 8번째 날갯짓이 시작되었다. 선배들의 울타리에서 벗어나 우리들만의 무엇인가를 계획해야 한다는 설렘과 부담감을 동시에 느끼며 차근차근 준비를 하기 시작했다. 겨울방학 중 끊임없는 회의와 연구를 통해, 토론 책 선정부터 발제문 완성까지 9대 부원들을 맞이할 준비를 마칠 수 있었다. 부원들 모두의 적극적인 참여로 조금은 쌀쌀한 3월, 15명의 9대 부원들과의 따뜻한 만남을 이뤘고, 그렇게 우리들은 우리들의 여덟 번째 이야기를 써내려 갔다.

　8대와 9대만의 독특한 색깔로 진행되었던 여섯 번의 토론과 감상문 작성을 포함한 1년간의 소중한 활동들을 모두 날개의 여덟 번째 문집 '생각에 날개를 달다'에 담았다. 우리는 올해 주제를 "이성으로, 감성으로, 인간적으로 세상 바라보기"로 정했다. 부원들이 공유했던 책들은 우리가 살아가면서 꼭 고민해 봐야 할 절제, 사랑, 공감, 이해 등의 가치관들을 포함하는 책들이었다.

　우리들의 날갯짓으로 지역사회가 더 아름다워지길 바라는 마음으로, 솔잎지역아동센터에 추천이유를 정성스레 적은 책들을 기부하였고, '날개'라는 공간에서 잠시 벗어나 능인고등학교와 '우리나라 청년 실업률 증가 원인 및 청년층의 취업활성화 방안에 대한 모색'과 '동성 결혼 법제화 찬반 여부'라는 주제로 연합토론을 진행하였다.

　정화여고 학생들에게 '책'이 더 가깝게 다가오길 바라는 마음으로, 교내 과목별 담당 선생님들께 책을 추천받아, 정화여고만의 도서추천목록을 주체적으로 전교에 게시하는 활동도 이루어냈다.

올해는 부원 한 명 한 명의 더욱더 적극적인 참여를 이끌어내기 위해 독서토론 기록장과 발제문 양식을 제작하여 부원들이 더 체계적으로 토론을 준비를 할 수 있는 시스템을 마련하였다. 부원들의 철저한 준비와 적극적인 토론 참여, 그리고 각자의 성장 과정을 기록한 토론 후기로 모두에게 더 의미 있는 동아리 활동이 진행될 수 있었다.

지난 2년, 8대들은 '날개'라는 동아리 안에서 복작복작 아름다운 우리들만의 이야기들을 이어나갔다. 우리 모두에게 이 동아리는 단순한 동아리가 아닌, 학창시절을 통틀어 가장 행복했던 추억들 중 하나로 기억될 것이다. 우리들은 날개에서의 경험을 바탕으로 더 멋진 앞으로의 삶을 그려낼 것이고, 우리가 떠나면, 이 동아리를 9대들이 우리가 해왔던 것보다 더 잘 이끌어 나갈 것이다. 9대 부원들은 처음 동아리에 들어왔을 때의 심정, 그 마음, 그 열정을 가지고 동아리를 이끌어 가길 바란다. 개개인의 부원이 모두 동아리에 소중한 존재라는 걸 잊지 말길 바란다. 믿는다.

끝으로 동아리의 아낌없는 지원자가 되어주셨던, 우리의 모든 활동들을 든든하게 지켜봐 주신 최민영 선생님께 감사의 인사를 전한다.

"8대 부원들! 날개에서 2년간 너네와 함께 있었던 일들은 평생토록 잊지 못할 거야. 내가 힘들어하고, 갈피를 못 잡을 때미다 현실적인 조언을 해 준 너무나 든든한 우리 부부장 민경이, 언제나 웃으면서 총무 일 열심히 해 준 경민이, 따끔한 충고도 아끼지 않았던 지원이, 은서, 수민이 그리고 항상 나에게 변치 않는 믿음을 주었던 솔희, 유진이, 은혜, 자랑스러운 우리 윤서, 세정이, 진하 그리고 민향이까지, 다들 하나의 마음으로 서로 격려하고 배려했기에 흔들리지 않고 아름다운 결실을 이룰 수 있었어. 부족한 부장 믿고 잘 따라줘서 너무 고맙다.

사랑스러운 9대 부원들! 언제나 든든한 한나, 나현이, 너무나 성실한 민주, 소은이, 채영이, 세희, 지원이, 소미, 소정이, 정민이, 그리고 똘똘한 지현이, 지영이, 도영이와 채운이, 규민이까지, 모두 내년에 잘 해낼 거라 믿어. 정화여고의 날개 부원이라는 자부심을 가지고, 8대가 그랬던 것처럼 배려하는 깃털들로 성장하길 바랄게. 모두모두 진심으로 고마워. 사랑한다♥"

날개 8대 부장 정 주 현

꿈을 향한 밑거름이 되어준 날개들에게

바빴던 2017년의 기록을 담은 문집을 드디어 발간한다. 이제 2학년이 되어 1학년 후배들을 함께 이끌어나가야 한다는 부담감이 느껴지기도 했지만, 한편으로는 또 한 번 우리만의 이야기를 써내려갈 생각에 설레었다. 겨울방학 때 토론 책 선정 및 면접 발제문 작성을 위한 회의를 하면서부터 우리의 이야기는 시작되었다. 준비를 모두 마친 후, 3월 초 수많은 면접자들과의 면접 끝에 오늘의 10대 부원들을 만나게 되었다. 그렇게 14명의 '우리'는 27명의 '우리'가 되었다.

올해 날개는 '인간의 본질과 인간이 살아가는 사회에 대한 탐구'라는 주제로 책을 선정하고 발제문을 작성하여 총 여섯 번의 토론을 진행하였다. 다양한 생각들과 가치관들이 어우러진 이 토론 기록들은 우리로 하여금 많은 것을 배우고 느낄 수 있게 했다. 또한 따로 여러 권의 책들을 선정하여 감상문을 쓰는 활동을 함으로써 꾸준한 독서 활동을 할 수 있었다. 5월에는 날개라는 울타리에서 벗어나, 경신고등학교 토론동아리 '인사이트'와 '수준별 수업 폐지 찬반 여부'를 주제로 연합 토론 활동을 진행했다.

모든 것이 서툴고 어려운 우리들의 든든한 지원자가 되어주셨던 최민영 선생님께 먼저 감사하다는 말씀을 드리고 싶다. 2년간의 날개 활동은 9대 부원들에게 절대 잊지 못할 추억이자, 꿈에 한 발짝씩 더 다가갈 때마다 큰 도움이 될 귀한 밑거름이 될 것이다. 날개에서의 많은 활동들은 날개가 아닌 다른 곳에서 배울 수 없을 소중한 경험이다. 힘들고 버겁게 느껴졌던 일들까지도 후에는 분명히 귀한 땀방울로 기억되리라 믿는다. 또, 9대 부원들이 이제 떠나더라도 10대 부원들이 더 잘해낼 수 있을 거라 생각한다. 2017년 초에 날개에서 내딛었던 그 첫발처럼, 앞으로도 열정과 꿈을 가득 실어 한 발 한 발 나아가주길 바란다.

"우리 10대 부원들, 믿음직스러운 세비, 이얀이, 야무지고 똑똑한 수민이, 윤서, 희정이, 너무 성실한 은서, 효윤이, 나영이, 가현이, 지원이들, 그리고 민지, 혜정이까지 모두 믿을 수 있기에 걱정 없이 떠날게. 우리가 했던 것보다 더 잘해낼 수 있을 거라 믿어. 또 9대 부원들, 옆에서 위로와 조언을 아끼지 않아준, 가장 고마운 지현이, 소은이, 지영이, 힘들 때도 웃을 수 있게 힘이 돼준 채운이, 소정이, 도영이, 너무나 성실히 임해준 민주, 세희, 정민이, 지원이, 그리고 규민이, 소미, 나현이까지 모두들 2년간 수고했어. 부족한 점이 많은 부장이었는데 끝까지 믿고 따라와줘서 너무 고마워. 날개 활동은 이로써 끝이 났지만, 함께였던 2년 동안 많은 걸 배운 만큼 우리 더 멋진 사람이 되어 만나자. 사랑해♥"

날개 9대 부장 김 한 나

PART 01

날개의 비행
· 토론 기록 ·

연초 분야별 토론 도서를 직접 선정하면 동아리 활동시간까지 담당 부원 2명이 짝을 지어 카페에 발제를 올립니다. 토론자들은 카페에 올라온 발제를 확인하고 자신의 주장과 근거를 정리하여 토론을 준비하고, 토론은 세 개의 조로 진행되며 한 조당 사회자 한 명과 토론자 6~7명으로 구성되어 진행됩니다. 3개의 발제로 토론이 진행되며 1년간 총 6번 내외의 토론을 합니다. '날개의 비행'에서 우리는 토론 기록문 중 좋은 의견을 선별하여 정리하였습니다.

#01
수레바퀴 아래서

헤르만 헤세 지음

책의 주인공 한스 기벤라트는 마을에서 수재라 불리는 소년이다. 한스는 주변 사람들의 기대 속에 신학교에 입학하게 된다. 그곳에서 한스는 신학교의 규격화된 제도, 위선적 권위에 상실감을 느껴 결국 창의성과 순수한 본성을 잃어버리게 된다. 결국 한스는 삶의 수레바퀴 아래서 비극적으로 삶을 마감한다. 우리는 이 책을 읽고 주입식 교육이 만족스러운 결과물을 도출하지만 학생들의 희생은 묵살하여도 되는지. 또 한스의 자살을 보고 조력자살과 안락사를 허용해야 하는지 등의 문제를 다루어 보았다.

수레바퀴 아래서

🎙 사회자 : 김경민, 허윤서, 한지원

발제 1

무리한 주입식 교육, 상위학교를 향한 갈망 등은 과도한 경쟁을 불러일으키며 문제로 제기되기도 한다. 대한민국의 주입식 교육은 시간에 비해 비효율적이라는 지적을 받기도 하지만, 급진적인 발전에 큰 기여를 했다고 하여도 과언이 아님을 보여준다. 하지만 학생들의 자유, 학업 스트레스 등 학생들에겐 억압적인 부분이 있음을 고려하였을 때, 누군가의 희생이 만족스러운 결과물을 도출한다면 희생에 대해 묵살하여도 괜찮은가?

이소미 1970년대 박정희 정부 시절, 우리나라 대한민국은 눈부신 경제 성장을 이루었습니다. 한강의 기적이라 불리는 이 성장은 세계 그 어느 곳에서도 유래가 없습니다. 하지만 국민의식은 여전히 제자리걸음, 혹은 더 낮아졌다는 질책을 받습니다. 저는 이것이 질보다 양에, 당장의 결과물에만 치중했던 결과라고 생각합니다. 안타깝게도 우리나라는 교육면에서도 같은 질타를 피할 수 없을 것 같습니다. 과도한 경쟁이 대한민국 학생들을 억누르고 있다는 것입니다. 주위를 둘러보면 많은 학생들이 정해진 틀에 갇혀 원치 않는 목표를

향하여 달려가기를 강요받습니다. 저희가 이렇게 열심히 살아가는 것은 결국 행복해지기 위해서인데, 실상은 전혀 행복하지 않고 오히려 책의 주인공인 한스의 경우와 같이 억압이나 스트레스로 인한 자살까지 우려해야 할 만큼 모순적인 상황이 발생하고 있습니다. 물론 좋은 결과물이나 행복을 얻기 위해 누구나 불편함을 겪을 수는 있습니다. 하지만 이것이 희생으로까지 이어져서는 안될 뿐더러 만약 누군가가 희생을 하더라도 그것이 묵살되어서는 절대 안된다고 생각합니다.

장민경 ▶ 반박하겠습니다. 앞 토론자께서 만족스러운 결과를 얻기 위해 불편함을 겪을 수 있지만 이것이 희생으로까지 이어져서는 안된다고 말씀하셨는데, 저는 희생이 곧 불편함이라 생각합니다. 그리고 좋은 결과를 위한 희생은 당연하다고 생각합니다. 실제로 한 노르웨이의 대학에서 희생과 그 결과 얻는 보상 사이의 상관관계에 대해 연구를 한 적이 있었는데, 그 연구의 결과는 희생이 크면 클수록 보상에 대해 느끼는 성취도나 기쁨의 정도가 증가한다는 것이었습니다. 저는 이것이 사람들은 희생이라는 것을 필요하다고 느끼며, 일정부분 감수해야 하는 것이라고 생각하고 있음을 나타내고 있다고 생각합니다. 굳이 희생했다는 사실을 다시 한 번 강조하거나 드러낼 필요는 없다는 것입니다. 또한 모든 일에서 결과를 쉽게 가진다면 그 결과를 가볍게 보게 될 수도 있다고 생각합니다. 따라서 희생은 당연한 것이며, 저는 이를 묵살하는 것에 찬성하는 바입니다.

이소미 ▶ 질문하겠습니다. 노르웨이의 실험을 예로 드셨는데, 그 실험에서 희생과 그 '보상' 사이의 상관관계에 대해 실험을 했다고 하였습니다. 그런데 희생에 대해 보상을 하는 것 자체가 희생을 묵살하는 것이 아니라고 생각합니다. 이에 대해 어떻게 생각하십니까?

장민경 ▶ 제가 말씀드린 것은 '그 실험을 통해 우리가 희생에 대해 어떻게 생각하고 있는가'에 대한 것이었습니다. 실험에서 참가자들의 희생의 정도가 클수록 만족도가 높았기 때문에 이는 희생의 필요성을 인정했다는 뜻이고, 자신의 희생을 가치 있게 여겼다는 뜻입니다. 세계의 역사적인 영웅들이 자신의 희생을 누군가가 알아주기를 바라는 마음에서 치른 것은 아닌 것처럼 우리 역시 희생을 그런 태도로 받아들일 수 있습니다. 따라서 역시 희생을 묵살하는 것에 반대하지 않습니다.

최세정 ▶ 저는 조금 다른 견해를 가지고 있습니다. 저는 궁극적인 행복에 대해 생각해보았습니다. 발제의 내용처럼 주입식 교육은 대한민국에서 이제는 당연한 것으로 받아들여집니다. 그러나 이것은 끊을 수 없는 악순환입니다. 이 발제를 보고 궁극적인 행복에 대해 생각해보았는데 일단 행복이란 '생활에서 충분한 만족과 기쁨을 느끼며 흐뭇함 또는 그러한 상태'를 의미합니다. 그런데 현실에서 우리는 전혀 만족을 느끼지 못하고 있습니다. 아무리 희생을 통해 좋은 결과물을 얻어도 그 과정이 고통스러우면 그것은 진정한 행복이 아니라고 생각합니다. 저는 희생은 묵살도 추앙도 아닌 반복하지 말아야 할 과거라고 생각합니다.

김진하 ▶ 위의 발제에서는 주입식 교육을 예로 들었는데, 저는 이에 관해 이야기하고자 합니다. 비록 학생들은 자유, 학업 스트레스와 같은 희생을 치러야 하지만 이런 피나는 노력이 있기 때문에 좋은 성적이 따라 나오게 되는 것입니다. 저는 그런 희생들은 만족스러운 결과로 인해 차감이 된다고 생각합니다. 또한 국가 전체의 입장에서 보았을 때, 희생을 통해 나라의 수익이 높아지면 소비 수준이 향상되고, 풍요로운 삶을 누릴 수 있게 되어 인류의 행복에 한 발 더 다가갈 수 있게 될 것입니다. 따라서 저는 희생을 묵살하는 것에 찬성하는 입장입니다.

최도영 ▶ 반박합니다. 김진하 토론자께서 주입식 교육에 관한 말씀을 하셨는데, 이에 대한 저의 생각은 조금 다릅니다. 물론 주입식 교육이 대한민국의 발전에 큰 기여를 했다는 점은 인정합니다. 하지만 주입식 교육을 실시해서 모든 학생들이 이익을 보는 것은 아닙니다. 실제로 주변에 주입식 교육에 의해 정말 열심히 공부하고는 있지만, 자신의 꿈이 무엇인지 혹은 진정으로 하고 싶은 것이 무엇인지 알지 못한 채 '공부'만 하며 하루하루를 보내는 친구들이 많습니다. 그런 친구들을 주변에서 지켜보면 공부는 잘 하지만 정작 자신은 목적의식 없이 살아가며 행복해하지 않습니다. 또한 굳이 주입식 교육이 아니더라도 자신이 진정으로 하고자 하는 마음이 있으면 누구나 열심히 공부를 할 수 있습니다. 억지로 시킨다고 해서 모든 일이 해결되는 것은 아닙니다. 저는 주입식 교육 보다는 공부가 얼마나 흥미있는지, 살아가면서 얼마나 중요한지의 관념을 심어주는 것이 훨씬 좋은 방법이라고 생각합니다.

손세희 ▶ 저는 다시 희생의 묵살에 대한 관점으로 돌아와서, 대한 민국의 체제와 관련지어 이야기하고 싶습니다. 대한민국은 민주주의 국가입니다. 따라서 대한민국 학생들에게는 자유의 권리가 있고, 국가에게는 이 자유를 억압해가면서 학업만 강조하는 스트레스를 줄 권리가 없습니다. 역시 '누군가의 희생'이라는 사실을 묵살할 권리도, 의무도 없습니다. 따라서 우리는 희생을 인정하고 받아들여야 하며, 많은 다른 사람들이 알 수 있게 널리 알리는 것도 나쁘지 않을 것이라는 생각이 듭니다. 말로만 민주주의 국가라고 이야기하고 다니면서 실상은 그렇지 않은 껍데기뿐인 나라가 되지 않기 위해서는 희생을 받아들이고 적절한 보상을 하는 것이 필요하다고 생각합니다.

발제 2

집단 내 하일너와 같이 분위기를 흩뜨리고 주변 사람들을 혼란에 빠트리며, 아이들의 일탈을 부추기는 행위를 하는 사람이 집단에 소속되어 있다면 이와 같은 행위를 하는 사람을 끝까지 안고 가는 것이 현명한 방법일까? 아니면 집단의 이익을 위하여 배제하는 것이 현명한 방법일까? (만약 행위를 문제 삼아 사람을 배제 시킨다면, 다른 구성원조차도 쉽게 다루어 질 수 있으며 갈등을 발생시킬 수 있음.)

김진하 ▶ 저는 배제시켜야 한다고 생각합니다. 쉽게 모둠 활동을 예로 들자면, 과제를 줬을 때 끝까지 열심히 하는 사람도 있지만, 무임승차를 하는 사람도 있습니다. 후자의 경우 때문에 자신이 한 노력과는 관계없이 모두가 동등한 결과를 얻게 되는 경우가 발생하게 됩니다. 그러면 무엇이든 열심히 하는 사람들의 기분은 상할 것이고, 이들의 의욕도 사라지게 될 것입니다. 따라서 집단 전체의 성격이 바람직하지 않은 방향으로 변질될 우려가 있습니다. 또한, 실질적으로 아무리 감싸고 같이 나아가려고 해도 한 번 관계에 금이 간다면 다시 붙여지기는 어렵다고 생각합니다.

최세정 ▶ 김진하 토론자의 의견에 반박합니다. 한 번 관계에 금이 간다면 다시 회복하기는 어렵다고 말씀하셨는데 이는 개인적인 경험에 근거한 성급한 일반화의 오류라고 생각합니다. 토론자의 말씀대로라면 우리 사회는 유지될 수 없습니다. 사람마다 모두 다른 생각을 가지고 살아가는 이 세상에서 갈등은 피할 수 없는 영역입니다. 그런데도 우리는 서로를 이해하고 지금까지 이 사회를 이어오고 있습니다. 따라서 저는 지금까지 사회를 운영해 온 방식대로 갈등을 해결하기 위해서는 하일너와 같은 사람을 끝까지 안고 가야 한다고 생각합니다.

장민경 ▶ 제 생각은 다릅니다. 저는 김진하 토론자의 의견에 동의합니다. 저 역시 집단 자체가 변질할 우려가 있음에 근거를 두고 있습니다. 한 사람 한 사람이 변질하는 것과 집단 자체가 변질하는 것은 상당히 큰 차이가 있는데, 한 개인이 변한다면 어느 정도의 규칙이나 규율을 통해 통제하는 것이 가능하지만, 집단은 한 번 그 성질이 바뀌면 다시 되돌리는 데 상당한 노력이 들 뿐만 아니라 변질하는 그 순간부터 다시 원래대로 완전히 돌아오기까지의 기간 동안 주변 사람들에게도 피해를 줄 수 있기 때문입니다.

이소미 ▶ 물론 집단의 이익을 위해 하일너와 같은 친구를 배제하는 것이 옳다고 주장할 수도 있습니다. 하지만 하일너도 집단 구성원 중의 한 일원입니다. 무작정 내쫓아버리는 것이 과연 옳은 일일까요? 단순히 피하는 것이 지금의 문제는 해결할 수 있을지라도 장기적인 관점에서 보았을 때 이는 옳지 않은 행동이라고 생각합니다. 단순히 그 행위를 문제 삼아 친구를 배제한다면 다른 구성원들도 쉽게 다루어질 수 있을 것이기 때문입니다. 따라서 저는 행위에 근거하여 사람을 무작정 배제할 것이 아니라, 왜 그렇게 행동하게 되었는지 관심을 가지고 옳은 쪽으로 이끌어주는 것이 가장 좋은 방법이라고 생각합니다.

김나현 ▶ 저 역시 하일너와 같은 사람을 끝까지 안고 가는 것이 현명한 방법이라고 생각합니다. 하일너가 분위기를 흩뜨리고 주변 사람들을 혼란에 빠트리기는 했지만, 그가 악한 마음을 품고 이를 의도한 것은 아닙니다. 하일너가 학교에서 여러 갈등을 빚은 이유는 단지 그의 관심사가 다른 친구들과는 조금 다른 성격을 가지고 있었기 때문입니다. 따라서 그런 친구를 배제할 것이 아니라 '이런 생각을 가지고 행동하는 사람도 있구나.' 와 같은 마음을 갖고 다양한 종류의 사람을 받아들일 수 있는 열린 태도를 배우는 것이 바람직합니다.

손세희 ▶ 일탈을 부추기는 사람을 배제하는 것은 이소미 토론자의 말처럼 근본적인 원인은 파악하지 못한 채 문제 상황을 외면하는 것밖에 되지 않습니다. 이런 상태가 유지된다면 갈등이 발생할 때마다 한 명씩 집단에서 제명되는 사람이 늘어날 것이고 그 집단에 속한 사람들은 자신도 언젠가 공동체에서 제외될 것이라는 생각에 늘 긴장하고 경직된 상태로 살아갈 것입니다. 이는 사회의 발전을 저해하고 사람들을 불안한 상태로 만들 것입니다. 사람들은 결국 서로 신뢰를 잃을 것이고 이 집단은 정상적으로 유지될 수 없을 것입니다.

최도영 ▶ 손세희 토론자께 질문 드리겠습니다. 사람들이 늘 긴장되고 경직된 상태로 살아가는 것이 사회의 발전을 저해한다고 하셨는데 저는 오히려 이를 통해 법과 규칙이 준수되는 안전한 사회가 이루어지면서 사회의 발전이 촉구될 것이라고 생각합니다. 범죄와 사회악이 억제되면서 오히려 사람들의 불안이 줄어들 수 있을 것입니다. 이에 대해 어떻게 생각하십니까?

손세희 ▶ 답변 드리겠습니다. '사회의 발전을 저해시킨다.'라는 말의 의미는 사람들의 사고가 경직되고 이것이 지속되면 모든 것이 획일화된 사회로 이어질 수 있다는 것입니다. 사람들이 소외되고 배제될 두려움에 사로잡혀 모두가 틀에 박힌 정형화된 사고를 하게 될 것이고 우리가 지닌 창의력은 점점 퇴화할 것입니다. 이는 사회 발전의 저해로 이어질 것입니다.

김채영 ▶ 저 역시 동의합니다. 토론자들께 한 가지 질문하겠습니다. 일탈을 나쁘다고만 볼 수 있을까요? 저는 그렇게 생각하지 않습니다. 집단을 혼란에 빠트리는 인물이 집단에 소속되어 있음으로써 구성원들은 그 문제에 대해 진지하게 논의할 것이고, 그 과정에서 훨씬 더 성숙해지는 계기를 마련할 수 있다고 생각합니다. 그리고 그 문제를 해결했을 때 큰 뿌듯함과 성취감을 느낄 것이고, 집단의 결속력 또한 더욱 강해질 것입니다.

발제 3

신학교에 입학하기 전, 공부에 관한 것 말고는 아무것에도 관심을 가지지 않고 아무것도 하지 않았던 한스는 신학교에 입학한 후 친구 '하일너'를 만난다. 성실하고 착하기만 했던 한스는 하일너와 어울려 다니면서 여태까지 경험해보지 못했던 것에 대해 새롭게 눈을 뜨고 방황하기 시작한다. 그리고 결국 비극적으로 생을 마감하게 된다. 이러한 점에서 하일너와의 만남은 한스를 파멸로 이끌어갔다고 볼 수 있다. 그런데 하일너를 만나기 전, 한스는 공부라는 틀에 갇혀 또래의 평범한 아이들이 느끼고 경험하는 것들을 모르는 채 살아왔고, 어른들(아버지, 교장선생님)의 꼭두각시처럼 살아왔다. 하지만 하일너를 만난 후 한스는 보통의 청소년들이 겪는 사춘기에 눈을 뜨게 되고, 전에는 몰랐던 '친구'의 존재에 대해서도 진지하게 생각해보게 된다. 이러한 점에서 볼 때 하일너와의 만남은 기계적인 삶을 살고 있던 한스를 꺼내주었으며, 한스가 성장할 수 있게 만들었다고 볼 수 있다. 이 두 가지 관점에서 볼 때 하일너와의 만남은 한스를 성장시켰나? 아니면 파멸로 이끌어갔나?

신지원 ▶ 하일너와의 만남은 한스를 성장시켰다고 볼 수 있습니다. 한스는 하일너를 만나기 전까지만 해도 단지 여러 사람의 기대에 부합하기 위해 부담 속에 갇혀 오로지 공부만 하고 세상의 이치는 잘 모르는 그런 아이였습니다. 하지만 하일너를 만나서 또래 아이들처럼 사춘기도 겪고, 친구에 대해서도 진지하게 생각해보게 되며 세상의 이치를 조금씩 알아가게 됩니다. 만약 한스와 하일너가 친구가 되지 않았더라면 한스는 계속 불안감과 두려움을 가진 채 진정한 자신의 목표도 없이 공부만 하며 살아갔을 것이고, 자신에 대한 기대와 부담감에 의해 점점 고통에 시달리게 되어 더 비극적인 결말을 초래했을 것입니다. 그래서 제 생각에 한스를 파멸시킨 사람은 하일너가 아닌 한스의 아버지, 목사, 그 외 한스에게 부담감을 주었던 마을 사람들이라고 생각합니다.

장지영 ▶ 보충하겠습니다. 한스와 하일너와의 만남은 절대로 잘못되지 않았습니다. 오히려 한스는 떠나버린 하일너를 그리워하고 기다렸습니다. 그 이유는 발제에도 나와 있듯 친구의 존재에 대해 한스가 진지하게 생각해보게 되었고, 기계적이고 형식적인 삶을 살았던 그가 새로운 것들에 대해 눈을 뜨게 된 것이라 볼 수 있습니다. 학창시절에 사춘기가 오는 것은 당연한 일이며 사춘기를 통해 마음가짐을 한층 더 성장시킬 수 있는데, 그러기도 전에 훼방을 놓는 어른들로 인해 한스가 타락하고 방황하게 된 것이라 생각합니다. 학창시절의 친구는 매우 소중한 존재입니다. 왜냐하면, 어른들이 몰랐던 내면에 대해 친구가 헤아려 줄 수 있기 때문입니다. 한스에게 그런 친구는 하일너였으며 둘은 사랑 그 이상의 감정을 느꼈습니다.

정주현 ▶ 저는 급작스러운 성장으로 인해 한스가 파멸의 길에 빠진 것 같습니다. 한스의 짧은 삶은 하일너를 만나기 전후로 나눌 수 있는데 그의 파멸은 하일너와의 만남으로 시작되었다기보다는 이별로 인한 대체 불가능한 빈자리 즉, 상실감에 의해서라고 볼 수 있습니다. 갑작스레 알게 된 친구라는 존재가 그로부터 학습을 멀리하게 하였으며 성장의 과정을 겪으며 하일너가 학교에서 퇴학을 당한 후부터 점차 삶의 의미를 상실하고 유년기를 추억하며 주변 사람들에 대한 원망과 앞으로의 삶에 대한 불안감을 통해 파멸의 길로 빠진 것이라 생각합니다. 결론적으로, 한스의 삶은 실패라고 결정지을 수 있습니다. 저는 이 부분에서 진정으로 한스를 위하는 사람이 존재했더라면 그가 성장할 수도 있었을 텐데라는 생각을 하며 아쉬움을 느꼈습니다.

김한나 ▶ 하일너가 한스를 기계적인 삶 속에서 꺼내준 것은 맞지만 성장시킨 것은 아니라고 생각합니다. 하일너는 한스를 방황하게 만들었지만 그로 인해 달라진 한스를 책임지지는 못했습니다. 만약 성장한 것이라면 한스가 내면적으로 성숙해지는 데 도움이 되었어야 하는데 하일너는 한스가 친구의 존재에 대해 깊게 생각하는 계기를 마련해 주었을 뿐 옳지 않은 결론을 내리게 했습니다. 한스는 공부를 해야 한다고 생각하면서도 친구에게 휘둘려 그럴 수 없었습니다. 친구도 중요하지만 자기 자신의 일을 소홀히 해서는 안 됩니다. 하일너를 만난 후 한스가 큰 혼란에 빠지고 되돌릴 수 없을 만큼 피폐해진 점을 미루어 보았을 때 하일너는 한스를 파멸로 이끌어 갔다고 말할 수 있습니다.

권소은 ▶ 앞 의견에 반박하겠습니다. 일단 저는 파멸과 성장이 연관된 개념이라고 봅니다. 파멸은 사람의 성장 과정 중 결과에 해당하며 한스는 성장 쪽에 조금 더 가깝다고 생각합니다. 성장의 사전적 의미는 생물이 자라남, 또는 사물의 규모가 커짐이라는 뜻입니다. 여기서 두 번째 뜻에 주목해보았는데 사물을 생각과 사고로 바꾼다면 어떻게 될까요? 성장의 의미를 생각과 사고가 커짐으로 보는 것입니다. 이렇게 본다면 한스와 하일너의 만남은 한스를 성장시켰다고 볼 수밖에 없습니다. 책에 묘사된 것처럼 주위 사람들은 한스를 일정한 틀에 가둬 공부만 하는 기계로 전락시켰고 자기 자신의 자아, 여성에 대한 감정 등에 마주하지 못하도록 했습니다. 보편적인 생각으로는 한스의 죽음이 파멸로 이끌었다고 생각할 수 있지만, 사람의 관점에 따라 오히려 하일너의 영향 없이 공부에만 집중하던 시절이 오히려 한스의 자아를 가두었으며 이를 파멸로 볼 수도 있습니다. 그리고 방탕했던 한스의 행위가 하일너 한 사람의 영향으로 보기에도 무리가 있습니다. 고로 한스의 내면에 영향을 주어 또 다른 생각 및 세계를 만나게 해준 하일너는 그의 성장을 도왔다고 볼 수 있습니다.

이은혜 ▶ 앞 토론자 의견에 동의합니다. 한스가 하일너를 만난 것은 아무것도 존재하지 않는 좁은 자신만의 세계에 갇힌 한스에게 광활한 세계를 접하게 한 계기가 되었습니다. 한스가 하일너를 만난 것은 그의 삶에서 필연적인 과정을 겪어나가는 것이며 새로운 것들로 인해 성장할 수 있었음에도 성장하지 못한 것은 한스 자신의 잘못입니다. 사람은 생각하는 동물이라는 말이 있듯이 한스가 하일너라는 친구를 사귀었어도 하일너의 신념이 바람직하지 못하다고 판단된다면 오히려 그런 하일너를 보며 자기 자신을 되돌아볼 기회가 될 수도 있었습니다. 또한, 한스 스스로가 자신의 의지를 꿋꿋이 지켜냈다면 하일너에게도 긍정적인 영향을 미칠 수 있었을 것입니다.

김경민 ▶ 하일너는 감정적으로 판단해 학교를 떠나게 되었고 이를 한스에게 알리지 않았습니다. 이러한 행위가 한스를 친구라고 생각하고 판단한 행위로 보이지 않는데 남겨진 한스는 고려하지 않은 채 제멋대로 떠나버린 하일너의 행동은 과연 한스를 친구라고 생각했는지에 대해 질문 드리고 싶습니다.

정주현 ▶ 답변 드리겠습니다. 저는 친구라는 것이 서로 필요 때문에 이루어지는 것이라 생각하는데 이 책에서 보면 한스는 자신과 다른 문학적 성향이 있는 하일너가 필요했고, 하일너 또한 왕따에 가까운 학교생활 내에서 자신의 말을 들어주는 한스가 필요했습니다. 둘은 서로의 필요로 친구라는 관계가 성립되었다고 생각합니다.

배민주 ▶ 반박하겠습니다. 둘은 친구 사이가 성립되지 않는다고 생각합니다. 왜냐하면 둘 사이의 다툼이 발생한 과정에서 하일너는 한스에 대해 어떠한 대응도 하지 않았고 관계를 개선할 의지조차 보이지 않았습니다. 반면에 한스만 애태우고 불안해하는 모습을 보였는데 이것으로 보아 둘은 친구라고 보기엔 무리가 있다고 생각합니다.

이솔희 ▶ 처음엔 넓어진 한스의 시야, 가치관 등을 이유로 한스가 성장했다고 보았지만, 토론 도중 하일너가 한스를 파멸로 이끌었다고 생각이 바뀌었습니다. 우선 저는 친구 사이는 서로를 배려하고 이해했을 때 성장할 수 있다고 생각하며 무엇보다 친구라는 관계는 자신이 필요로 하기보다 상대방이 나를 필요로 했을 때 도움을 줄 수 있는 것이 중요하다고 생각했었습니다. 하지만 하일너는 한스가 힘들 때는 나타나지 않았고 한스만이 하일너와 관계를 유지하기를 원했습니다. 한스로서는 하일너를 친구라고 여길지 몰라도 하일너는 한스를 친구라고 생각하지 않았던 것 같습니다. 이 점을 발제로 이어 보았을 때 한스를 파멸의 길로 이끌었다고 볼 수 있습니다.

발제 4

한스 기벤라트가 자살을 생각하며 느꼈던 감정과 표현들로 미루어 보았을 때, 그는 스스로 자살을 원하였고 자살이라는 행위를 통해 편안한 감정을 느꼈음을 추측해볼 수 있다. 그렇다면 불의의 사고 혹은 정신적 질환으로 인해 죽음을 원하는 인격체에 대한 불가피한 자살은 허용하여야 하는가? 혹은 그와 관련된 조력자살이나 안락사 등을 허용할 수 있는가? 또한 만약 자살을 택하였을 때, 자신의 목숨이 온전히 자신의 것이라 칭할 수 있을까? (불가피함은 불치병, 시한부를 선고받은 환자의 극심한 고통 등의 상황으로 정의한다.)

하채운 솔직히 말하면 아프고 힘든 사람들 모두 다 힘내서 열심히 살면 좋겠습니다. 하지만 제가 정말 그 상황에 부닥쳤을 때 너무 힘들고 아픈데 아무도 도와주지 않으면서 죽지도 못하게 하면 더욱 힘들 것입니다. 자살과 안락사는 허용해야 합니다. 아무도 자신이 태어날지 말지, 어디서 누구의 딸, 아들로 태어날지 말지 정하지 못합니다. 태어나는 것 자체도 자신의 의지가 아닌데 죽는 것도 마음대로 못한다면 그것은 자신의 인생을 사는 것이 아니라 끌려다니는 것과 마찬가지입니다. 나을 가망도 없는 병을 위해 돈을 쓰고 고통스러워 하는 것을 주변 사람이 보는 것도 고통스러울 것이고 한편으로는 짐처럼 느껴질 수도 있습니다. 이렇듯 자기 자신도 힘들고 주변 사람도 힘든 경우에는 편안히 보내 주는 것이 낫다고 생각합니다.

김규민 ▶ 반박하겠습니다. 자살이란 자신의 소중한 생명을 훼손하는 일입니다. 자연법 윤리의 관점에서 볼 때, 자살은 자연적 성향을 거슬러 자기 보존의 의무를 다하지 않는 것입니다. 자살 자체가 한 인간이 그의 삶에 만족하지 못하고 불만이 가득차고 더는 살아갈 용기가 없을 때 끝마치는 것인데 이것은 단순히 자신의 인생을 종결짓는 것에 그치는 것이 아니라 모방 자살로도 이어질 가능성이 있습니다. 그리고 자살은 자신의 선택에 달린 일이므로 허용과 불허용의 효과가 없습니다. 다음으로 안락사에 대해 말하겠습니다. 발제를 보면, '한스는 스스로 자살의 원했고, 자살이라는 행위를 통해 편안한 감정을 느낄 수 있다.'라고 추측할 수 있다고 하셨는데, 이것을 안락사의 유형으로 구분했을 때 자발적인 안락사에 해당됩니다. 그것은 말 그대로 환자의 의사입니다. 아파서 원하는 것은 괜찮지만 멀쩡한 사람에게 허용하는 것은 절대적으로 막아야 한다고 생각합니다. 마지막으로 자살은 나 자신에게만 영향을 주는 것이 아니라 주위에도 많은 영향을 주기에 결코 개인적인 문제가 아니며 자신의 목숨은 온전히 자신의 것이 아니라는 말씀을 드리고 싶습니다.

김민향 ➤ 엄격한 기준 아래 안락사를 허용해야 한다고 생각합니다. 먼저 21세기 대한민국은 인간이 인간답게 살 수 있는 권리를 존중하는 사회입니다. 대한민국 국민은 누구나 헌법 제10조가 보장하고 있는 개인의 인격권과 행복 추구권을 전제로 하는 자기 운명 결정권을 가지고 있습니다. 자기 운명 결정권이란 대한민국 헌법상의 권리로, 일정한 사적 사항에 관하여 스스로 결정할 수 있는 자의적 권리를 의미합니다. 우리는 자기 자신에 대하여 책임감과 의무를 지는 동시에 자유를 가질 권리 또한 가지고 있습니다. 그러므로 회복 불가능한 환자, 죽음 외 다른 방안이 없는 환자에게는 죽음을 선택할 수 있는 권리를 주어야 합니다. 그것이 환자에 대한 마지막 예우라고도 생각합니다. 저희는 환자의 고통 또한 잘 알지 못합니다. 아무리 아픔을 공감한다 해도 100% 공감하기란 참 어려운 일입니다. 인공호흡기만 해도 여러 생명 유지 장치 중 하나인데 이를 사용하는 중환자들의 삶의 질은 매우 낮습니다. 게다가 스스로 생활할 힘도 없으므로 살아있어도 살아있는 것이 아닐 것입니다. 아무리 생명이 존귀하다 하더라도 우리가 이러한 환자들로부터 죽음을 선택할 권리마저 빼앗는다면 이것이야말로 인권 모독 아닐까요?

이지현 ➤ 저는 김규민 토론자의 말에 반박하겠습니다. 자살이 개인적 문제가 아니라고 하셨는데 다른 사람을 위해서 내가 고통을 받으면서까지 내 행복을 포기한다는 것은 옳지 않다고 생각합니다. 사람은 누구나 행복을 추구할 권리가 있는데 이를 다른 사람을 위해 포기한다면 자신을 위한 행위가 아닙니다. 내 목숨을 끊음으로써 내가 행복해질 수 있다면 자살을 허용해도 괜찮다고 생각합니다.

김규민 ▶ 이지현 토론자의 말에 반박하겠습니다. 자신의 목숨을 끊는다고 해서 자신의 행복을 추구하게 된다면 이 세상에 살아있는 사람은 거의 없을 것입니다. 그런 식으로 자신의 현재 행복만을 추구하고, 미래를 생각하지 않고 현실만을 고려하는 것은 안 된다고 생각합니다.

배유진 ▶ 김민향 토론자께서 헌법 제10조를 들면서 개인의 인격권과 자기 행복 결정권이 있다고 하셨는데 가장 근본적인 것으로 돌아가면 천부인권이 있습니다. 천부인권이란 하늘이 우리에게 인권을 부여해서 자연권을 보장해 줄 수 있다는 권리입니다. 이에 따라 목숨은 하늘이 우리에게 준 것이기 때문에 자신의 목숨에 대한 본분을 다해 끝까지 가야 합니다. 그러므로 안락사와 자살 모두 허용해서는 안 된다고 생각합니다.

서수민 ▶ 저는 안락사를 허용해야 한다고 생각합니다. 인간은 인간답게 살 권리를 가지고 있습니다. 이에 따라 인간은 인간답게 죽을 권리 또한 가지고 있다고 생각합니다. 그리고 조력자살이 자신이 직접 약을 주입해서 편하게 죽는 것이라고 했기 때문에 자신이 이미 죽을 마음의 준비를 다 하고 죽는 것이기 때문에 불치병을 가진 중환자의 마지막 선택을 존중해 주어야 한다고 생각합니다. 그리고 만약 그 중환자가 병실에 계속 누워만 있다면 그 중환자의 병을 치료하는데 많은 경제적 부담이 있을 것인데 가족들의 부담을 덜기 위해서라도 안락사를 허용해야 한다고 생각합니다.

김규민 서수민 토론자의 말씀에 반박하겠습니다. 일단 중환자에게 안락사를 허용하는 것은 괜찮다는 것, 인정하겠습니다. 그렇지만 이것을 결정하는 것은 환자가 의식이 있을 때 스스로 결정할 일입니다. 하지만 대부분 중환자는 의식이 없는 식물인간의 상태일 때가 많습니다. 이러한 경우에는 가족이나 주변 인물이 안락사를 결정하게 되는데 그것은 환자의 의지라고 보기 어렵습니다.

허은서 저는 안락사든 자살이든 신체적으로 아픈 사람과 정신적으로 아픈 사람으로 나누어 생각해 보았습니다. 일단 정신적 문제가 있는 사람의 경우에는 흔히 신체적으로 아픈 사람들에게 사용하는 '불치병'이라는 단어를 들어본 적도 없고 써 본 기억도 없습니다. 이러한 점에서 정신적 고통이 있는 사람에는 아예 못 고치는 것이 아니라 정신병원, 상담 등의 노력을 통해 좋아질 수 있습니다. 그리고 정신상태가 올바르지 못하기 때문에 죽고 싶다고 말하더라도 이것이 자신의 본심이 아닐 수 있습니다. 또한, 신체적으로 아픈 사람 역시 안락사를 허용해서는 안 된다고 생각합니다. 죽음을 통해 고통을 줄여 줄 수 있다고들 하지만 환자들에는 죽기까지의 시간이 남아 있습니다. 그 시간은 환자들에게 충분히 가치 있는 시간이 될 수 있습니다. 그러므로 환자들에게 살고 싶다는 의지, 긍정적 인식을 심어 주는 의료행위를 통해 환자를 도와주어야 하는 것이 최선입니다. 그리고 생명을 스스로 끊는 것은 자신의 인간 존엄성을 무시해 버리는 일이기에 본질적으로 일어나서는 안 되는 일이라고 생각합니다.

이지현 질문이 있습니다. 정말 몸이 끊어질 듯이 아프고 상상도 못 할 만큼 고통스러워하는 환자가 있는데 그 사람에게 6개월이라는 시간이 남았다면 안락사 대신 긍정적 인식을 심어 주는 의료행위 등을 과연 허용해야 할까요?

허은서 ▶ 저는 나아지고 싶다는 생각을 하는 것이 정말 도움을 준다고 생각합니다. 남은 시간 동안 삶에 대한 애착을 갖고 살아가야겠다고 하는 생각을 심어 준다면 남은 나날들을 가족과 친구들과 함께 하거나, 자신이 하고 싶은 일을 하며 정말 가치 있는 시간을 보낼 수 있습니다. 그에 따라 삶의 질도 높아지며 마지막을 의미 있게 보내는 것이 환자에게도 그 가족에게도 훨씬 더 좋고, 마무리를 뜻깊게 할 수 있으므로 안락사 대신 긍정적 인식을 심어 주는 의료행위를 하는 것이 괜찮다고 생각합니다.

토론 후기

김한나 ▶ 이제껏 나는 책을 읽을 때면 한 인물에 감정이입을 해가며 읽을 때가 더러 있었다. 특히나 장편소설을 읽을 때에는 더더욱 그랬다. 한 번 책 속에 빠져버리면 마치 영화나 드라마를 보는 것만 같은 기분이 들곤 해서, 책에서 나에게 주고자 하는 질문이나 메시지보다는 책을 읽음으로써 느끼는 내 감정에 충실할 때가 많았다. 그러나 '내가 이 책을 읽고 토론을 한다.'고 생각하니 소설을 더 비판적이고 냉정하게 읽어내게 되었다. 또 다양한 인물들의 입장에 서서 다양한 관점으로 사건들을 바라볼 수 있었다. 토론하기 전에는 발제에 대해서 나만의 답을 내고 결론을 지어야만 한다고 생각했었는데 토론을 마친 후에는 조금 더 넓게, 단순히 책 속의 내용에서 그치는 것이 아니라 내 모습과 내 주변 사람들의 모습까지 연장해서 생각해보게 되었다. 그래서인지 발제1에 관한 토론이 끝난 후 '한스'라는 인물에서 내 모습이 보였다. 공부를 하면서 하나둘씩 성취해 나가며 즐거움을 느끼지만 진정한 꿈이 없다는 점이 나 뿐만 아니라 대한민국의 꽤 많은 학생들에게 공감을 줄 수 있는 부분이 아닐까 생각한다. 발제2의 경우 나는 한 치의 망설임도 없이 집단에게 피해가 되는 인물은 배제하는 것이 옳다는 쪽을 선택했었다. 그러나 토론을 하다 보니 내가 지나치게 이익만 중요하게 여긴 것이 아닌가 하는 생각이 들었다. 피해가 되는 인물을 수용하고 도와주는 것도 어쩌면 다른 구성원들에게 주어진, 임무 수행 이외에 또 다른 몫일지도 모르겠다.

하일너가 한스를 성장시켰는지 파멸로 이끌었는지에 대한 발제에서는 '성장'의 의미 해석 차이 때문에 주장이 나뉜 듯했다. 나 같은 경우는 성장하는 과정에서 무언가 잘못되었을 때 그것을 감당해내면서 정신적으로 황폐해지고 결국은 '파멸'이라는 결과를 낳게 되며, 이러한 결과는 성장에 실패한 것이라고 생각했는데, 다른 토론자는 성장의 한 갈래가 파멸이므로 결과적으로는 파멸했지만 그 과정이 성장이라고 말했다. 또한 이 발제에서 더 나아가 '과연 하일너가 한스의 진정한 친구였나?'라는 질문이 나오게 되었는데 사실 토론 중에는 진정한 친구가 아니라고 확신하며 참여했지만 토론을 모두 마친 후 생각해보니 조금 복잡해졌다. 진정한 친구라기엔 하일너가 떠나는 마지막 순간에 한스에 대해 무책임하고 배려 없는 모습을 보여주었다는 점에서 부족해보였지만 진정한 친구가 아니라기엔 서로가 서로에게 준 것이 너무 컸다. 두 사람은 서로를 다르게 여겼던 것이 아닐까? 어쩌면 하일너는 한스를 진정으로 생각한 것이 아니라 필요에 의한 수단으로 여겼을지도 모른다는 생각이 들었다. 하일너는 자신의 문학을 이해해줄 사람이 필요했고, 한스는 단지 새로움에 이끌렸을지도 모른다는… 사실 잘 모르겠다. 조력자살과 안락사에 관한 발제에서는 '허용할 수 없다'는 쪽에 손을 들었는데 늘 종교적으로만 생각해왔던 지라 설명하기 힘들 것 같아 걱정이 많았다. 근거가 너무 추상적이라 토론할 때 조금 버겁다는 느낌도 있었다. 하지만 나와 비슷한 의견도 많아서 처음 우려했던 것보다는 괜찮았던 것 같다. 첫 토론이라 그런지 긴장도 많이 되었지만 진심으로 즐겁다는 생각이 들었다. 토론을 하면서 내가 많이 부족하다는 것을 느꼈다. 내 생각을 조리 있게 말하는 것은 물론 다른 사람이 한 말을 깔끔하게 내 머릿속에 정리할 수 있는 능력이 길러질 수 있도록 더 열심히 노력해야겠다.

장지영 '수레바퀴 아래서'라는 책은 어렸을 때 몇 번 들어본 적 있었다. 어렸을 때는 왜인지 그 책이 나에게는 많이 어려울 것이라 생각했고 그래서 나중에 커서 읽어야지 하고 넘어갔었다. 그렇게 난 몇 년 더 자랐고, 그 책에 대한 존재조차 잊고 있었다. 그러다가 날개에서 처음 읽어야 할 책이 이 책인 걸 알고 '벌써 내가 컸구나!' 하는 생각이 들었다. 불과 몇 년 전만 해도 커서 읽어야지 했었던 내가 이 책을 읽고 토론까지 했다는 걸 깨닫고 약간 소름이 돋았다. 난 이 책을 읽고 제목에 있는 '수레바퀴'에 대해 한 번 생각해보았다. 수레에 달린 바퀴는 언덕을 올라가더라도 덜 힘들게 해준다. 하지만 내리막길에서 힘을 놓아버리면 그 수레바퀴에 깔릴 수 있다.

난 그렇게 생각했다. 한스가 수레바퀴를 끌고 있고 덜 힘들도록 한스의 아버지와 교장선생님, 목사는 수레 뒤에서 한스를 밀어주고 있다고. 한스가 신학교에 가기까지 어른들은 한스를 뒤에서 밀어주었고 한스는 오르막길을 쉽게 올라갈 수 있었다. 하지만 한스는 쉬고 싶었을 것이다. 매일매일 올라가는 그 길이 너무 힘들어서 잠시 쉬고 싶었을 것이다. 그런 생각이 든 데에는 하일너의 역할이 컸다. 하일너가 한스를 성장시켰다고 생각했던 이유는 자신에 대해 생각해본 적이 없던 한스가 하일너를 만나고 난 후부터 자신이 하고 있는 일이 무엇인지, 혹은 자신에 대해 생각해볼 수 있게 되었기 때문이다. 그것만으로도 나는 하일너가 한스를 성장시켰다고 느꼈다. 어쨌든 좀 쉬고 싶었던 한스는 잠시 수레에서 손을 놓았다. 하지만 뒤에서 밀어주는 것만으로도 바쁜 어른들은 한스가 수레에서 손을 놓았다는 사실을 모른 채 계속 수레를 밀고 있었다. 결국 수레를 미는 힘에 의해 한스는 넘어졌고, 수레바퀴에 깔렸다. 내가 이 책을 읽고 나서 다시 제목을 봤을 때 들었던 생각이다. 한스를 망친 건 하일너 때문이 아닌 어른들 때문이라고 생각한다. 신학교에 진학할 것이라는 그 기대 때문에 한스는 부담감을 느꼈고 사춘기가 와야 할 시기에 억압을 받고 친구가 무엇인지도 모른 채 살아왔다. 하지만 뒤늦게 온 사춘기 때문에 더 큰 재앙에 빠졌고, 결국 비극적으로 생을 마감했다. 그런 한스에 대해 굉장한 안타까움을 느꼈다.

이렇게 책을 읽고 발제에 대한 내 답을 쓰는 건 솔직히 조금 어려웠다. 생각하지도 못한 질문이 나와 당황하기도 했지만, 그 질문 덕분에 이 책을 더 자세히 곱씹어 볼 수 있었다. 난 이번 활동을 통해 토론하는 것이 더 좋아졌다. 물론 잘하는 것과 좋아하는 것은 다르지만 계속 하다보면 내 의견, 주장을 더 잘 말할 수 있을 것이라는 자신감이 생겼다. 같은 책을 읽고 같은 질문을 받았어도 각자 생각하는 바와 추구하는 바가 다르다는 것을 알고 개개인의 의견을 말하고 들으면서 '아 이렇게 생각할 수도 있구나!'라고 느꼈을 때 짜릿했었다. 한 가지 아쉬운 점이 있다면 다른 사람의 의견을 듣고 내가 생각난 것이 있었을 때 '이런 걸 말해도 될까?' 하고 망설였다는 점이다. 망설임 없이 내 생각을 말로 잘 표현할 수 있었더라면 더 좋았을 걸… 좀 후회가 되기도 한다. 다음 토론에는 망설이지 않고 내 생각을 다 말할 것이다.

이은혜 ▶ 이번 첫 토론의 책이 '수레바퀴 아래서'라는 것을 들었을 때, 처음 들어보는 책이라 그 수레바퀴의 의미가 정말 궁금했다. 수레바퀴가 무엇일까 그리고 수레바퀴와 관련된 책의 내용은 어떨까 등의 궁금증들이 자꾸만 떠올라 읽어보지 않을 수 없는 책이었다. 그래서 지루하지 않고 오히려 더 꼼꼼하고 즐겁게 읽었던 것 같다. 실제로, 이 책의 내용이 즐겁지만은 않지만 우리가 직면한 상황과 비슷해서 한스는 이런 상황들을 어떻게 대처했을까를 살펴볼 수 있었다. 그리고 토론을 하면서 더 많은 생각들을 나누어 보았는데, 내가 가장 기억에 남는 발제는 3번 발제로 하일너가 한스를 성장시켰을까 파멸시켰을까라는 것이었다. 다른 조에서는 모두 같은 입장이기도 했던 이 발제에 대해 우리 조는 고루고루 입장이 섞여있어서 토론 진행이 원활하고 재미있었다. 나는 성장이라고 생각했는데 그 이유는 한스가 꼭 하일너를 만나지 않았더라도 그런 부류의 친구가 어디에나 없다는 보장이 없고 그래서 한스가 하일너를 만난 것은 그냥 성장 과정에서 필연적 과정이었는데 한스가 스스로 극복하지 못한 것이 잘못이었다고 생각했기 때문이다. 그러나 입장이 다른 토론자의 의견을 들어보니 생각지 못한 부분도 있고 공감이 되는 부분도 있어서 마냥 한스의 잘못이라고만 할 수는 없는 것 같기도 했다. 나도 발제문을 보고 바로 성장이라고 입장을 정하지 않고 조금은 고민을 했던 발제문이라서 더욱 꼼꼼하게 들어보고 생각을 많이 하고 의견을 말할 수 있었다. 이 외에 1, 2, 4번 발제도 토론과정에서 다양한 의견들과 추가 질문을 통해 한 번 더 생각하는 계기가 되어준 것 같다. 다음 토론 때도 책에 대해서 많은 생각을 나눌 수 있었으면 좋겠다.

김민향 토론 책의 제목이 '수레바퀴 아래서'라는 말을 듣자 처음에는 딱딱하고 무거운 분위기의 지루한 책일 줄만 알았다. 하지만 그 책을 읽기 전에 우선 그 수레바퀴의 의미가 무엇인지에 대해 의문을 가지고 책을 읽으면서 그 의미를 파악해 나가면서 정말 재미있었지만, 이미 우리 주변에서 일어나고 있는 일을 이렇게 흥미진진하게 이어나가는 작가가 그 책을 통하여, 한스라는 인물을 통하여 궁극적으로 사람들에게 알리고자 하는 바가 무엇인지에 대하여 다시 한 번 고민해보게 되었다.

그리고 이번 토론에서 가장 인상적이었던 발제는 2번 발제였다. 2번 발제로 토론을 하던 도중에 유진이가 순간적으로 만약에 하일너와 같이 주변의 분위기를 흐리는 인물이 공공 기관이나 회사와 같이 이익을 추구하는 집단이라도 배제하지 않는 것이 더 현명한 방법이

냐고 물어봤던 그 질문이 너무 인상적이었다. 나는 당연하게 학교가 아닌 이익을 추구하는 집단이기 때문에 배제해야 된다고 생각했고 리더가 개인의 장점과 특성을 정확하게 파악하지 못했다면 오히려 역효과가 나타날 수도 있고 개인의 장점과 특성을 찾아나가는 데 만만치 않은 시간과 돈이 들 것이고 또한 그런 사람이 합격을 함으로써 다른 사람의 기회를 빼앗아 간다고 생각했다. 이것을 근거로 하여 나는 이익을 추구하는 집단에서는 배제하는 것이 더욱 이득이라고 결정지었다. 그중에서도 가장 큰 이유는 학교처럼 서로 성장하는 공간이 아닌 이익을 추구하는 집단이기 때문이었다. 이렇듯 이번 토론에서는 순간적인 질문을 통해서 나의 생각을 정리하고 표현했고 나는 미처 생각해보지 못했던 점에 대해서 이렇게 날카로운 질문을 할 수도 있다는 것을 보면서 이번 토론에서의 발제는 나에게 가장 의미가 있었다. 다음 토론에서도 나와는 다른 애들의 의견을 들으면서 한 걸음 더 발전하고 성장할 수 있는 계기가 되면 좋겠다.

#02
더 로드

코맥 매카시 지음

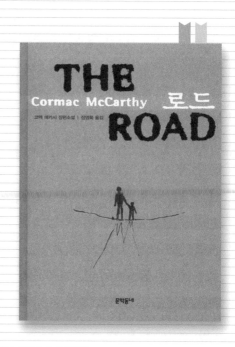

대재앙이 일어난 지구, 그곳에 한 남자와 한 소년이 있다. 지구에 구체적으로 무슨 일이 있었는지는 명시되지 않았지만, 문명은 파괴되었고 지구의 거의 모든 생명은 멸종했다. 세상은 잿빛이다. 불에 탄 세상은 온통 재로 뒤덮였고, 하늘 가득 떠도는 재에 가려 태양도 보이지 않고 한낮에도 흐리고 뿌연 빛만이 부유한다.

무채색의 황폐하고 고요한 땅, 신은 사라지고 신을 열렬히 찬미하던 이들도 사라진 땅, 그곳에 아버지와 어린 아들이 길을 걷는다.

그들은 길을 걸으며 인간이길 포기한 인간부터 경계심 많은 인간 등 다양한 주변 모습을 보여준다. 순수한 영혼의 아이가 겪는 이야기를 서술하며 잔인하면서도 아름다운 이야기를 표현하고 있다. 부자간의 사랑부터 황폐해진 사회의 모습. 희망을 잃은 세상 또는 희망의 빛이 남아있는 간절한 세상.

아이가 자고 있는 동안 매카시가 창가로 가 마을을 내려다 보았을 때 어둠에 가려 보이는 건 아무것도 없고 오직 기차 소리만 들리던 순간, 그는 오십 년 혹은 백 년 후엔 이 마을이 어떻게 변해 있을지 상상하다 산 위로 불길이 치솟고 모든 것이 다 타버린 이미지를 떠올린다. 이와 함께 옆에 잠들어 있는 어린 아들에 대해 많은 생각을 하게 되며 이 작품이 탄생하게 되었다.

더 로드

🎙️ 사회자 : 이솔희, 김진하, 장민경

발제 1

황폐해진 어둠 속에서 살기 위해 길을 나서는 남자와 소년은 많은 상황에 부딪힌다. 살아남은 자들은 먹을 것을 찾아 텅 빈 집들과 상점들과 쓰레기 더미를 뒤지고 인간이길 포기하고 인간을 먹는 사람들까지 생긴다. 심지어, 창고에 사람들을 발가벗긴 채 저장 식량으로 보관까지 하기도 한다. 자신들의 생존을 위해 이러한 반인륜적인 행동을 하는 것은 분명히 옳은 일이 아니다. 그러나 이러한 대재앙이라는 극한의 상황을 고려해 볼 때 위의 행동을 어떻게 평가해야 할까?

김나현 ▶ 극한의 상황에서 자신의 생존을 위해 반인륜적인 행동을 하는 것이 타인에게 직접적으로 피해를 주지만 않는다면 반인륜적 행동은 정당하다고 생각합니다. 먹을 것을 찾아 텅 빈 집들과 상점들과 쓰레기 더미를 뒤지는 것은 타인을 해치는 것이 아니지만 인간이길 포기하고 인간을 먹고, 발가벗긴 채 저장식량으로 보관하는 행위는 옳지 못하다고 생각합니다.

김채영 ▶ 저는 식인 행위를 해야 한다고 생각합니다. 극한의 상황에서의 반인륜적인 행동은 살아남기 위한 어쩔 수 없는 최후의 수단입니다. 세상은 약육강식의 세계이고 실제로도 살아남기 위하여 서로 싸우고 죽이며 살아남은 자가 죽은 자들을 먹고 극한의 상황 속에서 살아남은 사례가 꽤 있습니다. 극한의 상황 속에서는 언제나 이성적인 사람들도 인간이길 포기하고 미쳐버립니다. 그러므로 저런 반인류적인 행동은 생존의 방식이므로 눈감아 주어야 하며 누가 옳다 그르다 할 상황도 되지 않습니다.

[배유진] ▶ 인간이 인간을 잡아먹는다는 것은 반인륜적인 행동이며, 짐승보다도 못한 존재로 전락했다는 것을 보여줍니다. 하지만 대재앙이 와서 불모의 땅이 된 곳에서의 이러한 행동은 그저 반인륜적인 행동이라고만은 평가할 수 없습니다. 확실히 21세기를 사는 우리에게는 그것이 비인간적으로 보일 수 있지만 책 속의 이곳은 대재앙으로 인해 미래도 없고 식량도 없는 암울한 곳입니다. 인간은 자신의 안전을 추구하며 기본적인 의식주가 보장되길 원하는데 그것이 보장받지 못할 경우 사람들은 이성보다 오히려 살고자하는 본능을 따라 서로를 죽이게 될 수밖에 없다고 생각합니다.

[신지원] ▶ 저는 아무리 대재앙이라는 극한의 상황에 있더라도 반인륜적인 행동은 하지 않을 것 같습니다. '반인륜적'이라는 단어의 사전적 의미는 '인간관계나 질서에 어긋나는 행동을 하며 살아가는 것'이라고 합니다. 아무리 대재앙에서라도 인간이 인간의 질서에 어긋나는 행동을 하며 살아가는 것은 인간으로서 살아가는 것이 아니라고 생각하고, 이렇게 인간이 인간답게 살지 않는 것은 모순되고 역

설적이므로 그래서는 안 된다고 생각합니다. 이 책을 보면 주인공인 '남자'와 '아들'은 반인륜적인 행동을 하지 않고도 계속 생존해 갔습니다. 극한의 상황에 부딪혔어도 마음가짐을 단단히 하고 살아가기 위해 끊임없이 노력한다면 이 책의 주인공들처럼 살아남을 수 있을 것이라고 생각합니다.

이은혜 ▶ 앞 의견에 보충하겠습니다. 저도 옳지 않다고 생각합니다. 극한의 상황에 처했을 때 자기 보호와 생존 욕구는 당연한 것입니다. 그러나 생존 욕구에는 사랑과 희생이라는 균형이 같이 존재해야 하는 것입니다. 먹을 것을 나누는 것은 생명을 나누는 것이지만 인간답게 사는 것을 포기하고 인간을 먹을 수는 없는 것이기 때문입니다. 서로가 서로를 잡아먹으면 당장에는 굶주림을 벗어난 것 같지만 영원히 굶주림이나 공포에서 벗어날 수는 없습니다. 죽을 각오가 되어 있으면 인간의 선의 의지로 생리적인 욕구를 벗어나 인간다움을 추구할 수 있으리라 생각합니다.

김경민 ▶ 저는 앞 의견에 반박하겠습니다. 소설 속의 상황임을 가정했을 때 이들은 사람을 사람이 아닌 음식으로 여기고 먹는 사람들입니다. 자신이 가진 음식과 몸을 덮힐 옷을 빼앗기지 않기 위해 남아있는 사람들끼리도 적으로 여기고 사람을 피해 도망 다니니 우리가 일반적으로 생각하는 인간이라는 존재는 더 이상 존재하지 않는 상황입니다. 물론 식인의 행위를 반인륜적이라 비난할 수는 있겠지만 '반인륜적'이라는 용어의 정의를 살펴보면, '인간 관계나 질서에 어긋나는 또는 그런 것'이라는 의미인데 이 용어 자체도 인륜적인 상황일 때의 반대 상황으로 성립될 뿐입니다. 현실적으로 살아있는 사람이라도 인류를 존속할 수 있도록 해주는 것이 옳다고 생각합니다. 우리 나라의 최고 규정인 헌법에서도 천재지변의 발생 시 국가긴급권이라 이름 붙여지는 법으로 국가의 존립이나 헌법 질서를 위태롭게 하는 비상 사태가 발생한 경우 정부가 평상시의 헌법상의 제한을 무시하며 국가의 안전과 회복을 위하여 필요한 조치를 강구할 수 있도록 하는 비상적인 권한이 있듯이 상황을 고려하여 판단하는 것이 옳다고 생각합니다. 또한 식인 이외에 식량을 구할 수 없을 때 죽음을 택하는 것이 옳은 행위인지 혹은 식인 이외의 다른 방법을 모색한 후 식인을 반대하는 것인지 오히려 질문을 드리고 싶습니다.

권소은 ─ 저는 일단 대재앙이라는 극한 상황을 배제하고 본다면 위의 일들은 절대 정당화 될 수 없다고 생각합니다. 하지만 극한의 상황이라 해서 이런 일들이 모두 받아들여질 수 있는 것인가? 라는 질문을 던져보아야 한다고 생각합니다. 저는 행위마다 다르게 평가되어야 한다고 생각하는데 텅 빈 집을 찾아다니고 쓰레기 더미를 파헤치는 것은 자연스런 인간의 행동이라고 생각합니다. 즉, 최소한 인간의 도리는 지키되 나머지의 부수적 규율들을 어긴 행동인 것입니다. 사람들이 사는데 있어서 가장 기본이 되는 것을 지키고 유지하기 위해, 사람들 간에 사회를 원활히 돌아가게 하기 위해 만들었던 규칙들을 어긴 것입니다. 사회를 원활하게, 이 말이 중요하다고 생각합니다. 사회의 사전적 의미는 '공동생활을 하는 인간의 집단'입니다. 공동생활, 서로 협력하며 상호 작용하는 상황, 이것이 과연 극한 상황에 있었을까요? 전 아니라고 생각합니다. 책에서도 나왔듯이

'남자'와 '소년'을 포함한 대부분의 사람들이 서로의 것을 약탈하고 경계하며 살고 있었습니다. 이것을 공동생활이라고는 볼 수 없고, 또 그렇게 되면 '사회'라고 부를 수 없을 것입니다. 그런 사회가 형성되지 않는 상황에서 사회생활을 위한 규율은 효력을 발휘하지 못한다고 생각합니다. 하지만 인간이 인간을 동물마냥 잡아먹고 저장을 한다는 것은 말도 안 된다고 생각합니다. 이러한 행위는 인간이 반드시 지켜야 하는 모든 것들을 무시하는 것이 됩니다. 여기서 생존을 위해서는 어쩔 수 없다고 하는 사람들도 있을 것입니다. 맞습니다. 생존을 위해서 먹는 것은 필수적입니다. 하지만 다른 사람의 생존권을 빼앗아서는 안 된다고 생각합니다.

김경민 ▶ 앞 토론자 분께 질문 드리겠습니다. 다른 사람의 생존권을 빼앗아서는 안 된다고 하셨는데 먹힌 사람들 중에는 이미 죽은 사람도 있을 수 있습니다. 그들로 인해 다른 사람들이 생명을 존속할 수 있게 되고 이미 죽은 자들이기 때문에 그것은 생존권을 박탈당한 것이라고 정의할 수 없다고 생각합니다.

권소은 ▶ 답변 드리겠습니다. 제가 말씀드린 생존권을 뺏는다는 부분은 밤중에 살아있는 사람들의 비명소리가 들렸다는 부분에서 살아있는 상태로 잡아먹었다는 생각에 생존권을 뺏있나고 한 것입니다.

김경민 ▶ 반대 입장의 토론자 분들께 질문 드리겠습니다. 인육 이외의 식량을 구할 수 없을 때에는 다른 방안을 가지고 계신가요?

김규민 ▶ 제가 답변을 드리겠습니다. 옛날 우리나라에서도 식량을 구하기가 힘들 때 나무의 껍질을 벗겨 먹거나 풀뿌리를 먹기도 하였는데 이 책 속의 사람들은 이러한 방식은 생각을 하지 않고 식인을 해야 한다는 극단적인 생각만을 한 것 같습니다. 자연 속에서 식량을 찾는 것이 최선의 방법이라고 생각합니다.

김경민 ▶ 우리나라의 경우를 예시로 들어 주셨는데 이 책 속의 가정된 환경은 상황 자체가 다릅니다. 우리나라의 경우 자연이 있었지만 이 책 속의 환경은 대재앙으로 인해 망했기 때문에 자연의 존재 여부는 확인하기 어렵습니다. 또한 자연을 찾아낸다 하더라도 사람이 풀만 먹고 살 수는 없다고 생각합니다.

김규민 ▶ 하지만 식인 또한 지속적으로 행하다 보면 결국 한 사람밖에 남지 않게 될 것입니다. 그러므로 식인을 하기보다 다 같이 생존할 방법을 탐색하는 것이 좋다고 생각합니다.

발제 2

우리 모두 한번쯤은 급한 상황 속에서 도움이 필요한 사람을 만난 적이 있을 것이다. (물론 앞으로 살면서도) 또는 도움을 주어야 할 지 고민의 길에서 방황한 적도 있을 것이다. 이 글에서 서로에게 믿음이 없는 할아버지와 소년은 서로가 힘든 상황이고 한 톨의 식량마저 아껴야 하는 상황이지만 소년의 따뜻한 마음으로 도와주게 된다. 글 속에서 도와준 결과 아무 피해가 없었지만, 그 결과를 모른다고 가정하였을 때 도와주겠는가? 그리고 이것을 아주 중요한 날로 연결 지어 생각해 보았을 때 인생이 걸린 날, 한 사람의 생명이 위태롭다면 어떻게 하겠는가?

최세정 도와주어야 한다고 생각합니다. 사실 자신도 불가피한 상황에 목숨이 위태로운 사람을 만났다면 반드시 도와주어야 한다는 법은 없습니다. 흔히 말하는 '방관죄'도 자신이 충분히 도와줄 수 있는 상황에서 성립한다고 생각합니다. 저는 의사나 소방관, 경찰 같이 전문적으로 시민의 안전에 급한 일이 생겼을 때 노력해야 되는 사람이 아니라면 도와주어야 한다고 생각합니다. 사실 우리 인류는 예로부터 공생, 즉, 더불어 살아가기 위해서 노력해 왔고 나무에 비유하자면 공동체가 뿌리이고 각자의 삶이 가지에 해당한다고 생각합니다. 물론 자신의 일을 공동체를 위해 희생할 필요는 없지만 다만 우리의 각자의 삶이 너무 힘들고 바빠서 함께 행복하게 살아간다는 원래의 목적을 잊고 살아가는 것이 아닌가 싶습니다.

하채운 저는 앞의 의견과 조금 다른 생각을 가지고 있습니다. 저는 도와주지 않을 것입니다. 현재 나 자신도 바쁜데 남을 돕는다는 것은 불가능하다고 생각합니다. 글 속에서도 할아버지께 음식을 나누어 주지 않았다면 남자와 소년이 그 음식을 가지고 조금 더 버틸 수 있었을 것입니다. 그 결과야 어떻든 제가 이익을 얻을 확률보다 손해 볼 확률이 훨씬 더 큰데 의무가 아닌 이상 저는 자신이 할 일을 하는 것이 더 바람직하다고 생각합니다. 원래 누군가는 죽고 누군가는 사는 것이 자연적인 현상인데 아무도 죽지 않게 필사적으로 내가 희생하는 것은 옳지 않다고 생각합니다. 저도 제가 급한 상황에 다른 사람을 도와준 적이 있었지만 거의 모든 경우에 제 일을 제대로 처리하지 못해 손해를 보거나 후회를 했었습니다. 제가 여유 있는 상황에서 남을 돕는 것은 분명히 기쁜 일이지만 자기 자신도 다루지 못하면서 남의 몫까지 책임진다는 것은 어리석은 행동이라고 생각합니다.

이정민 ▶ 어떤 선택을 해야 하는 순간에, 특히 자신과 관련된 상황에 있어서는 스스로에게 이익이 되는 것을 행해야 한다고 생각합니다. 자신의 가치관에 중점을 두고, 있는 것에 근거하여 후에 후회하지 않을 만한 판단을 내리는 것이 가장 올바른 선택이 아닐까 싶습니다. 허나 오랜 시간 동안 자신의 길을 닦아왔고 그 판단이 길을 얼마나 가로막을지 예상할 수 없는 것이 사실입니다. 그 상황에서의 선택이 길을 방해하지 않을 선이라는 것이 확실하다면 도와주는 것이 맞지만, 그 외의 상황, 완벽한 계산이 되지 않는 이상 도와주지 않고 제 길을 가는 것이 옳다고 생각합니다.

허은서 ▶ 저는 앞 토론자 의견에 반박하겠습니다. 여기 발제에서는 한 사람의 생명이 위태로울 때 나의 이익을 포기하고 도와줄 건지 물어보고 있습니다. 이런 상황에서는 저는 인간의 생명보다 존엄한 것은 없다고 생각하기 때문에 결과야 어찌됐든지 그 사람이 나의 판단으로 죽음과 삶이 결정되기 때문에 도와주는 것이 옳은 행동이라고 생각합니다. 하지만 나머지 생명에 지장이 없는 상황일 경우 앞두 토론자의 의견에 동의를 하지만 이 발제 내용상 도와주는 것이 옳다고 생각합니다.

손세희 ▶ 저 또한 도와주는 것이 옳은 행동이라고 생각합니다. 헬렌 켈러의 스승인 설리반의 일화를 예를 들어 이야기를 꺼내보겠습니다. 설리반은 정신병원에 갇혀있고 아무도 설리반에게 도움을 주지 않았으며 설리반은 시각마저 잃게 됩니다. 하지만 어느 날 로라라는 할머니가 정신병원에 찾아와 설리반을 돌보게 되고 끝내 병원에서 데리고 나가게 됩니다. 로라는 설리반을 위해서 힘든 생활환경이지만 최대한 도움을 주고 설리반이 일상적인 생활을 할 수 있는 밑바탕을 깔아주었습니다. 그 후 설리반은 헬렌 켈러의 스승이 되어 헬렌 켈러에게도 희망적인 세상을 안겨주었습니다. 여기서 알 수 있듯이 로라는 설리반을, 설리반은 헬렌 켈러를, 그리고 헬렌 켈러가 다른 사람에게 희망을 주듯이 한 사람의 도움이 다른 사람의 인생을 바꾸어 놓고 그 사람이 다른 사람을 또 돕듯이 서로에게 희망을 줄 수 있는 촉매의 역할이 될 수 있습니다. 그렇기에 저는 한 사람의 극한적인 상황에는 한 사람이 아닌 여러 명의 목숨이 달려 있다고 생각합니다.

한지원 ▶ 반박합니다. 저는 도와주지 않는 것이 후회하지 않을 선택이라고 생각합니다. 이런 극한 상황에서는 자신의 감정에 휘둘려서 자신의 몸 하나도 챙기지도 못하는 상황에서 연민을 느껴 도와주게 된다면 자신에게는 아무런 이익이 없다고 생각하기 때문에 이성적으로 생각해서 자신의 이익을 챙기는 것이 옳다고 생각합니다.

최세정 ▶ 한지원 토론자님께 질문이 있습니다. 만약 수능 날 부모님 중 한 분이 심장마비로 인해 쓰러지셨을 때 다른 누군가 한 명이라도 심폐소생술을 한다면 살 수 있는 상황이지만 모두가 수능시험장에 가느라 관심조차 주지 않는 다면 그것에 대해서 어떤 생각을 가지고 있는지 물어보고 싶습니다.

한지원 당연히 제 부모님이라면 그 장소에 있던 그 모든 사람들에게 안 좋은 감정을 가질 것입니다. 허나 저 또한 그런 상황에 있는 사람들 중 한 명이라면 돕지 않고 갔을 것 같고 그 사람들에게 부모님을 도와주지 않았다고 뭐라고 할 수 있는 권리는 없다고 생각합니다.

허은서 한지원 토론자님께 하나 더 묻고 싶은 것이 있습니다. 그 상황에서 돕지 않고 갔을 때 그 후에 남게 될 죄의식에 대해서는 어떤 생각을 가지고 있습니까? 자신의 길을 위한 선택을 했음에도 죄의식으로 인해 심적 고통을 가지게 된다면 딱히 좋은 선택이 아니라고 봅니다. 그런 부분에선 어떤 생각을 하는지 묻고 싶습니다.

한지원 죄책감을 느끼기보다는 안타깝다는 생각이 들 것 같기도 하고, 주변에도 사람이 많기 때문에 책임감을 그렇게 크게 느끼지 못할 것 같습니다.

사회자 잠시 내용 정리를 하겠습니다. 최세정, 허은서 토론자분은 도와주는 행위가, 하채운, 한지원 토론자분은 돕지 않는 행위가 후회하지 않을 행위라고 말씀해주셨습니다. 약간의 언쟁이 있었지만 그 하루만을 위해서 지금까지 해온 것을 버리는 것보다는 지금까지 쌓아온 것을 지키는 것이 더 가치 있다고 느끼기 때문에 돕지 않는 것이 더 옳다는 것이 하채운, 한지원 토론자분들의 주장이었고, 죄의식과 생명존엄성에 초점을 두고 도와야 한다는 것이 최세정, 허은서 토론자분들의 주장이었습니다. 계속해서 다른 토론자분들의 의견도 들어보겠습니다.

이소정 ▶ 저는 앞의 의견에 보충하겠습니다. 정말 친분이 있는 사람(지인)이라면 도와주겠지만, 친분이 없는 사람이라면 그 사람에게 저의 인생을 걸 수는 없을 것 같습니다. 아무리 생명이 존엄하고 고귀한 것이라고 해도 내 자신이 위험한 상황에서 그 사람을 살리는 것은 의미가 없다고 생각합니다. 그리고 그 사람도 자신을 살려준 사람의 인생이 자신 때문에 뒤바뀌었다는 것을 알게 된다면 그 사람 역시 죄책감에 시달릴 수 있습니다. 그래서 인생이 걸린 중대한 상황이라면 그 사람에게 저의 인생을 투자하는 것은 옳지 않다고 생각합니다.

김한나 ▶ 저는 앞 토론자 모두와 약간씩 비슷한 생각을 가지고 있습니다. 결론적으로는 피해가 되지 않는 선에서 돕는 것이 제일 옳다는 것이 저의 생각입니다. '광에서 인심난다.'라는 말이 있습니다. 내가 충분하고 여건이 될 때 남을 도울 수 있다는 말입니다. 나 자신의 능력도 되지 않으면서 남을 돕는 것은 베푸는 것이 아니라 어리석은 것입니다. 만약 내가 피해를 봐가면서까지 남을 돕는다면 도움을 받는 입장에서는 고마움보다 미안함이 더 클 수도 있습니다. 소설에서 소년은 늘 다음 식량을 걱정하며 지냈습니다. 그런 상황에서 자신의 생명까지 위협해가며 다른 사람을 돕는 것은 자신의 미래를 생각하지 않고 한순간의 감정에 휘둘린 것입니다. 저는 자신의 것을 나누어 주더라도 나 자신에게 큰 위협이 되지 않게, 또 돕는 사람과 도움을 받는 사람 모두 서로 부담이 되지 않도록 하는 것이 가장 현명한 방법이라고 생각합니다.

발제 3

소설의 결말부에 이르러 결국 남자는 죽음을 맞이한다. 소년은 혼자가 되지만 그곳에서 또 다른 사람들과 합류하게 된다. 소년은 그들이 자신의 기준에 나쁜 사람이 아님을 느끼자 권총을 주려고 할 만큼 순진하다. 소년은 이 세계에서 또 다시 삶을 이어가게 될 것이다. 과연 이것이 희망적인 결말일까? 남자가 소년을 끝까지 살리려고 한 행동이 소년에게 희망을 안겨 주었을까? 아님 고통을 더하여 준 것일까?

한지원 ▶ 저는 고통을 더해주었다고 생각합니다. 소년은 아직 순수하고 때 묻지 않아 사람을 너무 쉽게 믿어버리는 경향이 있고 감정에 휘둘리는 모습을 앞서 보여주었는데, 혼자 남아서 다른 사람들을 믿게 되면 위험에 빠지기 쉬울 거라고 생각합니다. 게다가 이때까지 함께 하던 아버지 없이 혼자 남았다는 것이 심리적 부담감으로 작용하고 또 자신만 생존하고 있다는 것이 죄책감으로 남아 앞으로 살아가는 날에 행복만이 존재할 것 같다고 생각하지 않기 때문에 고통을 더해준 것이라고 생각합니다.

김한나 저는 소년에게 희망을 안겨주었다고 생각합니다. 이 소설은 소년이 다른 무리에 합류하면서 끝이 납니다. 저는 이 결말이 긍정의 결말이라고 느껴집니다. 물론 소년이 새로 만난 사람들이 나쁜 사람들일 수도 있고 앞으로 그 사람들과 겪어나갈 일들이 많이 험난할 수도 있습니다. 하지만 소년은 이 사람들을 만남으로써 새로운 여정을 얻을 수 있었습니다. 발제에서 말한 것처럼 소년은 순진한 아이입니다. 이 순진한 어린 아이가 죽은 아버지 곁에서 무엇을 할 수 있을까요? 저는 소년이 굶어 죽거나 어쩌면 나쁜 사람들을 만나 최악의 결과를 낳을 가능성이 크다고 생각합니다. 하지만 새로운 사람들과의 만남을 통해 남자 대신 의지할 사람을 찾게 되고 더욱더 성장 할 기회를 얻게 된 것입니다. 또한 이렇게 하나 둘씩 무리지어 살다보면 어느새 제대로 된 사회나 공동체가 형성될 수 있습니다. 이는 인류가 대재앙을 어느 정도 극복하게 된다는 의미입니다. 소년은 새로운 사람들과 함께 새로운 사회를 만들어 갈 것입니다. 따라서 남자가 소년을 끝까지 살리려고 한 것은 소년에게 희망이 될 수 있습니다.

발제 4

이 글에서 다루고 있다는 디스토피아. 디스토피아는 역(逆)유토피아라고도 한다. 가공의 이상향, 즉 현실에는 '어디에도 존재하지 않는 나라'를 묘사하는 유토피아와는 반대로, 가장 부정적인 암흑세계를 의미한다. 이렇듯 사전에서도 디스토피아와 유토피아 사이의 기준을 명확히 제시해주지 않는다. 소설 속에서 남자와 소년은 희망을 발견하고 행복을 느낄 때도 있었다. 구성원들이 행복을 느끼게 된다면 유토피아라고 말할 수도 있을 것이다. 모호한 기준을 가지고 있는 디스토피아와 유토피아를 구분하는 기준은 무엇이 되어야 할까?

정주현 ▶ 디스토피아와 유토피아는 우선 둘 다 현실 세계에 존재할 수 없습니다. 인간 세계(우리들의 세상)에는 가장 암울한 순간에도 희망이 있기 마련이고 반대의 경우에 가장 행복한 순간에도 불행이 등장하기 마련입니다. 그럼에도 이 모호한 것을 구분하는 기준이 필요하다면 마음의 안정이 중요하게 고려되어야 한다고 생각합니다. 행복이라는 가치에도 이게 물질적 행복이라면 일회적일 수 있는데 마음의 안정(불교에서 해탈이라고 보는 경지)에 이르면 삶 자체가 평온할 것이기에 마음이 불안정한가, 안정한가로 구분할 수 있을 것 같습니다.

배민주 ▶ 솔직히 이것은 개인의 생각에 따라 다르다고 생각합니다. 즉 정확한 기준은 가질 수가 없습니다. 만일 그런 기준이 먼저 나왔으면 이미 둘을 구분하는 기준이 등재되어 있을 것입니다. 예를 들어, 누구는 돈이 1000원 있어 기쁘지만 누구는 돈이 1000원 밖에 없어 슬픈 것과 비슷한 개념입니다. 고로 명확한 기준이 아닌 주관적인 기준에 따라 나뉠 수 있다고 생각합니다.

허윤서 ▶ 유토피아의 정의는 인간이 생각할 수 있는 최선의 상태를 갖춘 완전한 상태를 뜻합니다. 정의에서 이끌어내자면 유토피아는 딱 어떠어떠한 상태라고 의미를 한정지을 수 있는 것이 아니라, 사람마다 다르게 정의 내릴 수 있는 주관적인 개념이라고 생각합니다. 따라서 유토피아를 구분하는 제일 중요한 기준은 개인의 주관 즉 개인이 얼마나 행복하게 느끼는가라고 생각합니다. 아무리 물질적으로 풍요로워도 내가 행복하지 않으면 가장 완벽하다고 느낄 수 없기 때문입니다. 디스토피아 역시 유토피아의 반대 개념으로 내가 행복하지 않은 상태를 의미하며 물질적인 어떤 것이 결여된 상태는 아니라고 봅니다.

장지영 ▶ 유토피아라는 것은 추상적인 이미지이기 때문에 사람의 감정에 따라 이루어지는 것이 당연합니다. 황폐한 곳에서 사소한 행복을 느끼는 것은 정말 힘든 일입니다. 어디에도 존재하지 않는 행복을 찾게 되었을 때 우리는 유토피아를 만났다고 할 수 있습니다. 결론은 사람의 행복 기준으로 구분하자는 얘기인데 이것은 어려운 일입니다. 사람마다 행복의 기준이 다르기 때문입니다.

이소미 ▶ 디스토피아가 유토피아가 될 수도 유토피아가 디스토피아가 될 수도 있습니다. 서로 극과 극의 성격을 지닌 가상적 공간입니다. 하지만 어떠한 기준에 따라 그들을 가려내는 것은 쉬운 일이 아닙니다. 아무리 고된 삶이라도 행복은 있습니다. 아무리 이상적인 삶이라도 어두운 면은 있습니다. 디스토피아 속에 유토피아가, 유토피아 속에 디스토피아가 있을 수 있다는 말이기도 합니다. 과학기술의 발달로 인류의 삶은 풍요로워지고 더 윤택해졌으며 머지않아 이상의 세계, 유토피아에 다다를 것입니다. 반대로 그 기술들이 인간 멸시, 핵전쟁 등의 파멸, 즉 디스토피아를 야기할 수도 있을 것입니다. 결국, 그 이상향의 시계는 우리의 손에 따라, 우리의 올바른 가치관에 따라 나누어질 것입니다. 서로 전혀 동떨어진 것이 아니라 공생하고 있는 것입니다.

이지현 ▶ 디스토피아와 유토피아를 구분하는 기준은 없습니다. 암흑의 세계에서 누군가 죽어갈 때 누군가는 뜻밖의 기회를 잡고 희망을 가지게 되면 그 사람에게는 지금이 유토피아입니다. 누군가가 행복에 겨워 신나하고 있을 때 누군가는 그 결과가 때문에 불행하고 괴로울 수도 있습니다. 그 사람에게는 또 지금이 디스토피아인 것입니다. 굳이 기준을 나누자면 그건 개인마다 다른 것 같습니다. 개인이 행복하다고 느끼면 유토피아인 것이고 불행하다고 느끼면 디스토피아인 것입니다. 결국 세상에 디스토피아, 유토피아 같은 것은 없습니다. 내가 그걸 어떻게 바꾸냐에 따라서 내가 느끼는 세상은 언제나 달라질 수 있습니다.

서수민 ▶ 유토피아는 낙원, 천국, 이상향, 즉 이 세상에도 존재 하지 않을 것 같은 행복하고 밝고 아름다운 세상을 뜻하고 디스토피아는 암울, 꿈도 없는 세상을 의미합니다. 예를 들어, 유토피아는 영화나 소설에서 과학 기술의 발달로 사람들이 일을 하지 않아도 되고 원하는 것을 바로 얻을 수 있는 것이라고 생각합니다. 모두가 행복함을 느끼기 때문입니다. 디스토피아는 과학 기술로 인해 사람들이 사악해지거나 로봇들이 반란을 일으키고, 환경이 오염되어 지구가 황폐해져서 사람들이 식량을 구하기 힘들어지는 것 등이 해당된다고 생각합니다.

최도영 저는 유토피아가 계속 이어지는 개념이라고 생각합니다. 인간의 욕심은 끝이 없다는 말이 있듯 아무리 새로운 세계에 접한다고 해서 내 이상향이 실현된다고 생각하지는 않습니다. 그 세계에 대한 불안감을 표출해가면서 새로운 유토피아가 생성된다고 생각합니다.

토론 후기

이슬희 발제를 내고 사회를 봤던 토론이었다. 내가 낸 발제를 가지고 여러 명이 이야기를 나눈다는 것이 생각보다 새롭고 신기한 느낌으로 다가왔다. 글 자체가 열린 결말인데다가 깊숙이 들어 갈수록 복잡해지는 내용이 나왔다. 네 가지 발제를 작성하면서 토론이 될까라는 느낌은 들긴 들었지만 여러 사람의 의견을 한 곳에 모아보는 것도 나쁘지 않을 거라는 생각을 하면서 토론을 시작하였다. 생각보다 다양한 의견이 나왔고 발제에 대한 문제점도 약간씩 보였다. 발제를 고쳐나가면서 토론을 하는 것이 힘이 들긴 하였지만 새로운 경험인 만큼 반성과 발전의 가능성도 열어주었던 토론이었던 것 같다. 가장 기억에 남는 마지막 발제인 유토피아와 디스토피아. 사실 발제를 한 나도 무엇이 유토피아이고 디스토피아인지 그리고 그 사이의 경계선이 무엇인지 잘은 모르겠다. 물론 모두가 그럴 것이다. 이 책에 대한 유토피아와 디스토피아의 경계선을 생각하고 탐구하는 일은 대학교 논문에서도 발견될 정도니 말이다. 또한 기억에 남는 선하고 맑은 아이의 행동과 아버지의 행동들을 여러 생각과 여러 관점을 맛볼 수 있었던 것 같다. 이 책은 특히 구조나 들어있는 깊은 내용들이 너무나도 인상 깊어 개인적으로 독후감을 작성하기도 하였다. 으스스하게 시작하는 책의 내용을 독후감에 한 자도 빠짐없이 기록하고 싶었는지도 모른다. 나중에 기회가 된다면 더 많은 토론과 더 섬세한 발제를 가지고 주변 사람들과 논의를 해보고 싶다는 욕심을 안겨준 토론이었던 것 같다.

김진하 ▶ 나는 이러한 종말적 상황에서의 인간이 어떻게 행동하는가에 대한 의문을 무섭고 쓸모없는 일이라고 생각했다. 왜냐면 아주 어릴 때는 멸망이라는 상황 자체가 일어날 수 있다는 점이 무서웠지만, 지금은 그런 상황에서 인간이 정말 그렇게 행동할 수도 있다는 자체가 무서웠기 때문이다. 그리고 실제로 일어나지도 않은 일을 가지고 절망적인 상황을 그리며 인간에 대한 부정적인 감정만을 깊어지게 하고 당장 현실의 문제들에 대해서 눈을 돌리게 만들기 때문에 쓸모없다고 생각했었다. 그럼에도 불구하고 모든 문학 작품이 그렇듯이 내가 만약 주인공이라면 어떻게 행동할까 고민하게 되고 의식적으로든 아니든 그런 상황에 대한 나의 태도를 정리하게 된다. 결과부터 미리 말하자면 인간성과 보편적 가치에 대한 신뢰와 변화에 대한 믿음이 나의 태도이다. 솔직히 말해, 내가 더 로드의 주인공이라면 문명이 멸망한 지구에 언제까지 버틸 수 있을지 모르겠다. 나도 사람을 먹을 수도, 죽일 수도, 스스로를 죽일 수도 있을 것이다. 어떠한 삶의 방법을 통해 살아가거나 죽어가고, 대재앙이 닥쳐 인간이 인간을 먹는 시대가 오더라도 언젠가는 그러한 시대 또한 그 시대가 온 것처럼 다시 변화할 것이라는 신뢰와 희망이 나에게는 있다. 그 변화의 방향이 유토피아와 같은 이상으로 향할지 아니면 더 무서운 절망으로 떨어질지는 모를 뿐더러 당장 멸망한 문명의 생존자의 입장에서는 헛소리로 치부되어 나에게 무기를 들고 달려들 것이기 때문에 안타깝긴 하다. 그렇지만 내가 만약 이러한 신뢰 없이 환경에 순응하여 사람을 거리낌 없이 죽이고 먹는 이가 되는 것보다야 훨씬 아름다운 일이라고 생각한다. 이 책이 나에게 던져준 생각거리는 이런 것들이었다. 재미있다면 재미있고 무섭다면 무서운 생각들이었다.

#03

고삐 풀린 뇌

데이비드 J. 린든 지음

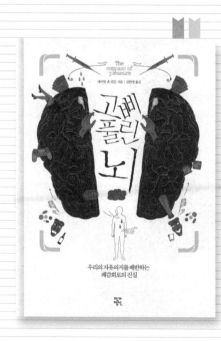

인류의 역사는 욕망의 연대기, 즉 욕망의 표출과 좌절, 그리고 성취의 역사로 볼 수 있다. 아담과 이브에서 클레오파트라, 안나 카레니나를 거쳐 버니 매도프에 이르기까지, 쾌감을 추구하는 일은 개인의 삶뿐만 아니라 국가의 발전 방향에 영향을 미칠 만큼 강력하고 극적인 동인이었다. 일찍이 에피쿠로스 학파, 성 아우구스티누스, 니체와 같은 철학자들은 인간 경험의 기초가 되는 이 쾌감이 무엇인지 분석하고 이해하기 위해 노력해 왔다. 그러나 우리는 최근에 와서야 비로소 신경과학의 놀라운 발전에 힘입어 이를 경험적으로 연구할 수 있게 되었다.

『우연한 마음』으로 미국 독립출판협회 은상 부문을 수상한 데이비드 J. 린든 교수는 『고삐 풀린 뇌—우리의 자유의지를 배반하는 쾌감회로의 진실』(원제: The Compass of Pleaser)에서 풍부한 지식과 경험을 바탕으로 뇌의 깊은 곳에 감춰진 쾌감회로를 꺼내 보인다. 이 책에서 그는 첨단 과학과 재미있는 일화들을 엮어, 우리에게 짜릿함을 주는 행동들이 어떤 생리학적·신경화학적 경로를 거쳐 강박적으로 변하는지 과학자다운 명료한 태도와 소설처럼 흥미진진하고 경쾌한 필치로 그려내고 있다.

고삐 풀린 뇌

🎙 사회자 : 서수민, 이솔희, 배유진

```
발제 1
```

인간은 다른 동물들과는 다르게 자신의 행동을 조절할 수 있는 자유의지를 가지고 있다. 그렇다면 그러한 자유의지는 우리가 쾌락에 빠지지 않게 선택할 수 있도록 조절할 능력을 가지고 있다는 것을 의미하는 것이다. 하지만 그러한 자유의지가 생기기 이전에 사람에게 있는 쾌락회로가 우리의 자유의지를 조절할 수 있을까, 아닐까?

이정민 ▶ 저는 자유의지가 부재하는 상황에서도 쾌락회로의 통제는 가능하다고 생각합니다. 우선 자유의지란 자신의 행동과 의사 결정을 외부적인 요소들에 의한 방해를 받지 않고 스스로 조절하고 통제할 수 있는 능력을 말합니다. 쾌락회로, 즉 외부적인 자극에 쾌락을 느끼는 우리의 신경계는 자극으로부터 멀어지면 그와 동시에 쾌감과도 멀어집니다. 자극의 존재 여부가 쾌락회로의 활성화를 좌지우지하는 것입니다. 우리의 자유의지가 상황에 적용되기 이전에 강력한 외부의 규율이 존재한다면 상황을 스스로 통제할 기회조차 주어지지 않게 됩니다. 엄격한 제재가 자유의지의 위에 존재할 수 있다는 것입니다. 실제로 우리나라뿐만 아니라 전 세계의 많은 국가들이 이 사실을 알고 쾌감의 반복으로 이루어지는 중독을 방지하기 위해 관련 법률을 제정하고 있습니다.

김한나 ▶ 저는 앞선 토론자의 의견에 반박합니다. 앞선 토론자께서 외부의 엄격한 규율이 존재한다면, 이러한 법률이 자유의지보다 더 강하게 작용하여 굳이 자유의지가 없더라도 법률을 통해 쾌감회로를 통제할 수 있다고 말씀하셨는데, 중독을 방지하기 위해 제정되는 그러한 법률들을 지키는 것은 본인의 자유의지에 의해 결정되는 것이 아닙니까? 발제는 자유의지가 부재하는 상황에서의 쾌락회로를 통제하는 방법을 말하고 있는데, 법률의 경우 '자유의지로 이 법률을 지켜야겠다.'라는 결심을 하고 실행을 해야만 지켜집니다. 따라서 법률은 자유의지가 존재할 때에만 적용됩니다. 만약 의지가 약해 자신을 통제하지 못하고 쾌락만을 추구하여 중독이 되어버린다면 그때의 쾌락회로는 법률로 통제할 수 있다고 생각하십니까? 저는 쾌락회로는 자유의지를 강하게 하는 것 이외에 통제할 방법이 없다고 생각합니다.

권소은 ▶ 저는 앞선 토론자의 의견에 반박합니다. 쾌락회로가 자유의지로만 통제된다고 말씀하시고 법률 같은 걸로는 통제가 안 된다고 했는데 인간은 생각하는 동물입니다. 즉, 배우고 그를 통해 무엇인가를 깨닫는 동물이라는 것이죠. 발제에는 자유의지가 우리가 쾌락에 빠지지 않게 인간의 무분별한 행동을 선택, 조절할 능력을 가지고 있는 것이라고 말하고 있습니다. 하지만 그 이외의 사고능력에 대해선 언급하고 있지 않습니다. 이것을 고려한다면 다른 관점에서 쾌락회로를 조절할 수 있는 방법이 있습니다.

김한나 ▶ 반박합니다. 자유의지가 없다고 해서 처음부터 그 이외의 사고능력까지 불가능한 것은 아닐 것입니다. 하지만 쾌락회로가 자유의지에 의해 통제되지 않는 상태에서 쾌락을 계속 추구하다보면 쾌락에 빠지게 될 것이고 그 상태를 중독이라고 말합니다. 중독은 '어떤 사상이나 사물에 젖어버려 정상적으로 사물을 판단할 수 없는 상태'를 일컫는 말입니다. 중독의 정의만 보아도 중독에 걸린 사람은 정상적인 사고를 할 수 없음을 알 수 있습니다. 이렇게 정상적인 사고가 불가능해진 사람이 법률을 지켜야 하는가에 대한 올바른 판단을 내릴 수 있습니까?

장민경 ▶ 김한나 토론자님 의견에 보충합니다. 우선 쾌락 회로를 조절할 자유의지가 없다는 것은 마치 달리는 기차에 브레이크가 없다는 것과 동일하다고 생각합니다. 브레이크가 없다면 멈출 방법이 없다는 것이겠죠. 여기서 브레이크란 법이나 규칙 등의 물리적 제제를 말하는 것입니다. 혼자서 통제할 수 있는 자유의지가 없으니 물리적으로라도 제재를 가해야 할 것입니다. 하지만 아무리 강력한 법이 있다고 해도 법에 맞출 능력이 없는데 어떻게 법을 지킬 수 있을까요. 꼭 법이 아니더라도 다른 사람이 "하지마!"라고 했을 때, 그 말을 듣고 '멈춰야겠다.'는 생각을 할 수 있는 의지가 없을 것이고 내가 '이 행동은 남에게 피해를 주는 나쁜 행동이구나.'라고 생각을 하더라도 조절할 수 있는 자유의지가 없으니 자신의 행동을 통제할 수 없을 것입니다.

권소은 ▶ 반박합니다. 지금 토론자께서 말씀하신 것은 자유의지가 없는 상태를 다 포함한 것이 아니라 쾌락회로가 사람들을 중독 상태로 다 만들어 버렸을 때를 전제로 하고 있는 것 같습니다. 물론 중독 상태, 정상적으로 무엇인가를 판단 할 수 없는 상태가 된다면, 그것도 한 사람이 아니라 모든 사람이 그렇게 된다면 문제는 심각해질 것입니다. 하지만 발제에선 '쾌락에 빠져있다.'라는 전제가 없습니다. 또한 토론자의 말씀처럼 사람들이 중독 상태에 빠지게 되는데 그럼 그 중독에 빠지는 루트와 기간이 다 동일할 것이라는 근거도 없습니다. 사람마다 단계도 다를 뿐더러 종류도 다를 것입니다. 일반적으로 중독은 한 가지에 집착하게 되는 경우를 일컫습니다. 모든 것에 중독되는 것도 사실상 불가능한 것이지요. 이런 점들을 다시 본다면 쾌락회로를 공동체 생활을 하면서 절제할 수 있다는 생각이 완전히 틀렸다고 말할 수 없겠지요?

김한나 ▶ 발제에 나와 있듯이 자유의지는 쾌락에 빠지지 않게 조절하는 역할을 합니다. 그렇다면 자유의지가 없다는 것은 쾌락에 빠질 가능성이 몹시 높다는 것을 의미합니다. 여기서 '쾌락에 빠진다.'는 것이 전제가 되었다고 볼 수 있습니다. 쾌락에 깊게 빠진다면 중독 상태가 될 것이고요. 제가 중독에만 한해서 말씀드린 점은 인정합니다. 쾌락에 깊게 빠지기 전에 공동체가 그 사람에게 꾸준히 권면해 준다면 중독 상태에 이르지 않을 것입니다. 그러나 쾌락에서 헤어나온다면 그것은 이미 자유의지를 되찾은 것을 의미합니다. 자신으로 인해 타인이 받는 고통을 보고 깨닫는 과정까지가 자유의지를 제외한 다른 사고를 통해 행해진다면, 깨달은 후에 스스로를 통제하는 것은 결국 또 자유의지라는 말이죠. 결국 쾌락회로를 통제하는 것은 자유의지를 통해서라는 말입니다.

권소은 그렇다면 다른 관점에서 자유의지가 인간의 사고하는 모든 과정과 연관되어 있다는 말씀인지 묻고 싶습니다. 발제에서 인간이 동물과 "다르게" 자신의 행동을 조절할 수 있는 의지를 자유의지라고 했는데 동물과 인간이 다르게 행동하는 것은 무엇이겠습니까? 다르다는 것은 비슷한 맥락의 상황에서 다르게 행동한다는 것입니다.

최세정 저는 자유의지가 사라진 상태에서의 쾌락회로의 작용은 굉장히 위험하다고 생각합니다. 인간은 누구나 쾌락회로를 가지고 있습니다. 그것이 본능적인 욕구든, 개인적인 욕망이든 어쨌든 쾌락회로는 작용됩니다. 그런데 개인적인 욕구를 충족하는데 있어서 작게는 누군가, 크게는 사회에 문제를 일으키는 일이 발생하곤 합니다. 그때 우리가 쾌락을 선택하지 않도록 조절하는 일을 수행하는 것이 바로 자유의지인 것입니다. 그래서 저는 자유의지와 쾌락회로가 상반된 의미라기보다는 사회와 개인 사이에서 직질한 섭합점을 제시하는 상호보완적인 관계라고 생각하였습니다. 다만 그들 사이에는 균형이 필요하고 그 균형이 무너지는 순간 문제가 발생한다고 생각합니다. 따라서 쾌락회로가 자유의지보다 우위에 서는 순간, 인간은 절제보다는 충동을 선택하게 될 것이고 그 과정에서 큰 손실이 생긴다고 생각합니다.

김경민 ▶ 인간은 본질적으로 쾌락을 추구하고 편안함을 원합니다. 누구도 불편하고 어렵고 힘든 일을 더 좋아하며 그것을 행하려 하는 인간은 없다고 단정 지어도 과언이 아니라고 생각합니다. 그렇기에 쾌락회로만 존재한다면 사회질서는 엉망이 될 것이고, 모두 자신의 쾌락과 이익만을 주장하여 난장판이 될 것입니다. 이러한 인간의 쾌락을 제재하는 것이 자유의지인데 상식적, 보편적으로 생각하기에 어떠한 행위가 잘못되었고 사회의 규범에 어긋나는 것임을 인식하고 그만두게 되는, 즉 최대의 마지노선이라고 생각합니다. 자유 의지가 쾌락보다 우위에 있다는 뜻이 아닌 둘은 상호보완적 관계에서 존재해야 하며 어느 것도 도를 넘어서 지나치면 안 된다고 생각합니다.

이지현 ▶ 저 또한 쾌락회로를 자유의지 없이 다른 방법으로 통제할 수 없다고 생각합니다. 사람은 자유의지가 있기 때문에 판단이라는 것을 할 수 있어서 쾌락을 추구했을 때 얻는 이익과 손실을 계산해 그 행위가 합당하다고 생각하면 하고, 합당하지 않다고 생각되면 하지 않습니다. 그런데 만약 자유의지가 없다면 사람은 그저 쾌락만 추구해서 이기적으로 변할 것이고 오로지 자신의 이익만을 추구하게 되어 남에게 피해를 줄 수도 있는 무분별한 행동을 할 것입니다. 자유의지가 없으면 오로지 쾌락을 추구하는 본능만이 남게 되기 때문에 다른 방법을 써서 본능을 막을 수는 없을 것 같습니다.

하채운 ▶ 보충합니다. 인간은 동물들과 다르게 본능을 억누를 수 있고 윤리 의식을 갖추고 있는데 자유의지가 없는 상태에서의 인간은 법과 규칙들을 따르지 않습니다. 이 상황에서의 인간은 동물과 다를 바 없다고 생각합니다. 인간이 통제할 수 없는 쾌락에 빠졌을 때 사회는 큰 혼란을 겪을 것입니다. 쾌락은 인간에게 행복을 주지만 그것이 과할 땐 사회의 질서가 무너집니다. 따라서 자유의지를 통해 인간이 본능과 이성 사이의 경계를 잘 유지해야 하고 쾌락이 지나치지 않도록 위에서 눌러주어야 한다고 생각합니다.

신지원 그럴 수 없다고 생각합니다. 현재 인간은 모두 자유의지를 가지고 있습니다. 인간은 그 자유의지 덕분에 어떠한 상황에 부딪혀도 쾌락에 빠지지 않는 방법으로 행동하도록 스스로를 제어합니다. 그런데 만약 자유의지가 없다면 자기 스스로 자신의 행동을 조절하지 못해 다른 동물들처럼 쉽게 쾌락에 빠질 것입니다. 그래서 인간은 자유의지가 없으면 안 되는데, 만약 자유의지가 없어 다른 방법을 사용하여 쾌감회로를 조절한다고 해도 자유의지 외의 다른 방법들 중 자유의지만큼 쾌감회로를 제어할 수 있는 방법은 없을 것입니다. 현재 우리가 쾌감회로를 제어하기 위해 자유의지를 이용하는 것은 인간이 끊임없이 진화하며 쾌감회로를 조절하기 위해선 다른 방법들보다 자유의지가 가장 적합하다고 생각되었기 때문일 것입니다. 그런데 그 자유의지 대신 다른 방법을 사용한다고 하면, 지금까지 자유의지로 조절되는 것에 익숙하게 진화되어 온 쾌감회로가 그 방법에 의해 쉽게 제어되지 않을 뿐더러, 그 방법들이 자유의지보다 쾌감회로를 조절하는데 있어서 적합하지 않을 것입니다. 그래서 인간은 자유의지가 없어서는 안 되며, 설사 없다고 하여 다른 방법을 사용해도 자유의지 외의 다른 방법들은 쾌감회로를 제어하기 힘들다고 생각합니다.

이소정 ▶ 앞선 토론자의 말에 반박하겠습니다. 쾌락회로는 자유의지가 아닌 다른 방법으로 통제할 수 있습니다. B-19의 실험에서도 알 수 있듯이 B-19는 뇌에 연결된 전극을 통한 자극으로 인해서 동성애자 임에도 불구하고 이성과 관계를 하고 성적 흥분을 느꼈습니다. 방법이 비인간적일 수는 있지만, 뇌의 자극을 이용해 쾌락을 조절한다면 무분별한 행동을 통제할 수 있다고 생각합니다.

배민주 ▶ 저는 앞선 토론자의 의견에 보충하겠습니다. 먼저 자유의지의 정의를 찾아보았는데 자유의지란 '성년자로서 정신에 이상이나 장애가 없다.'라고 등재되어 있었습니다. 성년자는 만 19세를 가리키는 것으로 자유의지는 그때 생긴다고도 생각할 수 있는데 그렇다면 청소년기에 자신을 통제하는 것은 뭐가 대신하겠습니까? 그러므로 저는 자유의지가 아닌 다른 방법으로 통제할 수 있다고 생각합니다.

장지영 ▶ 저는 앞의 배민주 토론자와 이소정 토론자께 질문을 하고 싶습니다. '자유의지가 아닌 다른 방법으로도 통제할 수 있다.'의 예시가 부족한 것 같은데, 구체적으로 어떤 방법으로 통제를 할 수 있다고 생각하십니까? 그리고 이소정 토론자께서는 뇌의 자극을 통해 통제할 수 있다고 하셨는데, 모든 사람들이 뇌를 자극할 수는 없지 않을까요? 바로 밑 발제에서는 뇌를 자극해 쾌락을 조절하는 것이 옳지 않다고 하셨는데 자유의지가 없을 때는 통제할 수 있는 다른 방법으로 뇌의 자극을 말씀하신 것은 모순이라 생각됩니다.

정주현 ▶ 앞선 토론자에 보충합니다. 자유의지의 발현 전 인간의 쾌락회로가 자유의지 조절 기능을 제대로 행하지 못했기에 법, 보상, 처벌, 동기 등의 개념의 기초인 자유의지가 생겨나 인간이 자신의 행동에 책임을 지는 동물로 진화한 것이라고 생각합니다. 샘 해리스의 '자유 의지는 없다'라는 책을 참고해보니 샘 해리스는 "자유 의지란 단연코 환상이다. 우리의 의지는 우리 스스로 만드는 것이 아니다. 사고와 의도는 우리가 의식하지 못하고 의식적으로 통제할 수도 없는 배경 원인으로부터 발생한다. 우리는 스스로 가지고 있다고 생각하는 바로 그 자유를 가지고 있지 않다."라고 말하며 존재 자체를 부정하였습니다.

허은서 ▶ 저는 '자유의지가 형성되기 전'이라는 말을 두 가지 의미로 나누어보았습니다. 첫 번째는 정주현 토론자가 말씀하신 것처럼 법과 여러 제도가 생기기 전, 인간들이 쾌락을 추구하며 원시적인 생활을 하던 시기, 두 번째는 범위를 좀 더 좁혀 한 개인이 성장하는 과정에서 자유의지가 형성되기 전의 시기입니다. 우선 원시 시대의 인류는 자신의 쾌감회로가 지시하는 방향대로 행동했으며 국가가 발생하기 시작하자 여러 사람을 통치하기 용이하게 하기 위해, 즉 개개인의 쾌감회로를 통제하고 조절하기 위해 통치자들은 법을 만들기 시작했습니다. 하지만 법과 제도를 만들었음에도 불구하고 법을 지키지 않는 사람이 존재했는데 그 이유는 아무리 엄격한 법이라도 쾌감회로를 통제하기에는 부족했기 때문입니다. 이것은 스스로의 자유의지가 아니고서는 어떠한 방법으로도 쾌감회로를 통제할 수 없다는 것을 의미합니다.

그리고 자유의지가 형성되기 전의 아기들이 기저귀에 볼일을 본 후 불편해서 우는 모습을 보며 이상하게 여기는 사람은 거의 없을 것입니다. 이 사례는 자유의지가 형성되기 전에는 쾌감회로를 조절하지 못하는 것이 자연스러운 것이라는 의견을 뒷받침해 줄 수 있습니다. 자유의지가 완전히 형성되기 전까지의 아이들은 부모나 주위 조력자에 의해 쾌감회로를 조절하는 법을 배운다고 할 수는 있지만, 아이들이 스스로 무분별한 행동을 통제하거나 자제하는 것은 아니라고 생각합니다. 그들의 행동은 누군가에 의해 통제되는 것이지 스스로 통제하는 것이 아니기 때문입니다. 결론적으로 쾌감회로는 자유의지가 아닌 어떤 것에 의해서도 조절될 수 없습니다.

발제 2

이 책의 저자는 어떤 것들에 의해 뇌의 쾌감회로가 활성화되는지 알았으니, 언젠가는 뇌를 자극해 쾌감회로를 조절할 수 있는 날이 오지 않을까에 대해 질문한다. 즉, 특정 유전자를 선별하여 조절하거나, 뇌에 어떤 장치를 넣어 심각한 위기에 빠져있는 중독자들을 구할 수 있다는 이야기이다. 하지만, 특정 유전자를 변형하거나 조작해 뇌에 장치를 넣는다면 유전자 이상 등의 이상 증세 등으로 인해 중독자들을 더 위험한 상태에 처하게 만들 수도 있다. 이렇게 된 중독자들은 더 강한 쾌감을 느끼기 위해 약물투용, 도박, 술 등을 계속하게 될 것이고, 결국에는 쾌감회로를 스스로 조절할 수 없는 상태로 만들어 버릴 것이다. 이를 통해 보면 과연 뇌를 자극해 쾌감회로를 조절하는 것이 옳은 행동인가에 대해 의문이 든다.
뇌를 자극해 쾌감회로를 조절하는 것이 옳다고 생각하나, 옳지 않다고 생각하나?

이정민 ▶ 저는 인위적으로 뇌를 자극해 쾌감회로를 조절하는 행위는 바람직하지 않다고 생각합니다. 뇌는 신체의 모든 부분을 가장 높은 곳에서 관리하는 부분으로 가장 중요하며 그렇기에 함부로 다루기 어려운 부분입니다. 그러한 뇌에 인간이 함부로 손을 댄다는 건 위험한 행위입니다. 뇌를 자극해 쾌감회로를 조절하기보다는 환자들에게 보다 안전한 약물치료를 권유하고, 꾸준한 상담을 통한 개선을 통해 스스로의 의지로 중독이라는 구렁텅이에서 벗어나게 하는 것이 더 좋은 방안이 될 것입니다.

김한나 ▶ 앞선 토론자의 의견에 보충합니다. 인간은 자신에게 합리적이라고 느껴지는 판단을 내리며 살아가는 동물입니다. 이는 인간이 이성을 가지고 사고를 하여 판단을 내릴 수 있다는 것을 뜻합니다. 그리고 이러한 사고는 뇌에서 이루어집니다. 이렇게 스스로 결정을 내리는 공간인 뇌를 기계로 조절하게 된다면 인간은 기계에게 지배당할 것이고, 기계가 인간의 삶의 주체가 되는 일이 벌어질 것입니다. 중독은 약물 치료와 정신적 치료를 병행하여 충분히 회복할 수 있습니다. 중독을 치료하기 위해 뇌에 기계를 넣는다면, 중독 증세 그 자체는 완화될지 모르나 중독 이전으로 온전히 돌아가 '인간'으로 살 수 있다고는 보장할 수 없습니다.

서수민 ▶ 앞선 토론자의 의견에 보충합니다. 저는 사람의 뇌에 기계를 삽입해 쾌감회로를 조절한다는 것 자체가 성립이 되지 않는 모순이라고 생각합니다. 인간의 뇌는 어떤 것을 기억하고 몸의 각 기관에 명령을 내리는 총괄적인 기능을 하는 중추입니다. 만약 이러한 중요한 기능을 담당하는 뇌에 기계를 삽입하게 된다면 인간의 뇌와 기계를 삽입당한 사람 모두 죽게 될 것입니다. 인간의 뇌에는 수많은 세포들이 존재하는데, 기계들이 그 세포를 망가뜨리는 것이기 때문입니다. 또한 뇌에 삽입된 기계가 사람을 지배하는 재앙까지 불러일으킬 것입니다.

한지원 ▶ 앞선 토론자의 의견에 보충합니다. 중독은 스스로 극복해야 하는 것이지 기계에 의존해 해결할 수 없는 문제입니다. 뇌를 자극해서 중독을 막다 보면 우리는 뇌를 자극하는 장치에 더욱 집착하게 될 것이고 점차 기계에 의존해서 살아가게 될 것입니다. 기계에 의존하며 살아가는 삶은 의미 있는 삶이라고 할 수 없습니다. 따라서 저는 뇌를 자극해 쾌감회로를 조절하는 것은 옳지 않은 행동이라고 생각합니다.

김나현 ▶ 저는 앞선 토론자와 반대되는 입장을 가지고 있습니다. 저는 뇌를 자극해 쾌감회로를 조절하는 것이 옳은 행동이라고 생각합니다. 유전자 변형, 장치 삽입법을 통해 생기는 부작용들은 중독 증세를 치료할 때만 생기는 문제가 아닙니다. 항암 치료와 방사선 치료가 대표적입니다. 우리는 이러한 치료들을 실행했을 때 일어나는 부작용이 우리에게 얼마나 치명적인지 알고 있지만 오로지 환자들의 상태를 호전적으로 만들기 위해 위험을 감수하고 치료를 하는 것입니다. 이처럼 치료하고 난 후 발생할 부작용들을 우려해 뇌의 중독 증세를 치료하지 않는 것은 오히려 잘못된 행동입니다. 뇌를 자극해 쾌감회로를 조절할 수 있다면 이 행동은 하루 빨리 행해져야 하는 것이 더 옳은 행동이 될 것입니다.

발제 3

사람들은 대게 중독이 술, 담배 등 몸에 해로운 행위를 끊을 수 없게 되는 병적 증상으로서 부정적인 것이라 생각한다. 하지만 우리가 선하다고 생각하는 행동들도 그와 비슷한 효과를 나타낸다. 예를 들어, 사람의 쾌감회로에 많은 자극을 줄 수 있는 운동, 음식이나 사회적 인정도 중독에 해당이 된다. 심지어 봉사활동을 하는 자선 기부조차도 뇌에서는 중독과 똑같은 효과를 나타낸다고 한다.

이 책의 저자, 데이비드 J. 린든은 운동과 같이 사람의 몸에 좋은 영향을 끼치는 중독도 인간의 쾌감회로를 자극해 인간의 기본적인 생활에 방해가 될 수 있다며 가급적 치료를 해야 한다고 판단한다. 이러한 상황에서 우리는 위의 좋은 중독을 치료해야 할까, 말아야 할까?

이지현 저는 좋은 중독이라도 치료를 해야 한다고 생각합니다. '사공이 많으면 배가 산으로 간다.'라는 속담이 있듯이 무엇이든지 지나치면 좋지 않다고 생각합니다. 운동을 예로 들어보면, 적당한 운동은 체력을 길러주고, 병을 예방해줄 뿐만 아니라, 정신적인 스트레스 등도 해소해 줄 수 있습니다. 하지만 운동이 지나치면 관절도 약해지며, 운동으로 인한 피로도 증가하여 다른 일을 그르치게 될 수 있습니다. 이와 비슷한 예로 음식을 많이 먹으면 배탈이 날 수도 있고, 더 나아가 소화 장애로 이르게 될 수도 있습니다. 또한 사회적 차원에서 생각해봤을 때, 사회적 인정을 한번 받게 되면 계속 인정을 받고 싶어지는 욕망 때문에 무조건 바른 행동을 하고 남을 위해야 한다는 압박감 속에서 살면서 상당한 스트레스를 받게 될 것입니다. 이와 같은 이유로 저는 좋은 중독이든 나쁜 중독이든 일상생활에 지장이 가지 않도록 치료해야 한다고 생각합니다.

신지원 ▶ 앞선 토론자의 의견에 동의하는 바입니다. 아무리 좋은 중독일지라도 중독은 치료해야 하는 것이 옳다고 생각합니다. 중독은 '생체가 음식물이나 약물의 독성에 의해 기능 장애를 일으키는 일, 또는 술이나 마약 따위를 지나치게 복용한 결과 그것 없이는 견디지 못하는 병적 상태'를 의미합니다. 중독의 정의에서 알 수 있듯이, 중독은 생체를 병적 상태로 만듭니다. 운동이나 봉사 등은 좋은 행동이므로 많이 하면 좋은 것이 맞지만, 중독될 만큼 지나치게 한다면 생체기능장애를 불러올 수 있습니다. 예를 들어 운동을 지나치게 하면 운동중독증에 걸릴 수 있는데, 이 병에 걸린다면 근골격계의 부상위험이 커지고, 심장의 과도한 부담으로 인해 증상이 심해지면 심장마비로 사망에까지 이를 수 있습니다. 그러므로 좋은 중독이라도 치료해야 한다고 생각합니다.

최세정 ▶ 기본적으로 중독은 권장량보다 훨씬 많은 양을 소비했을 때의 상태를 일컫는 말입니다. 그 관점에서 본다면 술, 담배, 초콜릿

등도 모두 중독에 해당될 수 있습니다.

발제에서 좋은 중독이라는 표현을 사용하였는데, 좋은 중독은 치료한다는 표현보다는 자제한다는 표현이 옳은 표현이라고 생각합니다. 사실 운동이나 사회적 지위는 그 자체가 중독의 특성을 가지고 있다고는 말하기는 어렵습니다. 사회적 지위나 운동은 중독성을 가진 다기 보다는 과유불급처럼 본인이 많이 하기 때문에 문제가 되는 것입니다.

그리고 앞서 신지원 토론자께서 중독이 나쁜 약물이나 식품 등을 과도하게 섭취하는 행위라고 말씀하셨는데, 그렇게 친다면 사회적 지위나 운동 등은 그 자체로 나쁜 것은 아니기 때문에 중독의 범주에 포함되지 않는 것이라고 생각합니다.

김민향 앞선 토론자의 의견에 보충하겠습니다. 발제와 책에서 운동, 봉사활동, 사회적 인정은 중독과 같은 효과를 일으킬 뿐, 중독이라고는 명시하지 않았습니다.

저는 치료는 필요 없지만, 본인이 치료가 필요하다고 생각한다면 언제든지 치료할 수 있도록 하는 기관이나 시설 등이 만들어져야한다고 생각합니다. 또한 술과 담배와 같은 약물 등은 제3자에게 피해가 되는 행위이기 때문에 부정적인 시선이 가해지는 것도 치료할 필요가 있지만 좋은 중독은 최소한 제3자와는 상관이 없거나 오히려 이득을 주는 행동이기 때문에 치료는 필요 없다고 생각합니다.

허윤서 중독이라는 것은 어떤 것을 과도하게 함을 뜻하는 말입니다. 중독의 정의가 부정적임을 내포하고 있기 때문에 좋은 중독이라는 말은 성립 자체가 불가능하다고 생각합니다. 만약에 좋은 중독이 존재한다고 하더라도 일상 생활에 방해가 되거나 다른 사람에게 피해를 주면 이는 반드시 치료할 필요가 있다고 생각합니다.

김경민 ▶ 저도 앞선 토론자의 의견처럼 좋은 중독은 존재하지 않는다고 생각합니다. 중독이라는 단어 자체의 의미가 술이나 마약 따위를 지나치게 복용한 결과 그것 없이는 견디지 못하는 병적상태, 또는 어떤 사상이나 사물에 젖어버려 정상적으로 판단이 불가능한 상태를 의미하듯이 부정적인 의견이 훨씬 더 강합니다. 그래서 '좋다'라는 단어와 결합하기에는 모순이 있다고 생각합니다.

과유불급이라는 사자성어가 있듯이 무엇이든 지나치면 안 하느니만 못합니다. 아무리 몸에 이롭고 도움이 된다 할지언정 도를 넘어서는 것은 오히려 독이 되어 되돌아오는 경우가 다수입니다. 제 경험을 예시로 들자면, 제가 중학생 때 같은 반 친구가 키를 크게 하기 위한 목적으로 줄넘기를 수천 번씩 하고, 달리기도 꾸준히 했었는데, 오히려 제 친구는 과한 운동으로 성장판이 닫히게 되어 더 이상 키가 클 수 없는 상태에까지 이르렀습니다. 이처럼 무엇이든 적당히 하는 것이 중요하다고 생각합니다.

최도영 ▶ 저도 또한 좋은 중독이라도 치료해야 한다고 생각합니다. 모든 중독은 그 상태가 심하면 치명적인 부작용을 일으키기 마련입니다. 중독이라는 것이 과도하다는 뜻도 있지만 본인이 한계점을 스스로 인지하지 못함을 의미하기도 합니다. 한계점을 인지하지 못한다는 것은 그 결과를 생각하지 못하고 순간적인 쾌락을 위해서만 행동을 하는 것이어서 이성적인 행동에 해를 끼칠 수도 있다고 생각합니다.

손세희 ▶ 저 또한 치료를 해야 한다고 생각합니다. 좋은 중독의 대표적인 예로는 술 냄새가 있습니다. 술 냄새는 초반에는 근심, 걱정, 불면증 등으로 고통 받은 사람들에겐 좋은 중독으로 간주될 수 있으나, 시간이 지나면서 점점 악영향으로 번질 수 있습니다. 만약 수면제를 복용해오던 사람은 갑자기 수면제가 없으면 일상생활이 힘들어질 수 있으며 심한 경우 사망에까지 이를 수 있습니다.

발제 4

책 '고삐 풀린 뇌'에서 고양이가 인간을 보는 관점에 대해 서술해 놓은 부분을 보면, 고양이는 인간의 섹스 행위를 보면서 필요에 의한 관계가 아니라는 점에서 인간을 변태라고 생각하고, 관습적으로 단 한 명의 섹스 파트너만을 고집하는 것을 납득할 수 없어 한다. 실제로 우리 인간은 다른 짐승들과 마찬가지로 종족 번식의 본능을 가지고 있기에 관계를 가진다. 한편, 인간은 다른 짐승들과 달리 발정기가 아닌데도 짝짓기를 할 경우도 있다. 우리는 이러한 행위를 인간만이 가지는 특별한 관습으로 보아야 하는가, 아닌가. 또한 이러한 행위를 인간의 본능으로 인성해 주어야 하는가, 아니면 그저 비인간적이고 부도덕적인 행위로 판단해야 하는가?

김규민 ▶ 사람들은 살아가면서 자주 또는 가끔 자신의 파트너와 성관계를 맺을 수 있습니다. 마찬가지로, 침팬지를 포함한 여러 포유 동물들은 자위를 한다고 책에 제시되어 있습니다. 저는 자위를 성에 대한 자신의 욕구를 남들 앞에서 억누르기 위해 자기 스스로 행위 비슷한 것을 하여 위안을 얻는 것이라고 생각합니다. 자위를 하는 동물들, 직접 섹스를 하는 인간, 물론 인간도 자위는 할 수 있습니다. 하지만 이 둘을 놓고 보았을 때, 동물들도 인간과 같이 성욕이 있을 수는 있지만 번식이 가능할 때에만, 필요에 의할 때에만 섹스를 한다고 볼 수 있습니다. 그러므로 저는 흥미를 위한, 관계 개선을 위한, 인간들이 하는 섹스 행위를 인간만이 가지는 특별한 관습이라고 생각합니다.

배민주 ▶ 저는 인간만이 가지는 특별한 관습과 본능이라고 생각합니다. 일단 인간들의 살아가는 방식은 다른 동물과는 다릅니다. 이것은 특별한 관습이라고 봐야할지 모르겠지만 분명히 예기치 않은 성관계를 하는 경우가 있을 것이며, 야한 매체에 자연스레 흥분되어 갑자기 행위를 하는 등의 여러 가지 경우가 있기 때문에 본능이라고 봅니다.

이소미 ▶ 동물들은 발정기가 되면 종족 번식 본능에 의해서 상대에 의한 자신의 감정이나 생각에 상관없이 짝짓기를 하는 경우가 있습니다. 하지만 인간은 동물들과는 다르게 상대에 대한 호감에서 비롯될 수 있는 행위들이 있다는 점들과 동물에게 없는 행위의 동기가 있다는 점에서 동물의 본능적 행위와는 대비된다고 생각합니다. 또 동물과 같은 본능을 지녔지만, 인간은 성관계에 대해 자제능력을 지녔다는 점에서 이를 인간의 본능으로 인정해주되 인간만이 가지는 특별한 관습으로도 보아야 한다고 생각합니다.

이소정 인간만이 가지는 특별한 관습으로 보아야 한다고 생각합니다. 인간과 동물의 다른 점은 인간은 이성이 있다는 것입니다. 그렇기에 인간은 발정기라 해서 아무나하고 관계를 하지 않고 자신의 이성으로 욕망을 억제할 수 있습니다. 이 말은 인간은 종족 번식의 본능을 가지고 있지만 단지 성관계를 종족 번식의 목적으로만 하는 것은 아니라는 뜻입니다. 그래서 인간은 한 명의 섹스 파트너만을 고집하게 됩니다. 인간은 종족 번식의 목적이 아닌 오락용으로 관계를 즐기기도 하는데 이것을 비인간적이고 부도덕적인 행위로 판단할 필요는 없다고 생각합니다. 때때로 인간은 발정기라고 해서 아무나하고 관계를 할 수는 없기 때문에, 이에 의해 억제되었던 본능을 이런 오락용 관계를 통해 즐긴다고 생각합니다.

장지영 저도 앞선 토론자의 의견에 동의합니다. 이러한 행위를 인간의 본능으로 인정해주어야 한다고 생각합니다. 인간이 발정기가 아닌데도 짝짓기를 하는 이유는 짐승들과 관계목적이 다르기 때문입니다. 짐승들과의 공통적인 목적은 번식이지만, 인간은 말 그대로 자극 또는 쾌감을 위한 관계를 원합니다. 쾌감을 찾고 즐기는 행위 자체를 비인간적이라 할 수는 없습니다. 행위 자체가 비인간적이고 부도덕하다고 여겨진다면 자위를 하는 행위 또한 비인간적이라고 할 수 밖에 없습니다. 하지만 쾌감을 찾게 되는 것은 인간의 본능입니다. 그렇기 때문에 행위 자체를 비판할 이유는 없다고 생각합니다.

김진하 인간은 자연스럽게 누군가에게 사랑이라는 감정을 느낄 수 있는데 누군가를 사랑하게 되면 정신적 감정에서의 사랑도 중요하지만 육체적인 면의 사랑도 중요한 부분을 차지하게 됩니다. 육체적인 사랑을 나눔으로써 사랑을 받고 있다는 느낌과 만족감을 느낄 수 있기 때문입니다. 동물은 발정기 때에만 성행위를 하지만 인간은 사랑을 느낄 때만 서로의 동의 하에 행위를 할 수 있습니다. 이런 점을 서로 사랑하기 때문에 굳이 발정기가 아닐 때에도 서로를 원하고 있다고 느낄 때 성행위를 하고 싶어 하는 욕구를 느낍니다. 이런 점은 동물과는 다른 인간만의 관습이라고 생각합니다.

배민주 발제에 한 명의 섹스 파트너만을 고집하는 것에 대해 언급하고 있는데 저는 이것을 '허기'에 비유할 수 있다고 생각합니다. 우리가 먹을 음식을 중복해서 먹고 새로운 것보다 익숙한 것을 선택하는 것과 비슷하다고 느꼈습니다.

정주현 동물의 성교를 예를 들어왔는데, 양이란 철새 같은 경우에는 특정 계절에만 교접을 하고 그 계절이 아니면 아예 욕망 자체가 생기지 않는다고 합니다. 그리고 보노보나 돌고래의 경우에는 오락용 성교 그리고 긴팔 원숭이 또는 황제 펭귄 같은 경우에는 수에 따라 성교를 다르게 한다고 합니다. 이것으로 보아 저는 위의 행위들이 환경에 적응하면서 나타난 결과라 생각합니다. 동물들 같은 경우에는 자기들보다 항상 더 높은 위치에 있는 어떤 동물이 있기 때문에 그 동물로부터 항상 생존을 해야 하고 더 강한 자가 살아남는 것이 동물의 세상이기 때문에 한 명의 섹스 파트너를 고집하는 것은 납득할 수 없을 것이며, 인간의 경우에는 이성을 가지고 굳이 종족 번식을 하지 않아도 자신만의 자아실현을 목적으로 살아가기 때문에 환경에 적응하면서 이러한 관습이 생겨난 것 같습니다.

허은서 ▶ 발제에서 한 명의 섹스 파트너만을 고집하는 인간에 대해서 동물들이 납득할 수 없다고 생각했는데 이것도 인간들이 생활하다가 나타난 관습이라 생각합니다. 우리 사회에서는 성도덕이라는 것이 존재하기 때문에 배우자나 연인이 아닌 다른 사람과의 관계에 대해서 부정적으로 보는 우리 사회는 그 부분도 우리의 관습으로 인정해주어야 한다고 생각합니다. 그리고 인간에게는 딱히 번식기라는 시기가 존재하지 않습니다. 우리 생활에 번식기가 없이 그냥 우리가 원할 때 원하는 사람과 동의 하에 성관계를 맺음으로써 우리의 신체적인 특징들과 우리가 생활하는 사회적, 생활하다 저절로 생겨나는 관습적인 부분이라고 생각합니다.

토론 후기

서수민 ▶ 처음에 '고삐 풀린 뇌'를 토론한다고 하였을 때 '과연 이 책을 완벽히 이해해서 토론하는 것이 가능할까?'라는 의문이 먼저 들었다. 어려운 용어가 많이 등장해 난해했지만, 토론을 하면서 발제에 대한 여러 가지 의견을 주고받다보니 책 제목이 왜 '고삐 풀린 뇌'를 의미하는지 정확히 알게 된 것 같다. 발제문에서 '뇌를 자극해 쾌감회로를 조절하는 것이 옳은 행동인가'에 대한 생각을 발표하는 부분이 있었는데 나는 이를 인간 존엄성 등을 훼손하거나 더 심각한 이상 증세를 불러일으킬 것이라고 생각해 부정적으로 보았지만, 뇌를 자극해 쾌감회로를 조절하는 것은 일시적으로 더욱 심각해지는 블랙홀에 빠지게 하는 것처럼 보이는 것일 뿐 길게 보면 이는 더 많은 사람들을 중독에서 빠져나오게 하는 하나의 방법이 될 수 있다는 말에 공감이 가기도 했다. 책이 다루고 있는 주제가 나에게 다소 어렵고 무거웠지만, 우리 뇌를 심층적으로 더 탐구해보고 생각해볼 수 있게 해준 좋은 책이었다.

배유진 이때까지 해왔던 토론 중 가장 난해했다고 생각한다. 이번 토론은 내가 처음으로 사회자가 되어 발제문을 만들고 또 토론의 장을 이끌어 나가서 그런지 책임감도 컸고, 그만큼 잘하겠단 포부와 의지에 가득찬 상태로 토론을 시작했던 것 같다. 하지만 발제문을 만들고, 오타 난 부분을 고치고 하는 데서부터 여러 가지 일들이 겹치면서 정신이 혼란해져 내 의지와는 다르게 핀트가 어긋난 부분이 참 많았다. 특히 발제문 중 1번이었던 인간의 자유의지와 관련된 발제에서 다른 학생들에게도 미안하게시리 크나 큰 오타를 만들어내 토론해야 할 바로 그 시각에 수정에 들어가질 않았던가. 차분하게 내 일을 끝내지 못한 나 자신에게 많은 질책을 하고, 스스로 한심하다고 느꼈다. 그래도 우리 팀 모두가 발제문 하나하나, 잘 조사해 와서 그런지는 몰라도 탄탄하게 잘 짜인 토론을 할 수 있었고, 발제문 4번은 약간 난해하고, 민망할 수도 있는 주제였는데 모두가 잘해주어서 정말 고맙단 말을 전해주고 싶다. 사실 '고삐 풀린 뇌' 자체가 유일한 이과 책인데다, 뉴런이 어떻게 작용하는 것인지, 어느 부분이 자극을 받으면 사람들이 제대로 된 쾌감을 느끼고, 그것을 활성화할지 등 우리가 잘 접하지 못하는 주제를 다루어서 토론자들의 마음을 불안하게 할 것 같다는 생각을 했다. 그런데, 오히려 사회자인 내가 당황했었다는 것에 웃음이 나왔다. 이번 토론에 약간 아쉬운 점이 있다면, 중간에 교생으로 오신 2대, 3대 날개 대선배들을 환영한다고 제대로 토론을 마무리하지 못하고, 댓글 토론으로 넘어가 마무리 짓게 되었다는 것 정도였다. 그래도 모두 댓글 토론까지, 끝까지 열심히 하지 않았던가. 멋있었다.

이지현 ▶ 이번 책은 이전 책들과 달리 과학적인 요소가 있어서 어려운 단어들이 많이 나와 힘든 부분도 있었지만, 한편으로는 우리와 밀접한 뇌, 그리고 우리가 평소에 추구하는 쾌락 요소들에 관한 내용이라 어려웠어도 즐겁게 읽을 수 있었다. 또 요즘 문제가 되고 있는 중독에 관한 내용도 있어서 최근의 이슈와 잘 맞는 책인 것 같다고 생각했다. 토론을 하면서 발제문들에 대한 의견이 다 한 쪽으로 쏠려서 토론보다는 오히려 의견 발표, 토의 느낌이 났던 게 아쉬웠다. 사람들의 생각이 어느 정도는 비슷하다는 생각이 들었다. 7교시에는 2대, 3대 선배들이 오셔서 신기했다. 나도 나중에 저렇게 예쁘고 꿈이 있는 어른이 되어 내 모교를 방문하고 싶다는 생각이 많이 들었다. 선배들이 계셨기에 내가 날개 활동을 지금 이렇게 할 수 있는 것처럼 나도 미래의 후배 날개 부원들을 생각하면서 지금처럼 날개 활동을 열심히 해야겠다고 생각했다.

김규민 ▶ 평소에도 과학을 정말 좋아하는 나인지라, 이번에 이과 문헌이 선정되었다는 소식을 듣고 나는 매우 좋았다. 이름을 보니 '고삐 풀린 뇌', 책의 제목부터 이래저래 궁금했다. 얼른 책을 펼쳐보니, 생소한 뇌에 대한 이야기였다. 처음엔 매우 당황하고, 어려운 용어들 앞에서 무릎을 꿇을 뻔 했지만, 그 외의 재미있는 내용들 덕에 금세 다 읽게 되었다. 발제문도 꼼꼼히 분석하고 따져가면서 열심히 내 생각들을 정리해 보았다. 뭔가 토론보다는 토의 같았지만, 그런 점이 좋기도 했다. 다른 사람이 반박할 것이라는 생각을 잠시 접어두고 편하게 내 생각들을 말할 수 있었기 때문이었을 것이다. 토론 중, 선배들께서 날개 2대, 3대 선배님들이 오셨다고 말씀하셨다. 내가 가장 좋아했던 교생선생님들이셨다. 분명 그 소식을 듣기 전까지는 그냥 교생선생님들이셨을 뿐인데, '날개 선배'라는 말을 듣자마자 뭔가 몸에 소름이 돋고, 짜릿함을 느꼈다. 지금 내가 9대이니, 벌써 날개가 거의 10년째 내려오고 있다는 것은 원래 알고 있었지만, 2, 3대 선배님들을 직접 보니, 정말 신기했다. 우리 날개의 변천사와 여러 좋은 조언들을 들어서 너무 좋았다. 이번 토론은 너무나 신났다. 좋아하는 분야의 도서와 날개 대 선배와의 만남. 정말 신기하고도 멋진 날이었다.

#04

우리들의
행복한 시간

공지영 지음

젊은 사형수 윤수와 대학 교수라는, 외형은 화려하지만 세 번이나 자살을
기도했던 여인 유정. 남자와 여자, 그리고 사형수와 대학교수, 절대로 어울
릴 수 없을 것 같은 두 주인공을 잇는 연결고리는 다름 아닌 죽음과 삶이다.
처음의 만남에서부터 마치 자신을 보는 듯 닮아 있는 서로의 모습을 알아본
윤수와 유정은 거듭되는 만남 속에서 누구와도 공유하지 못했던 진짜 이야
기를 나누고, 이로써 자신들의 어두운 방을 찬찬히 들여다보게 된다. 불우
한 사형수와 불안하고 냉소적인 젊은 여자가 만나 어긋나버린 자신들의 삶
을 처음으로 들여다보고 힘겹게 서로의 상처를 치유해가며 윤수의 죽음으
로 슬픈 이별을 맞이할 때까지 두 남녀는 진심 어린 교감을 나누며 삶의 깊
은 의미를 깨닫는다. 우리는 이 책을 읽고 사형 제도가 폐지되어야 하는가?
삶에 대한 신체적, 정신적 외로움, 고통, 무기력함 등은 국가(정부&사회)의
문제일까? 개인의 문제일까? 등의 문제를 다루어 보았다.

✎ 우리들의 행복한 시간

🎙 사회자 : 장민경, 이은혜, 김민향

사형수 윤수는 생애가 얼마 남지 않은 상황에서 유정과 만나서 처음에는 서로를 차갑게 밀어내지만 결국은 서로를 이해하고 서로에게 힘이 되는 존재가 된다. 윤수가 그런 과정에서 이제는 정말 살고 싶다는 간절한 생각을 했지만 결국 사형을 당하고 만다. 현재 우리나라는 아직 사형 제도가 폐지되지 않았지만 10년 이상 사형 집행을 하지 않아서 사실상 폐지에 가까운 형태가 되었다. 이에 사형 제도는 폐지되어야하는가?

배유진 ▶ 현재 여러 나라에서 사형 제도가 비윤리적이라며 폐지를 하고 있습니다. 우리나라의 경우도 1997년에 마지막 사형 이후로 사실상 사형 폐지 국가로 되어 있습니다. 이렇듯 현재 국가적으로 보았을 때 사형 제도가 폐지되어야 한다고 생각합니다. 사형은 동등한 인간으로서의 기본천부인권을 침해하는 것이라고 생각합니다. 원래 인간이 만들어 놓은 법에서 헌법 제10조 '모든 국민은 인간으로서 존엄과 가치를 지닌다.'에서 보면 범죄자도 일단 인간이기 때문에 그 사람의 인권을 같은 인간이, 판사가 마음대로 침해할 수는 없다는 것입니다. 또한 책에서 보면 윤수가 아파서 죽어가는데 그것을 막고 링거를 맞춘 장면을 보면 오히려 그것이 인간을 개처럼 굴리게 되는 수단이라고 생각합니다. 그렇기 때문에 사형 제도에 대해서 반대합니다.

김규민 ▶ 저도 사형 제도는 폐지되어야 한다는 생각에는 동의하지만 그 이유는 약간 다릅니다. 사형 제도는 일단 사람을 죽임으로써 벌하는 아주 비도덕적이고 비인간적인 행동입니다. 이런 방법을 통해 사람들을 지배하는 것은 좋지 않고, 또한 사형 집행을 하지 않아 제대로 된 처벌도 불가능 하다고 생각합니다. 저는 사형 제도보다는 종신형이 훨씬 효과가 있을 것이라고 생각합니다. 이에 따라 저는 무기징역도 반대합니다. 제대로 된 벌을 주기 위해서는 종신형으로 강력하게 억압해야 한다고 생각합니다.

이소미 ▶ 저도 앞선 토론자 분들과 마찬가지로 사형 제도에 반대합니다. 인간의 가치와 가능성은 함부로 판단되어 질 수 없으며 이것을 침해하는 것은 인간의 전반적인 가치를 떨어뜨리는 행위라고 생각합니다. 또 외국의 선진국에서 사형이 폐지된 나라들의 사례들을 보면 사형 제도가 있음으로써 범죄율이 줄어든다는 주장은 연관성을 찾기가 어렵습니다. 인간의 가치는 단순한 수치로 계산될 수 없으며 인간의 생명을 인간이 제어한다면 인간 통제는 더욱더 강화될 것이고 또한 군부독재 체제처럼 사형을 실행했을 때 억울하게 죽어가는 오심의 가능성이 있기 때문에 사형 제도는 폐지되어야 한다고 생각합니다.

허윤서 ▶ 저는 앞선 의견들에 반대합니다. 저는 사형 제도가 필요하다고 생각합니다. 일단 사형 제도는 한 나라에 있는 처벌 체제를 대표하는 제도라고 볼 수 있는데 그런 사형 제도가 폐지되거나 없어지게 되면 그 나라 국민들이 처벌 체제에 대하여 약간 가볍게 생각을 하게 되는 경향이 있기 때문입니다. 그 결과 감옥이나 구치소에 대해 경시하는 입장이 생길 수 있으며, 어떤 경우에는 거지나 빈곤한 사람들이 구치소에 들어가면 그래도 식사는 제공되고 밖에 비해 춥지도 않으므로 일부로 가벼운 죄를 지어 구치소에 들어가기를 희망하는 경우도 있다고 합니다. 그렇기 때문에 만약에 사형 제도가 없어지면 처벌체제에 대한 인식이 가벼워져서 오히려 범죄가 일어날 가능성이 더 높아질 것입니다. 또한 사형 제도가 필요하지 않다고 생각하는 대부분의 사람들은 '교육을 하여 교화시키는 것이 더 좋은 방법이다'라고 주장하는데 현실적으로 생각해 봤을 때 그 수용자들을 교육시킬 사람들을 찾는 것은 힘들 것입니다. 또 어떤 분들은 미국 같은 경우는 형벌을 200년씩 내리는 경우가 있는데 이것이 사형보다는 더 좋은 방법이라고 생각하시는 분들도 계실 텐데 우리나라에서 그렇게 오랫동안 수용하려면 그만한 수용 시설과 공간이 필요할 텐데 솔직히 현실적으로 그렇게 오랜 기간 동안 수용할 여건이 되지 않으며 처벌을 하고 그에 따른 처벌을 받아야 하기 때문에 저는 사형을 실행해야 할 필요가 있다고 생각합니다.

최세정 ▶ 저는 사형 제도를 반대합니다. 우선 사형 제도의 실시 목적을 보면 첫 번째로는 피해자를 살해하여 피해자 또는 피해자의 가족에게 상처를 입힌 가해자를 죽임으로써 피해자의 원한을 해소하고 두 번째로는 시민들에게 큰 피해를 입힌 경우 사형으로써 엄히 처벌한다는 것을 선포하여 범죄를 예방하고 세 번째로는 사회의 악을 제거하는데 의의가 있습니다. 그러나 사형 제도는 가해자의 인권을 국가가 강제로 박탈함을 의미하기도 합니다. 가해자가 피해자를 사망에 이르게 했다고 하여 인권을 박탈하는 것은 인권의 절대성에 반하는 일입니다. 피해자의 인권이 침해되었다고 해서 가해자를 처벌할 권리는 국가에게 있는 것이 아닙니다. 사실 위에서도 언급했듯이 사형 제도를 실시하여 얻는 효과는 약 세 가지가 있지만 가장 궁극적인 목적은 전 인류적인 평화를 이루기 위해 범죄의 뿌리를 뽑는 것이라고 생각합니다. 저는 범죄의 근원을 제거하기 위해서는 일시적인 사형 제도가 효과적이지 않다고 생각합니다. 일시적인 사형 제도는 실시되었을 때 부작용으로 오히려 더욱 큰 악으로 자라나는 경우가 바로 IS라고 생각합니다. 그렇기 때문에 근원을 제거하기 위해서는 그 사람의 회개에 목표를 두어야 한다고 생각합니다. 또한 허윤서 토론자께 하고 싶은 질문이 있는데요, 사형 제도가 모든 법의 가장 기본이 되는 법이라고 하셨고 그것을 폐지하게 된다면 범죄자들이 다른 법을 경시하게 된다고 하셨는데 그렇게 되면 굳이 사형 제도로 그 사람들에게 선포를 해야 하는 것인가요? 또한 심한 범죄를 저질렀으면 그 범죄자들을 다 죽여야 한다고 생각하시는 건가요?

허윤서 법의 기본이 되는 것이 아니라 처벌을 상징한다고 생각합니다. 앞서 말했듯이, 그렇다면 사형 제도가 아니면 범죄자들을 처리할 수 있는 다른 방법이 교육을 시키는 것 말고는 또 있습니까? 일반적으로 생각했을 때 흔히들 '사형 대신 교육을 시키면 된다.'라고 말씀들 하지만 그것이 우리나라에서는 현실적으로 어렵고 사형 제도를 대체할 다른 방법이 없기 때문에 사형 제도를 실시해야 한다고 생각하는 것입니다.

최세점 하지만 사형 제도를 통해 사람들을 죽인다는 것 자체가 어떻게 보면 국가에서 그 사람들을 포기하는 것이라고 생각되지는 않습니까?

배유진 원래 형벌의 기본원리는 그 범죄자를 죽여서나 다른 사람들이 형벌에 떨면서 '자신은 범죄를 저지르면 안 되겠다.'라는 생각을 심어주기보다는 그냥 범죄자가 원래 우리가 지켜야 하는 도덕성을 어겼기 때문에 거기에 대한 회개의 시간을 가지기 위한 교화, 교정에 대한 목적과 원리를 가지고 있기 때문에 그러한 점을 생각해주셨으면 좋겠습니다.

허윤서 조두순의 출소일이 얼마 남지 않았다고 하였는데 그 분의 발언이 굉장한 화제를 이끈 적이 있습니다. "나는 나가게 된다면 다시 피해자를 찾아가겠다."라는 발언을 실제로 하였는데 만약 그 사람을 사형시킨다면 사회의 안정을 도모할 수 있다고 생각합니다. 또한 이 책에서 윤수처럼 악질의 범죄를 저지른 사람이라면 웬만한 처벌로써는 교화가 어렵고 다시 사회에 나가서도 재범의 가능성이 높다고 생각합니다.

하채운 저는 사형 제도에 대하여 찬성합니다. 사형수도 인권과 감정이 있기 때문에 사형당하는 것이 좋지만은 않은 일이지만 또 어떻게 생각해보면 그 가해자도 피해자의 인격과 감정을 생각하지 않고 범죄를 저지른 사람입니다. 피해자와 피해자의 가족이 평생 고통 받아야 할 텐데 사형수의 인격을 위해 사형 제도를 폐지할 수는 없습니다. 우리나라는 사실상 사형 집행을 오랜 기간 동안 하지 않았고 범죄자에게 주어진 형량 또한 적은 편이기 때문에 사형 집행이 활성화 되는 것과 범죄자를 재판하는 잣대 또한 엄격해져야 한다고 생각합니다. 사형 제도가 폐지된다면 범죄자들이 자신들의 범죄 계획을 실제로 실행시키기에도 쉬워질 것이고 흉악범들이 교도소에 머문 기간이 길어질수록 비용도 많이 들게 됩니다. 2015년에만 해도 범죄자 관리 비용이 무려 천억 원이 넘었는데 죄지은 사람들을 위해서 국민들의 세금이 그렇게 많이 쓰인다는 것 자체가 죄 없는 다른 국민들이 오히려 피해를 보는 것이라고 생각하기 때문에 사형 제도가 폐지되어서는 안 된다고 생각합니다.

손세희 저는 사형 제도를 폐지해야 한다고 생각합니다. 민주주의 국가에서는 모든 사람들에게는 인권이 있다고 하였고, 국가는 최대한 인권을 보장해야 합니다. 우리나라 헌법 제10조에는 '국가는 개인이 가지는 불가침의 기본적 인권을 확인하고 이를 보장할 의무가 있다.'라고 명시되어 있습니다. 즉 범죄자가 반인륜적이고 패륜적일지라도 범죄자는 우리나라의 국민으로써 인간의 존엄성을 수호해야 하는 것은 국가의 임무입니다. 범죄자에게 사형을 선고해 범죄를 줄이기보다는 범죄를 저질렀을 때 이를 뉘우치고 사회에 적응하도록 교육을 시켜 범죄자를 교화시켜 나아가야 한다고 생각합니다. 그리하여 국가는 교도소라는 기관을 설치해 범죄자들의 교화에 힘을 쓰고 있기 때문에 실제로도 많은 범죄자들은 그 기간을 통해 교화가 되었습니다. 영화 '7번방의 선물'에서처럼 오판의 가능성을 무시하면 안 됩니다. 오판이 날 경우 국가의 잘못된 판단에 희생된 피해자가 생길 뿐입니다.

최도영 저는 사형 제도를 폐지해서는 안 된다고 생각합니다. 우리나라는 아직까지 사형에 관한 정확한 인식이 성립되지 않았습니다. 그 말은 사형 제도가 완전히 폐지 된 것이 아니며 그렇다고 해서 제대로 집행이 되지도 않기 때문에 범죄자들이 출소 뒤에 다시 범죄를 저지르는 행위, 다시 말해 재범죄율이 많아지고 있습니다. 예를 들어 한 50대 여성은 출소 뒤에 6번의 절도 행위를 하기도 하였습니다. 극단적인 사례로, 다른 범죄자는 7명의 여성들을 살해하여 감옥에 갇혔다가 출소한 뒤에 다른 사람들을 살해한 예가 있었습니다. 물론 그렇지 않은 사람들도 있겠지만 사형에 대한 명확한 기준이 시민들의 머릿속에 박혀있다면 이런 사건들이 조금은 감소하지 않을까 생각됩니다.

발제 2

소설에서 윤수의 손에 상해된 파출부의 어머니, 삼양동 할머니가 등장한다. 전에는 삼양동 할머니가 자신이 사형에 처해져도 좋으니 누구보다 잔인하게 윤수를 죽이고 싶다고 말했지만 이후에 할머니는 윤수의 어둡고 아픈 과거를 알고 그를 용서하게 된다. 물론 소설 속에는 여러 가지 사건들이 더 있었기 때문에 삼양동 할머니에게서만 용서를 받았다고 해서 해결되는 것은 아니지만 피해자 혹은 살해된 피해자의 보호자가 가해자를 용서한다면 처벌을 면제하거나 형량을 줄일 수 있는가?

배민주 ▶ 저는 범죄에 대한 처벌을 면제하거나 형량을 줄일 수 없다고 생각합니다. 일단 앞서 말한 피해자가 용서를 하였다고 해도 고유의 죄는 없어지지 않기 때문입니다. 만일 용서로 인해 벌의 면제나 형량을 줄이는 것이 가능하다면 협박, 즉 강제로 용서를 하게끔 만드는 경우가 생길 수 있기 때문에 위와 같이 생각합니다.

장지영 ▶ 가해자들에게 최고의 형은 피해자와 피해자 측 보호자의 용서라고 생각합니다. 사이코패스, 소시오패스 같이 자신이 누구를 해했다는 것에 대해서조차 아무런 관심이 없는 사람이 아니라면 내가 죽였던 사람의 보호자 또는 나 때문에 해를 입은 사람이 내 앞에서 나를 용서하겠다고 하는 것만큼 고통스러운 것이 있을까요. 용서를 받은 그 가해자들은 자신들이 진정으로 용서를 받을 수 있도록 죄를 씻어낼 수는 없지만 자신이 저지른 행동에 대해 받은 용서 만큼의 봉사를 베풀 것입니다. 그 가해자의 처벌이 사형이었다면 감형해서 무기징역을 받는 동안 용서의 값을 치를 것이고 감옥에 있다 풀려난 사람들 또한 세상에 나와 용서의 값을 치를 것입니다. 그렇기 때문에 저는 용서한다면, 그 벌을 면제하거나 감형할 수 있다고 생각합니다.

권소은 물론 인간 세상에서의 용서와 자비는 사회를 따뜻하게 해주는 매개체임은 분명합니다. 하지만, 인간은 자유롭게 행동하고자 하는 욕구와 의지가 있고, 이를 제어하는 것도 필요한 것입니다. 또한 인간은 학습을 통해, 그 공부라는 것 외의 경험 등을 통해 옳고 그름과 행동의 결과 등을 습득하며 살아가게 됩니다. 그런데 그것이 단지 인류애, 인간애적인 이유로 아무 제재를 받지 않는다면, 그리고 피해자 혹은 그 보호자가 용서한다고 처벌이 면제, 형량 감소된다는 전제가 주어진다면, 우리는 그 뒤에 따르는 효과에 대해 생각해보아야 한다고 생각합니다. 형량 감량이나 형량이 아예 없어지는 그런 결과를 얻기 위해서 피해자와 관련된 사람들을 협박하고 또다른 범죄를 저지르게 된다는 것을 충분히 예상할 수 있습니다. 물론 범죄를 저지르고 죄인이 되어 감옥에 가게 되는 과정 또는 감옥 안에서 그 죄수가 뉘우칠 수도 있습니다. 하지만 뉘우치고 후회한다 해서 시간이 되돌려져서 사건이 일어나지 않았던 것이 되는 것은 아닙니다. 그리고 대상에 대한 평가는 가장 민감하고 가까운 시기에 이루어져야 하는데 이런 용서 등은 시간이 지난 뒤에 이루어질 것인데 그렇게 된다면 사건에 대해 객관적으로 보는 시각이 조금 떨어지게 되기 때문에 안 된다고 생각합니다.

한지원 앞선 토론자의 말에 보충하겠습니다. 저 역시도 피해자 측에서 용서했다고 하더라도 가해자의 형을 면제해주거나 감량해주어서는 안 된다고 생각합니다. 먼저 일단 용서는 용서이고 자기가 저지른 잘못은 그대로 있기 때문에 이것을 피해자가 용서한다고 해서 저지른 잘못이 없어지는 것이 아니기 때문에 그것은 절대 감형이 되어서는 안 된다고 생각합니다. 게다가 그 가해자가 사회에 오로지 피해자 한 명에게만 영향을 미친 것이 아니라 만약 사회 전체가 떠들썩해질 정도로의 큰 사건을 일으켰다면 이것은 사회에 대한 혼란을 준 것이고 그렇기 때문에 처벌을 면제해 주어서는 안 된다고 생각합니다. 만약에 이것을 면제해 버리면 법의 목적성을 상실해 버리는 것이라고 생각합니다.

이정민 ▶ 앞선 토론자의 말에 보충하겠습니다. 개인적인 감정으로 형량을 줄인다거나 처벌을 면제한다든가 하면 이것은 법의 권위를 약화시키는 것이라고 생각합니다.

　이런 식으로 사사로운 감정 등을 적용해서 처벌 같은 것을 결정한다면 전반적인 체계가 흔들리지 않을까 생각합니다.

배민주 ▶ 앞선 토론자의 말에 더 보충하겠습니다. 그리고 저는 이로 인해서 평등권도 침해된다고 생각합니다. 예를 들어, 두 명의 차분한 사람이 있는데 각자 한 명을 죽였다고 가정해봅시다. 만약 그 둘의 피해자 중 누군가 한 명이 더 힘들어한다고 형량을 조정하는 등의 행위를 하면 평등권에 위배된다고 생각하기 때문에 형량이나 면제를 하면 안 된다고 생각합니다.

권소은 ▶ 그런데 혹시 여기서 피해자 또는 피해자의 보호자가 용서한다면 그 처벌을 면제하거나 형량을 줄일 수 있다고 생각하시는 분들 중에 용서한다는 기준을 어떻게 정할 수 있는지에 대해 의문이 듭니다.

이지현 ▶ 저 같은 경우는 가해자가 피해자에게 한 행동에 대해서 진심으로 뉘우치는 것을 보고 또 그 사정을 알고 이해를 하게 되었을 때 그 사람의 얼굴을 직접 보면서 "난 너를 용서할 수 있다."라고 말할 수 있는 것이 기준이라고 생각합니다. 사람과 사람이 이야기를 할 때 얼굴을 보는 것만큼 진실 되게 이야기 하는 것이 없다고 생각합니다. 그렇기 때문에 이러한 이야기를 하면 용서를 하는 것이라고 이야기할 수 있을 것 같습니다.

권소은 ▶ 방금 사정을 알고 그 사람에 대해 알아서 사람과 사람 사이의 느낌에 의해서 한다고 하셨는데 그러면 그 범죄자가 범죄를 저지르고 나서 피해자와 피해자의 가족에게 그 사람의 사정을 일일이 다 설명해줄 건가요? 아니면 우연히 알게 된 사람만 그렇게 용서를 하게 될 것인지, 아니면 의무적으로 법에서 '이 사람이 이걸 했다. 그런데 이 사람은 이런 사정이 있다. 그래서 니들이 용서할거냐 말거냐'라는 그런 절차를 거쳐야 하는지 묻고 싶습니다.

정주현 ▶ 몇 주 전에 제가 신문 기사를 봤는데 어떤 아파트에서 고시생이 공부를 하다 너무 힘들어서 뛰어내렸고 한 가정의 가장이 뛰어내리던 그 고시생에 맞아서 같이 죽었습니다. 심지어 그 가장의 아내는 뱃속에 아기가 있었고 또 유치원에 다니는 아이가 한 명 더 있었습니다. 그래서 어떻게 보면 이것은 자기가 죽으면서 다른 사람을 한 명 더 죽였으니까 살해를 한 것이나 마찬가지죠. 정말 하루 이틀 정도는 임신한 아내가 절대 용서할 수 없다고 해서 어떻게 이러한 경우가 있냐고 했는데 발인하는 날에는 서로 가족에게 "어차피 양쪽 다 피해자인데 용서를 하겠다." 이런 식으로 끝났거든요. 그러므로 제가 볼 때는 그 사람의 상황에 대해서 진정으로 이해를 하고 용서하는 것이, 그 진심에서 나오는 용서, 그 상황이 이해가 다 될 정도의 용서, 그러면 용서가 된 것이라고 생각합니다.

한지원 이 모든 것이 이해가 되면 용서한다고 하셨는데 그러면 이것은 너무나도 객관성이 떨어지는 것이 아닐까요? 누가 보기에도 누가 누구를 용서했다는 것이 여실히 드러나야 하는데 그러면 그것은 그 둘의 개인적인 일이지, 이것을 법정에서 어떻게 설명할 것인지 궁금합니다. 이것은 둘만의 사사로운 감정이지 이것이 만약 공론화된다면 사회 전체가 다 이해하기에는 어려움이 뒤따르지 않을까 하는 바입니다.

이지현 그 사실을 알게 됨으로써 다른 사람들이 받는 피해가 무엇인지 궁금합니다. 사회에 혼란을 줄 수 있다고 했는데 저 같은 경우에는 사건이 일어났을 때 피해자 입장이 아닌 듣는 사람 입장에서 어떤 피해를 갖는지 궁금합니다. 저는 그러한 피해를 보는 일은 없다고 생각합니다.

한지원 직접적인 피해라기보다 사회에 공론화되고 뉴스에 나오고 하면서 사람들이 이야기를 할 것입니다. 우리만 해도 학교에서 있었던 일들을 시끄럽게 이야기를 하는데 이것을 피해라고 단정 짓기보다는 사회의 질서에 대한 혼란의 관점에서 바라볼 수 있다고 생각하기 때문에 그렇게 표현을 했습니다.

권소은 ▶ 책에서 윤수의 어두운 과거를 알게 되고 나서 그런 용서하는 마음이 생겼다고 했는데 그러면 그 배경을 충분히 조작할 수도 있겠다는 생각이 듭니다. 왜냐하면 어떤 사람이 범죄를 저질러서 그냥 그 사람은 사회의 유명인이 아니라면 충분히 그 뒷배경을 어릴 때 아버지에게 학대를 받아서, 마음의 상처를 입어서 등등 이런 것은 충분히 지어낼 수 있는 사실이고 사람과 사람의 감정을 통해서 진정한 용서인지 아닌지를 알 수 있다고 했는데 사람이 정말 착한 동물이기도 하면서 교활한 동물이기도 하기 때문에 그런 감정들을 충분히 속일 수도 있다고 생각합니다.

정주현 ▶ 앞선 토론자께서는 일반 사람들이 뒷배경을 조작할 수 있다고 하셨는데 그에 대한 사례가 있습니까?

권소은 ▶ 당연히 그 사례가 없는 것이 용서를 한다고 그 형벌이 바로 면제되는 것이 아니기 때문에 지금 실행되지 않은 것에 대해서 사례를 요구하시는 것은 잘못되었다고 생각합니다.

이지현 ▶ 그리고 아까 배민주 토론자께서 협박을 해서 형량을 줄이거나 면제할 수도 있다고 하셨는데, 이렇게 용서를 해달라고 협박하는 것 말고도 지금 그러한 제도가 없는데도 주변 사람들을 이용해서 다른 협박을 하거나 돈을 줘서 형량을 줄이는 경우도 있는데 그 부분에 대해서는 어떻게 생각하는지 궁금합니다.

한지원 ▶ 그렇기 때문에 더욱이 용서한다고 해서 면제해주는 것이 실행되어서는 안 된다고 생각합니다. 현재, 이것이 허용되지 않음에도 불구하고 많은 사람들이 편법을 사용해서 빠져나오는 경우가 빈번하게 발생하고 있습니다. 이러한 이유로 더욱 실행되어서는 안 된다고 생각합니다.

정주현 ▶ 저는 처벌을 면제하거나 형량을 줄일 수 있다고 생각합니다. 저는 가석방이라는 것에 대해서 조사를 해왔습니다. 가석방은 행장이 양호하고 개정할 만한 것이 뚜렷이 보이는 사람에게 나머지 형벌의 집행이 불필요하기 때문에 임시 석방해준다는 뜻이고 집행유예 같은 경우에도 유예기간 동안 다시는 그런 범죄를 저지르지 않으면 그러한 죄가 취소된다는 뜻입니다. 실제로 이렇게 처벌이 면제되거나 형량이 줄여지는 경우가 있습니다. 그리고 제가 본 2016년 3월 31일 머니투데이 기사에 의하면 피해자가 합의 의사가 없는데 공탁금을 냈다고 감형이 된 경우가 있습니다. 이것은 '유전무죄 무전무죄'라는 말까지 연상시킵니다. 합의의사가 없는데도 이렇게 된 것은 잘못된 경우가 맞습니다. 하지만 만약 아무리 금전적인 것이라고 해도 정신적 피해, 신체적 피해를 보상받겠다고 서로 합의한 것이면 처벌을 면제하거나 형량을 줄여도 되지 않을까요?

한지원 ▶ 만약 서로 간에 합의가 되었다고 해서 형벌을 면제해준다고 하면 이것은 우리가 법정에 서는 이유와 우리 사회의 법의 존재성에 대한 의문이 듭니다. 그런 관점에서 볼 때, 예를 들어 만약 성폭행 관련 범죄가 일어났다고 했을 때 법정까지 가지 않고 상호 간에 합의되어서 용서해주었다고 하면 그 사람은 떳떳하게 또 다른 사람에게 가서 그런 행위를 반복할 것입니다. 그러면 이것이 더 부정적인 영향이 아닌가 생각합니다.

정주현 ▶ 교실의 경우를 보았을 때 만약 A라는 남학생이 있는데 그 A가 다른 남학생과 같이 놀다가 안경을 부수었는데 그 부서진 안경에 대해서 서로 합의를 보고 금전적인 보상을 했습니다. 그런데 그에 대해서 선생님이 선생님이라는 자격으로 A에게 "너는 잘못했으니까 한 달 내내 청소해. 왜냐하면 너는 안경을 부수었기 때문이야."라고 말한다면 이는 부당하다고 생각합니다. 그리고 이 아이가 이 일로 인해서 돈을 주고 합의를 보았다고 해서 다음에 또 다른 아이의 안경을 또 부술 것이라는 재발 가능성이 있습니까?

한지원 ▶ 이 안경 사례는 잘못된 사례라고 생각합니다. 이것은 민사적인 일이고 대부분 이 민사적인 일은 합의를 통해 해결하지 않나요? 제가 말씀드린 부분은 형사 처벌 부분인데 소통이 잘 되지 않은 것 같습니다.

권소은 ▶ 앞선 토론자의 말에 보충하겠습니다. 일단 여기 나온 것도 사례가 사형수 윤수는 사람을 죽인 사람이고 이 사람이 처벌로 사형을 받은 것처럼 제재가 가해진 것에서 아예 없는 것으로 바뀌어버린다면 문제가 생깁니다. 보통 경찰서에서 술을 마시고 행패를 부리는 이런 일은 합의로 해결합니다. 그런데 그 사람이 "됐다. 용서하겠다."라고 하면 합의하는 것이 맞는데 만약 사형 같은 심각한 범죄가 일어났을 때 용서한다는 이유로, 합의한다는 이유로 그 사람이 그냥 풀려난다면 그것 또한 혼란을 초래할 수 있습니다.

정주현 ▶ 그런데 이 발제문에 보면 피해자의 보호자 또는 피해자라고 나와 있는데 넓은 의미에서 피해자를 용서한다면 처벌을 면제하거나 형량을 줄일 수 있느냐가 발제문이지 않습니까? 그런데 사형수에 국한되어서 설명하는 것은 너무 부분적인 것 같습니다.

한지원 ▶ 국한 되어서 설명한 것이 아닙니다. 현재 시행되고 있는 법규 내에서도 민사는 다 1차적 합의를 거쳐 해결한다고 규정되어 있습니다. 이때 합의는 용서에 의해서 이루어지는데 이것을 민사부분과 관련해서 이야기하는 것은 지금 상황과 맞지 않고 현재 우리는 형사처벌 부분을 논의하는 것이 맞는 것 같습니다.

발제 3

책 속의 인물인 윤수는 사람을 죽였고 유정이는 자신을 사랑하지 않았다. 그들은 다른 사람들보다 더 힘들게 삶을 살아가고 있는 모습을 보여주고 있다. 현실에서도 윤수와 유정이처럼 또는 보다 더 힘든 삶을 살아가는 사람들도 많다. 그런 사람들은 대게 자신들의 처지에 불만을 품고 반사회적 행동을 하거나 계속 후회만을 반복하며 무기력하게 살아간다. 이러한 현상들은 오늘날의 사회 수준을 저하시키는 요인 중 하나이다. 이러한 삶에 대한 신체적 고통, 정신적 외로움, 무기력함 등은 국가(정부&사회)의 문제일까? 개인의 문제일까?

신지원 ► 저는 국가와 사회의 문제라고 생각합니다. 우선, 그들이 반사회적인 행동을 한다는 것 자체가 이 사회에 불만이 있다는 것을 의미한다고 볼 수 있습니다. 그리고 책 속의 윤수와 유정이를 삶에 대한 신체적 고통, 정신적 외로움 등을 겪고 살았던 사람들의 예로 들었는데 그들을 예로 들어보면 그들은 개인이 아닌 국가의 문제 때문에 힘들게 살아왔습니다. 책을 보면 유정이와 윤수, 둘 다 어릴 때는 착하고 바른 아이였는데 유정이는 사촌 오빠의 강간을, 윤수는 어머니의 버림과 아버지와 아이들로부터 폭력을 당하며 고통을 겪게 됩니다. 이때 유정이가 겪은 강간과 윤수가 겪은 폭력, 그들 모두가 겪은 고통, 외로움 등은 그 당시 사회와 정부와 국가의 무관심, 방치가 만들어낸 것이므로 이들이 고통을 겪게 된 이유는 국가의 문제라 볼 수 있습니다.

김한나 ► 앞 토론자 분께서 예시로 유정이의 강간과 윤수의 폭력을 말씀하셨는데 이것은 전부 가정환경과 관련된 문제이고 이러한 문제는 개인적인 문제이지 사회와는 관련이 없다고 생각합니다. 국가가 도움을 줄 수는 있지만 그렇다고 국가 때문에 사촌 오빠에게 강간을 당한 것이 아니기 때문에 국가의 문제라는 주장은 잘못되었다고 생각합니다.

이솔희 ► 저 또한 신지원 토론자 분께 반박합니다. 우선 국가는 많은 사람들을 보호하고 있는데 그런 국가가 모든 사람들을 다 만족시켜 줄 수는 없다고 생각하고 그중에 마음에 안 든다고 사람들이 죄를 저질러도 그것을 전부 국가 탓이라고만 한다면 사회 구성원들 개개인의 책임감이 저해된다고 생각합니다. 또한 자신이 상황을 어떻게 바라보느냐에 따라서 인식의 전환을 통해 상황을 좀 더 환기시킬 수 있을 텐데 아무런 노력도 하지 않으면서 문제가 생기면 국가 탓으로 돌리는 것은 바람직하지 않다고 생각합니다.

김나현 ▶ 저는 개인적이라기보다는 국가에 의해 생긴 문제라고 생각합니다. 왜냐하면 국가가 이들의 문제를 해결해 줄 수 있다고 생각하기 때문입니다. 자신의 처지에 불만을 품고 반사회적인 행동을 하는 사람들은 국가에서 운영하는 상담시설 등을 통해 문제를 해결할 수 있고 또 이런 사람들이 반사회적인 행동을 하는 이유에는 그들 나름의 이유가 있을 텐데 국가가 이들의 의견에 좀 더 귀 기울이고 대안을 마련해 준다면 오늘날 사회 수준을 저해시키는 사람들의 비중이 낮아질 수 있을 것입니다.

이소정 ▶ 저는 국가의 책임도 있지만 개인의 문제가 더 크다고 생각합니다. 윤수의 경우를 봤을 때 윤수는 처음에 가정환경에 의해서 나쁜 길로 가기 시작했고 어린 시절부터 그래왔기에 죄책감을 느끼지 못합니다. 이것은 국가의 책임입니다. 하지만 윤수는 모니카 수녀님을 만나고 유정이를 만남으로써 자신의 생각을 고치게 되었고 이때까지 자신이 잘못된 생각을 했으며 그로 인해 자신을 스스로 망가뜨렸다는 것을 알게 되고 바른 길로 나아가게 되었습니다. 이 과정에서 국가는 해준 것이 없지만 자기 스스로 반성을 함으로써 삶의 희망을 얻게 된 것입니다. 다른 사람들보다 더 힘들게 살아가는 사람들도 많지만 그렇다고 해서 모든 사람들이 절망적이거나 반사회적이지는 않습니다. 절망적인 상황이라도 스스로가 이겨낼 수 있기에 국가의 책임도 있지만 개인의 책임이 더 크다고 생각합니다.

김채영 ▶ 앞 토론자의 의견에 보충하겠습니다. 삶에 대한 신체적 고통, 정신적 외로움 등을 한 번도 겪어 보지 못한 사람들은 없을 것입니다. 하지만 이러한 상황을 어떻게 헤쳐 나갈지는 개인마다 다릅니다. 아무리 사회적으로 힘든 상황일지라도 모든 것이 잘 될 것이라는 생각은 우리의 미래를 바꿔놓기도 합니다. 이와 반대되는 예가하나 있습니다. 냉장 창고에 갇힌 사람은 당연히 얼마 지나지 않아자신은 얼어 죽을 것이라고 생각하고 그 생각에 확신을 가지고 있었습니다. 그 사람은 자신의 생각대로 얼마 못가 얼어 죽었습니다. 하지만 그 냉장 창고의 전원은 꺼져있었습니다. 이처럼 개인이 부정적인 생각을 하고 헤쳐 나갈 의지가 없이 국가 탓만 하는 것은 옳지 못하다고 생각합니다.

김경민 ▶ 국가가 문제를 해결할 수 있기에 국가의 책임이라는 주장에 대해 반박하겠습니다. 사회적으로 피해를 본 사람들이 한둘도 아니고 사회적으로 큰 이슈가 될 정도의 사건이 아닌 이상 많은 피해자들 한 명 한 명 다 돌봐주기에는 무리가 있다고 생각합니다. 국가는 한 사람의 문제를 해결해 주기에는 할 일이 너무 많습니다. 게다가 국가에서 많은 활동이나 정책을 편다고 하더라도 마지막에 결론을 내리고 행동하는 것은 개인이기에 자신의 행동에 의한 부정적인결과 또한 개인이 지는 것은 당연한 것이라고 생각합니다.

한 아이가 여러 명의 아이들에게 둘러싸여 맞고 있는 모습을 보고 유정은 경찰에 신고했지만 경찰의 태도는 답답하기만 하다. 이런 답답한 상황은 책 속 이야기만이 아니라 현재 우리 사회에서도 일어나고 있는데 지난 2014년 12월 29일 대구의 한 아파트 11층에서 한 여성이 추락하는 사건이 있었다. 신고를 접수한 119와 경찰이 출동했는데 119는 이 여성이 살아있다고 판단하여 응급실로 옮기려 했으나 이미 죽었다며 사건 현장을 보호해야 한다는 경찰 측의 주장과 실랑이를 벌였고 CPR(심폐소생술)도 5분 가량 늦어졌다. 시간이 흐른 뒤 병원으로 이송됐지만 이 여성은 숨지고 말았다. 이에 119의 한 관계자는 "환자의 생사 여부는 의사가 확인해야 하는 것이지 경찰은 권리가 없다."며 "심전도 검사가 0으로 나와도 일단 병원으로 옮기는 것이 순서"라며 이 사건에 대한 당혹감을 드러냈다. 이 외에도 실종 전주 여대생 사건, 원주 납치 사건 등 한국 경찰들의 답답함과 무능력함을 보여주는 사례가 늘어나고 있다. 현재 우리나라의 경찰들은 거의 학력제로 선발되는 경우가 많은데 이러한 상황에서 학력제가 정당한 방법일까? 정당한 방법이라면 이러한 사건들을 어떻게 해결할 것이며 정당하지 못한 방법이라면 어떠한 기준으로 경찰을 선발해야 하는가?

김채영 저는 학력제로 선발하는 방법 외에는 다른 선발법이 없다고 생각하기 때문에 현재 우리나라의 경찰들이 학력제로 선발되는 것이 정당하다고 생각합니다. 요즘 우리나라에서는 수많은 스펙보다는 사람의 인성 자체에 주목합니다. 이에 몇몇 특목고에서는 학생들을 선발할 때 하루 동안의 합숙을 통해 학생들의 배려심과 리더십 등을 파악합니다. 또한 몇몇의 회사에서도 면접 중 지원자의 인성을 중요시 보기도 합니다. 하지만 이러한 방법은 면접을 보는 그 시간에만 좋게 보이면 된다는 생각에 무조건 좋은 쪽의 대답만 하게 되고 인사 담당자들은 그 짧은 순간에 지원자의 모든 면을 파악할 수 없게 됩니다. 따라서 성적이나, 학력으로 선발될 수밖에 없다고 생각합니다. 경찰의 무능력함 등은 그에 따른 훈련과 교육으로 교정될 수 있다고 생각합니다.

김한나 ▶ 저는 앞 토론자 분의 의견에 동의합니다. 우리나라의 교육 특성상 학력제를 벗어날 수 없다고 생각합니다. 학력제 만큼 객관적인 지표도 없을 뿐더러 경찰이라는 직업은 학력이 매우 중요한 직업이기 때문입니다. 제대로 된 경찰을 뽑기 위해서는 시험을 통해 인재를 뽑는 것이 당연한 것입니다. 그래서 저는 일단 학력제로 우선 선발 후 직업 교육을 강화시키는 것이 좋을 듯합니다.

이소정 ▶ 앞 의견에 보충하겠습니다. 학력제가 100% 제대로 된 방식이라고 할 순 없지만 그렇다고 해서 학력을 보지 않는 것은 옳지 않다고 생각합니다. 경찰은 실무도 수행해야 하고 사건을 해결하기 위해 머리를 써야 하는데 학력을 보지 않는다면 그럴 능력이 없는 사람들을 뽑게 될 수도 있습니다. 그렇다고 인성만 보게 됐을 때도 시험 당시에만 연기로 넘어간다면 그 사람의 본성을 정확히 파악하기 어렵습니다. 그래서 경찰은 학력제로 뽑되 그에 따른 부가 교육을 강화시키는 것이 좋을 것 같습니다.

이솔희 ▶ 저도 앞 의견에 보충합니다. 2014년 12월 29일 대구 아파트 11층 여성 추락사건 외에도 2014년 4월 12일 수원 중부 경찰서에서 성폭행 및 살인사건에 대한 자료가 있는데 이때는 경찰들이 신고 전화 응대에 무관심과 불성실, 방치, 사건 수축, 은폐, 조작, 인권 무시 등의 태도로 일관하였습니다. 이것은 사람들이 살면서 그 순간의 귀찮은 마음 때문에 사람을 무시할 수 있는 행위를 보일 수도 있고 요즘 급증하고 있는 공공 기관 장난전화 때문에 그에 대한 대응 태도가 낮아질 수 있는 것으로, 사람이 살면서 어쩔 수 없이 마주하게 되는 상황일 수 있다고 생각합니다. 우리는 최근 뉴스에서 경찰들의 무능함을 보이는 기사를 흔하게 발견할 수 있습니다. 경찰들이 좋은 일을 한 것은 당연한 것으로 여겨지고 있는 반면 작은 잘못 하나 때문에 모든 경찰들이 뉴스화 되어 사람들 입에 오르내리게 되는 것은 다른 죄 없는 경찰들에게 피해가 될 것이라고 생각합니다.

김나현 ▶ 저는 정당하지 않다고 생각합니다. 경찰은 사회 질서를 유지하기 위해 국가의 권력으로 국민에게 명령, 강제하여 그 자유를 제한하거나 국민을 보호하기 위해 범죄를 진압하는 등의 일을 하고 있습니다. 국민을 전체적으로 통솔해야 하기에 경찰은 풍부한 지식과 올바른 가치관을 형성하고 있어야 합니다. 현재 실시되고 있는 학력제를 통해서 그들의 지식수준을 평가하고 어떤 몇 개의 상황을 제시하여 그들의 가치관과 상황 판단 능력, 순발력 등을 평가한다면 더 좋은 경찰들을 선발할 수 있을 것이라고 생각합니다.

신지원 ▶ 저도 정당하지 못하다고 생각합니다. 경찰이 학력이 좋아야 한다는 것은 맞지만 경찰은 학력으로만 선발하면 아는 것이 많아도 경찰로서의 실전 업무 수행 능력이 떨어질 수 있어 발제문과 같은 사건이 일어날 수도 있습니다. 그래서 학력제로만 선발하는 것은 정당하지 않다고 생각합니다. 따라서 면접을 볼 때 비밀리에 한 사건을 가정해 그에 따른 대처 능력을 봐야 한다고 생각합니다.

이솔희 ▶ 경찰들을 뽑을 때 학력제만 보는 것이 아니라 이미 면접시험도 보고 있고 그에 따른 신체 검사와 업무 수행 능력 또한 이미 평가 항목에 포함되어 있습니다. 그럼에도 불구하고 이러한 일이 생긴다면 조금 더 인성적인 측면을 강조하는 것이 옳다고 생각합니다.

김경민 ▶ 앞서 말씀하셨듯이 경찰은 사회의 질서를 바로잡는 역할을 하기 때문에 학력제가 아닌 다른 것을 기준으로 선발한다면 오히려 범인이 경찰을 무시하는 태도로 나올 수도 있을 것이라고 생각합니다. 발제에 나와 있는 경찰들도 이미 많은 테스트를 거치고 학력제로 선발된 경찰들인데 그런 경찰들도 저런 실수를 하게 되는데 조건을 충족시키지 못하고 뽑힌 사람들에게 일을 맡기면 더 큰 문제가 발생할 것이라 생각됩니다. 또한 학력제는 기본적으로 유지되어야 하고 동시에 부가적인 시험을 강화시키는 것이 좋을 듯합니다.

김채영 ▶ 앞 의견에 보충하겠습니다. 경찰에게 우선시 되는 항목 중 하나는 성실성인데 학력이 높다는 것은 그만큼 성실한 생활을 해왔다는 말이 되기 때문에 학력제 선발이 좋다고 생각합니다.

한지원 ▶ '우리들의 행복한 시간'은 책을 읽었을 때 단순히 사형수와 사랑에 빠지게 되는 슬픈 멜로 이야기라고만 생각했었다. 과연 여기서 낼 발제가 있을까 싶기도 했다. 그렇지만 늘 그래왔듯이 항상 내 예상을 빗나갔다. 가장 생각해 볼 게 많았던 발제는 3번 발제, 삶에 대한 신체적, 정신적 고통이 국가의 탓인가, 개인의 탓인가를 묻는 발제였다. 솔직히 이 발제를 보고 든 생각은 '구분할 수 없다.'라는 것이었다. 힘든 삶을 살아가는 것이 어떻게 보면 자신의 능력 부족이고, 어떻게 보면 불평등한 사회 제도 때문이라는 생각도 들었다. 그렇게 내 입장을 단정 짓지 못한 채로 토론에 임했는데 다양한 의견을 들으며 내 생각을 정리할 수 있었다.

사실 실질적으로 가장 토론이 활발했던 발제는 1번과 4번으로, 사형 제도의 찬반 토론과 경찰 선발에 있어서의 학력제의 정당성에 대한 것이었다. 먼저 나는 사형 제도를 반대하는 입장이었다. 주된 근거가 사형 집행관들의 인권 보호였는데 찬성 측 입장 역시 설득력 있게 주장을 펼쳐서 굉장히 활발하고 치열한 토론이 이루어졌던 것 같다. 이번 토론을 하고 든 생각은 '아마 이런 식이라면 사형 제도에 대한 논란은 영원히 끊이지 않을 것 같다.'라는 것이었다. 그리고 이어진 4번 토론은 발제가 정말 뒤통수를 한 대 얻어맞은 것 같은 느낌을 줬다. 정말 단 한 번도 생각해 보지 않았었기 때문이다. 나는 학력제로 뽑는 것에 찬성하는 입장이었다. 지적 수행 능력이 가장 기초가 되어야 한다는 생각 때문이다. 경찰에게 가장 중요한 덕목이 상황 판단력이라고 생각하는데 이것은 기본적 지적 수행 능력이 있을 때 잘 수행할 수 있다고 생각했다. 그렇지만 반대 측 입장을 들어 보니 학력제도 완벽한 선발 방식은 아니라는 생각이 들기도 했다. 그래서 토론이 끝나고 생각해 보니, 현 시점에서 학력제가 단점은 있기는 하지만 이보다 단점이 훨씬 적은 제도가 있는지는 생각해 보아야 할 과제라고 생각했다.

허윤서 우리들의 행복한 시간을 읽으면서 여러 가지 생각이 들었다. 이 책은 개인적으로 중학교 1학년 때부터 3학년 때까지 매년 한 번씩 읽으면서 읽을 때마다 나에게 다른 느낌을 주었는데 얼마 전 2년 만에 다시 읽으면서 이전과는 또 다른 새로운 느낌을 받았다. 시간이 지남에 따라 나의 배경지식도 풍부해지고 사고도 성숙해진 것 같아 뿌듯하기도 하고 이 책을 처음 읽을 때의 나 자신은 어떤 생각을 가지고 살아갔는지 되돌아보는 시간도 가졌다.

　토론을 할 때 가장 인상 깊었던 발제는 2번 발제였다. '윤수가 죽인 여성의 어머니가 윤수를 용서한 것처럼 피해자 혹은 피해자의 보호자가 가해자를 용서한다면 처벌을 면제하거나 형량을 줄일 수 있을까?'에 관한 내용이었는데 이 발제를 읽고 현재 우리 사회에 상황을 대입해볼 수 있었기 때문이었다. 요즘 성폭행도 많이 일어나고 묻지마 살인과 같은 이해할 수 없는 사건들이 유난히 자주 발생한다. 이런 관점에서 보았을 때 처음에 나는 위 발제에 대해 반내 의견을 제시하였다. 피해자가 원하든 원하지 않든 정해진 양의 처벌을 받아야 한다고. 만약 형량을 줄이거나 면제하는 일이 생긴다면 이를 악용하는 사람이 생길 수 있고 법의 테두리가 흐릿해질 것이라 생각했다. 하지만 토론하는 과정에서 오히려 내가 피해자의 입장이 되어

보면 어떨까 생각했다. 용서를 하는 피해자의 입장에서 과연 가해자에게 가혹한 형벌을 내리고 자신의 의견이 받아들여지지 않는다면 그렇게 하고도 마음이 편할까? 라는 생각이 들기도 했다. 명확한 결론이 내려지지는 않았지만 중요한 사회적 이슈과 관련해서 다양한 입장에서 생각을 해볼 수 있는 좋은 토론이었다.

이소정 ▶ 우리들의 행복한 시간은 영화로 먼저 접하게 되었고 보고 싶어서 봐야지 하고 생각했던 영화여서 영화로 먼저 보고 책을 볼까? 하다가 책을 바탕으로 만들어진 영화기에 책을 먼저 보게 되었다. 이 책을 읽기 전 나는 사형 집행에 적극적으로 찬성했었다. 뉴스에 나오는 잔인한 범죄와 그에 반비례하는 형량을 보며 '저런 사람들은 다 사형을 선고받아 마땅해.'라고만 생각했다. 그런데 이 책을 보고 범죄자도 변화할 수 있구나, 뉘우칠 수 있구나, 그리고 범죄자도 사람이라는 것을 알게 되었다. 그저 범죄를 저질렀다는 이유만으로 내가 너무 색안경을 끼고 그들을 바라본 것이 아닐까 하는 생각에 나 자신이 부끄러웠다. 이 책의 주인공에 너무 몰입해서 일까? 마지막에 주인공이 죽는 장면에서는 눈물도 났다. 토론에서는 '범죄를 저지르는 것이 사회의 탓일까? 개인의 탓일까?' 하는 주제가 제일 기억에 남는데 주인공인 윤수가 처음 범행을 저지른 것은 가난과 가정폭력 때문인데 이에 '사회에서 가난을 지원해 주고 가정폭력으로부터 보호해 주었다면 윤수가 그런 짓을 하게 되었을까?'라는 생각이 들었다. 물론 개인의 잘못이 아예 없는 것은 아니다. 그렇지만 더 따뜻한 사회가 된다면 윤수와 같은 사람들이 덜 발생할 것 같다는 생각이 들었다. 그런 사회를 만들 수 있도록 우리 모두 노력해야겠다.

이 책을 읽어보기 전, 추석 특선 영화로 먼저 봤던 기억이 있다. 그때는 너무 어려서인지 이 영화의 내용을 제대로 파악하지 못하고 그저 강동원의 얼굴에만 집중을 했었는데 이번 토론을 계기로 책을 읽어보니 강동원 얼굴이 다가 아니었구나 하고 깨닫게 되었다. 공지영 작가님의 소설 중 도가니를 본 적이 있었는데, 도가니에서 장애인 아이들을 상대로 나쁜 짓을 하는 학교에 대해 비판적이던 공지영 작가님이 알고 보니 사형 폐지 운동가라는 사실을 알게 되어 조금 놀라기도 했다. 도가니를 보면서 물론 작가님이 그 사람들을 사형시켜야 한다고 주장했던 것은 아니지만, 나뿐만이 아닌 많은 독자들이 그 학교에 대한 강력한 처벌을 원하게 되었기 때문이다. 나는 항상 이런 발제에 대해 사형을 주장하던 사람이었는데, 이 소설을 보고나서 사형이 무조건적인 해결방안이 아니라는 것을 깨닫게 되었다. 물론 진짜 사형을 당할 만한 일들을 벌이는 사람들이 있지만, 국가에 의해 그런 일들을 어쩔 수 없이 벌이게 되는 사람들도 있다는 것을 알고 그 사람들에게 뭔지 모를 연민이 느껴지기도 했다. 멀리 있는 사람들의 이야기가 아니다. 내 주변에도 일어날 수 있는 이야기라 뭔지 모르게 작가님에게 설득 당한 것 같은 기분이 들기도 했다. 앞으로 사형에 대해 진지하게 고민해보고, 사형이 아닌 다른 방안에는 무엇이 있으며 어떻게 하면 억울한 사람들이 덜 생길지에 대해 고민해 볼 시간을 가져봐야겠다고 생각했다.

05

오래된 미래

헬레나 노르베리 호지 지음

헬레나 노르베리 호지가 대학교 재학 중 학위 논문을 쓰기 위해 라다크를 직접 방문한 후 쓴 책으로, 그는 라다크의 현지 조사 과정에서 라다크 특유의 온화한 가족공동체와 유대 관계가 그들의 삶의 방식에 큰 영향을 끼쳤음을 알게 된다. 그러나 라다크인들은 서구 문물을 보면서 자신들의 문화에 대해 열등감을 느끼게 되고 자신들이 가난하다고 생각하게 되었다. 또한, 자급자족 사회에서는 필요 없었던 돈에 대한 욕구와 서구식 교육의 필요성을 느끼게 되면서 공동체 의식이 점점 약해지고, 경쟁이 생기기 시작한다. 우리는 이러한 라다크의 모습을 토대로 가난함의 의미와 기준, 서구문물 수용의 긍정적, 부정적 측면 등의 문제를 다루어보았다.

오래된 미래

🎙 사회자 : 정주현, 허은서, 이은혜

발제 1

라다크에서는 근본적으로 의식주와 같은 기본적인 요소들은 돈 없이도 제공되고 심지어 노동력도 인간관계의 일부로 무상으로 제공된다. 그러나 관광산업의 본격화로 삶의 대부분이 자본에 의해 지배되는 서양인들의 높은 생활수준을 목격하면서 처음으로 '가난'이라는 개념을 자신들에게 적용시키기 시작한다. 이로 미루어볼 때 자신이 생각하는 가난이란 무엇인가? 그것이 가지는 다른 가치와의 차이점은?

손세희 ▶ 저는 가난이 욕구가 충족되지 못해서 생기는 현상이라고 생각합니다. 사람은 누구나 무엇인가를 열망하고 갈망합니다. 그리고 그 무엇인가를 가지지 못할 때 사람들은 스스로가 부족하고 가난하다고 느낍니다. 하지만 역설적으로 그 무엇을 가질 때 사람들은 또 다른 것을 탐내어 자기 스스로를 가난하다고 여깁니다. 저는 환경이 가난의 기준을 정립한다고 생각합니다. 즉, 사람은 누구나 가난한데 사회적 환경에 따른 인간의 욕구가 가난의 기준을 정할 뿐이라고 생각합니다. 결론은, 인간의 욕구가 끊임없이 지속되듯, 가난도 끊임없이 지속될 것입니다.

최세정 ▶ 앞선 토론자의 말에 보충하겠습니다. 가난이라는 것은 상대적인 가치라고 생각합니다. 때문에 가난은 열등감을 불러일으키는 가장 흔한 요소입니다. 이러한 가난은 경제적 불평등이 원인이자 결과입니다. 가난에 대해 사람들은 일반적으로 제한적이고 불편하며 소외되었다는 느낌을 먼저 받습니다. 그래서 더 가난하지 않기 위해 노력합니다. 그런데 여기서부터 문제가 발생합니다. 사실 우리에겐 가난을 정의할 수 있는 분명한 단어나 문장이 없습니다. 또한, 그것을 정해놓고 그것에 해당하는 사람에게 '너는 가난하다.'라고 단정지을 수는 없는 노릇이기도 합니다. 그래서 사람들은 가난의 기준을 자신의 주위사람으로 정하고 스스로의 경제력을 판별합니다. 그 주위의 사람들이 가난하면 가난할수록 만족감은 커지게 되는 것입니다. 결국 빈익빈 부익부는 만족의 만족을 위해 발생되고, 불평등한 사회의 연결고리가 만들어집니다. 따라서 저는 가난은 사회 구조상 필연적이라고 생각합니다.

이솔희 ▶ 제가 생각하는 가난도 상대적입니다. 그러나 앞선 토론자와 달리 물질적인 부분과 더불어 정신적인 행복의 부족이라고 생각합니다. 즉, 자신이 불행하다고 느꼈을 때, 가난을 느낀다고 생각하는 것처럼 행복이라는 개념도 전적으로 상대적인 것이기에 가난은 기준 지을 수 없다고 생각합니다.

장지영 ▶ 추가하겠습니다. 저는 가난을 열등감의 결과라고 생각합니다. 발제에 명시된 라다크 사회의 변화에서도 알 수 있듯이 비교에 의해 생겨난 개념이라고 생각합니다.

배민주 현대사회에서 잘 사는 사람은 계속해서 잘 살고, 못 사는 사람은 못 사는 것으로 보아 가난과 다른 가치들과의 차이점은 스스로 극복하기 어렵다는 점인 것 같습니다.

김한나 저는 가난이란 행복의 부재라고 생각합니다. 일반적으로 가난이라고 하면 물질적인 것을 의미한다고 하는데 가난은 재화의 부족뿐만 아니라 정신적 풍요의 부재를 의미하는 것이라고 생각합니다. 우리가 흔히 가난을 칭할 때, 물질적인 것의 부족으로 힘듦을 느껴서, 즉 행복을 느끼지 못해서 가난하다고 느낀다고 생각합니다.

최세정 김한나 토론자의 의견에 이의를 제기하겠습니다. 정신적인 풍요로움의 부재는 상대적으로 다른 사람과 비교했을 때 생기는 격차에 의해서 발생하는 것으로, 자기가 느끼는 감정에 대해 정신적으로 가난하다고 표현한 것 같습니다. 그래서 김한나 토론자의 정신적 가난은 결핍에 가깝다는 생각이 듭니다.

김한나 앞선 토론자에게 질문하겠습니다. 가난과 결핍의 차이가 무엇이라고 생각하십니까?

최세정 가난은 사회 구조상 카스트 제도에서도 볼 수 있듯, 최고계층과 중간계층, 그리고 최하위 계층으로 나누었을 때, 최하위 계층이나 중간계층 정도가 가난에 정의적인 개념이라고 생각합니다. 그래서 가난에서 따라오는 감정을 결핍이라고 한다고 생각합니다.

이솔희 앞선 토론자에게 질문하겠습니다. 가난이 상대적이라고 말씀하시고, 카스트 제도를 예시로 들며 하위 계층에 속하는 사람들이 가난하다고 말씀하셨는데, 그렇다면 그 상, 중, 하는 어떻게 나눈다고 생각하십니까?

최세정 일반적인 시선으로 바라 보았을 때 자기가 주위 사람들이 자기보다 더 잘 산다, 즉 3명의 사람이 있는데 나를 제외한 두 사람이 나보다 잘산다고 느끼면 자기가 가난하다고 느끼는 것입니다. 이로 미루어 볼 때, 실제로 가난한 것과 가난하다고 느끼는 것에는 차이가 있다고 생각합니다.

이솔희 저는 상대적인 것을 비교 하에 상대적인 것이라기보다 자신의 마음이 상대적인 것이라고 기준을 내렸습니다. 그래서 결핍과 가난은 비슷하다고 생각합니다. 최세정 토론자님께서는 비교를 하면서 겉으로 보이는 차이에 의한 구분으로 가난과 부에 차이를 지으셨는데, 저는 집안 사정이나 자신만의 스트레스 등으로 느끼는 무엇인가 부족하다는 감정을 가난이라고 생각합니다.

김경민 결핍과 가난이 비슷하다고 말씀하셨는데 그러면 저는 단어를 따로 정의하는 것이 의미가 없다고 생각합니다. 제가 생각하기에는 둘 다 무엇인가 부족하다는 점에서는 같지만, 가난이라는 개념

안에 결핍이 들어간다고 생각합니다. 결핍은 영양소결핍이나 애정 결핍과 같은 수식어가 붙지만, 가난의 경우 감정이 가난하다거나 애정이 가난하다는 식으로 이야기하지 않습니다. 그래서 저는 가난 안에 결핍이 존재한다고 생각합니다. 또, 추가하자면 이번 발제에서는 라다크인들이 외국에서 온, 자신들보다 생활수준이 높은 사람들을 목격하면서 적용한 '가난'의 개념, 즉 '라다크인들에게 가난이란 무엇인가?'에 대해 질문을 하였는데, 현재 토론은 일반적인 의미의 가난에 치중된 것 같습니다.

발제 2

'오래된 미래'의 저자는 외국 관광객들이 가지고 들어온 서구 문화 및 기술과 가치관들에 의해, 라다크 문화가 철저히 파괴되어 가는 과정을 보여주고 있으며, 이를 통해 서구식의 소모를 전제로 하는 개발의 폐해에 대해 많은 사람들이 공감하고 라다크를 비롯한 각 나라의 정서에 맞는 새로운 가치의 정립과 발전을 이루어 나가도록 설득하고 있다. 하지만 '기술의 발전은 진화의 한 부분이다' 라는 주장도 끊임없이 제기되고 있으며 '경제 개발을 통해 여러 나라의 문화가 라다크에 유입됨으로써 오히려 다양한 문화 발전에 기여하지 않는가?' 라는 의견도 제시되고 있다. 또한, 현실적으로 전세계는 문화통합을 추진하고 있는 추세이며 문화 통합에는 넓은 시야 확보 가능, 다양한 문화 체험 가능 등의 장점이 존재하는 것도 사실이다. 그렇다면

    1) 기술의 발전이 진화의 한 부분이라고 볼 수 있는가?

    2) 문화의 통합이 가져다주는 장점에도 불구하고 라다크 문화의 파괴를 막기

위해 서구 문화의 도입을 막아야 하는가?

이정민 ► 사실 현 상황에 맞춰가기 위해서는 서구 문화를 받아들여야 한다고 생각합니다. 세계화가 적극적으로 이루어지고 있는 가운데 혼자서 기존의 방식을 고수하면서 얻는 것이 많을 거라 생각되지는 않습니다. 세계의 흐름을 막을 수는 없습니다. 강제로 도입을 거부한다 해도 어떠한 방식으로든지 후에 노출될 가능성이 매우 높습니다. 그러므로 가능한 빨리 받아들이는 것이 국가적으로 이득이 될 것이라고 생각합니다.

한지원 ► 저 역시 앞의 토론자의 의견과 같습니다. 서구 문화를 수용한다고 해서 그들의 고유한 문화가 완전히 사라지는 것은 아니기 때문입니다. 서구 문화의 적절한 수용과 고유한 문화와의 결합으로 라다크는 더 풍요로운 사회가 될 수 있고 글로벌 사회에서 영향력을 발휘할 수 있는 그런 계기가 됩니다. 이와 같은 예시로는 브라질과 한국 정도를 들 수 있는데 브라질 같은 경우는 각국의 인종이 모여 있는데 각국의 문화가 전통 문화인 이탈리아의 문화와 결합하여 독자적인 문화를 형성해나가고 있으며 2016년에 올림픽을 개최하는 등 글로벌 사회에서 상당한 영향력을 미치고 있습니다. 다음으로 한국 역시 개화기 서구 문물을 수용하면서 급속도로 발전해 왔습니다. 그리고 서구문화와 한국 고유의 특색이 결합해 한국 고유의 모습을 잃지 않으면서도 K-POP이라는 새로운 장르의 문화를 창조하기도 하며 세계적으로 영향을 줍니다. 이처럼 서구문화의 도입은 글로벌 사회에서 뒤처지지 않고 영향력을 가지게 하는 원동력이기도 하며 독자적인 문화 발전의 기반이라고 생각합니다.

권소은 ▶ 저는 앞선 두 토론자의 의견에 반박합니다. 아까 서구 문화를 받아들이고 세계화는 흐름이라고 하셨는데 그 흐름이 있기 때문에 받아들인다는 것은 그것이 잘못된 것임에도 그냥 트렌드이기 때문에 받아들이라는 말과 비슷한 말인 것 같아서 옳지 않다고 생각합니다. 그리고 서구 문화와 그 문화가 결합할 수 있다고 하셨는데 그것은 원래 옛날부터 계속 교류해 온 한국이나 브라질 같은 나라에게는 적용된다고는 하나 라다크는 고유한 자신만의 문화가 있었고 다른 나라와의 그런 큰 교류 없이도 잘 살고 있었는데 여기서 굳이 서구 문화를 들여왔을 때 과연 그것이 라다크인들에게 정말 도움을 줄지 아니면 혼란을 일으킬 지는 저는 의문입니다. 책에서도 나왔듯이 서구문화가 유입되면서 라다크인들은 원래 가지고 있었던 배려와 나눔의 가치관이 깨어졌고 그 깨어진 가치관으로 인해서 사람들은 다시 혼란을 겪었고 그리고 그런 사태를 일으키면서까지 꼭 세계의 트렌드에 맞추기 위해서 또는 서구 문화가 우리보다 우수한 것 같기 때문이라는 생각을 하신다는 것은 옳지 않은 것 같습니다.

이소미 ▶ 일본의 메이지 유신처럼 일본 역시 서양 문물을 적극적으로 수용해서 발전한 케이스라고 할 수 있습니다. 따라서 앞선 수용자의 이야기처럼 라다크 사람들처럼 이전 가치관이 깨어지는 등 혼란이 빚어질 수 있지만 그것은 사전에 어떤 대비가 없었기 때문이라고 생각합니다. 그래서 무작정 서구 문물의 도입을 막거나 도입하자는 것 보다는 그에 대해서 자기 고유의 문화도 지켜내면서 더 좋게

나 자신에게 있어서 발전될 수 있는 부분은 같이 수용하는 그런 정책이 마련되거나 그런 사전에 대비가 있다면 서양 문물을 수용하는 것은 나쁘지 않다고 생각합니다.

권소은 ▶ 세계 각국 나라의 수와 민족의 수도 매우 많은데 그 민족들의 문화와 같은 것을 왜 서구 문화를 중심으로 해서 통합해야 하는지 궁금합니다.

이소미 ▶ 서구 문화라는 정의가 꼭 서양 유럽에 있는 문화만을 이야기하는 것이 아니라 좀 더 포괄적으로 보았을 때 의학 기술의 발전이라든지 기존에는 없었던 부분에서 더 나은 부분을 보충할 수 있는 그런 기술들의 발전들을 이야기하고 싶었습니다.

권소은 ▶ 그리고 아까 메이지 유신을 예로 드셨는데 메이지 유신은 일본이 청이 영국에게 당하는 것을 보고 자신들의 그것을 개선해야겠다고 생각하고 나서 자기가 받아들이는 입장으로 가서 영국의 것을 배워서 왔던 것이고 라다크 사람들은 그런 생각이 전혀 없었는데 서구 문화라는 그런 외부요인에 의해서 우연적으로 개입이 된 것이 혼란을 일으켰기 때문에 그것은 올바른 예가 되지 못한다고 생각합니다.

이지현 ▶ 그런데 만약 라다크가 서구 문화를 받아들이지 않는다면 지금 라다크 같은 경우는 별다른 농기구 없이 소를 이용해서 농사를 짓고 있는데 만약 다른 서양에서 우리가 일본한테 정복당했듯이 자기들의 발전된 무기들을 가지고 라다크를 침범해서 아예 문화를 없애버리면 그 점에 대해서는 어떻게 생각하는지 궁금합니다.

권소은 그러면 서구 문화의 도입자체가 그 사람들에게는 침략이라고 생각되지 않습니까?

이지현 앞선 토론자가 말했듯이 우리 나라와 브라질의 예를 들어서 이렇게 서로 잘 배려해서 문화를 섞어서 수용하면 아예 없어지는 것보다는 자기 문화도 지키면서 또 좋은 점은 받아들이면 장점과 장점이 더해져서 더 좋은 결과물이 나올 것이라고 저는 생각합니다.

권소은 책 내용에서 라다크는 좋은 결과물을 얻었나요?

이정민 사실 앞선 토론자의 침략이라는 주장은 너무 극단적인 것일 수도 있는데 지금 라다크 같은 경우에는 우리가 흔히 말하는 약소국입니다. 그래서 강대국 같은 경우에는 자기들이 가진 힘을 사용해서 자기들의 이익만을 최대한 챙기는 모습을 보이는데 국가 내 흐름의 주도권을 라다크 같은 약소국이 전통을 고수하면서 나아간다 하더라도 앞으로 빼앗길 상황이 더 늘어날 것 같다고 생각합니다.

한지원 앞에서 문화를 수용하는 것이 강압적일 수 있다고 그런 맥락으로 말을 했는데 문화 수용 자체라는 것은 아예 다 받아들이는 것이 아니라 자신이 처한 상황에 따라서 선택적으로 수용하는 것이기 때문에 그것을 꼭 강요라고 할 수는 없다고 생각합니다.

이지현 아까 책에서 그런 내용이 있냐고 물어보셨는데 이 토론 같은 경우는 꼭 책에서 읽은 내용이 정답이 아니고 책을 읽은 내용을 바탕으로 제 생각을 쓰는 것이므로 정해진 책 내용에 치우쳐 생각할 필요가 없다고 생각합니다.

사회자 문화 통합이 긍정적일 수도 있고 부정적일 수도 있는데 두 입장에서 각각 한 번 생각해 볼 것이 문화 통합을 긍정적으로 생각하는 입장에서는 문화통합이 현재 추세인 것은 맞지만 문화통합의 방향과 양면성을 고려해야 하는 것이 문화 통합이 선진국 중심으로 이루어지고 있을 경우에는 라다크가 개방을 하면 라다크도 선진국 중심으로 통합할 가능성이 높으니까 오히려 문화전파는 되지만 그것으로 인해서 식민지화될 수도 있다고 생각합니다. 문화통합에 대해서 부정적으로 생각하는 입장에서는 문화 통합이 현재 추세이고 혼자 살아가는 세상이 아니니까 때로는 함께 발 맞춰 나갈 필요가 있는 것입니다. 그리고 다른 나라 문화를 수용한다고 해서 자신만의 문화만 수용하면 자문화 중심주의나 타문화 배타주의 이런 식으로 나아갈 수도 있을 것 같습니다. 사람들은 누구나 변화에 대해서 두려움이나 거부감을 느끼기 마련인데 현재가 싫다고 개발을 막으면 미래에 후회를 할 수도 있고 현재가 좀 싫어도 미래가 되면 좋을 수도 있는 것이고 그런 면들을 한 번 생각해봤으면 좋겠습니다.

서수민 토론 초반에 서구 문물이 우수해서 받아들이는 것이 아니라고 말씀을 하셨는데 저는 이에 대해서 서구문물이 우수해서 받아들인다기보다는 우수하지 않은 기술이라도 우리가 그것을 도입하여 발전시키면서 우리의 기술 또한 더욱 발전시킬 수 있는 것이라고 생각합니다.

발제 3

본문 중, '라다크 사람들은 살생을 해야 한다면 더 많은 사람들이 먹을 수 있도록 큰 짐승을 택하는 것이 낫다고 생각하는 것 같다.' 라는 내용이 있다. 실제로 라다크 사람들은 생선을 먹는다면 더 많은 살생을 해야 하기 때문에 생선을 먹지 않으며, 식량으로 염소나 야크 등의 고기를 택한다고 한다. 하지만 고기를 먹든 생선을 먹든 이것이 인간중심적 행위일 뿐이라는 점은 동일하다. 그렇다면 라다크 사람들의 이런 생각은 옳다고 할 수 있는가?

장민경 ► 이 발제에서는 덩치가 작은 여러 마리의 동물을 죽이는 것과 덩치가 큰 동물을 한 마리 잡는 것 중 어느 편이 낫다고 생각하는지를 이야기하고자 하는 것 같습니다. 저는 인간은 어쩔 수 없이 생존을 위해 동물을 먹고 살아가야 한다고 생각합니다. 이런 상황에서는 당연히 이들처럼 조금 더 적은 수의 생명을 해치는 것이 현명하다고 봅니다.

하채운 ► 반박하겠습니다. 제가 조사한 결과, 소나 돼지 같은 동물들이 생선 등의 동물보다 죽는 과정에서 좀 더 고통을 잘 느끼고 훨씬 많이 느낀다고 합니다. 물론 적은 마리를 죽이는 것이 살생을 덜 하는 것은 맞지만, 살생하는 마리 수 뿐만 아니라 살생 대상 동물의 고통 인지 정도에도 초점을 둘 필요가 있다고 생각합니다. 라다크 사람들이 규모가 큰 가축의 고통이 훨씬 크다는 사실을 알았다면 다른 선택을 할 수도 있었을 것 같습니다.

허윤서 ▶ 라다크 사람들이 어떤 동물을 얼마나 잡아먹든지 간에 이런 생각을 한다는 것 자체가 생명에 대한 고민을 한다는 의미입니다. 그들은 생명에 대한 최소한의 존중 의식을 가지고 있으며, 그 의식에 따라 행동하였습니다. 저는 큰 짐승을 한 마리 잡든, 작은 짐승을 여러 마리 잡든 어차피 살생을 해야 하기 때문에 결과적으로는 두 행위 모두 인간중심적 행위라고 생각합니다. 하지만 라다크 사람들의 행동은 생명을 존중하려는 최소한의 노력과 의식에서 비롯된 결과이기 때문에 그들의 생각이 옳다고 봅니다.

김민향 ▶ 질문하겠습니다. 야크나 소 같은 큰 동물의 질적인 우수성이나 유용성(고단백질 등의 영양분 공급) 등을 따지지 않고, 무조건 살생하는 동물의 수만 고려하는 것이 옳을까요?

허윤서 ▶ 제가 고려한 것은 동물의 수가 아닙니다. 저는 라다크 사람들이 아무 생각 없이 살생 결정을 내린 것이 아니라, 최대한 생명을 존중하고 보호하려는 태도로 내린 결과이기 때문에 결과에 상관없이 그들의 결정이 옳다고 보는 것입니다.

김채영 ▶ 저는 라다크 사람들의 생각에도 동의하지 않고, 라다크 사람들의 생각이 아닌 것에도 동의하지 않습니다. 동물이 사람들의 삶에서 꼭 필요한 것은 사실이기 때문에, 그들을 살생해서 먹는 것은 타당하다고 생각합니다. 하지만 본문 중에 라다크 사람들은 큰 짐승을 한 마리 택하여 죽이는 것이 낫다고 생각한다는 내용이 나오는데, 저는 이 의견에는 반대합니다. 어차피 동물을 잡아야 한다면 큰 동물뿐만 아니라 작은 동물도 같이 잡는 편이 좋을 것 같습니다. 만약 계속해서 라다크 사람들처럼 염소와 야크 같은 큰 짐승 한 마리만 죽인다거나, 그들과 반대로 작은 짐승만 여러 마리 죽이다보면 '방아쇠 효과'가 나타날 것입니다. 이는 생태계 개체 수의 변질을 일으켜 결국 생태계 전체의 균형을 무너뜨리는 결과를 초래할 수도 있습니다.

김민향 ▶ 앞 의견에 보충하겠습니다. 더 많은 살생을 막기 위해 다수의 사람들이 조금의 살생으로 먹을 수 있는 큰 짐승을 택하는 것은 생태 균형에 문제를 일으킬 가능성을 높게 만듭니다. 생태피라미드가 생태평형을 이루고 있던 곳에서, 1차 소비자인 대부분의 작은 짐승들이 차지하는 비율이 높아지고 큰 짐승들이 차지하는 비율이 낮아지게 되면 생산자들의 개체가 줄어들면서 심각한 생태불균형 현상이 생겨날 것입니다.

발제 4

이 책의 저자는 글로벌 경제화는 공동체를 소비 지향적 획일성 문화로 대체함으로써 건강한 정체성의 근본을 훼손하고 계층 간의 분화와 유전자 오염현상 확산을 야기한다고 한다. 그러나 글로벌 경제화는 선진국의 정치, 경제, 문화 등이 모범이 되어 개발도상국 및 신흥국의 개발 원천이 되기도 하고 시장범위가 광범위해서 끌어들일 수 있는 자본이 막대해진다는, 즉 전 세계적으로 물질적 수준이 높아지고 그에 따라 사회가 풍요로워진다는 장점도 있다. 그렇다면 이러한 글로벌 경제화를 FTA(Free Trade Agreement), TPP(Trans-Pacific Partnership), RCEP(Regional Comprehensive Economic Partnership) 등의 무역협정으로 촉진시키는 것이 과연 옳은가? 그 이유는?

신지원 ▶ 저는 글로벌 경제화를 무역 협정으로 촉진시키는 것은 옳지 않다고 생각합니다. 글로벌 경제화를 촉진시킨다면 미시적으로는 시장 범위가 확대되어 끌어들일 수 있는 자본이 막대해지겠지만 그것을 거시적인 관점에서 보았을 때는 글로벌 경제화를 했을 때 자기 나라의 상품을 성공적으로 판매할 수 있는 나라에게만 이익이 갑니다. 즉, 상대적으로 약소한 국가는 오히려 자본을 빼앗겨 큰 타격을 얻을 수 있습니다. 그 결과 나라간의 빈부격차도 커질 것이고, 이런 빈부격차는 좁혀지기 힘들 것입니다. 그래서 근본적으로 글로벌 경제화를 촉진시키는 것이 좋지 않다고 생각하고 만약 글로벌 경제화가 이루어진다고 하더라고 무역 협정으로 촉진되는 것은 옳지 않다고 생각합니다. 무역협정이 나라 전체의 경제에는 긍정적인 영향을 미치겠지만 무역협정을 했을 시 상대국에 비해 경쟁력이 낮은 상품들에 대해서는 큰 피해를 볼 수 있기 때문입니다.

김한나 ▶ 저는 촉진시키는 것이 옳다고 생각합니다. 무역 활성화에 따르는 문제들은 경우에 따라 다르게 발생합니다. 악영향을 미치는 경우도 있지만, 경제 성장 등 좋은 영향을 미치는 경우도 많습니다. 받아들이는 주체에 따라서 결과가 달라지기 때문인데, 주체가 올바른 판단을 내려서 그 나라가 적절하게 무역을 활성화하는데 참여한다면 부정적인 면을 최소화해서 긍정적 효과를 거둘 수 있을 것이라고 생각합니다.

장지영 ▶ 저도 같은 생각인데, 현재 사회 전체적으로 세계화가 이루어지고 있는 상황에서 경제라는 한 부분만 유독 변화가 없었습니다. 이것은 어떻게 보면 국가 전체 발전에 장애물이라 생각이 되는데, 글로벌 경제화가 이루어진다면 소비가 늘어나서 국가 생산이 늘어나고 이것이 개발도상국에게 도움이 될 수 있기 때문입니다.

배민주 ▶ 저 또한 촉진시키는 것이 옳다고 생각합니다. 우선, 부정적인 측면에서 보면 유전자 오염 현상 확산과 같은 인간에게 악영향을 미칠 수도 있으나 물질적 측면에서 보면 사회가 풍요로워질 수도 있습니다. 그래서 이것을 해결할 수 있다고 생각합니다.

손세희 ▶ 저는 앞선 토론자들과 같이 옳다고 생각합니다. 무역협정을 체결하면 소비자들은 저렴하게 수입품을 구입할 수 있어 개인 경제생활에 도움이 되고, 개인 경제가 살아나게 되면 국가의 경제력도 상향됩니다. 개인적 차원에서 소비자들은 선택의 폭이 넓어지게 되고, 기업적 또는 국가적 차원에서 해외 원자재 및 부품을 값싸게 조달하고 외국 자본을 유치하며 선진기술을 이전 받을 수 있습니다. 또한 경제 규모가 커지게 되면서 고용 창출과 그 주변의 비즈니스가 생겨 지역 경제가 살아나기 때문에 무역 협정이 촉진되어야 한다고 생각합니다.

정주현 신지원 토론자의 말에 반박하겠습니다. 미국과 멕시코의 예시를 보면, 미국은 멕시코의 노동시장을 이용하며 멕시코는 미국의 자본을 이용해서 윈윈하는 협상을 맺습니다. '현대의 협상은 각 국가의 수장들이 자국의 이익을 위해 함께 약속한 것으로, 상대적으로 약소한 국가가 피해를 입는다.'에 대한 추가 설명을 부탁드립니다. 발제문에 관해 덧붙이자면, 우리나라와 같은 경우에 문호를 열기 전에 국가 내에서 생산되는 물품들만으로 자급자족하며 나름 풍요로운 생활을 하였는데 100여 년 전에 서구열강에 의해 반강제적으로 문호를 개방하게 되고 무역을 하기 시작하면서 최근에는 다양한 나라와 다양한 협정을 맺는 수준에까지 이르렀습니다. 발제문은 단순히 이렇게 다양한 나라들이 서로 관계를 맺는 현상에 대해 어떻게 생각하는지를 질문하고 있습니다. 최근 핫한 이슈가 되었던 브렉시트나 미국 대선 후보 트럼프와 같은 경우에 주장하는 것이 '자민족 중심주의'인데 국가들이 모두 함께 잘 살자고 주장하며 생겨난 상대적인 개념인 글로벌 경제화라는 트렌드에 대해 어떻게 생각하는지를 묻고 있습니다.

신지원 글로벌 경제화를 했을 때 자기 나라의 상품을 많이 팔 수 있는 나라에게 유리하며 협정을 맺지 않는 나라는 소외됩니다. 그렇게 소외된 나라는 상대적으로 다른 나라에 비해 경제적인 격차가 생기기 때문에 점에서 불리하다고 주장하는 바입니다.

김한나 ▶ 글로벌 경제화는 이루어지는 것이 당연하다고 생각합니다. 앞선 토론자의 말처럼 원원을 위해 시작된 것은 맞지만 항상 원원으로 끝나는 것은 아닙니다. 항상 권력이 더 있고 물질적으로 풍요로운 나라가 그렇지 못한 나라에 대해 우위를 점하는 것이 세상의 원리입니다. 우리나라의 경우에도 우리나라에 불리한 관계가 있고, 반대로 우리 나라보다 물질적으로 풍요롭지 못한 나라에 대해서는 우리가 우위를 점하고 있습니다. 글로벌 경제화가 이루어진다고 해서 자민족 중심주의가 불가능한 것은 아니며, 자기 나라의 이익을 도모하면서도 전 세계가 전체적으로 발전하는 것이 가능하다고 생각합니다.

김경민 ▶ 자국이 가지고만 있고 수출하지 못하는 자본을 수출수입해서 이용할 수 있는 것이 무역협정의 장점이라고 생각합니다. 피해를 보는 몇 소수국가를 고려하기에는 무역협정으로 발생하는 세계적인 이익이 더 크기 때문에 글로벌 경제화는 지속되어야 합니다. 그 예로, 일자리 창출이나 무역 활성화 등으로 생기는 이익이 더 크다는 것을 들 수 있습니다. 체결하지 못한 나라가 뒤쳐질 수 있지만 전체적으로 국가들 사이에 긍정적 분위기가 확산될 가능성이 높습니다.

이소미 ▶ 어느덧 여름방학이 끝나고 8월이 찾아왔다. 3월. 입학한 지 얼마 안 되었을 때 동아리 면접을 봤던 것이 엊그제 같은데 벌써 하나의 토론만을 남겨놓고 있다. 토론은 매번 할 수록 느는 것 같다. 그래서 때로는 아쉽기도 하다. 매 순간순간 최선을 다해 임한다는 생각을 하면서도 그렇다. 이번 토론은 조금 더 나아진 나를 볼 수 있었던 것 같다. 같이 토론하는 친구들과 선배님들이 다양한 방향으로 생각의 나래를 펼칠 수 있도록 도와주었다. 발제에 대한 여러 측면에서의 해석으로 인해 혼선이 있었지만 그렇기에 더 재미있었던 것 같다. 사실 이 책이 다루는 주제는 나 역시 확실한 내 의견을 세울 수 없다. 이러한 면에서는 장점을 지니고 저러한 면에서는 단점을 지녔기에 변수가 많은 문제라고 생각한다. 서양 문명의 유입으로 파괴되는 라다크 문화의 이야기는 현재 세계화가 진행되면서 접할 수 있는 양상이라는 생각이 들었다. 무분별한 타문화의 유입으로 자국의 문화가 오히려 파괴되고 소실되어 가는 것. 한 사람의 노력이 아니라 국가적인 차원에서, 기업적인 차원에서, 국민들의 입장에서 모두가 방안을 고안하고 실천하는 것이 중요하다. 외국 문화의 유입에 대해 무조건적으로 적대적인 태도도, 무조건적으로 수용적인 태도도 좋지 않다. 이러한 생각들을 하면서 지금껏 해온 토론의 주제들과는 또 남다른 분야의 생각을 할 수 있었다. 다른 사람과 내 의견을 나누고, 다른 사람의 의견을 듣는 것이 재미있다. 토론 준비 과정이 쉽다면 거짓말이다. 조사할 자료도 많고 짬을 내어 읽는 책과 쓰는 발제문이 때로는 버겁기도 하다. 하지만 한학기동안 독서토론을 하면서 내 사고의 폭도 넓어진 것도 사실이다. 그렇기에 나는 매주 토론을 위해 투자하는 내 시간이 아깝지 않다. 이번에는 토론 과정에서 그 주제에 대해 드는 생각도 많았지만 그 외에 드는 생각이 더 많은 것 같다. 다음 토론 때에는 더 나은 모습으로 참여할 수 있도록 꾸준히 노력해야겠다. 성실하게 잘 참여하는 친구들을 보면서 나도 많이 배운다. 토론을 잘 이끌어나가주시는 선배님들을 보면서 많이 배웠다. 나에게 날개라는 동아리는 시간이 지날 수록 더 특별한 의미가 되어가는 것 같다.

정주현 ▶ 처음에 이 책을 선정하면서 어떻게 미래가 오래될 수 있을까…하면서 궁금해했던 게 생각이 난다. 그게 벌써 5달 전이다. 동아리를 하면서 아쉬운 게 있다면, 첫 번째보다는 두 번째가 낫고, 두 번째보다는 또 세 번째가 낫고 그렇게 계속 발전해나갔으면 좋겠는데 갈수록 긴장이 풀려 토론의 질이 떨어진다는 느낌이다. 토론의 질이 떨어지면서 더 여유 있고 느슨한 토론이 된다는 장점도 있지만 흐름이 자꾸 끊긴다는 게 아쉬운 건 어쩔 수 없는 것 같다. 이런 문제 아닌 문제로 골머리를 앓다가, 결국 토론 시작 전·후에 좋지 못한 소리를 하고 시작한 것이 마음에 걸려 하루 종일 우울하다. 동아리를 하면서 독서토론과 함께 나 자신을 잘 컨트롤해야 한다는 것도 배우는 것 같다. 내가 사회를 맡은 조에서는 1번 발제가 진행이 질 뫼있나. 가난과 결핍의 차이. 토론자 대다수가 가난은 상대적이라고 판단한 것에 반해, 몇몇이 자신의 마음에 달려있다고 주장한 것. 그런데 결국 그 마음속의 풍요로움도 주변 환경에 영향을 받을 수 밖에 없다는 것. 마음에 달려있다는 사실 자체가 어느 정도의 생활수준은 가능하다는 전제하에 이루어지는 것이라는 의견 등이 인상 깊었다.

4번 발제를 낸 사람으로서, 의미가 중의적이라는 컴플레인이 들어온 것에 대해서는 내가 부주의 했다는 생각이 들었다. 글로벌 경제화의 촉진에 대한 생각을 물은 것인데, 자칫 FTA, TPP, RCEP에 초점이 갈 수도 있겠다는 생각이 들었다. 우리 조는 글로벌 경제화와 자민족 중심주의가 반대되는 개념인가, 영 상관이 없는 개념인가에 대해 토론을 했다. 이야기를 하다 보니 과거에는 글로벌 경제화를 통해 자국의 이익을 도모할 수 있었지만, 이미 세계화가 많이 이루어진 이 시점에서 문호를 더 개방하는 것은 불필요하기에 요즘 트랜드는 자민족 중심주의라는 생각이 들었다. 4개의 발제가 초점을 두는 '라다크 문화의 파괴'와 무관하게, 1960년대까지 라다크 사람들이 끌고왔던 삶의 방식이나 사고(살생을 할 때, 몸집이 큰 짐승을 잡는다는 것 등)는 국경을 불문하고 충분히 본받을만한 것 같다. 그들의 문화를 맹목적으로 수용해야 한다기보다 자연과 상생하는, 또 그들의 배려하는 마음 자체가 아름답고 존경스럽다.

권소은 ▶ 오래된 미래에 담겨있는 라다크에 대한 이야기를 접한 것은 꽤 오래 된 것 같다(라임 아니다). 지금도 늦진 않았지만 그땐 뇌가 덜 숙성? 되서 이 이야기에 대해 깊이 고민해보지 못했던 것 같다. 이번에 토론 주제 책이 되면서 다시 한 번 만나게 되었는데 책을 읽는 동안, 특히 발제 내용과 연결시키면서 생각을 많이 하게 되었다. 지금의 정보화 시대에 살아가는 수많은 사람들 중 한명으로서 기술의 참된 가치와 인간과의 연결고리에 대해 생각해 보면서 인간의 발전과 진화라는 것을 과연 어떻게 정의할 수 있을까 라는 생각을 했다. 토론 중 기술은 발전하고 있음에도 불구하고 인간은 퇴화되고 있다는 선배의 말에서 과연 지금 전 세계를 지배하고 있는 이 흐름이 과연 맞을까 라는 생각도 했다. 그러나 한편으론 결국 끝에 가선 기술에 의존하고 무의식적으로 전통적인 것, 고유의 것을 무시하고 있지는 않은지 약간 부끄럽기도 했다. 이번 발제는 적으면서 약간 토의 형식으로 흘러갈 수도 있겠다는 걱정이 생겼었는데 우리 조만 그랬는지는 모르겠지만 발제 대부분에서 이해하고 접근하는 방식에서의 개인 차가 조금 컸던 것 같아 찬, 반 또는 옳고 그름에 관해 딱 나뉘어 지지 않아 토론이 원활하게 진행되어지진 않았던 것 같아 아쉬웠다. 집에 와서 토론 상황에 대해 다시 한 번 생각해 보게 되었는데 이때까지 해왔던 토론들을 쭉 보니 내가 발제에 대해 개인적으로 이해하지 못한 부분들에 대해 괜히 질문하고 그 의문점이 거의 풀릴 때까지 이런 저런 말을 했던 게 다른 사람들을 좀 불편하게 했을 수도 있겠다는 생각이 들었다. 물론 다양한 생각과 관점은 나쁘다고 할 수는 없다. 그러나 좀 더 원활한 토론을 위해서 약간은 조절할 필요가 있겠다는 것을 느꼈다.

　이런 상황에서도 그나마 토론이 됐다? 라고 할 수 있었던 것이 라다크 사람들의 살생에 관한 행위었는데 살생을 해야 한다면 큰 것으로 잡아 최대한으로 줄인다는 것이었다. 나는 라디그 사람들의 선봉을 사랑하고 배려하는 문화 자체는 거의 전적으로 지지하고 맘에 들었다. 하지만 살생에 관한 그들의 생각에는 동의하기가 좀 어려웠다. 살생을 한다는 결과 자체는 똑같은 것인데 그것에다 생명의 고유한 가치를 그저 숫자에 대입해 수치적으로 계산한다는 것은 그저 자신들의 마음의 위안을 얻기 위한 것일 뿐 진정으로 생명체를 위한 것은 아니라고 생각했다. 이러 저러한 일이 좀 있었지만 오래된 미래를 통해서 서구화의 트랜드에 맞추어 가야하는지 아니면 그것을 일부는 저지해야 하는 지에 대해 각각의 밝은 면과 어두운 면을 생각해 보게 되어 의미 있는 시간이 된 것 같다. 실제로도 전 세계의 아직 서구화 되지 않은 여러 부족들을 어떻게 해야 할지, 아니 그들의 선택은 어떻게 될 것인지, 또 그 결과는 무슨 영향을 끼칠 것인지에 대한 의문점은 시간이 지남에 따라 드러날 것이고 나 또한 이번 토론을 계기로 그것에 대해 지켜볼 것이다.

배민주 개인적으로 이번 토론 발제가 가장 어려웠다고 생각했다. 그래서 발제문에 집중을 하며 의견을 수립하여 준비를 해보았다. 특히 4번 발제가 가장 어려운 것 같아서 내 입장 정리와 약간의 설명을 덧붙이는 걸로 끝이었다. 그래서 그런지 이번 토론은 좀 활발히 이루어지지 못 했다. 1번 발제 때 조금 어려움을 겪었던 터라 소극적으로 자세를 취했다. 그래도 결핍과 가난의 차이라는 발제로 가장 열띤 토론을 이루어서 다행이라고 생각이 들었다. 특히 마지막에 한 토론이 정말 재미있었다. 물론 내가 적극적으로 참여하지 않았지만 모여서 토론하는 게 너무 흥미로웠고 예시를 들면서 이야기하는 게 좀 색다른 예시라서 재미있었다. 하지만 2번 발제는 흐지부지하게 넘어간 것 같아서 조금은 아쉬웠다. 두 개의 의견을 한 번에 해야 하는지 끊어서 해야 하는지 잘 모르기도 해서 그런 것 같기도 하다. 그래도 가장 흥미다고 느낀 발제이며, 준비를 제일 열심히 했기 때문에 아쉽다고 생각했다. 3번 발제는 모두 같은 의견과 이유를 들어서 약간은 토의하는 것처럼 흘러간 것 같았다. 사실 처음에 그 의견에 반대쪽을 선택했는데 잘 생각해보니 '생존' 앞에서의 살생이라는 생각이 들어 바꿨는데 바꾸길 잘했다는 생각이 어렴풋이 들었다. 그의견 이후 다른 이야기를 하려고 했지만 마땅한 것을 찾지 못해 결국 마지막 발제로 넘어가기로 하였다. 앞서 말한 마지막 발제는 정말 내 의견이 마음대로 흘러간 발제인 것 같다. 내 생각을 적어 놓았다가 토론하기 3분 전에 다시 의견을 바꿀 정도로 왔다 갔다 한 발제였다. 그래서 나와 의견이 같은 쪽이 반대쪽에 반론을 할 때 '이런 말하면 되는데'라고 생각을 했었다. 이번 토론은 전보다 조금 아쉬운 것 같다. 저번 토론보다 비교적 말도 못한 것 같고, 마지막 토론 때는 만족하며 마칠 수 있게 더 준비를 해야겠다.

06

눈먼 자들의 도시

주제 사라마구 지음

'눈먼 자들의 도시'에서는 모든 사람들이 갑자기 원인도 모르는 병에 걸려서 눈이 멀어버린다. 보통의 실명이라면 시야가 사라지면서 어둠이 찾아오지만 이 병은 어느 여름날 낮잠에서 깨려는 순간처럼 온통 밝은 빛에 감싸인 것 같다. 교차로에서 신호 대기 중이던 최초로 시력을 잃은 남자는 갑자기 신호등이 시야에서 사라지고 다른 이의 손에 이끌려 집으로 돌아온다. 눈에 병이 생긴 것이라 생각한 남자와 남자의 아내는 안과를 찾아가 진료를 받는데 이 날 안과에 함께 있던 사람들이 다음 날 집단적으로 실명을 하게 된다. 그들이 실명을 한 후에 이 백색의 질병이 전염이 된다고 판단한 국가는 최초로 전염된 이들을 격리시설에 수용한다. 그런데 최초로 격리된 이들 사이에 앞을 볼 수 있는 이가 하나 있었는데 바로 안과의사의 아내이다. 그녀가 감염되었다고 하면서 이 시설에 스스로 수용된 이유는 단지 실명한 자신의 남편을 돕고자 했기 때문이지만 앞으로 일어날 지옥 같은 상황을 바라보고 정확하게 상황을 이해할 유일한 사람이 된다.

이 작품은 인간세계의 심각한 문제를 다루고 있다. 바로 돈과 명예 즉 탐욕에 눈이 먼 인류 전체에 대한 비난을 담고 있다. 탐욕이라는 전염병에 걸린 이들에게 어느 날 찾아온 실명. 그 실명은 그동안 누려온 모든 것을 한순간에 앗아가 버린다. 그동안 누리던 사회적 지위. 업적 그리고 수많은 그 무엇들이 실명과 함께 의미가 없어진다. 하지만 '눈먼 자들의 도시'에서 보건당국 그리고 더 나아가 국가는 위기 상황에서 최선이 아닌 차악의 방법인 강제수용을 선택한다. 수용소에 새로운 실명자들과 보균자들이 수용될수록 그들 사이의 유대관계는 희박해졌다. 그리고 우려했던 일이 벌어진다. 실명을 하면서 타의에 의해 버려야 했던 돈과 권력에 대한 욕망이 수용소 내부에서 일어난다. 수용자들 중 총을 가진 어떤 남자를 중심으로 조직으로 뭉쳐지면서 그들이 가진 조직의 힘을 가지고 다른 수용자들을 지배하게 된다. 죽음에 대한 공포를 이용해서 권력을 쥐고 그 권력으로 음식의 분배권을 장악하고 그 음식으로 금품을 갈취하고 색욕까지 채우려고 한다. 오로지 한 가지 욕망에 인생의 모든 에너지를 집중한다면 우리는 인생의 목적을 잊고 잘못된 방향으로 내달리기만 하다가 어느 순간 죽음이라는 낭떠러지 앞에서 멈추지 못하고 말 것이다. 설사 그 낭떠러지를 발견했다고 해도 내가 달려 온 관성의 힘을 스스로 이겨낼지도 의문이고 내 뒤에서 눈이 멀어 달리기만 하는 이들에게 밀려 떨어질지도 모른다. 인간은 주어진 수명 이후에는 이 세상과 이 물리적 육체에서 떠나야 한다. 그러나 물리적인 죽음 이전에 내 정신을 돈과 권력에 팔아버리고 눈이 멀어 정신의 죽음을 살아가지는 말아야 할 것이다. 주제 사마라구는 이것을 이 작품에서 경고하고 있는 것이다.

눈먼 자들의 도시

🎙 사회자 : 최세정, 한지원, 허은서

이 책에서 정부는 특별한 증상도 없이 급작스럽게 눈이 멀어버리는 전염병에 대한 공포심과 국민들의 분노에 두려움을 느껴 초기 감염자들을 격리한다는 명분으로 수용소에 감금한다. 사실상 백신이 개발 될 동안 연구하기 위해서, 또는 그들에게 적합한 환경을 제공하기 위해서라기보다는 그들을 세상과 단절시킴으로써 사태악화를 막는 데 중점을 두었다. 때문에 격리시설 내부에도 의료전문인을 배치하기 보다는 군인을 투입하여 감염자들을 탄압하는데 애썼다. 이는 감염자들을 환자로서 치료할 대상, 그전에 국민으로서 보호해야할 대상으로 생각한 것이 아니라 바이러스 자체로 여긴 것이다. 그래서 책이 중반부로 향할수록 격리시설안의 군인들은 정부로부터 격리에 방해가 될 경우 사살해도 된다는 명령을 받기도 하고 군인들 스스로도 감염자들을 인간으로 여기지 않는 등 비인간적인 면모를 보인다. 인간이 인간으로서 인간의 의무를 수행하고 가장 인간답게 살기 위해 만든 절대 단위가 현내에서 정부라는 단체로 나타난다고 가정하면 정부는 국민들을 보호해야 할 의무도 있지만 국민의 보호를 위해 탄압이 필요하다는 것을 의미하기도 한다. 그렇다면 정부는 탄압과 보호 중 어느 쪽에 초점을 맞춰 상황을 통제해야 하는 것일까?

김경민 ▶ 만약 정부가 보호가 아닌 탄압에 초점을 맞추어 상황을 통제한다면, 가장 현명한 방법은 눈이 먼 국민을 바로 사살하는 것이라고 생각합니다. 가장 처음에 눈이 먼 국민을 죽인다면 더 이상의 눈 먼 자들은 존재하지 않을 것이고 이는 말도 안 되는 행위입니다. 정부는 감염자들을 수용소에 격리시켜 더 이상의 감염자들이 생겨나지 않도록 하는 것이 목적이지 그들의 자유를 빼앗고 죽이는 것이 목적이어서는 안됩니다. 또한 정부는 국민들을 위험으로부터 보호해주는 울타리 같은 존재입니다. 그런데 국민들이 전염병에 걸렸다고 해서 그들을 죽이고 탄압한다면, 정부의 필요성이 성립되지 않습니다. 그리고 탄압은 군인들이 더 잘 할 것인데 굳이 정부가 나설 이유조차 없습니다. 이에 탄압에 초점을 맞춘다는 것은 문명화가 안된 원시사회와 같을 것입니다. 따라서 탄압보다는 국민 보호에 초점을 맞추어야 합니다.

김한나 ▶ 보충하겠습니다. 저는 정부가 탄압을 한다는 것 자체가 잘못되었다고 생각합니다. 탄압이란 권력, 무력 따위로 억지로 눌러 꼼짝 못하게 함을 의미합니다. 정부가 탄압을 하는 것은 민주주의 국가에서 있어서는 안 될 일이라고 생각합니다. 또한 정부의 궁극적 목적은 국민 보호이므로 국민 보호에 초점을 맞추어야 한다고 생각합니다.

이지현 ▶ 저도 앞선 토론자의 말에 동의합니다. 만약에 탄압을 한다면 병에 걸린 사람들끼리 그대로 방치되기 때문에 그 사람들을 치료할 방법을 찾기 힘들게 되고 만약 다 죽어 병이 사라진다고 해도 똑

같은 일이 다시 발생하거나 새로운 전염병이 나타난다면 또 인간은 병에게 굴복당하고 희생되어서 인류에는 큰 재앙이 올 것이라고 생각합니다.

허윤서 ▶ 저도 앞선 토론자들과 같이 보호해야 한다고 생각합니다. 제가 생각했을 때 만약 탄압이 목적이라면 바이러스에 감염됐을 때 단순히 격리시키는 것뿐만 아니라 감염자들을 사살하는 것에 동의하는 것에 되며 이는 어떤 인간이든 감염되면 똑같이 대우해야 한다는 것을 의미하기에 결국 감염자들 간의 불신, 두려움이 커져 상황을 극복하기 어렵게 됩니다. 그렇지만 보호는 책임감을 가지고 감염자들을 이끌어가는 것이기 때문에 감염자들을 보호해야 하는 것이 옳다고 봅니다.

신지원 ▶ 보충하겠습니다. 전염병에 걸리지 않은 다수의 국민들을 보호하는 것도 물론 중요하지만 소수의 국민들도 보호 받을 권리가 있으며, 보호하는 것은 당연합니다. 그러므로 만약 소수의 국민들을 탄압하더라도 식량을 제대로 나눠주고 격리 시설 내부를 편리하게 만들어 주며 환자들이 요구했던 사소한 것들을 정부에서 잘 지원해 준다면 보호에 초점을 둔 탄압으로서 불만이 크게 생기지 않을 것입니다.

이정민 ▶ 보충하겠습니다. 소설 중에서도 정부의 지나친 탄압이 불러온 결과는 참담했습니다. 소통 없이 일방적으로 몰아붙이는 상황을 이성적으로 받아들이기는 어려운 일입니다. 그렇기에 정부는 국민들과 소통하고 국민들을 만족시켜야 합니다. 따라서 정부는 이들을 만족시키는 합리적 방안, 즉 그들이 원하는 탄압이 아닌 보호를 통해 상황을 통제해야 합니다.

서수민 ▶ 반박하겠습니다. 정부가 국민을 보호해야 하는 것이 의무라는 점은 동의합니다. 그렇지만 국민 보호만으로는 상황을 통제하는 것에 한계가 있다고 생각합니다. 그럴 때에는 그 상황을 통제하기에 국민 탄압이 가장 적절하다고 생각합니다. 감염자들을 보호한다고 해도 결국에는 예방법을 찾기 어려울 것입니다. 그렇기에 바이러스 보균자들을 즉시 탄압하여서 2차적인 감염을 멈추어야 하는 것이 시급합니다.

김경민 ▶ 질문하겠습니다. 앞선 토론자께서 보호만으로는 바이러스 예방법을 찾기 어렵다고 하셨는데, 탄압으로는 예방법을 발견할 수 있습니까?

서수민 ▶ 보호를 하면서 예방법을 발견하는 데는 시간이 많이 걸릴 것입니다. 그러나 탄압을 통해서는 바이러스의 2차 감염이 중단되기 때문에 감염자 수도 줄 것입니다.

이지현 ▶ 질문하겠습니다. 일단 탄압을 통해 바이러스의 감염도 막고 상황이 종결되었다 하더라도 새로운 종류의 바이러스가 나타나서 계속 탄압이라는 수단을 사용하게 된다면 많은 희생이 따를 텐데 이러한 점에 대해서는 어떻게 생각하십니까?

서수민 탄압하는 것이 희생이라고 생각하지는 않습니다. 제한된 사람, 즉 감염자들만 탄압하는 것이기 때문에 다른 사람들에게는 해를 미치지 않습니다.

김한나 반박하겠습니다. 탄압을 하는 것은 결국 그들을 사살하겠다는 것인데 2차 감염을 예방한다면서 감염자들을 다 죽이는 것은 국민의 인권을 보장해 주지 않는 것이라고 생각합니다.

최도영 보충합니다. 다른 사람에게 피해를 끼치는 사람이라면 마땅이 그들을 탄압해야 하겠지만 국가가 민주주의 국가인 만큼 국민 개개인의 의사에 따라야 하며 국민 개개인을 보호함으로써 민주주의가 성립합니다. 그렇기 때문에 보호해야 한다고 생각합니다.

사회자 발제에서 말한 탄압과 보호의 개념이 일부 토론자가 생각하는 개념과 조금 다른 것 같습니다. 발제에서 말하는 탄압과 보호는 감염자들의 자유를 탄압하느냐 아니면 자유를 보장해 주느냐의 의미입니다. 개념을 명확히 하기 위해 예시를 들자면 2015년 '메르스 사태'가 발생했을 때 감염자들을 격리시키고 수용소를 만드는 등의 행위를 저는 탄압이라고 봤습니다. 그렇기 때문에 발제에서 탄압과 보호라는 단어를 사용했습니다.

이솔희 여기서 모두에게 질문 하나 하고 싶습니다. 이미 많이 바이러스가 퍼진 상태에서, 또 잠복기라는 것 때문에 증상이 뒤늦게 나타난다면 최선의 방법이 격리, 즉 탄압이 아닐까요?

김경민 ▶ 그렇지만 그런 상황에서는 탄압과 보호 모두 상황을 해결하는데 실질적인 도움이 되지 않을 거 같습니다.

이솔희 ▶ 제가 드리고 싶은 말씀은 최선의 방법이 격리라는 것입니다.

허윤서 ▶ 그렇지만 사람들은 격리당하는 것이 당연히 싫을 것입니다. 제가 생각하기로는 감염자들이 모두 갇힌다면, 즉 탄압의 방법을 선택한다면 비감염자들은 언제든지 나도 그렇게 될 수 있다는 생각이 들 것이고 따라서 사회적 분위기가 나빠질 것입니다. 서로간의 불신이 가득하겠죠. 그러나 정부차원에서 감염자들을 보호하겠다고 하고, 또 감염자들은 정부에서 내린 최소한의 지침을 따르며 자유롭게 돌아다니면 사회적 분위기가 편안해 질 것입니다. 정부의 궁극적 목적은 사태종결입니다. 이때, 탄압의 방법을 선택한다면 사회적 분위기 자체가 나빠져 사태 종결이 힘들 수 있습니다. 그러므로 보다 신속한 사태 종결을 위해서 정부는 보호의 방법을 선택하는 것이 옳다고 생각합니다.

이솔희 ▶ 질문하겠습니다. 토론자께서 탄압을 하면 두려움과 불안감이 생기고 보호를 할 때 긍정적 분위기가 형성되므로 전 국민이 같이 힘을 내어 사태를 종결해야 한다고 말씀하셨습니다. 그러나 감염자들에게 자유를 주었을 때 혹여 나에게 바이러스가 옮을 수 있다는 불안감이 생길 것입니다. 이러한 점에 대해서는 어떻게 생각하십니까?

김경민 반박하겠습니다. 저는 아까 보호하는 것이 옳다고 생각했습니다. 그렇지만 허윤서 토론자 말대로 최대한 약을 빨리 개발해서 사태를 끝내려면 오히려 빨리 탄압해서 더 이상의 감염자가 생기지 않게 해서 불안감이 생기지 않도록 해야 한다고 생각합니다. 문제해결을 빨리 하는 것이 목적이면 탄압이 더 옳다고 생각합니다.

이솔희 그런데 과연 감염자들을 탄압 했을 때 그들이 문제 해결에 참여하려고 할까요?

김경민 그 점에 대해서는 자신의 병이 낫기 위해서 필연적으로 참여할 것이라고 생각했습니다.

허윤서 질문하겠습니다. 탄압을 해도 잠복기라는 것 때문에 새로운 감염자는 어차피 계속 생길 것 입니다. 그렇다면 과연 탄압하는 의미가 있습니까?

김경민 있다고 생각합니다. 왜냐하면 그들을 일단 탄압하는 것은 아예 비감염자로부터 분리시키는 것이기 때문에 2차 감염 속도는 현저히 줄어들 것으로 예상됩니다.

사회자 그렇다면 여기서 가장 초점을 맞추어 생각해야 할 것은 정부가 이 상황에서 감염자와 비감염자 중 어느 쪽에 더 관심을 기울여야 할 것인가 같습니다.

김한나 ▶ 저는 격리되지 않은 사람 편에 서야 한다고 생각합니다. 일단 다수의 편에 서는 것이 소수의 편에 서는 것보다는 옳습니다. 또한, 격리된 사람들은 자유권을 침해당했다며 억울해할 것인데, 이는 옳지 않습니다. 정부 자체는 국민의 안전하고 편리한 생활을 보장해야 할 의무를 가지고 있습니다. 그러므로 다수를 보호하기 위해 소수가 격리되는 것은 당연한 일입니다.

이지현 ▶ 일정한 지침을 주고 자유를 보장해 준다 하더라도 결국 정부의 지침은 집에 있으라는 것이 될 것 같습니다. 그렇다면 집에 있는 것 자체도 격리이고 이는 곧 탄압입니다. 그렇기에 탄압, 즉 비감염자 편에 서야 한다고 생각합니다.

발제 2

이 책에서 감염자들은 처음에는 서로를 배려하기도 하는 등의 모습을 보이지만 감염자의 수가 늘고 정부에서 내려지는 조치만을 기다릴 수 없음을 자각하자 그들 스스로 눈 먼 사람들이 모인 격리시설 내에서의 위계 질서를 형성하기 시작한다. 사실 어느 누가 갑자기 세상을 비관하여 자살한다거나 심한 경우 모두를 죽이는 등의 충동적인 행동이 일어나도 이상할 것 하나 없는 상황이다. 또한 배급되는 식량은 적고 일정하지 않은데 반해 격리시설내의 감염자들은 점점 늘어나고 있는 상황에서 각자 몫을 챙기기 위한 잦은 다툼을 중재할 존재가 필요하다. 그런데 이러한 위계 질서가 부적절하게 나타난 것이 바로 식량을 빼앗아 여자들과 맞바꾼 사람들이다. 이들은 눈이 먼 상황에 생존능력 즉, 약육강식을 바탕으로 위계질서를 형성하여 더 나은 생활을 하는 듯 보였으나 신뢰 없이 형성된 관계인만큼 두목이 죽자마자 회계사가 총을 차지하는 등 파탄에 이르고 있었다. 이러한 상황에서 격리시설 내에서 위계질서가 필요할까?

배유진 저는 조금 다른 관점에서 발제를 바라보았는데요. 위계질서가 있다, 없다를 생각하기 이전에 사람들이 본능적으로 느꼈을 때도 위계 질서는 이미 확립되어있다고 생각합니다. 조직을 효율적으로 운용하기 위해서는 위계질서가 필요하다고 생각합니다. 선임자로서 짊어져야 할 판단과 그에 대한 책임이 분배되어야 하기 때문입니다. 이 상황에서는 격리시설 내에 위계 질서란 필요 없다고 생각합니다. 아니 위계질서를 지킬 수 없는 상황이라고 생각합니다. 물론 누군가 정의롭게 나서서 남을 통제할 수 있고 수직적으로 다른 개체보다 우위에 있을 수 있는 존재가 있다면 모를까. 원래 있던 두목도 죽고 첫 위계질서가 파괴되니 밑의 권력자가 다시 총을 쥐고 남을 위협하는 상황밖에 되지 않았다. 누군가 아직 이성적으로 사고가 가능한 사람들이 있었다면 무언가 바로 잡고 할 수 있겠으나, 본능적으로 '오직 살아야 한다.'만을 느끼는 사람들에게는 약육강식 그 이하 일 수도 있는 짐승들의 사회에 지나지 않을 것입니다.

배민주 저는 이전 토론자와 마찬가지로 필요보다 자연스럽게 생기는 거라고 생각합니다. 사람들이 격리된 한정적인 공간에서 지내다 보면 분명히 다툼이 생길 것이고 그에 의해 분명 누군가는 그 다툼에 갑을 관계가 생길 것이며 이에 천천히 위계질서가 생길 것이라고 생각합니다.

`손세희` ▶ 위계질서 안에 규칙이 존재합니다. 격리시설 내에는 감염자라는 이유만으로 사람들이 수용되어 있습니다. 이러한 상황에서 이들은 계급까지 필요하다고 생각합니다. 그러나 신뢰 없이 형성된 관계인만큼 계급을 나누는 기준도 없습니다. 하지만 규칙이 없다면 사람들은 자신들의 이익만을 위해 행동을 할 것입니다. 그러면 격리시설은 폐허가 되고 사람들은 비인간적인 행동까지 하게 될 것입니다. 따라서 저는 위계질서는 필요 없고, 공동체 생활을 하기 위해서는 규칙만이 필요하다고 생각합니다.

`배유진` ▶ 앞 토론자의 의견에 반박합니다. 규칙만이 필요하다면 그 규칙은 누가 실시하는 거죠? 이성과 본능의 혼선 앞에 규칙이 존재할 수 있을지 생각해 보아야 하는 것 아닌가요?

`정주현` ▶ 근본적으로 최소한의 노력으로 최상의 생활을 위해 존재하는 것이 위계질서라고 생각합니다. 사회에는 올바른 상태를 유지하기 위해 지키기로 약속한 규칙이 포함되어 있습니다. 지위나 등급에 따라 더 나은 생활을 한다는 것이 불합리해 보일지 몰라도 결국 자신도 어떤 지위에 속하기로 암묵적으로 약속한 것입니다. 약속과 규칙은 일부 체념이나 불평등이 포함되어 있더라도 지켜야 하는 것입니다. 그러나 여기서 주목할 점은 앞에서 명시한 상황들도 어쨌든 위계질서가 있다는 사실을 가정한다면 따르는 게 옳다는 것입니다. 위계질서가 없는 상황에서 질서가 유지될 수 있다면, 즉 배분적 평등이 이루어 질 수 있다면 위계질서가 없어도 무방하다고 생각합니다.

이은혜 ▶ 저는 위계질서가 필요하다고 생각합니다. 이상적인 생활을 서로 돌아가면서 나누어 먹는다거나 등의 방식을 정하여 그대로 실천하는 것이 좋다고 봅니다. 이런 상황은 정말 지켜지기 힘든, 말 그대로 이성적 상황이 아니라 그날따라 더 배가 고픈데 조금 더 먹고 싶은 욕구를 참지 못하고 더 먹어버릴 수도 있는 것이고 질투심을 느끼기도 하는 등의 예외상황이 많아 서로 간의 음식에 대해 경계를 취하며 많은 갈등을 일으킬 것입니다. 그러나 위계질서가 생기면 그런 갈등을 중재하고 조정해줄 수 있는 사람이 생길 것입니다. 항상 싸우지 않아도 되는 것입니다. 물론 발제에서 드러난 것처럼 단점도 많지만 이 상황에서는 무슨 대안을 선택해도, 그리고 꼭 이 상황이 아니라하더라도 항상 그 대안에는 단점들이 따르기 마련입니다. 그래서 사람은 두 명만 모여도 대표가 있어야 한다는 말이 있듯 위계질서가 약화된 상황에서도 필요하다고 봅니다.

> ## 발제 3

이 책에서는 등장인물에 대한 정보를 가장 최소한으로 주었을 뿐만 아니라 가장 객관적으로 묘사하고 있다. 그래서 이 책에는 그 누구의 이름조차 등장하지 않는다. 아무 연관 없는 이들이 격리시설에서 만나 함께 생존하는 것처럼 작가는 독자에게도 그들을 우리와 마치 처음 만난 사람인 것처럼 인식시키고 있다. 그런데 이 책에서 작가는 유일하게 눈이 멀지 않은 여자를 통해, 그리고 여러 등장인물을 통해 작가는 우리에게 전하려는 메시지를 끊임없이 전달하고 있었다. "우리는 눈이 멀기 전에 이미 눈이 멀어있었소." 따위의 말이 그것이다. 그렇지만 그 말에 대해서는 명백하게 규명하지 않고 일장춘몽이었다는 듯 모두가 눈을 뜨며 끝이 난다. 그런데 이 말은 우리에게 책의 결말에 대해 다시금 곱씹어 보게 한다. 이 책은 희극일까 비극일까?

김채영 ▶ 저는 책의 결말이 비극이라고 생각합니다. 마지막에 의사의 아내는 "나는 우리가 처음부터 눈이 멀었고 지금도 눈이 멀었다고 생각해요. 볼 수는 있지만 보이지 않는 눈 먼 사람들이라는 거죠."라고 말합니다. 여기에서 눈은 뜨고 있지만 자신만 생각하고 이기적으로 행동하며 정의를 외면하는 현장을 눈 뜬 장님처럼 지켜만 보고 있는 우리가 진정 눈 뜬 자들인가 하고 작가가 우리 독자들에게 반문을 하고 있는 것 같고 앞으로는 그런 행동을 하지 말라는 것을 의사 아내의 말을 빌려서 시사하고 있는 것 같습니다. 책의 끝 부분에서 일본 남자가 눈이 보인다고 소리쳤을 때 다들 기뻐했지만 그 기뻐한 것이 남자를 축하해주려는 것이 아닌, 자신도 곧 눈이 보이게 될 것이라는 희망에 그러는 것이기 때문에 결말도 겉으로는 희극인 것처럼 보이지만 결국은 비극인 것이라고 생각합니다. 책의 내용을 전체적으로 봤을 때도 수용소에서나 바이러스가 번진 도시에서나 비극적인 장면들이 대다수이기에 결말이 비극이라고 생각합니다.

하채문 ▶ 앞 토론자님의 말에 보충하겠습니다. 저는 이 책의 결말이 비극인 동시에 우리의 현재인 것 같다는 생각을 했습니다. 눈 먼 사람들은 정신병원에서 쓸모도 없는 돈과 귀중품, 권력을 가지려 하고 본 적도 없는 여자들을 강간했습니다. 그리고 현실에서 우리도 눈 먼 사람들과 다를 바 없이 행동하는 것 같습니다. 정말 소중하게 여기고 추구해야 할 것들은 눈이 먼 것처럼 보지 못하는 경우가 허다하고, 남들이 다 가려고 하는 길을 쫓고 있는 우리의 모습이 마치 책에 나온 장님들이 보인 모습과 비슷하다는 느낌을 받았습니다. 그래서 저는 이 결말이 비극이라고 생각합니다.

김진하 ▶ 반박하겠습니다. 저는 이 책의 결말이 희극이라고 생각합니다. 저는 눈이 먼 것을 병으로 보지 않고 어떤 관형, 생각 같은 것으로 봤는데, "우리는 눈이 멀기 전에 이미 눈이 멀어있었소."라는 말은 인간의 추악한 욕심과 본능을 깨달은 여자의 표현이 아닐까라는 생각을 했습니다. 이 소설에서 여자는 눈이 먼 척을 하면서 사람들을 돕기 위해서 수용소로 끌려갑니다. 눈 먼 사람들을 위해서 희생하고 끊임없이 현실과 싸우던 여자는 사람들이 인간의 존엄성을 회복할 수 있도록 도와줍니다. 마지막에 사람들이 하나 둘 씩 눈을 뜨기 시작하는데 정상으로 돌아간다는 희망이 보이게 되자 이때 여자는 눈이 멀어버리게 됩니다. 눈이 보이지 않게 된 인간들은 도덕성이 철저하게 파괴되어 스스로 밑바닥까지 보여주게 되는데, 여자는 이런 모습을 원래 인간이 지닌 본성이라고 생각하고 위와 같은 말을 한 것이 아닐까라고 짐작해보았습니다. 결론적으로 사람들은 모두 눈을 떴지만 여자는 눈이 멀게 되어 사람들의 추악한 모습을 더 이상 보지 않아도 된다는 점에서 결말만 놓고 보면 희극인 것 같습니다.

이소미 ▶ 저는 열린 결말로 끝난 책의 뒷부분을 예상해봄으로써 희극이 될 경우와 비극이 될 경우를 각각 나누었습니다. 무겁고 심각하고 너무나 절망적인 이야기들이 전개되다가 한 일본 남자가 눈을 뜨고 책이 끝났을 때 처음에는 안도의 한숨을 쉬었지만 나중에는 이게 뭘까 하는 생각을 많이 했습니다. 사람들이 자신의 이익에만 눈이 멀어서 타인의 고통을 외면하는 것이 아마 의사의 아내가 이야기한 "우리는 눈이 멀기 전에 이미 눈이 멀어있었소."라는 말의 뜻 같았습니다. 그래서 이 말의 뜻을 만약 그 사람들이 깨달았으면 이 책이 희극이 되는 것이고, 그런 상황을 겪었음에도 불구하고 계속 자신의 이익에만 눈이 멀어있다면 이 이야기는 비극이 될 것이라고 생각합니다.

김민향 저는 김진하 토론자님의 의견에 보충하겠습니다. 저는 마지막에 의사의 아내의 눈이 먼 것을 희망적이라고 봅니다. 그 여자는 눈 먼 자신의 남편을 도와주려고 갔던 곳에서, '사람들이 눈이 보이지 않자 이렇게까지 악해지는구나.'라는 것을 느끼고 마지막에 자기가 눈이 멀게 되었습니다. 이 결말은 그녀가 원초적이고 이기적인 인간들의 본심에 대해 깨닫고 눈을 감아버린 것이라고 볼 수 있습니다.

배유진 저는 여자에 초점을 맞추면 희극인 것 같은데, 눈이 멀었던 사람들에 초점을 맞추면 비극이라고 생각합니다. 눈이 멀었던 자들은 서로가 서로를 위협하고 불안에 떨면서 사는 삶을 다 겪었기 때문에 눈을 떠봤자 계속 옛날의 불안감에 사로잡혀서 삶을 정상적으로 살아가지 못할 것 같습니다. 반면 여자의 입장에서 생각해 보면 더 이상 인간의 추악한 면모를 보지 않아도 되니까 희극이라고 할 수 있습니다.

요즘 현대사회에서는 칼부림이나 묻지마 살인같이 경악을 금치 못하는 사건이 자주 발생하고 있다. 우리는 이를 토론 책과 연관 지어 생각할 수 있다. 본문 중에서 유일하게 눈이 멀지않은 의사의 아내가 이러한 말을 한다. "나는 우리가 눈이 멀었다가 다시 보게 된 것이라고 생각하지 않아요. 나는 우리가 처음부터 눈이 멀었고, 지금도 눈이 멀었다고 생각해요. 볼 수는 있지만 보이지 않는 눈 먼 사람들이라는 거죠." 이를 통해 우리는 한 가지를 추측할 수 있다. 눈이 먼다는 대재앙을 통해 극한 상황에 도달하였을 때 강간을 하거나 불필요한 살인을 저지르는 등의 행위는 인간의 마음속 한 켠에 자리 잡고 있던 원초적이고 이기적인 면모가 드러난 것일까 아니면 생존의 문제가 걸린 극한상황에서의 필요에 의한 불가피한 선택이었을까?

배유진 ▶ 저는 강간을 하거나 불필요한 살인을 저지르는 등의 행위가 어떻게 극한상황에서의 필요에 의한 불가피한 선택이 될 수 있는지 이해할 수 없습니다. 유한한 식량을 차지하기 위해 어쩔 수 없이 살인을 할 수 있다 생각합니다. 하지만 강간은 그냥 개인의 욕구를 충족하기 위해 다른 개체를 도구로써 이용하는 행위이지 살아가기 위한 행동은 될 수 없다 생각합니다. 인간의 마음 속 한켠에 자리 잡고 있던 원초적이고 이기적인 면모가 드러난 행위라고 생각합니다. 사람은 모두 태어날 때 개인의 욕구, 이기심을 가지고 태어난다고 본인은 생각합니다. 그렇기 때문에 안전을 생각하는 욕구, 식욕의 욕구 등의 본능을 가지게 되는 것입니다. 그런데 다른 동물들과 달리 인간은 자신의 욕구나 본능을 억제할 수 있는, 생각할 수 있는 이성 또한 가지고 태어납니다. 그리고 사람들과 함께 더불어 사회를 살아가게 되면서 그 이성으로써 하면 되지 않는 일을 규정하고, 그에 관련된 것을 억제한다고 생각합니다.

정주현 ▶ 지금 우리의 사회에서 갑자기 장님이 된 사람은 말로는 표현할 수 없는 많은 고통들을 겪을 것입니다. 남들이 보는 것을 자신은 보지 못하기 때문입니다.

그러나 모두가 눈이 먼다면 이야기는 달라집니다. 이 책에서 여자와 식품을 바꾼 것이 극한 상황에서의 필요에 의한 불가피한 선택이었을까요? 식품은 매일 정해진 양만큼만 주어지고 그것을 먼저 차지한 이가 배분을 하기 시작합니다. 눈이 보이지 않더라도 모두가 함께 살기를 바랐다면 순서를 정해서 한 번씩 먹는 등 공평하게 나눌 방안을 생각했을 것입니다. 즉, 그들이 한 선택은 야만적인 한편으로는 원초적이고 이기적인 모습이 드러난 것입니다. '현대사회에서의 칼부림이나 묻지만 살인사건이 인간의 원초적 면모가 드러난 것이다.' 라고 하면 그건 그 사람이 정신적인 문제가 있기 때문이지 예시가 잘못되었다는 배유진 토론자의 의견에 찬성하는 바입니다.

손세희 ▶ 저는 원초적이고 이기적인 면모가 드러난 것이라고 생각합니다. 그 단적인 예가 바로 식량과 여자를 바꾸는 행위인데 식량을 빼앗긴 자들은 충분한 식량이 있었기에 성욕을 충족시키기 위해서 저지른 인간 내면의 욕구라고 생각합니다. 또한 극한상황에서 강간을 하고 그들만의 성욕을 충족시켰다는 것 자체가 그들의 욕구만을 생각하는 이기적인 면모라고 생각합니다.

장지영 원초적이고 이기적인 면모가 드러남에 의해 불가피한 선택을 하게 된 것이라 생각합니다. 만약 이 세상에 물이 딱 컵에 들어 있는 한 잔 밖에 없는 상황이 닥쳤다고 생각해봅시다. 정말 내가 이 물을 마시지 못하면 죽을 것 같아서 그 한 잔을 다 마셔버렸다. 이것은 내가 살기위한 불가피한 선택이었음과 동시에, 내가 물을 마심으로써 다른 사람들이 죽게 되었으므로 이기적인 행동이라 할 수 있습니다. 인간은 누구나 극한 상황에서 자신의 생존에 위협을 받게 된다면 이기적인 면모가 드러날 수밖에 없습니다. '필요에 의한 불가피한 선택'이라는 것은 이기적인 행위를 정당화하기 위해 표현한 말이라고 생각합니다.

배민주 생존의 문제가 걸린 극한 상황에서 원초적이고 이기적인 면모가 드러났다고 생각합니다. 원초적인 것은 생존 즉, 생명이 위험할 때 무의식 속에서 발동되어 자기 자신을 지키려고 하기 때문에 극한 상황에서 원초적이며 이기적인 면모가 불가피하다면 불가피하게 일어날 것입니다.

토론 후기

권소은 마지막 토론이 끝났다. 3월, 손을 부들부들 떨면서 면접을 보고 5달 동안 열심히 달려온 것 같다. '정말 열심히 해야지.' 하면서도 두꺼운 책들을 보면 눈이 감기고 당일 점심을 굶으면서 발제를 쓰던 일도 이제는 없을 것 같다. 잘 모르겠다. 쓰면서 물론 재미있을 때도 있었지만 힘들다고 생각한 적도 꽤 많았는데 막상 끝나고 나니 살짝 섭섭한 마음이 든다. '수레바퀴 아래서'를 시작으로 '더 로드', '고삐 풀린 뇌', '우리들의 행복한 시간', '오래된 미래', 그리고 '눈 먼 자들의 도시'까지. 준비를 하는 과정은 힘들었지만 토론 때는 내 나름대로의 최선을 다했고 이에 대한 큰 후회 같은 건 없는 것 같다.

눈 먼 자들의 도시의 발제에서 이런 발제가 하나 있었다. 이 책의 결말이 비극인지 희극인지에 대해 질문을 던졌다. 발제에 관해 선배와 이런 저런 이야기들을 나누어 보았는데 선배의 말씀은 비극이 있음에도 불구하고 그것이 지나갔기에 희극이 될 수 있다고. 사실 나는 여기에 반대해 비극이라고 했지만 이것을 현실세계에 가져와 보면 맞는 말인 것 같기도 하다. 우리 삶에 있어서 크고 작은 어려움들은 당연히 있다. 그러나 이것을 딛고 일어났을 때 우리의 삶은 정말 멋있는 희극이 될 수 있다고 생각한다. 이때까지 해왔던 토론들 중 입장을 정하기 애매한 문제도 많았고 자극적인 내용들이 나와 당황스럽기도 했다. 이런들 어떠하고 저런들 어떠하리. 그로 인해 더 발전할 수 있었고 생각의 폭도 넓어졌을 것이다.

김채영 ▶ 눈 먼 자들의 도시는 지금까지 읽은 책들 중에서 가장 재미있었다. 토론 준비를 하면서 3번 발제인 '이 책은 희극인가 비극인가'에 대해서 많은 고민을 하고 토론에 임했다. 사실 1번 2번 발제에 대한 토론을 하면서도 3번 발제에 대한 다른 사람들의 의견을 빨리 들어보고 싶은 마음이 컸다. 나는 결말이 희극이지만 책 내용 자체에 비극적인 내용이 더 많았기에 당연히 비극이라고 생각했다. 하지만 토론을 해보고 얘기를 나눠보니 각각 등장인물의 입장에서도 희극과 비극이 갈린다는 사실을 알게 되었고 생각의 폭이 많이 넓어졌다. 의사의 아내 입장에서는 마지막 장면에서 아내가 눈이 먼다고 가정했을 때 앞으로의 추악한 모습(사람들의 이기적인 모습과 자신만을 생각하는 모습)을 못 보기 때문에 희극이라고 볼 수 있다. 하지만 눈이 다시 떠진 사람들의 입장에서는 다시 세상을 볼 수 있는 것은 희극이지만 다시 추악한 모습을 보게 되는 것은 비극이다. 또한, 작가의 입장에서는 인간의 이기심을 책을 통해서 비판을 하므로 비극이다. 마지막으로 정리해 볼 때 책 내용의 전체는 비극이지만 결말은 희극이라고 생각했다. 이번 토론이 올해 마지막 토론이라서 매우 아쉽다. 다가올 2학기 때의 축제 준비도 열심히 해야겠다.

손세희 책이 영화로 나온 만큼 책의 내용은 재미있고 경이로웠다. 나는 앞이 백색으로 보이고 전염성이 있는 알 수 없는 병의 원인을 알고 싶어 이태까지 읽었던 어느 책들보다 책의 내용에 빠져 읽었다. 그러나 결말은 갑자기 눈을 뜨게 되면서 허무하게 끝나버렸다. 그래서 이 책의 후속작인 '눈 뜬 자들의 도시'에 대해서 토론도 하고 싶었다. 이 책은 장면 하나하나가 나에게 교훈을 주었고 인간의 욕구는 정말 끝도 없을 만큼 크다는 걸 느꼈다. 그래서 토론하기에 좋은 책이라고 생각했다. 한편으로는 내년이 되면 직접 책을 선정하여 발제를 준비해야하는데 이런 좋은 책을 고를 수 있을까 라는 생각도 했나. 발제 중에서 '정부는 탄압과 보호 중 어느 쪽에 초점을 맞춰 상황을 통제해야할까'가 좋았다. 이 발제는 그 상황 속에서 당사자가 어떤 마음가짐으로 상황을 견뎌내는지에 따라 그 사람에게는 통제일 수 있고 보호일 수도 있겠다는 생각이 들었다. 그래서 선배님들과 친구들의 의견을 들어 봄으로써 나의 관념이 넓어진 것 같았다. 이번 토론이 마지막인 만큼 지금까지 토론 중 가장 잘 하고 싶었는데 그러지 못한 것 같아 많이 아쉽다. 동아리에 들어와서 내가 해야 할 토론은 절반을 해 냈지만 그 절반은 많이 아쉬웠다. 내년이 되고 남은 절반은 지금처럼 말고 더 나은 사고력을 바탕으로 더 잘해냈으면 좋겠다.

하채문 올해 마지막 토론이었다. 너무너무 아쉬워서 책도 평소보다 더 꼼꼼하게 읽고 발제 하나하나에 영혼을 담아 내 생각을 적었다. 하지만 책이 되게 무서워서 읽는 내내 마음이 조마조마하고 내가 눈이 먼 건 아닌지 계속 확인을 해야 했다. 그렇게 내 눈이 멀었나 안 멀었나 체크하면서 책을 끝까지 다 읽고 나니까 내가 이미 눈이 멀어버린 것이 아닌가 생각이 들었다. 나는 앞은 보이지만 정말 봐야 하는 것들을 보지 않고 있는 것 같다. 본질적인 것은 보지도 못한 채 그저 옆에서 하는 대로, 주변사람들이 가는대로 따라가고 있다는 생각이 들었다. 작가는 나에게 이런 것을 왜 깨닫게 했을까? 내가 내 삶을 뒤집어 새로운 인생을 살기를 바라는 것일까. 책을 읽을 때 작가가 나한테 하고자 하는 말이 뭔지 안다고 해도 그 교훈을 통해 내가 어떻게 바뀌기를 원하는지는 도저히 모르겠다. 아는 것에서 끝나기를 바라는 거 같지는 않은데.

발제 또한 내가 아직 생각이 얕은지 어렵게 느껴져 내가 상상한 영혼을 담은 대답 같은 걸 적지 못했다. 마지막 토론이라 제일 잘 하고 싶었는데 잘 하지 못한 것 같아 아쉬움이 많이 남는다. 읽고 나서 책에 대한 생각은 많이 했는데 막상 그걸 글로 쓰려니 내 생각들이

다 너무 부정적이고 무거워 옮기기가 힘들었다. 그래도 겁이 많은 나한테 과도하게 무서웠던 이 책을 다 읽는 것 자체가 도전이었고 그것을 성공했으니 나 자신에게 칭찬할 거리 하나 있는 셈이다. 토론을 하면서 발제에서 헷갈리는 부분들이 있었는데 그런 것들을 보면서 내년에 나도 발제를 내야 할 텐데 선배들처럼 잘 할 수 있을까 이런 무섭고 무거운 책으로 토론하다가 후배들 보다 못하면 어쩌나 등등 쓸데없는 걱정들이 막 생겼다. 나는 선배들이 너무 좋기 때문에 내년에 후배들이 생기지 않으면 좋겠다. 난 새로운 1학년들을 이끌어 갈 자신이 없다. 나는 그냥 선배들이 이끌어주시는 대로 따라가고 싶다. 토론을 하면서 점점 내가 선배들의 장점들을 배우고 활용하고 있다는 것이 느껴진다. 토론뿐만 아니라 국어시간에도 글쓰기를 할 때 날개에서 토론하던 것을 생각하며 선배들이라면 뭐라고 답하셨을까 등을 생각하면서 쓰니까 내가 봐도 많이 배웠고, 실력이 느는 것 같다. 나도 더 공부하고 더 배워서 내년에 많은걸 가르쳐주고 알려줄 수 있는 선배가 되고 싶다.

최도영 ▶ 마지막 토론인 만큼 열심히 준비를 했지만 생각지 못한 컨디션에 토론을 잘 해내지 못해 아쉬웠다. 많은 책들에 대해서 선배님들, 친구들과 토론을 하면서 얻은 것 또한 많았다. 다양한 관점에서 문제를 접할 수 있게 되었고 아직은 부족하지만 내가 생각하는 것을 더 정확하게 표현할 수 있게 되었다. 이번 토론을 하면서 '정부가 국민을 탄압해야 하는가 보호해야 하는가?' 라는 발제는 가장 기억에 남았고 그만큼 아직도 그 해답을 잘 모르겠다. 여러 사람들의 의견을 모으고 같이 머리를 굴려 봐도 여전히 어려운 것은 마찬가지였지만, '이거다!' 라는 정확한 결론은 나오지 않았지만 내가 생각했던 의견이 얼마나 제한된 틀에 있고 왜 더 넓은 방식으로 발제를 인식해보지 못했는가에 대한 아쉬움이 가득했다. 두 번째로 기억에 남는 발제는 '이 책이 희극인가 비극인가'였는데 단순히 결말만 봐서는 희극으로 생각할 수 있겠지만 결말만으로 책의 희비를 결정하지 않고 하나하나의 상황, 내용, 표현 등을 생각해 보면 불쾌스러운 내용들도 많았고 책의 분위기를 따져보자면 비극인 것 같기도 하여 역시 나에겐 애매한 발제였다. 마지막 토론이 생각보다 너무 빨리 다가와서 섭섭하지만 힘들었던 발제 준비를 생각하면 조금은 후련한 감도 없잖아 있다.

#07

멋진 신세계

올더스 헉슬리 지음

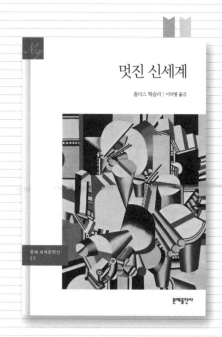

멋진 신세계

올더스 헉슬리 | 이덕형 옮김

문예 세계문학선
02

문예출판사

올더스 헉슬리는 과학이 극도로 발달하여 인간의 모든 것이 계획되고 통제된 세계를 그린다. 이곳에서 인간은 출생이 아닌 생산이 되어 자신의 의지와 감정을 거세당한 채 쾌락이라는 하나의 감각만을 추구하며 현실에 순응하며 살아간다. 행복만을 느낄 수 있는, 인간 삶의 수많은 불확실성과 불완전함, 그로 인한 고통과 불행이 과학에 의해 제거된 삶은 과연 우리가 상상하는 대로 멋진 신세계로 불릴 수 있을까? 우리는 이 책과 함께 가공된 만족과 쾌락만을 느끼는 세계과 이상적이라고 말할 수 있을지, 인간이 다른 인간의 심리를 그의 의지와 상관없이 기계적으로 개선하려는 시도가 정당하다고 말할 수 있을지를 논하며 진정한 인간다운 삶에 대한 깊이 있는 고민이 필요함을 느꼈다.

멋진 신세계

🎙 사회자 : 장지영, 손세희, 김채영

발제 1

소설 속에서 사람들은 항상 소마(soma)라는 약을 통해 환각과 쾌락을 느낀다. 누구도 불만이 없고, 만인은 만인의 소유이며, 심지어 죽음까지도 무의미한 세계가 되어 버린다. 이 완벽한 유토피아 세계에서는 모두가 다 만족스럽고 행복하다고 느낀다. 하지만 인간의 가치, 진보, 행복, 자유, 인간의 존엄성 등을 생각할 틈새조차 주지 않고 있다. 따라서 이면적으로 볼 때는 디스토피아라고 생각할 수 있다. 이 책이 본질적으로 말하고자 하는 바는 유토피아 세계를 지향하는 것일까? 아님 디스토피아 세계를 지향하는 것일까?

배민주 ▶ 저는 유토피아 세계를 지향하는 것이라 생각합니다. 유토피아의 정의는 현실적으로는 아무 데도 존재하지 않는 이상의 나라 혹은 이상향을 가리키는 말입니다. 일단 저희들은 사회를 살아가면서 인간의 가치, 진보, 행복, 자유, 인간의 존엄성 등에 대해서 굉장히 많은 이야기를 하고 생각하면서 이것에 대해 어떻게 규정해야 할지 끊임없이 고민합니다. 그리고 그 규정한 틀에 사람들을 가두면서 행동합니다. 그래서 저는 이것이 없는 사회가 유토피아라고 생각하기에, 이 책이 본질적으로 말하고자 하는 바는 유토피아 세계라고 생각합니다.

하이얀 ▶ 저는 책이 그 어느 것도 지향하지 않는다고 생각합니다. 존이 세계정부 총재와 나눈 대화에서 그가 원한다고 한 늙거나 아플 권리 같은 것들은 유토피아나 디스토피아적이지 않은 현대사회, 현실 속 인간들이 가지는 권리라고 생각합니다. 그 권리들은 현대에선 아무도 원하지 않는 것들이지만, 그것들이 자연의 섭리이고 인간의 운명이라는 것을 작가는 말하고 있습니다. 작가는 이 책을 통해 디스토피아를 거론함으로써 인간의 무한한 욕망에 대한 비판과 그에 대한 경고를 하고 있는 것입니다. 이것으로 미루어 보았을 때, 이 책은 인간들의 욕망의 집합체인 유토피아나 혹은 유토피아를 위장한 디스토피아보다는 불완전하지만 이상적인 현대사회의 긍정적인 지속을 지향하고 있다고 생각합니다.

이소정 ▶ 저는 이 책 속에서는 유토피아를 가장한 디스토피아를 지향한다고 생각합니다. 소설 속 사람들은 쾌적한 환경에서 지내며 자신의 계급에 만족하고 정해진 일을 하면서 행복한 삶을 사는 듯하지만, 실제 그들의 삶은 기계와 다름없습니다. 그들은 어릴 때부터 세뇌교육을 받아 주입된 행동만을 하고, 개인보다는 단체를 우선시하며 고독감을 느끼지 못하고 우울하거나 화가 날 때는 소마를 먹으면서 그런 감정을 잊어버립니다. 이렇게 감정이 결여된 기계적인 삶을 사는 것이 과연 행복할까요? 인간은 시련, 역경을 겪으며 그런 과정을 통해 한층 더 성숙해지고, 그런 역경을 이겨낼 힘을 갖게 됩니다.

그런데 그들이 역경이 닥칠 때 소마를 먹으며 잠시 동안만 그 역경에서 도피할 뿐, 소마의 약효가 떨어졌을 때 다시 힘든 감정을 느끼며 힘들어하고, 이런 악순환 속에서 살아갑니다. 결국 그들은 소마라는 합법적인 마약 없이는 조그만 역경도 이겨내지 못하는 나약한 존재가 되어버린 것입니다. 그렇기에 저는 이 소설이 디스토피아를 지향한다고 생각합니다.

강은서 ▶ 이 책은 본질적으로 유토피아를 추구하는 사람들을 비판한다고 생각합니다. 디스토피아란 가공의 이상향, 즉 현실에는 어디에도 존재하지 않는 나라를 묘사하는 유토피아와는 반대로 가장 부정적인 암흑세계의 픽션을 그려냄으로써 현실을 날카롭게 비판하는 문학적 풍미, 사상을 말합니다. 이 소설에 등장하는 세계는 문명이 극도로 발달하여 과학이 모든 것을 지배하게 된 세계인데, 여기서는 인간의 존엄성이 지켜지지 않습니다. 공장처럼 새 생명을 만들어 낸다는 점에서 생명을 가치롭게 생각하지 않는 비윤리적인 모습을 보입니다. 이렇게 이상적이지 않은 디스토피아의 모습을 묘사함으로써 인간의 가치와 존엄성을 무시하고 이익만을 중시하는 유토피아적인 사회풍토를 비판하는 것으로 보입니다. 따라서 유토피아를 지양한다고 생각합니다.

하채운 ▶ 이 책이 무엇을 지향하는지는 잘 모르겠지만, 확실한 것은 책 속에 사람들은 모두 행복하고 만족한 상태라는 것입니다. 제삼자가 봤을 때는 아무것도 모르는 그들의 세계가 디스토피아라고 생각할 수 있겠지만, 소설 속 사람들이 인간의 가치, 진보, 행복 등에 대해 아는 순간 그들의 행복은 끝날 것입니다. '모르는 게 약이다.', '알면 독이다.' 우리가 흔히 듣고 말하는 이런 것들 또한 무지한 상태에서 진정한 행복을 느낄 수 있다는 것을 의미한다고 생각합니다.

장윤서 ▶ 유토피아를 흉내만 내고 있는 디스토피아를 이 책에서는 고발하고 있다고 느껴졌습니다. 멋진 신세계의 사회는 굉장히 편안하고 청결하며 가난이란 존재하지 않는, 하고 싶은 것은 즉시 할 수 있는 그런 사회입니다. 이렇게만 들으면 이 사회는 정말 꿈에나 나올 법한 이상적인 세계가 될 수도 있습니다. 하지만 이러한 사회를 유지시키기 위해서는 그 사회 구성원들은 문제에도 나와있듯이 많은 것을 포기해야 합니다. 이 사회 구성원들은 행복이 무엇인지를 모릅니다. 그저 어렸을 때 세뇌되어 온 대로 자신들은 행복하다고 믿고 있을 뿐입니다. 행복이 무엇인지도 모르는 사회가 유토피아라고 불리는 것은 이해할 수 없다고 생각합니다.

김희주 ▶ 소설의 처음 부분에는 유토피아, 즉 만인이 행복하다고 느낀다고 나와있지만, 점점 뒤로 갈수록 사람들은 누군가가 태어날 때부터 정해진 틀에서 인간의 존엄성, 자유, 진보 등을 잊으며 살아가고 있음을 알 수 있습니다. 이런 사회는 유토피아와는 전혀 다른 유토피아의 반대, 즉 디스토피아를 묘사하고 있는 것입니다. 작가는 유토피아적인 사회의 이면을 보여주고 싶어 한 것 같다고 생각합니다.

이세미 ▶ 저는 유토피아 세계를 지향하고 있다고 생각합니다. 소마라는 약을 먹음으로써 감정을 바꿀 수 있고, 쾌락을 느낄 수 있게 됩니다. 인간은 누구나 감정 표현을 하고 불만도 생기고 이로 인해 마찰도 생기고 조직 분열까지 일어나게 됩니다. 하지만 소설 속 세계에서는 소마로 인해 이런 것들을 방지하면서 스스로를 행복하다고 느끼게 하는 것으로 보아 이 책은 유토피아를 지향한다고 생각합니다.

사회자 하채운 토론자께서는 무지한 상태에서 진정한 행복을 느낄 수 있다고 말씀하셨는데, 다른 토론자들의 의견도 궁금합니다. 무지의 상태에서 느끼는 행복은 진정한 행복인가에 대해 토론을 해 봅시다.

이소정 저는 진정한 행복이 아니라고 생각합니다. 왜냐하면 작품 속 사람들은 힘든 일이 있을 때 소마를 먹으면서 그 아픔을 잊지만 그 약효가 떨어졌을 때는 다시 그 감정을 느끼면서 힘들어하고, 다시 소마를 먹으며 행복해하는 이런 악순환이 계속 반복되기 때문입니다. 그래서 그들은 합법적인 마약 같은 소마 때문에 오히려 작은 역경인데도 이기지 못하고 소마에 더 집착하고 소마 없이는 살아갈 수 없게 되기 때문에 저는 진정한 행복이 아니라고 생각합니다.

하이얀 보충하겠습니다. 소마를 먹었을 때의 행복은 일시적인 행복이고, 또 소마라는 외부에게서 오는 행복입니다. 행복은 자신의 내면에서, 자신의 상황이나 자신의 상태에 대해 만족을 느껴야 하는 것인데, 소마를 통한 행복은 그렇지 않기에 저 또한 진정한 행복이라 할 수 없다고 생각합니다.

이지현 ▷ 저는 무지에서의 행복, 즉 고통과 슬픔을 느끼지 못함에서 느끼는 행복은 행복이라 할 수 없을 것 같습니다. 항상 행복하니까 그 의미가 사라진다고 생각합니다. 만약 소마가 이 세상에 존재하는 상황이라면, 사람들이 그것에 너무 의지하고 집착하게 될 것인데, 저는 무언가에 집착, 의지하는 것은 행복이라 할 수 없다고 생각합니다.

하채운 ▷ 저는 진정한 행복이라고 생각합니다. 인간은 사회적 동물이기에 공동체 생활을 하고 그 안에서 개개인의 상처나 갈등이 생겨나는 것은 불가피하다고 생각합니다. 이것을 아무리 합리적, 이성적으로 분석해서 고치려 한다 하더라도 완벽하게 사라지는 것은 불가능합니다. 예를 들어 우리가 받는 상처가 대부분 외부에 의한 것이고, 우리가 해결할 수 있는 것이 별로 없기에 상담이나 심리치료를 받으러 가서 힘든 것을 얘기하면 모두들 "놓아라" 혹은 "그냥 받아들여라", "거기에 힘쓰지 마라"고 말합니다. 이것 자체만 보더라도 우리가 무지한 상태로 있는 게 우리가 찾을 수 있는 최대한의 행복한 상태라고 생각합니다.

이지현 ▷ 해결책을 바라고 상담을 하는 것도 있지만, 감정을 공유하고 공감을 받으면서 힘든 일을 완전히 잊기보다는 다시 한번 떠올려보고 생각을 바꾸기 위한 목적으로 하는 것도 있다고 생각합니다. 아무것도 모르고 넘기는 것보다는 그것에 대해 계속 아는 게 자신이 좀 더 성장할 수 있는 계기가 되기에 무지의 상태가 행복이라 할 수 없습니다.

하이얀 보충하겠습니다. 이 사회에서 누군가는 갈등을 겪고 상처를 받습니다. 이때 그 상처들을 무마하기 위해 소마 같은 일시적인 행복을 찾는다면, 소마를 계속 복용하며 그 행복이 지속된다 하더라도 그 갈등의 원인과 그 사람의 마음에 상처를 입힌 직접적인 원인은 찾아내서 해결할 수 없다고 생각합니다. 그러므로 무지의 행복은 그저 실제의 갈등, 상처에 대해 책임을 버리고 행복이라고 포장하는 것이라고 생각합니다.

하채운 사람마다 다르겠지만 저 같은 경우는 아까 이지현 토론자께서 말한 상담의 목적을 가지고 상담을 하더라도 끝나고 혼자 있을 때 다시 우울해집니다. 이런 이유는 제가 힘든 것을 말하면서 다시한번 떠올리는 것이 힘들기 때문인데, 이처럼 힘든 것을 잊을 수 없어 더 힘들기에 소마를 먹어 무지의 상태로 만드는 것이 오히려 더 행복하기 위한 것이라 생각합니다.

이지현 하채운 토론자와 같은 경우도 있겠지만, 저는 자신의 힘든 일을 털어놓으면서 상대방과의 결속력도 다지고 믿음을 확인하는 과정도 필요하다고 생각합니다. 그렇기 때문에 무조건 행복한 것보다, 고통도 겪는 것이 자신을 위한 것이라 생각합니다.

하채운 여기서 주제와 조금 벗어난 이야기이긴 하지만, 여러분들은 소마 없이 진정으로 행복한지에 대해 질문하고 싶습니다.

사회자 보충하자면 진정한 행복의 기준에 대해 날개 면접 때 물어본 적이 있었는데, 거기서 나온 대답이 대부분 가족, 친구, 꿈이었는데 이것들은 전부 우리들이 가지고 있는 것들입니다. 이것들을 다 가진 여러분은 진정으로 행복하신가요?

하채운 ▶ 그것들로 인해 상처를 받는 것도 있으니까 진정으로 행복하다고 할 수는 없을 것 같습니다. 불행하다고 생각하지는 않지만 진정한 행복은 아닙니다.

배민주 ▶ 공감합니다. 잠깐의 행복은 있는데 완전하진 않은 것 같습니다.

이지현 ▶ 가족들이랑 밥을 먹고, 친구들이랑 놀고, 꿈을 가지면서 살지만 돌아서서 혼자 있게 되면 다 허무해지고 우울해지는 것을 보아 저도 진정한 행복이라 하진 못할 것 같습니다.

발제 2

이 소설에서 태어난 아기들은 조건반사실로 옮겨져 특정한 불안과 거부감들이 주입된다. 그들은 아기들에게 꽃과 책들을 보여주고, 그리고 그 직후에 바로 끔찍한 파열음과 전기 충격을 아기들에게 가한다. 이렇게 해서 아기들은 이후 평생 장미와 문학에 대한 즐거움을 상실해버리고 만다. 이 실험은 1920년 대 존 왓슨에 의해 실제로 행해진 적 있다. 왓슨은 공포를 전혀 느끼지 않는 알버트라는 이름의 아기가 흰쥐에게 가까이 갈 때마다 큰 쇳소리를 들려주어 알버트를 놀라게 한다. 계속 반복하자 쇳소리와 관계없이 흰쥐만 보면 공포 반응을 보이게 되고, 그 후로는 털 있는 짐승만 봐도 공포 반응을 보이기 시작한다. 심지어 털이 달린 산타클로스 가면만 보아도 울기 시작한다. 이 실험에 영향을 받아 트라우마를 없애고자 밝혀진 체계적 둔감법은 어떤 행동의 강도를 줄여나가다가 마침내 행동을 소거하는 방법이다. 이 방법은 현재 여러 교육과 아동 치료에 쓰이고 있으며, 앞 실험과 이 방법을 통해 사람은 트라우마를 만들 수 있고 그것을 둔감화 시킬 수 있다는 사실을 알 수 있다. 그렇다면 이러한 방법을 통해 사람의 공포(혹은 감정)를 조절하는 것은 옳다고 할 수 있는가?

신지원 저는 꼭 필요한 경우라면 옳다고 생각합니다. 트라우마로 영구적인 정신장애가 남게 된 사람들은 강한 심리적 압박과 스트레스를 받습니다. 그들에게 체계적인 둔감법과 같은 방법을 사용하여 그들에게 역으로 트라우마를 해결해준다면 트라우마로 인해 받았던 스트레스와 심리적 고통을 해소해주어 심리적인 안정을 줄 수 있기 때문입니다.

김효윤 보충하겠습니다. 인간이라면 자신의 분노나 감정을 조절하는 것이 이 사회를 살아가는데 필수적입니다. 또한 그 감정이 서로에 대한 불신의 공포일 때 이 사회는 서로를 믿지 못하여 소통하지 않고 서로를 의심하는 불안이 가중된 사회가 될 것입니다. 그래서 현대사회에서 트라우마나 감정적 문제가 있는 사람에게 체계적으로 증상을 소개해주는 것이 필요하다고 생각합니다. 그리고 인간의 감정을 외부적으로 조절시켜 주고 트라우마를 만들 수 있다는 게 윤리적으로 인간의 자유가 침해되었다고 생각할 수 있지만 이 감정으로 인한 무질서적이고 혼란스러운 사회가 야기하는 문제들이 더 크게 작용할 뿐입니다.

김한나 ▶ 찬성 측 토론자분들께 질문하겠습니다. 드라마 '피고인'에서 극중 인물은 자신의 죄를 은폐하기 위해서 다른 사람의 기억을 조작해 기억을 잃어버리게 합니다. 기억을 잃었던 사람은 조금씩 기억이 떠오르면서 가족에 대해 생각만 하면 극심한 두통이 생기는 등 트라우마가 생겼습니다. 이처럼 정치적, 경제적, 물질주의적 사회에서 트라우마를 악용하는 경우가 대부분입니다. 이런 트라우마 악용을 배제할 수 있는 방법이 궁금합니다.

윤혜점 ▶ 트라우마는 개인적인 사정에 의해 생겼을 수도 있고 타인에 의해 생겼을 수 있습니다. 만약 트라우마가 타인에 의해 생겼다면 악용을 목적으로 사고를 낼 수 있지만 교통사고로 인한 실수일 수도 있습니다. 그 사람에게 신체·정신적 치료비를 요구하면 사람들도 행동을 조심히 하고 악용을 하려는 생각도 줄어들 것입니다. 또한 트라우마를 겪고 있는 사람들은 많은데 트라우마센터는 우리나라에 한 곳만 존재합니다. 좀 더 많은 사람들의 트라우마를 지울 수 있도록 정부가 트라우마센터 추가 건립을 추진하는 것도 하나의 방법이라고 생각합니다.

김수민 ▶ 반박하겠습니다. 저는 사람의 기억이나 트라우마 같은 걸 없앤다는 것은 안된다고 생각합니다. 어떠한 방법이든지 병이 생길 수 있는 문제이기 때문에 악용으로 인해서 더 큰 문제를 초래할 수 있습니다. 트라우마도 하나의 기억이기 때문에 고통을 받는다면 기억을 희미하게 없애 치료를 목적으로 사용되어야 한다고 합니다. 또한 트라우마센터에서 트라우마를 뇌에 전류를 조금씩 보내 기억을 삭제하기 때문에 나중에 다른 건강까지 침해할 수 있기에 이러한 방법은 윤리적으로 옳지 않다고 생각합니다.

이정민 ▶ 앞선 토론자의 의견을 보충하겠습니다. 약물의 경우 일정 복용량이 존재하나 위의 경우 그렇지도 않습니다. 그 척도가 없음에도 불구하고 부작용의 위험성도 간과할 수 없습니다. 또한 현재 정신 치료에는 다양한 방법이 존재합니다. 굳이 다른 방법들을 두고 트라우마를 그대로 이용한 방법을 써야 할지 의문입니다. 환자가 고치고자 하는 의지만 있다면 다른 방법이 더 좋을 것이라고 생각됩니다.

이소미 ▶ 보충하겠습니다. 트라우마가 자신 스스로가 아닌 타인에 의해 극복이 된다면 인간은 수동적으로 변해 나중에는 모든 일을 능동적으로 해결할 수 없을 것입니다. 또한 트라우마 치료는 계속 트라우마를 노출시켜서 트라우마에 대한 기억을 없애는 치료방법입니다. 약물과는 또 다르게 이 방법은 직접 행동을 가해 감정을 조절하는데, 행동의 의도가 위험할 수 있으며 그 결과를 쉽게 예측할 수도 없습니다. 보편적으로 사용할 만한 방법은 아닌 것 같습니다.

이나영 ▶ 보충하겠습니다. 이 소설을 보면 아기들에게 인위적으로 특정한 불안과 거부감이 주입됩니다. 이 거부감과 공포를 주입하는 과정은 차마 볼 수 없을 정도로 폭력적입니다. 소설 속 사회는 태어나기도 전에 등급을 매겨놓고 기르기 때문에 아기들에게 인위적으로 공포를 주입하는 것도 정당하다고 볼 수 있으나 사회의 '공유, 균등, 안정' 세 가지 표어가 인간에게 정신적인 폭력을 행사할 수 있게 정당화하는 울타리를 만든 것뿐이라고 생각합니다.

김가현 ▶ 반박하겠습니다. 먼저 체계적 둔감 법을 불안한 상황에 체계적으로 노출시켜 불안을 줄이는 것인데 이 방법은 학자들에 의해 정신적 측면의 불안을 해소하는데 상당한 효과가 입증되었고 실제로 교육과 치료에 사용된다고 합니다. 물론 '멋진 신세계의 아이들처럼' 자신의 기호나 불안이 생기기도 전에 체계적 둔감법을 통해 감정을 조절해버리는 것은 과도한 처사일 수도 있습니다. 하지만 시험공포증이나 주목공포증에 그 두려움을 극복하고 싶어 하는 현대인들에게 체계적 둔감법은 공포와 불안증을 조절하는 효과적인 심리요법 중 하나라고 생각합니다.

발제 3

소설 속에서 사람들은 인공수정으로 태어나 정해진 계급에 따라, 정해진 삶을 살고 소마를 통해 불안, 공포 등을 느낄 수도 없이 살아간다. 그들에게는 감정과 선택의 '자유'가 없다고 이야기할 수 있는데, 그들과는 반대로 현재 우리 삶에서는 사람들 모두 각자 하고 싶은 대로 선택하며 살고 있다. 하지만 우리가 원하는 것들을 선택한다고 해서 진정 자유롭다고 할 수 있을까? 칸트의 예시를 빌어, 자신이 어떤 아이스크림을 고를지 결정한다고 치자. 언뜻 생각하면 선택의 자유를 누리고 있는 듯하지만, 사실은 어떤 맛이 내 기호에 가장 잘 맞는지 파악하는 행위일 뿐이며, 내 기호는 애초에 내가 선택한 것이 아니다. 칸트는 선택을 자유롭게 행동하는 것이 아니라 외부에서 이미 내려진 결정에 따라 행동할 뿐이라는 사실을 지적한다. 그렇다면, 현대인들은 진정으로 자유롭다고 할 수 있을까?

김가현 ▶ 저는 현대인들이 진정으로 자유로운 것이 아니라고 생각합니다. 이해를 돕기 위해 자유의 정의에 근거하여 말하면 자유란 외부적인 구속이나 무엇에 얽매이지 아니하고 자기 마음대로 할 수 있는 상태, 그리고 법률의 범위 안에서 남에게 구속되지 아니하고 자기 마음대로 하는 행위를 말합니다. 즉, 진정한 자유를 누리려면 자신이 하고 싶은 것을 하면서도 그것이 법도에 어긋나지 않아야 합니다. 하지만 현실 속의 현대인들은 해야 할 일이 너무나도 많고 때때로는 해야 할 일과 하고 싶은 일 사이에서 충돌이 일어나 진정으로 자유로운 선택을 할 수 없습니다. 또한 하지 말아야 할 일들 역시 정말 많지만 우리는 지금 당장의 편안함을 위해 법에 위배되는 일들을 하기도 합니다. 이러한 관점에서 봤을 때 나는 현대인은 진정으로 자유롭다고 할 수 없다고 생각합니다.

김규민 ▶ 현대인은 태어난 순간부터 끊임없이 선택을 통해서 인생을 살아갑니다. 구어로서는 자신의, 개인만의 선택을 존중해준다고 사회적으로 이야기합니다. 하지만 실제로는 초등학교부터 중학교까지 의무적으로 학교를 다녀야 한다는 것과 30~40대 이전의 남녀가 결혼해서 가정을 꾸려야 하는 것, 인생을 살면서 중간이라도 가려면 대학을 꼭 가야 하는 등 사회적 풍습들 속에서 살아가는 현대인은 보이지 않는 자유가 존재하지 않는 삶을 살아가고 있습니다. 과연 선택을 한다고 해서 주체적이고 자유로울 수 있을까요?

최도영 앞선 토론자들 의견에 보충하겠습니다. 현대인들은 사회적 풍습을 인식하고 외부환경의 영향을 받습니다. 또한 아이들은 보통 자신이 주체적으로 결정을 내리기보다는 보이는 대로 누구나 보편적으로 선택을 따라가는 수동적인 선택만이 존재할 뿐입니다. 결국 외부적 요인, 즉 부모의 교육이나 친구들, 남의 시선을 통해 생각하고 행동합니다. 사회적 감시카메라에 구속받고 그 레이더망에 걸리지 않기 위해 살아가는 현대인들은 자유롭지 못한 것 같습니다.

권소은 반박하겠습니다. 반대 측 토론자분들께서 자유는 누군가의 구속으로 인해 행하여지고 선택 또한 자유롭지 못하다고 하였습니다. 상황에 따라 자신이 원하고 필요로 하는 것은 인정합니다. 하지만 외부적 요인의 영향을 받는다고 해도 선택의 자유라는 결정 자체는 주체성이 있다고 생각합니다

윤희정 반박하겠습니다. 현대인들은 생각의 범위는 자유로울 수 있지만, 선택과 행동의 범위는 제한되므로 자유롭지 못하다고 생각됩니다. 개인이 어떤 상황에서 선택할 수 있는 범위는 제한되어 있다. 그 범위를 제한하는 요소로 사회적 관념, 법, 규칙, 가치관 등이 있습니다. 이 요소들은 사회의 안정과 평화 등 공동체의 이익을 위해 제시되었기 때문에 없어질 수 없습니다. 하지만 문제가 되는 것은 타인들의 지나친 간섭이나 요구가 개인의 선택을 좌지우지하고,

이런 일이 빈번하게 일어난다는 것입니다. '멋진 신세계'에서는 교육과 소마에 의해 선택과 감정을 선택할 수 없습니다. 또한 현대 사회에서도 다를 바 없습니다. 교육은 교육자의 주관이 담겨있고, 어디에서나 일어납니다. 결국 주변 모든 사람들의 가치관들이 모이고 섞여 개인의 선택을 제한할 수 있게 됩니다. 주변의 높은 기대와 시선, 간섭 등은 특히 큰 영향을 미칩니다. '소마'가 없어도 현대인들은 감정을 표현하는데 제한을 받습니다. 결국 사회에서 고립되든, 아니면 노출이 되든 표현을 하고 선택을 하는데 있어서 제약이 없을 수 없기 때문에 현대인들은 자유롭지 못하다고 생각합니다.

채지원 ▶ 반박하겠습니다. 현대인들은 겉으로는 자신이 자아를 가지고 판단하고 선택하는 것처럼 보이지만, 대중매체 혹은 또 다른 누군가의 설계나 영향으로 인한 암시로 선택하게 되는 경우가 허다합니다. 이런 점은 '멋진 신세계' 속 세계에서의 수면요법에 의한 암시와 다를 것이 없습니다. 하지만 중요한 것은 감정과 자아가 존재하느냐입니다. 외부 영향과 스스로 만들어낸 감정들이 서로 영향을 주고 받아 현대인의 자아를 형성하고, 이로 이한 선택은 작품 속 상황과 틀림없이 다른 것 입니다. 우리는 꽃이 무엇이며 사랑, 인간성이 무엇인지를 아는 상태에서 사고하며 선택하지만 이 소설 속의 인간들은 계급에 따라 감정이 징해지며 심지어는 사신늘이 왜 그런 감정을 갖는지에 대해서도 서로 궁금해 하지 않습니다. 이러한 상태는 로봇과 다름없는 삶이라고 봅니다. 적어도 나의 감정, 나의 생각을 가질 수 있는 현대인들은 진정으로 자유롭다고 생각됩니다.

이정민 ▶ 보충하겠습니다. 존재하는 기호대로 행동할 수 있듯이 현대인들은 자유의 상태라고 생각합니다. 기호는 대체로 자신의 경험에 기반을 두어 만들어지고 결국 나의 것입니다. 이에 따라 행동한다면 자신의 욕구를 충족시킴과 다름이 없습니다. 현대인들은 일정한 자유를 보장받기 위해 타협 하에 만들어진 여러 사회법, 사회계약설 등 제약 속에서 살아가고 있습니다. 그러나 그들에겐 모두 그틀을 깰 능력이 주어져 있습니다. 진정으로 추구하는 바가 존재한다면 개인의 노력에 따라 성취도 가능한 것이라고 생각됩니다.

발제 4

정상적인 경우라면 한 난자에서 한 명의 태아가 겨우 자라났지만 소설 속에서 보카노프스키 방법을 거친 난자는 96명의 인간이 생겨나게 만든다. 현대 사회에서 시험관 아기는 이미 일반화되었고, 태아를 냉동시켜 보관하는 기술도 개발되었다. DNA와 두뇌의 뇌파까지 인간의 기술로 변형시키려고 덤비는 현대의 관점에서 보면 인류를 맞춤형으로 대량생산하거나 인구를 통제하는 시대 또한 그리 멀지 않은 일이다. 복제인간 대신에 인간의 장기나 팔다리 등을 부분적으로 복제-이식하여 생명 연장을 꿈 꿀 날이 머지않았다. 하지만 이에 따른 윤리적 문제도 배제할수 없다. 이러한 점을 보았을 때 인간 복제를 위한 개발은 지속적으로 행해져야하는가?

이세비 ▶ 저는 인간 자체의 복제는 하면 안 된다고 생각합니다. 첫번째로, 자연적으로 인간이 생성되는 게 아니라 기술적으로 만들어지는 존재이기 때문에 도구가 됩니다. 따라서 가치가 떨어지고 존엄성이 훼손됩니다. 두 번째로, 세상에는 한 사람도 완벽하게 똑같은 사람이 존재하지 않습니다. 그렇기 때문에 인간 복제를 하게 되면, 인간 고유의 특별성이나 가치가 떨어지게 됩니다. 마지막으로, 아이는 남녀 간의 상호 의존 관계 속에서 태어나고, 이로써 신비성이 부여되지만, 인간 복제를 하게 된다면 이런 상호 의존성이 파괴되고 혼란이 야기될 수 있습니다. 인간 복제가 또 다른 어떠한 부작용이 있을지도 모르기 때문에 저는 인간 복제는 하면 안 된다고 생각합니다.

김규민 앞 토론자의 의견에 보충합니다. 인간 복제를 통해 생긴 인간 클론들은 태어나는 과정만 보통과 다를 뿐이지 나머지는 다른 어느 인간들과 같습니다. 그러므로 인간 복제를 통해 생성된 사람들을 상품화하면 안 된다고 생각합니다. 물론, 인간 복제를 통하여 우리들의 삶을 연장시키고 삶의 질을 높일 수 있다는 장점이 있지만, 이는 자연법 윤리에 어긋남과 동시에, 비인간적인 행위이기 때문입니다. 그러므로 저는, 인간을 복제하는 것 대신에 장기들을 부분적으로 복제하는 것에는 괜찮을 것이라고 생각합니다.

윤희정 앞 토론자와 비슷한 의견을 가지고 있습니다. 인간 복제를 의료적인 목적으로, 신체 전체가 아니라 일부 장기를 복제하는 것은 좋지만, 그렇지 않은 경우에는 금지되어야 한다고 생각합니다. 영화 '아일랜드'에서는 치료의 목적으로 클론을 생산하여 세상과 단절시켜 놓습니다. 생산자들이 만들어 놓은 사회에서 살아가며 현실을 모른 채 지내지만, 결국 진실을 알게 된 클론들은 탈출하게 됩니다. 클론 또한 복제된 인간입니다. 복제되었지만 인간들이 느끼는 감정을 똑같이 느낄 수 있고, 사고도 똑같이 할 수 있습니다. 왜 우리는 같은 사람의 배를 가르고, 생체 실험을 하는 것은 반대하면서 복제 인간에게 이런 행동들을 해도 된다는 생각을 가지는지 의문점이 듭니다. 부분 복제를 통하여 개인의 유전적 질병을 해결할 수 있고 의약품 연구를 할 수 있음과 동시에, 화재 등의 자연재해로 인해 다친 사람들에게는 필요한 부분을 이식하고, 장애인들에게는 신체의 불편한 부분의 치료를 도울 수가 있는 장점이 있다고 생각합니다.

송지원▶ 저는 복제인간의 관점에서 생각해 보았습니다. 정상적으로 태어난 사람들은 각자 개인만의 특성을 가집니다. 그러나 복제 인간은 어느 한 사람을 위한 목적을 가지고 태어나고, 자신의 정체성을 띠고 살아가고 살아갈 수 없습니다. 이렇게 된다면, 인생이 행복하지 않을 것이고, 자신을 위한 인생이 아닌, 남을 위한 인생을 살아갈 수밖에 없게 됩니다. 또한 인간 복제 행위를 생명 경시 풍조에 대해서도 생각해 보아야 한다고 생각합니다. 언제든지 사람을 만들 수 있고, 심지어는 인구를 통제할 수도 있게 된다면, 사람들 머릿속에 생명은 금방 만들어지는 작은 것이라는 이미지를 줄 수 있습니다.

권소은▶ 인간 복제를 포함한 기술은 개발을 거듭하고, 그 기술이 문명의 발전에 기여한 것은 부인할 수 없는 사실입니다. 하지만 인간이 건드리지 말아야 할 영역이 있는데, 바로 인간 자기 자신이라고 생각합니다. 기술 발전을 위해서는 실험체가 있어야 되는데, 그 실험체가 인간이 된다면, 아까 이세비 토론자님의 의견과 같이, '인간'이 '인간'을 도구적으로, 즉 수단으로만 여길 수 있고, 이는 곧 생명 경시 현상으로도 이어질 수 있습니다. 또한, 멋진 신세계라는 책에서도 나왔듯이, 태아 등을 조작할 때, 인간의 형체를 온전히 갖추지 않았다고 해서 마구 약물을 주입하고 조종하는 행위는 태아의 자유와 권리를 침해하는 것이기 때문에 저는 인간 복제에 반대합니다.

채지원 ▶ 앞선 토론자들의 의견과 반대되는 생각을 가지고 있습니다. 저는 인간복제를 위한 개발에 찬성합니다. 왜냐하면 공리주의적인 입장에서 봤을 때 인간 복제를 통해서 생명을 연장할 수 있는 등 사회 전체에 이익이 오기 때문에 효율적입니다. 또한 인간 복제를 통해서 자아실현을 할 수 있습니다. 예를 들어, 상반신은 멀쩡하지만 하반신에 마비가 온 사람이 방 안에서만 생활하며 자신이 하고 싶은 일을 하지 못 하는 경우에, 부분 복제를 통해서 자신의 몸을 복제해서 밖에서도 자아실현을 할 수 있다고 생각합니다.

권소은 ▶ 앞선 토론자의 의견에 반박합니다. 부분 복제를 통하여 자아실현을 할 수 있다고 하셨는데, 부분 복제는 인간 복제를 통해서 그 사람의 정신까지 복제할 수 없기 때문에 그 자아는 이 사람의 완전한 자아가 아니므로 '자아실현'이라는 말 자체가 잘못된 것이라고 생각합니다

채지원 ▶ 앞선 토론자에 질문드리겠습니다. 제가 저번에 시청한 '아바타'라는 영화가 있습니다. 그 영화에서는 사람들의 기술이 비약적으로 발달함에 따라 자신의 아바타를 생성함과 동시에 자신의 아바

타에 자신의 온전한 정신까지 연결함으로써, 다리가 불편한 자신은 안에 있지만, 자신의 아바타를 밖에 돌아다니게 하였습니다. 이처럼 정신을 연결할 수 있는 인간 복제를 한다면 자아실현을 할 수 있는 것이 아니겠습니까?

권소은 답변하겠습니다. 아바타에 정신을 연결하여 복제된 인간의 몸을 자신이 느낄 수 있겠지만, 복제된 아바타의 행동을 본다고 해서 온전한 자아실현을 할 수 있을지는 모르겠습니다.

송지원 제 생각에는 자신의 정신을 아바타의 몸에 연결하는 것이 발제에서 벗어난 것이라고 생각합니다. 일단 여기서 말하는 복제인간이라는 것은 자신과 똑같은 사람을 한 명 더 만드는 것이지, 비어 있는 몸에 정신을 넣는다는 것은 발제에 벗어났다고 생각하는 바입니다.

토론 후기

장지영 어느덧 내가 토론 부원이 된 지 1년이 지났다. 1년을 부랴부랴 열심히 달려온 나날들이 다시금 회자되는 순간이다. 사실 2학년이라는 사실이 그렇게까지 믿기지 않았다. 선배들이 하라는 대로, 그게 좀 더 익숙해지면 각자의 매뉴얼대로 어떻게든 악착같이 버텼던 날개가 이제는 나의 삶의 일부분이 되었다. 가끔씩 후회할 때도 있었다. 내가 옳은 자리에 왔을까, 여기가 나의 자리가 맞을까, 내가 잘 할 수 있을까 하는 고민들을 하는 시간도 이제는 나에게 필요 없어졌다. 지나간 시간이 답을 해주었기 때문이다. 이제 우리가 능동적으로 날개를 이끌어 나가야 한다는 게 믿기지 않을 때쯤, 책 선정을 해야 한다는 문자가 왔다. 이 문자 덕분에 내가 2학년이 되었구나를 확실히 체감할 수 있었던 듯하다. 이 문자를 받고 어떤 책을 하면 좋을지 설레며 찾아보았다. 도서관도 돌아보고 인터넷에 검색도 해보고 한 결과 몇 권의 책으로 범위가 좁혀졌다. 그중에서 나는 이 '멋진 신세계'라는 책에서 알 수 없는 이끌림을 느꼈다. 이 책이 말하는 신세계에 대한 궁금증과, 왜 멋지다는 부가적 표현이 붙었을까 하는 궁금증이 동시에 생겨서 이 책을 읽어보았다. 역시나, 너무 재밌었다. 중학교 때 기술 시간에 봤던 영화 '아일랜드'와 비슷하다는 느낌을 받고 이 책을 추천하였다. 이 책이 선정이 되고 내가 토론 발제를 쓰게 되었을 때, 사실 조금 후회했다. 이 책을 이겨내기엔 나의 실력이 아직 부족한 것 같다는 느낌을 받았다. 뭔가 이 부분에 대해 토론을 할 수 있을 것 같은데 했지만, 생각을 말로 풀어내기엔 역부족이어서 포기한 발제들이 많았다. 발제가 완성되고 나서도 걱정이 많았다. 너무 획일화된 답이 나오진 않을까, 토론이 제대로 될까 하면서 말이다. 걱정대로 토론은 그리 쉽게 되지 않았다. 무엇인가 싱겁게 끝나버린 것 같았다. 내 실력 부족이겠거니 하면서 부원들에게 미안함도 가득 들었다. 작가 올더스 헉슬리한데도 사실 죄송스러웠다. 좋은 책으로 이만큼 밖에 할 수 없었나 자괴감이 들었다. 부원들은 그런 나를 위로해주고 감싸주었고, 나는 다시 회복할 수 있었다. 토론이 끝난 한참 후인 지금에도 사실 조금 미안함이 있다. 내가 좀 더 잘했으면 좋았을걸 하는. 하지만 좋은 경험이었다고도 생각한다. 앞으로 내가 이런 것을 할 수 있는 일이 많지 않을 것이고, 이제 껏 해오지 못했던 새로운 것이었기 때문이다. 이 책을 통해 한층 더 성장한 나를 느낄 수 있게 되었다.

이세비 ▶ 멋진 신세계는 내가 중학교 3학년, 작년에도 한 번 접해본 책이다. 하지만 역시 책은 항상 그대로지만 내가 바뀌니까 책도 바 뀌는 것 같다. 처음 그 책을 읽을 때는 단지 수업을 위해서 자료 준 비를 하는 목적을 가지고 있을 뿐이었고, 그러니 책이 제대로 읽힐 리가 없었고 가뜩이나 어려운 말만 많다고 불평불만을 하며 결국 정 독하지 못했다. 하지만 이번에는 달랐다. 아직 토론에 서툰 내가 조 금이라도 제대로 된 주장을 내세우려면 허점이 최대한 없이 읽어야 한다고 생각하고 열린 자세로 읽었더니 그나마 내게 조금은 와닿은 것 같다.

우선 나는 과학기술에 대해서 처음에는 굉장히 긍정적이었다. 하 지만 막상 이 책 안에서 일어나는 인간복제, 소마 복용과 같은 과학 기술이 발전하면서 일어나는 끔찍한 일들을 보니 생각이 굉장히 많 이 바뀐 것 같다. 인류는 많은 노력과 시간, 그리고 생각을 통해서 삶을 편리하게 만들어줄 과학기술을 개발하였는데, 정작 이 책에서 는 그것이 우리를 지배할 수도 있고, 이 일들이 머지않아 우리에게 닥칠 수 있다는 것을 굉장히 현실감 있게 깨닫게 해준다. 발제 중에 서 과연 이 멋진 신세계는 유토피아일까, 디스토피아일까에 대해 고 민해 보는 것이 있었는데, 일단 제목은 역설적으로 유토피아를 지향 하고 있다고 생각할 수 있도록 멋진 신세계라고 지은 것 같다. 하지 만 실상을 들여다보면 정작 사람들은 자기들이 만들어 놓은 판에 조종당하면서 살고 있었고 이 현실이 매우 비참해 보였기에 디스토피아에 조금 더 가까운 것 같았다. 또한 여기서 한 단계 더 생각해보면 과연 이 책에 나오는 미래가 현실이 되지 않게 하기 위해서는 과학기술을 어느 정도 발전시켜야 하는지, 당장 여기서 그만두어야 하는 것인지 등등을 생각해 볼 수 있는 기회가 되었고, 토론이 끝나고 읽는 책은 또 감회가 새로우니 한번 다시 읽어봐야겠다고 생각했다.

이정민 ▶ 현재 과학기술과 윤리 사이에서 빚어지고 있는 여러 갈등들도 찾아볼 수 있는 책이었다. 그중에서도 가장 주가 되는 부분은 '통제'이다. '통제'는 감정과 사고 전반의 제어를 통해 행동에까지 영향을 주는 모습을 보인다. 존재하기 시작할 무렵부터 각 인간은 등급이 매겨지고 그 등급에 따라 인생까지 설계해 버린다. 혹 불만을 가지거나 의심을 품게 될 여지가 보이면 '행복'을 주는 약을 섭취시키면 된다. 이 과정에 아무도 뭐라 하지 않는다. 그들은 이런 부분에서 생각하기 싫어하며 고민거리가 생기면 약에 의존하면 되기 때문이다. 결론적으로 그들은 기계부품과 다름없다. 이 문제를 디스토피아와 연관시킨 발제를 통해 서로의 의견을 나눠 가질 수 있었다. 멋진 신세계는 디스토피아라는 의견이 압도적이었지만 각자의 근거가 다양해서 인상 깊었다. 나 또한 멋진 신세계가 디스토피아임에 동의하였는데 이에 더해 현대의 '문화생활'을 중시하는 사회가 실은 책속의 세계를 모방해 가는 것이 아닐까 생각했다. 사람들이 현 사회 세태에 불만을 가지는 상황에 근본적인 문제를 해결하려 하지 않고 시선을 돌려 문화생활을 통해 잠깐이나마 해소할 수 있도록 하는 느낌을 받았기 때문이다. 이에 따라 소비도 늘어나는 등 경제에 활기를 불어넣는다고 신문은 떠들어 대지만 결론적으로 우리 사회는 변하지 않고 디스토피아를 향해 가고 있는 것이다.

강은서 ▶ 멋진 신세계는 영화 '아일랜드'와 비슷한 내용의 책이었다. 이 책은 가까운 미래가 될 수도 있는 사회 모습을 묘사하고 있고, 인간 복제라는 주제를 다루고 있기도 하다. 책에 나타난 사회의 모습은 상상을 초월할 정도로 차갑고 딱딱했다. 공장에서 물건이 만들어지듯 아기들이 태어나고, 인간 존엄성이란 더 이상 남아있지 않은 사회였다. 어렸을 적부터 의사가 꿈이었던 나는 인간의 생명은 어떤 상황에서든 멸시되어서는 안 되고, 가장 존엄한 것이라고 본다. 아이가 태어나는 일을 고작 공장에서 물건이 만들어지는 것 정도라고 생각하는 것은 옳지 않다. 미래에 아무리 인간의 유전자를 조작할 수 있게 된다 하더라도 인간 존엄성은 꼭 지켜졌으면 좋겠다. 또 이 책에 나오는 사회의 구성원들은 자신들이 행복하다고 믿고 살아간다. 하지만 늘 행복한 그 인간들은 유전자와 정신의 조작으로 얻은 결과다. 자신만의 인생을 살지 못하고 타인으로부터 결정된 운명을 타고 난다고 생각하니 그들의 인생이 너무 안타까워 보인다. 끔찍한 사회에 살고 있으면서도 무지의 상태로 행복해하는 그들을 보니 내가 살고 있는 삶은 참 행복하구나, 하는 것을 느꼈다. 친구들과 싸우고 화해할 수 있는 것도, 타인의 간섭 없이 자유로운 삶을 살 수 있는 것도 큰 행복이라는 것을 깨닫고 모든 것에 감사하는 마음가짐을 갖게 되었다.

책을 읽으며 느낀 많은 점들을 다같이 나눌 수 있어서 뜻깊은 토론이었다. 다른 사람의 의견을 듣고 생각을 나누는 것이 얼마나 의미 있는 일인지 새삼 깨달았다. 머리로만 생각하던 것들을 정리해서 말하려니까 어색하고 어렵기도 했지만 점점 발전해 가는 모습을 보이고 싶다. 저번 토론보다는 이번 토론이, 또 이번 토론보다는 다음 토론이 더 나아지도록 최선을 다해야겠다.

#08

인간 실격

다자이 오사무 지음

'인간 실격'은 '나'라는 화자가 서술하는 서문과 후기, 그리고 이 작품의 주인공 요조가 쓴 세 개의 수기로 구성되어 있다. 태어날 때부터 다른 '인간들'을 이해할 수 없었던 요조는 그 인간 세계에 스스로 동화되기 위해 '익살꾼'을 자처해 가며 노력하지만 번번이 좌절하고, 결국 마약에 중독되고 자살을 기도하기에 이른다. 그러나 거듭된 동반 자살 기도에서 여자만 죽고 혼자 살아남은 요조는 마지막 희망이었던 본가로부터도 절연을 당하고 외딴 시골집에서 쓸쓸히 죽음만을 기다리는 '인간 실격자'가 되고 만다. 우리는 이 책을 읽고 인간 실격의 기준이 무엇인지, 또 다른 이들과 섞이지 못한 요조가 인간실격인지, 위선적인 사람들이 인간 실격인지 등의 문제를 다루어 보았다.

인간 실격

🎙 사회자 : 이소정, 이정민, 하채운

발제 1

주인공 요조는 인간들을 '서로의 불신 속에서 살아가는, 무의식 중에 서로를 속고 속이는 존재' 라 묘사한다. 그리고 그러한 인간들 속에 섞이려 무리하다 파멸의 길을 걷게 된다. 남들이 보기에 그는 방탕함에 나락으로 떨어진 사람이었지만, 그 스스로는 인생의 의미를 찾지 못한 탓이라 수기로 대변한다. 요조는 수기를 끝내며 자신은 인간 실격임을 고한다. 본인은 인간 실격이 누구에게 해당된다고 생각하는가. 섞이지 못한 요조인가, 위선적인 사람들인가?

배민주 ▶ 저는 사람들과 섞이지 못한 요조가 인간 실격이라고 생각합니다. 요조는 사람들과 섞이려 노력했으나 결론적으로 실패하였습니다. 현대 사회의 시각에서 보기에 그는 인간으로서 타 구성원들과 해내야 할 일들을 전혀 해내지 못하고 있있습니다. 따라서 저는 요조가 인간 실격이라고 생각했습니다.

이소미 ▶ 앞선 토론자의 의견에 보충하는 바입니다. 위선적으로 행동하는 사람들 속에 무리하게 섞이려다 요조는 되레 나락으로 떨어지게 됩니다. 물론 섞이지 못한 요조를 보듬지 못한 자들의 책임이 없다고 할 순 없습니다. 그러나 인간은 타인과의 협력과 소통을 통해 여태껏 살아온 사회적인 존재입니다. 어찌 보면 그 사이에서 생기는 불신, 불화, 거짓들 역시 사회의 일부라고 할 수 있습니다. 이에 홀로 어긋나 가려 한다면, 당연히 요조와 같이 수많은 어려움에 부딪히게 될 것입니다. 또 이를 '인생의 의미를 찾지 못한 탓'이라 하는 것 역시 변명에 지나지 않는다고 생각합니다. 자연스럽게 발생하는 위선적인 행동들에 반감을 갖고 그것에 적응하지 못한 요조가 인간실격인 것입니다.

김채영 앞선 토론자의 의견에 보충하겠습니다. 인간 사회를 살아가면서 위선적인 모습을 보이는 건 당연한 일이라고 생각합니다. 하지만 작품 속에서의 요조는 위선적인 사람들의 모습에 대해 안 좋은 쪽으로만 극대화해서 생각했습니다. 이 때문에 저는 요조 자신에게 더욱 문제가 있다고 봄과 동시에 요조가 인간 실격이라고 생각합니다.

장지영 저 또한 인간들 속에 섞이지 못한 요조가 인간 실격이라고 생각합니다. '어쩌면 사람들은 인간이라서 위선적인 모습을 가지고 있는 것이 아닐까?'라는 생각이 듭니다. 사람들은 서로 간에 어울리기 위해서 본인이 불편하더라도 그런 것들을 숨기고 있는 그대로를 표현하지 못할 때가 많습니다. 그런 상황들을 보면 위선이라는 것은 어쩌면 사람들 간의 예의이고, 본능 또 의무가 아닐까하는 생각이 듭니다. 그런 위선을 받아들이지 못하고 요조는 두려워하고 공포감을 느끼며 지쳐갔던 것입니다. 따라서 요조야말로 사람의 의무, 예의를 이해하지 못하므로 인간 실격인 것 같습니다.

장윤서 저는 그 누구도 인간실격에 해당하지 않는다고 생각합니다. '실격'이라는 용어 자체가 '기준 초과, 규칙 위반 따위로 자격을 잃음'이라는 의미를 가지고 있습니다. 그렇다면 '인간 실격'을 결정하기에 앞서 '인간의 기준'이 무엇인지부터 알아야한다고 생각합니다. 이 책의 '요조'가 생각하는 '인간의 기준'은 아마 자신과 거의 반대되는 성향을 가진 사람들일 것입니다. 이 기준이면 당연히 '요조'는 '인간 실격'이 될 것이고 만약에 '인간의 기준'이 정직이라면 위선적인 사람들이 '인간 실격'일 것입니다. 인간의 기준이 명확하게 정해지지 않은 상황에서 인간 실격이 해당하는 사람을 고르기는 힘들 것이라 생각합니다.

윤혜정 저는 위선적인 사람들이 인간실격에 해당된다고 생각합니다. 애초에 사람들이 위선적으로 행동하지 않았더라면 요조는 거부감을 갖지 않고 그들 사이에 무난히 섞일 수 있었습니다. 근본적인 원인 제공자는 위선적인 사람들이라 생각하기에, 인간 실격은 이들에게 해당된다고 생각합니다.

윤희정 앞선 토론자의 의견에 반박하겠습니다. 앞선 토론사께서는 위선석인 부분 때문에 요조가 사람들에게 섞이지 못했으므로 둘 다에게 책임이 있으며, 1차적인 책임은 위선적인 사람들에게 물어야 한다고 하셨지만 인간은 다른 동물들과 다르게 복합적이고 복잡한 생각을 할 수 있습니다. 모순적인 생각을 동시에 가지는 것 또한 무리가 아닙니다. 오히려 다양하고 복잡한 삶을 살면서 모순적인 모습을 가지지 않는 것이 불가능하다고 생각합니다.

이세미 ▶ 인간 실격은 요조에게 해당된다고 생각합니다. 요조는 사람들과 함께 섞이기 위하여 자신의 내면을 감추고 어릿광대 놀이를 합니다. 하지만 자신이 파멸의 길에 들어설 만큼 힘들었다면 그렇게까지 사람들 앞에서 본래의 자신을 속여가며 행동할 필요가 있는지 의문입니다. 오히려 자신을 솔직하게 드러내는 방법을 선택했다면 더 좋았다고 생각합니다.

김수민 ▶ 저는 위선적인 사람들이 인간 실격에 해당된다고 생각합니다. 요조는 인간을 두려워하면서도 그들의 미움을 받지 않으려고 익살의 가면을 썼습니다. 이러한 행동은 상대를 속이는 좋지 않은 행동이라 할 수 있겠지만, 반대로 인간들 사이에 끼려는 '최소한의 몸부림'이라고도 할 수 있습니다. '돈이 없어지면 사람도 없어진다.'라는 말처럼 요조의 권위와 익살에만 호감을 느끼고, 그러한 요조를 '인간'으로 생각해주는 위선적인 사람들이 인간 실격이라고 생각합니다.

장지영 ▶ 토론 중 생긴 궁금한 점이 하나 있습니다. 소설 내 요조가 '가면을 쓰고 연극을 한다.'라는 표현이 있습니다. 그 말 자체가 위선적이라는 의미를 내포하고 있다고 생각합니다. 그렇게 따지면 요조도 결국 위선적인 사람이 아닐까요? 여기에 대해 다른 토론자분들께선 어떻게 생각하시는지 궁금합니다.

김수민 ▶ 앞선 토론자 분께서 위선과 연극. 위선이라는 것 자체가 인간이 상대를 대하는 모습에 이면적이나 실망스러운 모습을 보고 등을 돌리는 것이라고 생각합니다. 그러나 요조는 상대의 그런 모습을 보고서도 그 사람의 사랑을 받으려고 애썼기 때문에 요조의 연극은 위선이라기보다는 상대의 애정을 받으려고 최소한의 몸부림이라고 생각합니다.

이소미 ▶ 앞선 토론자 분께서 요조가 타인의 사랑을 받기 위해서 하는 행동들이 최소한의 몸부림이라고 말하셨는데 그것 역시 동기나 목적에 차이가 있을 뿐이지 근본적인 면에서는 위선과 다름없다고 생각합니다.

윤희정 ▶ 물론 요조의 어린 시절은 일상생활 속 가족들의 위선적인 모습에서 경멸감을 보였지만 사회생활을 하게 되면서 점차 자신의 익살로 그 위선적인 인간관계의 중심에 섰고, 나이를 들면서는 결국 자신 또한 위선적인 모습으로 물들었다고 생각합니다.

이정민 ▶ 이때까지 의견을 종합해 보면 위선적인 것이 결국 사람이며, 사람들 사이의 여러 모순 속에서 살아가면서 우리들은 사회화 되어가는 것입니다. 그래서 '사회화를 거부한 요조기 인긴 실석이다.'라는 의견을 내비친 토론자들도 있었고, 그에 반박하여 '사회화에서 소외된 사람들을 챙기지 않고 책임을 미룬 다른 사람들이 인간 실격이다.'라고 주장하는 토론자들도 있었습니다. 그러나 인간 실격의 기준은 상대적이며, 이를 고려하면 서로의 입장에서 서로가 '인간 실격'으로 보이게 됩니다.

주인공 요조는 '인간의 화내는 얼굴은 동물적 본성을 드러냄'이라 묘사한다. 강간, 조롱, 싸움 등을 겪으며 인간을 본래부터 악한 존재로 판단한 것이다. 본인은 요조처럼 위선적인 인간의 모습이 본질적인 것이라 생각하는가, 또는 사회가 만들어낸 풍토라 생각하는가. 그렇다면 무엇 때문에 그렇게 판단했는가. 성무선악설, 성선설, 성악설 중 지지하는 설을 이용하여 기술하시오.

강은서 위선적인 인간의 모습은 사회가 만들어낸 풍토라고 생각합니다. 인간은 선과 악, 그 무엇도 타고나지 않는다는 성무선악설을 지지하기 때문입니다. 처음부터 처음부터 선하거나 악한 성질을 갖는 게 아니라 선과 악이 무엇인지 배워가면서 깨닫는 것이라고 생각합니다. 실제로 아이들을 가르칠 때에 '착한 일'과 '나쁜 일'을 구분해서 알려주고, 나쁜 쪽은 지양하라는 메시지를 던집니다. 이는 인간이 어떤 환경에서 어떤 교육을 받고 자라는가에 따라 선 도는 악의 성질을 후천적으로 습득한다는 것을 보여줍니다. 만약 인간이 처음부터 선과 악 어느 한 쪽으로 쏠려 있는 존재라면 이런 교육을 하는 이유가 있을까요?

김민지 저는 사람이 본래부터 착하지도, 나쁘지도 않다고 생각합니다. 왜냐하면 사람의 행동은 그 사람이 배우고, 학습하고, 그것들이 무의식적으로 축적된 지식에서 비롯한다고 생각하기 때문입니다. 우리들은 오랜 옛날부터 도덕에 관해 배워왔고, 그 도덕적 윤리가 언젠가의 자기들에게 도덕적 판단을 내리도록 강요할 것을 알고 있습니다. 그리고 우리들에게는 도덕적으로 금지되는 것들에 대한 호기심 또한 존재합니다. 인간은 우리들이 배워온 것들에 관한 생각을 사회와 교육으로부터 가지게 되고, 그 사람들이 그것에 관한 자신들의 견해를 덧붙이면서 후천적인 실질적 본성을 일군다고 생각합니다.

손세희 보충하겠습니다. 인간이 선하다는 것과 악하다는 것이 존재한다는 자체가 누군가 지정해놓은 것입니다. 또한 우리는 누군가가 지정해놓은 정서주의에 따라 상황을 판단하게 됩니다. 즉 인간은 본래 성무선악설인데 사회에서 관습적으로 진행해 온 흐름에 따라 인간이 학습하게 되면서 인간의 본질적인 면이 훼손되는 것입니다.

김규민 보충하겠습니다. 우리가 현재의 인류로 발전하기 이전에는 유인원인 오스트랄로피테쿠스부터 시작하였습니다. 오스트랄로피테쿠스는 동물과 거의 흡사하였고, 할 수 있는 것은 오로지 두 손 사용과 직립보행, 도구사용 뿐이었습니다. 그랬던 유인원이 인류로 발전하면서 깨닫게 된 것은 공동체 생활이었습니다. 공동체 속에서 좀 더 편하게, 순조롭게, 질서 있게 살아가기 위해 그들에게 필요한 것은 위선이었습니다. 자신의 속마음을 다 드러내는 것이 아니라 남의 비위에 맞추고 자신이 자신의 이미지를 만들어 가는 등 온갖 위선을 떨며 살아가게 되었고, 이에 위선이 인간의 속성에 녹아들기 시작한 것입니다. 그렇게 인간은 성무선악설에 따라 선하지도 악하지도 않았지만, 함께 살아가는 공동체 사회로 인해 변한 것입니다.

김희주 ▶ 사람들은 본래 악하지도 선하지도 않게 세상에 태어났지만 자신이 처해 있는 상황에 따라 달라집니다. 예를 들면 사람들은 흔히 상대의 얼굴, 표정, 말투를 보면 그 사람이 살아온 인생을 알 수 있다고 말합니다. 그 말은 환경에 따라 그 사람이 달라진다는 것이기 때문에 저는 성무성악설을 지지합니다.

송지원 ▶ 저는 성선설을 지지합니다. 내셔널지오그래픽에서 진행했던 실험에 따르면 생후 8개월에서 12개월의 아이들을 모아두고 착한 강아지와 나쁜 강아지를 보여주었다고 합니다. 그 결과, 대부분의 아이들은 착한 강아지를 선택했습니다. 생후 8개월에서 12개월의 아이들은 말조차 할 수 없는 어린 아이들입니다. 그런 아기들도 무엇이 선한지를 구분한다는 사실은, 태어날 때부터 선한 것에 대해 안다는 사실에서 나오는 것 같습니다. 사람이 악해지는 것은 주변에서 여러 상황을 접하고 그런 방법들을 배우면서 나오는 것 같습니다. 가정상황과 같은 매우 가까운 환경들은 아기들이 자라면서 가치관 형성, 예의와 같은 중요한 요소를 형성합니다. 이런 환경들이 잘못되어 있기에 사람들이 점점 악하게 변한다고 생각합니다.

김가현 ▶ 보충하겠습니다. 저도 성선설을 지지하는데 누군가가 위험에 빠졌을 때 자신의 이익이나 사회적 보상 등을 바라지 않고 무의식적으로 남을 도와주는 모습들이 바로 성선설의 근거라고 생각합니다. 또한 누구나 처음 나쁜 짓을 할 때는 죄책감과 죄의식에 시달리는 모습이 성선설의 근거라고 생각합니다.

손세희 ▶ 김가현 토론자에게 반박하겠습니다. 김가현 토론자께서는 죄의식과 죄책감을 근거로 들어 성선설을 지지하셨는데 죄를 지었다는 것 자체가 성선설에 맞지 않는다고 생각합니다.

김가현 ▶ 죄라는 것은 죄를 지은 후에 받는 사람들의 질타와 손가락질에 의해 죄를 인식하고 추후에 학습하는 것이라고 생각합니다.

이지현 ▶ 질문하겠습니다. 그렇다면 사람들이 죄를 짓기 전에 그것이 죄라는 것을 모르고 한다는 말씀이신가요?

김가현 ▶ 유아기에는 나쁜 행동들이 잘못 되었다는 것을 대부분 모르고 합니다. 저지른 후에 선생님이나 부모님이 잘못된 것이라 가르쳐 주면 그 때 악을 학습하는 것입니다.

권소은 ▶ 저는 인간의 성품이 어떠하다고 단정 지어 말할 수는 없을 것 같습니다. 그렇기에 인간들의 행동이나 사회상에서 추측하여 이끌어 내야 하는 것입니다. 먼저 인간의 행동을 규제하는 법규나 규제들은 대부분 악한 것을 제지하는 것입니다. 현대사회뿐만 아니라 고대부터 근대까지 아울러 사회적으로 합의해온 규정들은 그 사회가 악하다 규정한 것들이 제시되어 있습니다. 여기서 인위적인 것은 규제, 즉 선이고 자연스러운 것은 본 그대로의 것 즉 악이라는 내용을 도출해낼 수 있습니다. 인간을 가르치는 것은 선을 가르치는 것이고 이는 악을 선의 방향으로 돌리기 위함이라고도 볼 수 있습니다. 그러므로 성악설에 근거하여 위선적인 인간들의 모습이란 인간이 본래 가지고 있었던 악이 사회적 풍토에 의해 규제되는 것이라고 생각합니다. 자신의 본성은 악하나, 사회가 요구하는 모습은 다르기 때문에 요조의 눈에는 사람들이 위선적으로 보여졌을 것이라 생각합니다.

이지현 ▶ 앞선 토론자의 말에 반박하겠습니다. 권소은 토론자께서 자신의 욕망이라는 악은 선을 배우며 바꿔나간다고 하셨는데 그 욕망 자체도 처음부터 가지고 태어나는 것이 아니라 이 세상에 태어난 후에 많은 경험들을 통해 자신의 만족을 채워주는 것들에 대한 욕망이 생기는 것입니다. 그 욕망을 채우기 위해 규제와 법에 어긋나는 행동을 하게 되면 그게 악이 되는 것이고, 그 욕망을 추구하는 과정에서 양보, 배려 등 착한 행동을 하게 되었다가 선한 행동으로부터 오는 기쁨을 깨달으면, 선을 배우는 것이라 생각합니다.

권소은 ▶ 성무성악설을 주장하시는 토론자분들께서 습득과 교육을 근거로 하시는데 악한 것은 규정짓는 것이지 배우는 것이 아닙니다. 선한 행동은 배운다고 말할 수 있지만 악한 행동은 그 행동이 악하다는 사실을 알려주는 것이지 행동 자체를 배워서 습득한다고 말할 수는 없습니다.

김규민 ▶ 반박하겠습니다. 부모가 자식에게 '이거 하면 안 된다.'라고 하는 것은 선과 악을 동시에 가르치는 것이라 생각합니다.

발제 1.에서 우리는 '위선적 사회에 섞이지 못한 요조'와 '위선적으로 행동하는 사람들' 중 누가 '인간 실격'인가에 대해서 논하였다. 이번 토론의 주제이며 책 제목이기도 한 '인간 실격'은 소설을 읽는 내내 정확한 의미를 알 수 있기보다는 막연하게 다가와 의미를 곱씹게 만들었다. 인간 실격의 의미는 무엇인가. 사람들은 어떤 상황에서 인간임을 실격했다고 말하곤 하는가. 다시 말해서 인간 실격의 기준은 무엇인가?

윤혜정 ▶ 제가 생각하는 인간 실격의 기준은 '자신의 가치관과 반대되는 행동을 하는 사람'이라고 생각합니다.

윤희정 ▶ 앞선 토론자의 의견에 반박하겠습니다. 물론 자신의 가치관은 어렸을 때부터 다양한 경험과 환경 속에서 축적이 된 것이기 때문에 일반적인 상황에서 어떤 행동을 할 때의 판단 기준이 될 수는 있습니다. 하지만 살다 보면 예측할 수 없는 일들이 일어나게 되면서 한번쯤은 자신이 생각하는 일과 반대로 행할 때도 있는데, 이 책에서는 그것을 통틀어서 위선적인 모습이라고 표현했는데 그렇다면 결국 모든 사람이 인간실격이 된다는 말씀이신가요?

배빈수 ▶ 앞선 토론자의 의견에 보충하겠습니다. 사람들이 살아가며 가지는 가치관은 각자에게 다르게 다가옵니다. 이는 워낙 다양하기에 자신의 가치관과 반대되는 사람들 또한 무수히 많이 만날 수 있습니다. 앞선 토론자의 의견과 마찬가지로 반대되는 가치관을 가진 사람들 모두를 인간 실격으로 본다면, 서로가 서로에게 인간 실격이라는 의미와 상통하게 됩니다.

윤혜정 ▶ 그 모두가 인간 실격이 아니라, 자신의 기준, 즉 가치관에서 보기에 반복하여 어긋나는 행동을 하는 사람을 인간 실격이라고 판단할 수 있다고 생각합니다.

장윤서 ▶ 인간은 일종의 동물입니다. 하지만 다른 동물들보다 지능이 월등히 높습니다. 지능이 뛰어나다는 것은 그만큼 다른 동물에 비해 가진 능력이 많은 것이라 생각합니다. 그렇다면 그 능력을 그저 누리려고만 하지 말고 노블레스 오블리주 정신을 갖고 그 능력을 위험한 생명들을 위해서 쓰는 것이 인간의 기준이라고 생각합니다.

이소미 ▶ 사람들이 생활함에 있어서 모두 저마다의 가치관이 다른데 공통된, 보편적 가치관에 어긋나는 행동들을 했을 때 우리는 '짐승만도 못한 사람이다.'는 표현을 사용하여 이야기하곤 합니다. 이런 식으로 인간 실격이라는 기준은 누군가의 행동이 보편적 가치에 어긋났을 때를 일컫는다고 생각합니다.

윤희정 ▶ 앞선 토론자의 의견에 보충하겠습니다. 보편적 가치관을 넘어서 인간이 정한, 규범, 법 등을 위반하는 행위도 인간 실격이라고 볼 수 있다고 생각합니다.

이소미 ▶ 다시 말해서 윤리적 규범과 사회적 시스템에 본인이 맞지 않아 튕겨져 나가는 사람들을 인간 실격으로 본다는 것입니다.

이정민 ▶ 앞선 토론자께서 '사회적 시스템에 적응하지 못하고 튕겨져 나가는 사람들을 인간 실격으로 본다.'고 말씀하셨는데 그렇다면 히키코모리(은둔형 외톨이)와 같은 사람들도 인간 실격인 것인가요? 요조의 말년도 이와 비슷했습니다. 이들은 타인에게 위협을 주지도 않고 법을 위반하지도 않았습니다. 다른 토론자 분들은 어떻게 생각하시는가요?

윤희정 ▶ 그 부분은 조금 다른 케이스라 생각합니다. 저는 튕겨져 나가는 사람들은 자의적으로가 아닌, 강제적으로 튕겨져 나갔다고 봅니다. 따라서 스스로가 선택하여 사람들 사이에 섞이길 거부하고 외부와 소통하지 않으며 혼자서 생활하는 이들은 다른 의미의 인간 실격이라고 생각합니다.

[발제 4]

'인간 실격'의 저자 다자이 오사무의 자서전으로도 알려진 책 '인간 실격'에서 주인공 요조는 작중에서 여러 번의 자살을 기도한다. 그리고 실제로 저자는 사살로 생애를 마무리한다. 이 책이 쓰여진 당시 일본에서는 자신의 삶을 스스로 책임지는 행위에서 삶은 인간의 자주적 선택에 달려있다는 인식이 있었고, 자살을 죽음의 미학으로 승화하기도 했다. 그러나 현재 우리 사회에서는 자살에 대해 부정적인 인식을 가지고 있고, 삶에 대한 소극적인 회피로 보기도 한다. 자살은 과연 인

간의 자주적 선택일까? 아니면 자신의 앞에 닥친 역경을 이기지 못한 채 회피하고
자 하는 소극적 선택일까?

하이얀 ▶ 자살은 현실 도피성 소극적 선택이라고 생각합니다. 대부
분의 자살은 요조의 경우처럼 환경에 떠밀려서 일어나는 것이지 자
주적 선택이 아닙니다. 인간은 사회 속에서 여러 관계를 맺고 살아
가기에 거의 모든 자살의 원인도 사회에서 온다고 생각합니다. 인간
은 환경에서 가해지는 고통에서 벗어나려고 하고 그 수단으로 자살
을 택합니다. 이런 경우 인간은 스스로를 고통과 역경의 회피 수단
으로 이용하는 것이기 때문에 인간을 수단이 아닌 목적으로 대해야
한다는 인간 존엄성을 포기하는 것이 될 수 있습니다. 그래서 자살
은 고통이 두려워 자신을 한낱 수단으로 만들면서 인간에게 주어진
가장 값진 것인 생명을 포기하는 행위라고 생각합니다.

김한나 ▶ 앞선 토론자의 의견에 보충하겠습니다. 저는 인간으로서
의 권리가 있다면, 인간으로서의 의무도 있다고 생각합니다. 자살을
긍정적으로 생각하는 사람들은 인간으로서 자기 자신의 인생을 결
정할 권리가 있기 때문에 자살을 택한다고 말하는데, 인간은 세상에
태어난 이상 주어진 인생을 최선을 다해 살 의무가 있습니다. 이 의
무는 그 누군가도 아닌 사회적 지위가 부여하는 의무입니다. 인간은
태어나면서부터 바로 사회적 지위를 갖게 되고, 다른 사람들과 관계
를 형성하면서 살아갑니다. 그러므로 한 사람의 자살은 주변의 수많
은 사람들에게 영향을 끼치게 됩니다. 그러므로 저는 자살을 부정적
으로 생각합니다.

이세비 보충하겠습니다. 저도 자살이 소극적인 선택이라고 생각합니다. 우리 모두는 인간을 비롯한 모든 생명체의 생명은 소중하다고 배웁니다. 만약 자신이 살아가고자 하는 목표와 희망이 없더라도 뚜렷한 가치관만 있다면 자신의 생명을 소중히 아낄 줄 알고 스스로 목숨을 끊는 행위를 해서는 안된다고 생각합니다. 또한 인간은 자신을 괴롭히고 힘들게 하는 여러 고비를 넘기면서 성장하고 더욱 성숙해 지는 것인데, 중도에 포기하는 것은 부끄러운 일입니다. 또한 주변에서 자신을 감싸주고 아껴주는 가족과 지인들을 생각하면 그들을 위해서라도 자살은 시도조차 하면 안된다고 생각합니다.

김나현 저는 자살이 병든 사회를 살아가는 사람들이 걸리는, 누구나 걸릴 수 있는 질병이라고 생각합니다. 하지만 우리 사회가 자살을 바라보는 시선은 순간의 잘못된 선택으로만 치부하는 것이 사실입니다. 그러나 순간의 선택으로 자살을 결심하고 시행하는 사람은 없습니다. 죽는 순간까지 삶과 죽음 사이에서 고민하고 자살을 선택한다고 생각합니다.

신지원 김나현 토론자님께 반박하겠습니다. 김나현 토론자님께서 자살을 시도한 사람들이 죽는 순간까지 고민하여 결정한 최선의 선택으로 자살을 한다고 하셨는데 실제로는 자살을 시노했지만 실패하고 다시 새 삶을 살게 된 사람들의 말을 들어보면 자살 시도 후에 자신이 자살을 시도했던 것을 후회한다고 하는데 그에 대해서는 어떻게 생각하시나요?

김나현 오랫동안 고민을 한 것에 대해서 행동을 해보고 다시 생각이 바뀐 것이라고 생각합니다.

김한나 저도 반박하겠습니다. 김나현 토론자께서는 사람의 사회적인 책임감보다 자기 인생의 결정권이 더 중요하다고 생각하시는 것 같습니다. 하지만 자살은 그 한명이 죽음으로써 그 주변의 모든 사람들이 영향을 받는데 이것은 주변인들을 고려하지 않는 이기적인 선택이라고 생각합니다. 또한 자살로 인해 생명경시 풍조가 확산될 수도 있다고 생각합니다. 자살 인원이 늘어나게 되면 어려움이 닥쳤을 때, 해결책을 찾기 보다는 죽음부터 고려하는 극단적인 사태가 벌어질 수 있고, 이는 무기력한 삶을 살도록 유도하여 사회 구조 전체의 붕괴를 이끌어 낼 수 있다고 생각합니다.

이나영 저는 약간 중립적인 의견입니다. 저는 상황에 따라 타인에게 희생하기 위해 택한 자살은 인간의 자주적 선택이고 자신의 비극적 상황을 피하기 위해 자살을 택한 것은 현실을 회피하고자 하는 소극적 선택이라고 봅니다. 만약 자신이 사랑하는 사람을 살리려면 자신이 죽어야 하는 상황일 때, 자신이 스스로 택하여 현실 회피가 아닌 타인의 행복을 위해 희생하는 선택은 결코 소극적 선택이라고 할 수 없습니다. 하지만, 만약 자신이 사랑하는 사람과 이별하여 그 이별한 상황을 견디기 힘들어 자살을 택했다고 할 때, 이때의 결정은 그 상황을 회피하고, 고통으로부터 벗어나고 싶어 택한 결정이므로 소극적 선택이라고 할 수 있습니다. 이처럼 저는 상황에 따라 자주적 선택일수도 있고, 소극적 선택일 수도 있다고 생각합니다.

최도영 ▶ 저는 자살을 소극적 선택이라고 생각합니다. 모든 사람들이 이유 없이 자살을 선택하지는 않습니다. 누구를 만나느냐에 따라, 어떤 상황에 처하느냐에 따라 자살을 생각하기 마련인데 자신의 곤란한 상황이 악화되어 자신의 처지를 회피하고자 하는 선택이기에 소극적 선택이라고 생각합니다.

김효윤 ▶ 저도 소극적 선택이라고 생각합니다. 사람들은 각자 사회 구성원으로서 자신의 일이나 역할이 있고, 그것들을 수행하면서 살아갑니다. 그러던 도중 자신의 앞길을 방해하는 무언가나 이해할 수 없고 감당하기 힘든 일이 일어났을 때, 그것을 이겨내거나 해결하지 못하는 것은 사회 구성원으로서의 역할을 포기해 버린 것이라고 생각하기 때문입니다.

최지원 ▶ 보충하겠습니다. 요조는 인간의 위선적인 모습을 두려워하고 적응하지 못한 채 자살을 시도하는데 그건 결국 자기 삶의 고통적인 부분을 포기하는 것에 지나지 않는 것입니다. 자살이 인간의 자주적인 선택이라는 것은 자기 합리화일 뿐입니다. 누구나 행복한 삶을 살고 싶어 합니다. 자살은 그것이 지속되지 않을 때 자기 자신을 버리고 살아가는 것을 포기하고 자기 자신을 끝없는 고통의 나락으로 끌어내리는 것이라고 생각합니다.

이정민 ▶ 눈치를 키워라. 처세술을 배워라. 너 자신을 위해서. '인간은 사회적 동물이다'라는 말도 있듯이, 우리는 살아가면서 혼자일 수 없다. 그렇지만 인간관계에 너무 얽매이고 있는 건 아닐까. 맞추어 가려 억지로 무리하고 있는 건 아닐까. 그런 생각에 '인간 실격'을 발제 책으로 추천했다. '인간 실격'은 주인공 요조가 위선적인 인간들 사이에서 견디지 못하고 나락으로 떨어져버리는 내용이다. 그 과정에서 나는 요조와 별다를 바 없던 내 모습을 발견했다. 광대와 같이 우스꽝스럽고 진심이 담기지 않은 발언과 행동들. 누구를 위해서, 무엇을 위해서 나는 이렇게 돼버렸나. 한 장 한 장 읽어 내려가며 나는 요조에게 공감하였다. 그리고 안타까워하였다. 나 스스로를 되돌아 볼 수 있는 그런 소설이었던 것 같다.

2학년이 되고 첫 토론이었다. 작년의 마지막 토론 이후 시간이 꽤 지난 탓인지 내 뜻대로 입이 움직여 주지 않아 속상했다. 게다가 사회자라는 역할은 처음인지라 부담감도 나름 컸다. 후배들에게 멋진 모습만 보여주고 싶었는데 그러지 못해 아쉬운 마음이 크다. 하지만 전반적으로 토론은 매우 마음에 들었다. 혹시 내가 낸 발제가 문제 사항이 있을까 걱정도 했는데 다행스럽게도 토론은 매끄럽게 진행되었다. 나는 생각지도 못한 다양한 관점에서 자신의 주장을 펼치고 대화해나가는 부원들이 있어 즐거웠다. 올해의 동아리 활동 시작을 알리는 의미 있는 토론이었다고 생각한다. 작년과 같이, 이번 해도 많은 것을 배워갔으면 좋겠다.

윤희정 정화여고의 날개 부원으로써 첫 토론을 위한 준비는 다자이 오사무의 '인간 실격'이라는 책을 읽고 발제문을 써 가는 것이었다. 난 외국소설도 좋아하는 편이고, 일본 소설도 나름 많이 보았다고 자부하고 있었다. 하지만 '인간 실격'이라는 책은 확실히 내가 지금까지 읽었던 책들과는 다른 느낌이어서 낯설었고, 어려움을 느끼면서도 나름 최선을 다하여 발제문을 써갔다. '인간 실격'은 사람들의 위선적인 모습을 순수한 영혼을 가졌던 요조가 자신의 입장에서 서술하는 이야기였다. 소설의 끝 부분에 본인을 버리고, 결국 스스로에게 '인간 실격'을 선고하는 요조의 모습은 쓸쓸하고 허망한 느낌을 주었고, 한 사람의 비극적 인생을 보는 것 같아 마음이 불편했다. 나와 동떨어진 이야기 같다는 생각을 하다가도 이런 모습을 내 주변에서 본 것 같아 무서웠다.

여러 발제가 있었지만, 가장 좋았던 발제는 2번인 '인간의 위선적인 모습은 본성인가 사회적 풍토인가. 그렇게 생각하는 이유를 성선설, 성악설, 성무선악설 중 하나의 개념을 이용해 서술하라'라는 내용이었다. 난 성무선악설을 이용해 위선적인 태도는 사회의 풍토 때문이라는 주장을 했다. 개인적으로 성무선악설을 주장하는 사람들이 대부분일것이라 생각했는데 성선설이나 성악설의 입장이 나왔고, 같은 성무선악설을 주장하는 사람들 사이에서도 조금씩 의견이 달라서 흥미로웠다. 심리와 관련된 진로를 희망하는 사람으로써, 인간의 내면과 관련된 이 책을 읽고 토론을 한다는 것이 특별했다. 인간의 내면을 넘어서 자살, 그리고 인간실격의 기준에 대해서 모두의 다양한 생각을 들을 수 있어서 행복했다. 그리고 내가 아직 많이 부족하다는 것을 느꼈고 선배님들과 친구들과의 토론으로 나 자신을 돌아보고 탐구할 수 있었다. 앞으로의 토론을 통해 어떤 다양한 의견을 듣게 될지, 그래서 얼마나 성장할 수 있게 될지 기대된다.

김한나 ▶ 새 학년이 되고 또 오랜만에 토론을 하려니 설레기도 하도 긴장되기도 했다. 전체 줄거리를 읽고 흥미를 가진 채로 책을 읽어 내려가기 시작했는데, 요조의 모습이 우리 모두의 내면과 같은 것만 같아서 쓰린 생각도 들었으나, 한편으로는 성장 소설이라는 게 왜 늘 비슷한 레퍼토리로 흘러가야만 하는지에 대한 의문이 생겼다. 또, 남들과 다른 자신이 옳은 사람이고, 남들은 위선자일 뿐이라고 합리화하는 요조가 조금은 불편했다. 이번 발제들에 대한 나의 생각은 고민할 필요도 없이 명확해서 꽤 쉽게 준비할 수 있었다. 무엇보다 성무선악설, 성선설, 성악설에 관한 토론이 가장 기억에 남는다. 사실 아주 객관적으로 봤을 땐 그 어떤 인간도 인간의 본성에 대해 단정할 수 없다. 하지만 나는 종교적인 면에서 성악설을 지지하는 쪽에 가깝기 때문에, 성악설을 다른 토론자들에게 '종교적이지 않은' 근거들을 들어 설명하려고 애썼다. 토론이 매끄럽게 이어지지 않던 때도 있었지만, 그래도 오랜만에 하는 토론은 즐거웠다. 또한, 이번 첫 번째 토론을 통해, 2학년이 되었지만 난 여전히 부족한 점이 많다는 것을 다시 한 번 느꼈다. 날개에서 새로운 한 해를 보낼 생각을 하니 설렌다. 올해도 나에게 큰 도움이 되는 동아리 활동을 해내고 싶다.

#09

앵무새 죽이기

하퍼 리 지음

이 책은 1930년대 인종차별이 아직 남아있던 미국에서 실제 있었던 사건을 소재로 하고 있다. 젊은 백인 여성을 성폭행했다는 누명을 쓰게 된 흑인 청년의 법정 투쟁기가 이를 담당한 백인 변호사의 이야기와 함께 전개된다. 인종 간 차별과 대립이 극심했던 대공황기의 남부 앨라배마 주를 토대로 사람에 대한 편견과 이와 대치되는 순수한 시선을 함께 제시하며 현실의 어두운 부분과 가능성을 동시에 그려낸다.

앵무새 죽이기

🎤 사회자 : 신지원, 이소미, 최도영

애티거스 핀치는 흑인을 무시하던 마을 사람들에게 욕을 먹으면서도 흑인을 변호해주었고, 자녀인 젬과 스카웃이 흑인은 무시해도 된다는 잘못된 가치관을 가진 사회에 물들지 않도록 올바르게 교육해주려 하였다. 애티거스의 가치관은 옳았지만, 그 당시 사회가 생각하던 가치관과 달랐기 때문에 사회에서 환영받지 못하였다. 만약 애티거스와 같은 상황이라면, 젬과 스카웃이 사회로부터 격리된다 해도 올바른 자신의 가치관으로 교육해 주어야 할까, 그것이 옳지 않다 해도 아이들이 조화롭게 살아갈 수 있도록 사회의 가치관으로 교육해 주어야 할까?

이지현 ▶ 올바른 자신의 가치관으로 교육해야 한다고 생각합니다. 우리나라의 경우를 예로 들면, 일제 강점기 때 일본어를 쓰고 일본이 실시하는 정책을 따르지 않으면 단순히 욕을 먹는 것이 아니라 극심한 고문이나 죽음을 당할 수도 있었습니다. 그런데도 많은 애국지사들이 자신을 희생하면서까지 독립을 위해 노력했고, 지금 우리는 이렇게 행복하게 살고 있습니다. 젬과 스카웃이 나중에 어떻게 행동하는가는 본인들에게 달렸지만, 최소한 무엇이 올바른 가치관인지 알려주어서 세상을 바꿀 수 있는 조금의 희망을 주어야 한다고 생각합니다. 이렇게 조금씩 올바른 가치관이 퍼지다 보면 시간이 오래 걸리더라도 우리의 독립처럼 세상이 바뀌게 될지도 모릅니다.

채지원 ▶ 앞선 토론자의 의견을 보충하겠습니다. 제가 애티거스와 같은 상황이라면, 올바른 가치관을 가지도록 젬과 스카웃을 교육하고 자신의 가치관을 굽히지 않더라도 사회와 조화롭게 살 수 있도록 할 것입니다. 그 당시의 상황이 그럴 수 없는 상황이라도 자녀가 올바른 길을 걷도록 하는 것이 부모의 역할이라고 생각합니다. 물론 흑인을 배척하던 당시 상황에서 흑인을 백인과 똑같은 인간으로 대하자는 가치관은 환영받지 못합니다. 하지만 그런 가치관을 가지고도 충분히 사회의 부적응자가 아닌 사회의 적응자로 살아갈 수 있다는 것을 애티거스가 보여주었습니다. 사람들이 야유하거나 배척하는 상황에서도 아무렇지 않게 뜻을 지켜나가는 애티거스의 모습을 통해 스카웃과 젬은 물론이고 저도 비록 이 세상에서 환영받지 않더라도 옳다고 생각하는 것을 지켜나가는 용기와 신념을 지키는 자세를 깨닫게 되었습니다.

김수민 ▶ 저는 자신의 올바른 가치관으로 교육해야 한다고 생각합니다. 올바르지 못한 사회에서 격리되고 질타받더라도 그러한 모습이 또 다른 올바름을 낳을 수 있습니다. 잘못된 사회에서 이를 고치려 하지 않고 자신의 육신만 사린다면 사회의 진보가 없을 것입니다. 현 사회의 발전은 사회의 격리와 불이익을 감안하고 올바른 가치관을 내세운 사람들이 일구어 낸 것입니다. 또한 그릇된 가치관을 가진 사회에서 조화롭게 산다고 한들 그것 역시 올바른 사회에서 사는 것이 아니기 때문에 이를 고쳐나갈 수 있는 사람으로 교육하는 것도 중요합니다.

이정민 보충하겠습니다. 사회 전체를 위해서라면 젬과 스카웃에게 올바른 가치관을 심어주어야 한다고 생각합니다. 잘못된 점을 깨닫고 고치려 하는 사람들의 수가 늘어야 사회변화까지 이를 수 있기 때문입니다. 그러나 제가 애티거스의 입장이라면 조금 더 많은 것을 고려할 것입니다. 시대가 과도기적 성격을 띄고 있는지, 아이들이 스스로 보고 느끼며 정립한 나름의 가치관이 존재하는지 등을 고려하여 중도적이거나 또는 보수적 가치관을 심어줄 수도 있을 것 같습니다.

윤혜정 저 역시 사회로부터 격리되어도 올바른 자신의 가치관으로 교육해야 한다고 생각합니다. 흑인을 차별하는 것이 아무리 다수의 행동이라고 해도 그것은 잘못된 행동이기에 바르게 고쳐야한다고 생각합니다. 10명 중 10명이 모두 흑인을 차별하는 것과 10명 중 단 1명일지라도 흑인을 동등하게 대해주는 것 중 어떤 경우가 더 가치관의 변화가 생길 가능성이 크다고 생각하십니까? 저는 후자라고 생각합니다. 자신의 사회적 격리는 두려워하면서 시회로부터 격리된 흑인들의 두려움을 생각하지 않는 것은 잘못된 것입니다.

하채운 사회마다 갖고 있는 가치관과 옳고 그름을 판단하는 기준은 다릅니다. 젬과 스카웃이 흑인을 무시하는 것은 인종차별이고 잘못되었다는 것을 안다고 해도 아무도 그들이 갖고 있는 생각이 옳은 것이라는 것을 모릅니다. 전 이것은 애티커스가 어떻게 교육할지를 정하는 것이 아니라 젬과 스카웃이 무엇을 배울지, 어떤 삶을 살지 선택하는 것이라고 생각합니다. 애티커스는 자기가 생각했을 때 옳은 것을 가르쳐 줄 권리가 있고 젬과 스카웃은 사회에서 조화롭게 살아갈지 자신이 어릴 때부터 옳다고 배워온 것을 택할지 자라서 제대로 된 판단을 할 수 있을 때에 선택하면 된다고 생각합니다.

김희주 ▶ 반박하겠습니다. 요즘 사회는 과정보다 결과를 중요하게 여깁니다. 이런 사회에서 자신의 가치관대로 아이들을 교육하게 되면 결과적으로 사회에 적응을 하지 못하는 사회부적응자 등이 나타날 수 있습니다. 물론 결과를 위해 과정이 좋지 않더라고 이를 행하는 것이 좋고 자랑스러운 일은 아니지만, 그때그때 사회의 흐름을 적당히 따라가야 한다고 생각합니다. 이 사회에서 조화롭게 잘 어울려서 살아가는 것 역시 능력입니다. 아이들에게 그 능력을 길러주려면 먼저 사회가 가지고 있는 보수적인 가치관부터 가르쳐야 한다고 생각합니다. 따라서 저는 아이들을 사회적 가치관으로 교육해 주어야 한다고 생각합니다.

김나현 ▶ 김희주 토론자께 질문하겠습니다. 예를 들어 2차 세계대전 당시 개인은 나라를 위하여 희생하는 것이 당연하다는 가치관으로 교육 받은 일본의 카미카제특공대도 있었습니다. 사회와 타협하는 가치관으로 교육을 받음으로 생긴 이러한 행위들이 현재는 비난을 받고 있습니다. 이러한 것은 옳지 않지 않습니까?

김희주 ▶ 가치관을 주입받고 세뇌를 받았다고 해도 사람이 커가면서 자신만의 가치관이 형성되고 생각을 할 수 있는 시기가 생기는데 그렇게 되어서도 주입받은 가치관을 선택했다면 그것은 단순한 일방적인 주입이 아니라 자신이 선택했다고 할 수 있는 문제라고 생각합니다.

하채운 ▶ 질문하겠습니다. 조선시대 때 여성들이 수절하는 것 역시 어쩌면 자신이 선택한 일인데, 이가 옳다고 생각하십니까? 이는 사회의 잘못된 가치관의 주입에 의한 것이지 그것이 옳고, 또한 여성이 그렇게 하고 싶어서 한 것이 아니지 않습니까?

김수민 ▶ 지금은 본인이 선택을 할 수 있는 상황이고, 그 때는 수절하는 것이 당연시 되던 사회였기에 어쩔 수 없었다고 생각합니다.

이정민 ▶ 보충하겠습니다. 그 당시 사회에서는 여성에 비하여 남성이 우위에 있는 상태입니다. 그렇기 때문에 여성은 선택을 할 수 없었다고 생각합니다.

하채운 ▶ 질문하겠습니다. 백인들이 흑인들을 옹호하고 흑인들의 인권을 지지했을 때 주위로부터 받는 질타나 흑인들이 평생 인종차별로 인해 받는 피해가 같다고 생각하십니까?

강은서 ▶ 이 둘을 굳이 비교하자면, 흑인들은 태어나면서부터 정해진 자신의 인종에 의해서 차별받는 것이고 백인들은 자신이 선택한 행위에 의해서 질타를 받는 것이기 때문에 백인이 흑인을 옹호하여 견디기 힘들 정도로 질타를 받는다면 백인은 흑인을 더 이상 옹호하지 않음으로써 피해를 줄일 수 있습니다. 그러나 흑인들은 자신이 원하지 않는다고 해서 피해를 줄일 수 없기 때문에 흑인들이 받는 피해가 더 크다고 생각합니다.

발제 2

책에서 애티거스는 "앵무새들은 인간을 위해 노래를 불러줄 뿐이지 사람들의 채소 밑에서 무엇을 따먹지도 않고 우리를 위해 마음을 열어놓고 노래를 부르는 것 말고는 아무것도 하는 게 없지. 그래서 앵무새를 죽이는 건 죄가 되는 거야. 난 네가 뒷마당에서 양철깡통이나 맞추며 익히길 바라지만, 넌 분명히 새를 쫓아다니게 될 거다. 그 때에 맞출 수만 있다면 어치는 쏘아도 된다. 하지만 앵무새를 죽이는 일은 죄라는 걸 기억해야한다."라고 한다. 애티거스의 말과 이 책의 제목이기도 한 앵무새를 죽이는 것이 의미하는 것은 과연 무엇일까?

하채문 ➤ 앵무새는 남을 해치지 않는 새입니다. 오히려 노래를 불러 인간들을 즐겁게 해주는 새입니다. 하지만 앵무새들은 인간들의 편견과 오해에서 비롯된 잘못된 판단으로 인해 죽는 경우가 있습니다. 이로 보았을 때 저는 이 책에서 죄 없이 비난 받고 차별 받는 흑인들이 앵무새와 같은 존재라고 생각합니다. 우리는 누구에게라도 편견의 시선을 거두고, 그들을 객관적이고 올바른 시각으로 볼 수 있어야 합니다.

채지원▶ 이 책의 제목이기도 한 '앵무새 죽이기'는 이 책의 주인공인 톰 로빈슨과 부 래들리와 밀접한 관련이 있다고 생각합니다. 애티거스는 죄가 없는 앵무새를 죽이는 것은 죄지만, 새를 쫓다가는 앵무새를 죽이게 될 것이라 경고합니다. 이는 흑인이 차별 받는 것이 당연하게 여겨지는 사회 때문에 죄가 없지만 죽임을 당하게 된 톰 로빈슨의 상황과, 학생 때 잘못 어울려 놀던 친구로 인해 사회로부터 무관심을 받게 된 부 래들리의 상황과 같다고 볼 수 있습니다. 즉 작가는 애티거스의 말과 톰 로빈슨, 부 래들리의 이야기를 통해 사회에 피해를 주지 않았지만 억울하게 차별받거나 죽은 사람들을 앵무새와 같은 존재로 나타낸 것이라 생각합니다.

김나현▶ 앵무새들은 다른 새들과 달리 곡식을 훔쳐 먹거나 창고에 둥지를 트는 등의 해를 끼치지 않습니다. 오히려 아름다운 목소리로 사람들의 귀를 즐겁게 해줄 뿐입니다. 이것으로 보았을 때 저는 다른 사람들에게 해를 끼치지 않았는데도 사람들의 편견 때문에 고통받고 외면받은, 아이들이 오해했던 부 래들리나 애티거스가 변호했던 흑인 톰 로빈슨이 앵무새 같은 존재라고 생각합니다.

발제 3

이 책에서는 편견으로 박해받는 사회적 약자들을 '앵무새'라고 칭한다. 인종, 직업 등에 있어 편견으로 인하여 박해받고 차별받는 이들은 아직도 우리 사회에 존재한다. 따라서 이들을 구제하기 위하여 장애인 우대 정책 등의 여러 가지 법들이

제정되어 있지만 일각에서는 이를 두고 사회적 약자들의 우대로 인하여 다른 이들이 역차별 받는 것이 아니냐며 소수자 우대 정책에 반기를 들고 나서기도 한다. 예를 들어, 미국 텍사스 주 오스틴에 있는 텍사스 대학에 지원했다가 낙방한 백인 여학생은 그가 낙방한 이유가 소수 인종에게 유리하게 되어 있는 그 학교의 입학 사정 방식 때문이라고 주장하며 학교를 상대로 소송을 건 경우도 있다. 이처럼 의견이 분분한 소수자 우대 정책이 지속되어야 한다고 생각하는가, 혹은 없애야 한다고 생각하는가?

이소정 ▶ 저는 소수자 우대 정책을 없애야 한다고 생각합니다. 사회적 약자의 소수자를 우대해 준다는 것은 취지는 좋지만 이는 역차별을 낳을 수 있습니다. 또한 기업의 입장에서 봤을 때도 손실인 경우가 많습니다. 또 성적이 좋은 사람을 채용할 수 있음에도 소수자를 우대하기 위해 더 성적이 낮은 사람을 채용해야 하는 경우가 많습니다.

김가현 ▶ 저는 앞선 토론자의 의견에 반대합니다. 저는 소수자 우대 정책이 지속되어야 한다고 생각합니다. 우선 소수자 우대정책을 통해 더 많은 소수자들이 사회로 나올 수 있도록 도움으로써 소수자가 겪고 있는 사회적 불평등을 해결해 나갈 수 있습니다. 또 능력이 있음에도 소수자라서 늘 뒷전으로 밀려나있었던 사람들이 소수자 우대 정책을 통해 사회로 진출한다면 그 만큼 더 많은 인재를 확보할 수 있어 사회 전체에도 이익이 될 수 있습니다. 그리고 반대 측 입장에서 역차별을 반론으로 제기할 수 있는데 소수자 우대정책이라는 것이 적합한 자격도 없는데 소수자라고해서 무조건 비소수자보다 우대해준다는 것이 아니라 비슷한 자격을 갖춘 경우에 가산점을 부여한다거나 하는 조금의 배려를 해주는 것이므로 논란이 많은 특정 분야에 대해서 배려의 정도를 조절한다면 역차별 문제도 해소해 나갈 수 있을 것입니다. 물론 소수자 우대정책이 필요하지 않을 정도로 공평하고 차별 없는 사회가 구축된다면 정말 좋겠지만 현실적으로 불가능하기 때문에 함께 더불어 살아가는 공동체 의식에 맞게 소수자들을 우대하는것이 필요하다고 생각합니다.

김한나 ▶ 반박하겠습니다. 우선 역차별 문제를 먼저 언급해 주셨는데 저는 소수자 우대정책이 역차별을 매우 심화시킬 수 있다고 생각합니다. 일단 사회를 소수자와 다수로 구분할 수 있는 건 맞지만 소수와 다수로 구분함으로써 그 경계를 더욱 명확하게 만들고, 그것 때문에 이후에 분쟁이 더 커질 가능성이 있다고 생각합니다. 그리고 소수자 우대를 약간의 가산점 정도라고 말씀해 주셨는데 실제로 그런 제도도 물론 있지만 해외의 사례를 보면 어느 정도의 핸디캡은 문제가 되지 않지만 완전히 우대하는 것은 소수자를 오히려 더 유리하게 만들어 준다고 생각합니다. 지금 현재 일어나고 있는 소수자 우대정책들이 이미 약간의 배려를 넘어선 정도이기 때문에 소수자 우대정책을 없애야 한다고 생각합니다.

손세희 ▶ 저는 소수자 우대정책이 지속되어야 한다고 생각합니다. 우선 소수자 우대정책은 여성·인종·장애 분야로 나누자면 앞서 말한 토론자들과 이 발제문의 예시처럼 흔히 우리가 아는 '정의란 무엇인가'에 나오는 아이에 대해서 언급을 할 수 있는데 그 책 속의 한 대학은 학업 성취 가능성을 보고 학생들을 뽑습니다. 이때 학업 성취 가능성이란 가정, 사회, 문화, 교육시설을 반영합니다. 만약 어떤 시험에서 95점 이상을 받아야만 합격을 한다고 친다면 가정에서 교육을 받은 일반 아이들은 95점이 합격점수이지만 나머지 소수자들은 핸디캡을 부여해서 93점~94점까지로 기준을 낮춘다는 것입니다. 한 대학 측에서, 일반전형으로 지원한 사람들은 사회로부터 도움을 받고 자랐지만 소수자전형 지원자에 대해서는 도움도 받지 않고 자기스스로 해냈다는 것에 더 장기적인 가능성과 성공의 가능성을 높이 두어 평가한다고 합니다. 따라서 핸디캡이라고 해도 정말 안타깝게 떨어진 사람들을 뽑는 것입니다. 그렇기 때문에 떨어뜨렸다고 해도 높은 점수의 사람이 아니라 시험합격 커트라인에 있는 사람들을 떨어뜨리는 것이기 때문에 그런 사람들보다는 소수 집단에 있는 사람들을 뽑는 것이 사회적으로 의미있다고 생각합니다. 그리고 여성·장애 분야로 보면 유리천장을 현실적으로 깨는 것이 어렵기 때문에 이것을 보완하기 위해 이런 우대정책이라도 있어야 소수자들이 사회에 나갈 수 있는 발판을 마련해 준다고 생각합니다. 소수자 우대정책이 없다면 결국 여성, 흑인, 장애인들은 유리천장이나 큰 높은 벽에 가로막히고, 아무 것도 깨지 못 한다고 생각합니다.

김한나 ▶ 반박하겠습니다. 먼저 한 대학의 입시제도를 언급해 주셨는데 과연 소수자보다 다수에 있는 사람이 덜 노력했다고 증명할 수 있는 방법이 있나요? 저는 소수자가 아니더라도 충분히 노력을 하고 자신이 얻어낸 대가인데 물론 도움을 받았겠지만 그것 또한 자신의 몫이고 도움을 받지 않아서 노력한 사람이 더 잠재력이 있다고 무작정 단정 지을 수는 없다고 생각합니다.

이소정 보충하겠습니다. 저는 남녀 고용 평등제로 예를 들고 싶습니다. 특정 직업의 성비가 남자나 여자에 편향되어 있는 경우 남성이나 여성 중 비율이 낮은 성별을 몇 퍼센트 이상 무조건 고용해야 합니다. 그래서 여성이 더 많은 회사에서는, 입시지원자 중 여성의 성적이 훨씬 더 우수했음에도 그 사람들이 여성이라는 이유만으로 남성을 채용하는 경우가 존재합니다. 이것을 단지 약간의 배려, 약간의 가산점이라고 보기에는 어려울 것 같습니다.

김한나 보충하겠습니다. 앞선 토론자가 말해 주셨듯이 남녀 고용 평등제에서 분명히 남자보다 여자가 우수한 부분이 있을 것입니다 하지만 그런 부분을 두고도 무조건 평등이라는 이유만으로 몇 퍼센트 이상을 고용해야 한다는 것은 능력을 중시하는 사회에서 조금 맞지 않다고 생각합니다.

하이얀 저는 소수자 우대정책이 지속되어야한다고 생각합니다. 먼저 앞선 토론자께서 말씀해주신 문제에 대해서 답변 드리고 싶습니다. 다수자라고해서 소수자보다 덜 노력했다는 근거를 찾기 어렵다고 말씀하셨는데 저는 물론 소수자아 디수자 둘 나 입학을 위해서 열심히 노력했을 것이라고 생각합니다. 하지만 다수자는 다수자라는 그 이유 때문에 사회에서 살아가면서 여러 가지 특혜를 누렸다고 볼 수 있습니다. 다수로서의 특혜를 누리지 못한 소수자에 대해 보상을 해주기 위해서 저는 이런 우대정책이 필요하다고 생각합니다.

그리고 특히 이 발제에서 보이는 흑인이나 유색인종의 입학사정문제에 대해서 말씀 드리고 싶습니다. 우선 과거 백인의 타인종차별의 역사적인 잘못을 보상하기 위해서라도 소수자 우대정책을 계속 시행해야한다고 생각합니다. 또한 여러 인종이 섞인 대학은 서로의 다양성을 이해하는 데에 더욱 훌륭한 교육의 장이 될 것이라고 믿습니다.

이소정 ▶ 앞선 토론자의 의견에 반박하겠습니다. 아까 보상의 논리라고 말씀해 주셨는데 과거의 일을 보상한다고 해서 소수의 우대를 더욱 인정해준다면 오히려 역차별이 아닌가라는 생각이 듭니다. 발제에 나온 예시처럼 유색인종이라고 해서 우대정책을 실시한다면 자신이 유색인종이 아니라는 이유로 더 역차별을 당할 수 있다고 생각합니다. 이에 대해 어떻게 생각하십니까?

하이얀 ▶ 저는 과거에 다수자가 했던 역사적 잘못은 현대에 살아가고 있는 사람들과 전혀 무관한 이야기가 아니라고 생각합니다. 역사적 잘못을 이유로 해서 소수자 우대정책을 시행하는 것을 반대하는 의견 중 가장 큰 근거가 정작 현대인의 다수자들은 소수자를 차별하지 않고 있고 또한 현대에는 그런 문제가 많이 완화되었으며 우대정책은 자칫하면 역차별이 될 수도 있다고 주장하는 것입니다. 하지만 저는 현대사회의 다수자가 직접 한 일이 아니더라도 전체적인 사회 통념이나 분위기 자체가 소수자들을 억압하고 특혜를 주지 못 한다고 생각합니다. 그래서 다수자의 입장에서는 전체적인 입장이 역차별처럼 보일 수는 있지만 어쨌거나 우리 사회에는 이렇게 불합리한 점이 분명히 있기 때문에 현대사회에 다수자들이 직접 한 일이 아니더라도 국가나 선조들의 업적에 대해 애국심을 느끼는 것과 비슷하게 연결되어있고 그런 역사 자체도 우리의 일부분이라고 생각하기 때문에 이런 역사적 책임도 현대 다수자들의 책임이라고 할 수 있지 않나 생각합니다.

김한나 ▶ 반박하겠습니다. 과거의 일이 무관하지 않다고 말씀하셨는데 그렇다면 과거에 흑인이 박해를 받고 백인이 특혜를 받았다고 해서 그땐 그랬으니까 지금은 반대로 흑인이 더 우대를 받을 필요가 있기 때문에 흑인에 대한 우대 정책을 하고 백인은 차별 받는 것 아닙니까? 과연 진짜로 평등한 사회를 원한다면 과거에 흑인이 차별받았더라도 지금은 둘 다 서로 차별이 없어야 하는 건데 평등 사회에서 한쪽에만 특혜를 준다는 것은 평등 사회에 너무 어긋나는 것 같습니다.

송지원 ▶ 저는 일단 소수자 우대정책은 시행이 되어야한다고 생각합니다. 어떻게 보면 장애인이나 기초생활수급자같이 소수자 우대정책 없이는 살아갈 수 없는 사람들이 아직도 많기 때문에 그런 사람들을 위해서는 우대정책이 필요합니다. 하지만 인종과 같은 기준을 두고 보았을 때는 정상적 사고를 할 수 있는 사람이 많이 속해있는 집단이기 때문에 따라서 소수자 우대정책을 하되, 그 기준에 대해서는 다시 한 번 생각해 보는 것이 옳다고 생각합니다.

김한나 ▶ 근데 기초생활수급자 같은 경우에는 소수자로 분류 지을 수 없는 게 기초생활수급자는 생활하기가 힘들고 경제적으로 어려움을 겪는 사람들이지 일상생활에서 차별을 받는 사람들은 아니기 때문에 소수자 우대정책과는 거리가 있다고 생각합니다

김규민 방금 앞선 토론자께서 기초생활수급자 경우에는 차별하는 경우가 없다고 하셨는데 한 아파트 안에서도 저쪽 라인에는 기초수급자들이 사니까 저쪽에서는 놀지 말라는 경우가 실제로도 있어서 신문에도 많이 나온 적이 있습니다.

김한나 그것은 우리가 천천히 고쳐나가야 할 문화적 인식의 차이이기 때문에 정부 측에서 평등한 사회를 위해서 가난한 아이들을 무시해서는 안 된다고 학교에서 교육을 하는 방법으로 고쳐나가야 하는 것이지 어떻게 정책적으로 차별을 하지 말라는 것인지 궁금합니다. 또 맞은편 아파트에 사는 아이들이 가난하기 때문에 놀면 안 된다는 인식을 심어준 사회가 문제인 것이지 정책적으로 잘못된 것이 아니기 때문에 토론과 연관성이 없다고 생각합니다.

김효윤 저는 저소득층도 대학이나 직장 등을 구할 때 있어서 차별이라기보다 일반적인 사람과는 출발점이 달랐기 때문에 저소득층이나 다문화가정 등은 인종차별의 문제가 아니더라도 소수자 우대정책에 포함된다고 생각합니다. 또한 저는 소수자 우대정책이 지속되어져야한다고 생각합니다. 장애인, 저소득층, 다문화 가정이 있는데 이 사람들은 각자가 처해진 상황 때문에 편견 있는 사회에서 정상적으로 살아가는 데에 사회와 주변 사람들의 도움 없이는 생활하기 힘

듭니다. 그런데 이들을 도와주는 정책들마저 다른 일반적인 사람들이 차별을 받는다며 없어져야 한다고 반기를 드는 것은 반대로 사회적 약자들의 인권이나 현실을 생각해 주지 않고 자신만을 생각하는 이기적인 태도라고 생각합니다. 또한 이런 것마저 부정해버리면 이 사회는 너무 각박해질 것입니다. 그리고 이런 정책들은 사회적 약자에게 편견을 가지고 있어서 평등하지 않은 대학, 직장 등에서 인종, 성, 장애에 대해 편견을 가지고 있더라도 실질적으로 불이익이 가지 않게 도와주는 것입니다. 그렇기 때문에 저는 이 정책이 지속되어져야한다고 생각합니다.

이세비 ▶ 보충하겠습니다. 사회적 소수자들이 평범한 사람들과 똑같은 혜택을 누리며 평범하게 살 수 있으려면 부족한 부분을 채워주는 다양한 정책이 필요하다고 생각합니다. 만약 소수자 우대 정책이 지속되지 않는다면 그들은 밑바닥까지 내려간 사람이기 때문에 더 이상 행복할 가능성이 없다고 생각합니다.

발제 4

이 책에서 주요로 다룬 흑인 차별 문제는 아직까지도 사회에 만연히 남아있다. 지난달 30일 이탈리아에서 열린 축구 경기에서 가나의 전 국가대표 문타리가 경기 도중 관중들로부터 흑인 비하 욕설을 들었고, 주심에게 항의했지만 오히려 경고를 받은 일이 있었고, 이번달 2일 보스턴에서 열린 야구 경기에서는 술에 취한 관중 30명이 경기 중이던 존스 선수에게 땅콩이 든 작은 가방을 던지고 수차례 흑인 비하 표현인 '검둥이'라는 말을 내뱉은 일이 있기도 했다. 또 최근 우리나라의 한 개그우먼이 흑인을 개그의 소재로 삼아 논란이 되었었다. 이렇게 아직까지도 남아있는 흑인 차별 문제를 좀 더 효과적으로 없앨 수 있는 방법에는 어떤 것이 있을까?

배민주 ▶ 흑인 차별 문제를 완전히 없애는 건 현재로서는 불가능하고, 지금 상황으로는 처벌을 강화하거나 인종 차별을 해결하기 위해서 이와 관련된 공익 광고를 화면에 많이 비춰주면 그 전보다는 인식이 개선될 수 있다고 생각합니다.

김채영 ▶ 미국 사회에서나 프랑스 사회에서도 오랫동안 행해져 온 흑인에 대한 차별 문제를 완벽히 해결하는 것은 사실상 어렵다고 생각합니다. 백인과 흑인이 같이 살아가는 사회에서 흑인 차별 문제를 해결하기 위해서는 어른과 아이를 막론하고 교육을 통해 개선시키는 방법 밖에 없다고 생각합니다.

장윤서 ▶ 보충하겠습니다. 현재 우리나라에서는 어렸을 때부터의 지속적인 교육과 실천 덕분에 장애인, 한부모가정, 다문화가정 등에 대한 차별은 거의 없어졌습니다. 이는 교육을 받은 세대와 안 받은 세대 간에 관점 차이가 생기긴 하겠지만, 그보단 차별, 편견을 없애는 것을 주로 여겼기에 가능했다고 생각합니다. 이러한 경험을 토대로 지금부터라도 어린이들을 포함한 모든 교육 대상자들에게 올바른 교육을 실시하면 된다고 생각합니다.

권소은 ▶ 질문 있습니다. 앞의 두 토론자 분께서 흑인 차별 문제를 해결하기 위해 교육을 실시해야한다고 말씀하셨는데, 교육을 어떻게 구체적으로 실시해야 한다고 생각하십니까?

윤희정 ▶ 학교에서 당시 시대 상황을 배경으로 하는 문학 작품을 의무적으로 교육시키거나, 일정 기간을 두고 한 시간 또는 일정 시간 동안 흑인과 함께 하는 활동을 만드는 방안이 있다고 생각합니다.

권소은 ▶ 흑인과 함께 하는 활동을 만드는 방안은, 흑인의 입장에서 흑인을 실험 대상이나 체험 대상으로 여긴다고 생각할 수 있기 때문에 흑인이 원하지 않을 것이라 생각합니다. 그리고 흑인 인구수가 많은 미국 같은 나라에선 이 방안이 가능하겠지만, 우리나라에서는 현실적으로 힘들다고 생각합니다. 그러므로 우리나라에 맞는 방안을 모색해봐야 한다고 생각합니다. 그리고 요즘은 대부분의 매체에서 흑인을 멋진 이미지로 보여주어 흑인에 대한 긍정적인 인식이 늘고 있습니다. 그러므로 매체를 통해서 자연스럽게 흑인을 접하게 하는 것이 교육을 통해서보다 접하게 하는 것보다 더 효과적인 방법이라 생각합니다. 오히려 요즘 심각한 문제는 흑인 차별보다 동남아 차별이라고 생각합니다.

장지영 ▶ 그렇다면 동남아 차별에 대해 더 생각해보는 것도 좋을 것 같습니다.

윤희정 ▶ 저는 동남아에 대한 차별이 문화적 요소와 관계가 있다고 생각합니다. 흑인의 경우 요즘 '힙합'이라는 문화로 유명하지만 동남아의 경우에는 발달된 문화나 알려진 문화가 아직 적습니다. 그래서 동남아에 대해 크게 멋있다고 생각하지 못하는 것 같습니다.

장지영 ▶ 저는 매체의 영향이 크다고 생각합니다. 우리나라 매체에서 보여주는 동남아시아의 모습에는, 사람들이 길가를 맨발로 돌아다니고 흙탕물에서 몸을 씻는 그런 모습 밖에 보여주지 않습니다. 그래서 저희가 동남아시아를 부정적으로 생각한다고 생각합니다.

김민지 ▶ 저는 동남아시아에 대해서 우리나라의 국가 차원에서부터 차별하고 있다고 생각합니다. 그래서 국가 차원에서 먼저 나서서 차별을 없애려 노력하고, 국민들이 그에 따라 인식을 개선하는 게 좋다고 생각합니다.

권소은 ▶ 그리고 우리나라가 몇 십년 만에 빠르게 발전했다보니, 빠르게 발전하지 못한 동남아시아에 대해 부정적인 시선이 더 심한 것 같습니다.

김민지 ▶ 그래서 저는 학생들이 처음부터 배우는 교과서에 동남아와 우리가 지금까지 많이 신경 쓰지 못했던 인물들에 대해서 더 다루었으면 좋겠습니다.

김한나 ▶ '앵무새 죽이기'는 워낙 유명한 책이라서 그렇게 부담스럽게 다가오진 않았다. 책은 꽤나 보편적이면서도 중요한 사안인 인종 차별 문제를 다루고 있었다. 정의롭고 이상적인 사회를 위한 개인의 자세를 보여준 애티커스는 정말 말 그대로 '감동적'이었다. 당시 사회적 약자로 극심하게 고통 받던 흑인들을 위해 싸우는 모습은 '진정한 정의라는 것은 무엇일까'라는 질문을 던져주었다. 한편으로는 애티커스가 추구한 것은 과연 이상이었을까, 단지 그의 종교적 신념 때문에, 또는 종교적 양심 때문에, 그 자신을 위해 그러한 가치를 바라봤던 것은 아닌가, 하는 고민도 해보게 되었다. 또한 '앵무새 죽이기'라는 제목이 의미하는 바가 무엇인지 깊게 생각해보았다. 가장 기억에 남는 토론은 소수자 우대정책에 관한 것이었다. 나는 정책에 반대했는데, 역차별을 우려했기 때문이었다. 무엇보다 오늘날의 사회가 평등을 표방하고 있는 만큼, 소수자가 아무리 이제껏 차별을 받아왔다 할지라도, 누군가를 우대해서는 안 된다고 생각한다. 사회적 약자를 위한 핸디캡을 주는 사회가 아니라, 사회적 약자라는 개념이 무의미할 만큼 공평한 사회로 나아가야 하지 않을까? 또한 능력을 중시하는 사회에서 개인의 능력에 따른 차이를 차별로 받아들이는 것도 문제라고 느꼈다. 그래서 약자를 위해 우대해줄 것이 아니라, 모든 사람이 능력과 노력에 따른 결과를 제대로 보상받을 수 있는 평등한 사회를 만들기 위해 힘써야 하지 않을까, 하는 생각이 들었다. 소수자 우대정책은 반대하지만, 그와는 별개로 지금 이 순간에도 차별을 받고 있을 모든 사람들이 차별로부터 벗어나는 사회가 되도록 사회적 인식이 많이 개선되었으면 좋겠다고 느꼈다. 인식이 변화해야 사회가 변화한다고 생각하기 때문이다. 내가 평소에 많이 생각해오던 '사회'라는 주제로 토론을 할 수 있어서 좋았다. 하지만 아직도 생각을 정리하는 능력이 부족하다고 느꼈다. 남은 토론을 하면서 조금 더 발전할 수 있었으면 좋겠다.

이정민 ▶ 우리는 누구를 차별할 권리를 가지는가? 다들 깨어있는 척 '아니오'라고 대답하겠지만 실제로는 그렇지 못함이 빈번하게 보인다. 그래서 우리 사회는 공식적으로나마 차별받는 소수자들을 보호하기 위해 여러 정책을 펼친다. 그 중에 하나가 '소수자 우대 정책'이다. 교과서에서도 많이 언급되는 주제이지만 소수자 우대 정책은 꾸준히 논란이 되어 오고 있다. 이번 발제에서도 이러한 소수자 우대 정책을 논란 속에서도 계속 실시해야 하는지 묻고 있었다. 언뜻 들으면 당연시 되어야 하는 정책이 아닌가 싶지만 어찌 보면 이 정책으로 인해 다른 누군가는 저평가 받고 받아 마땅한 기회를 뺏기고 있었다. 이런 여러 관점으로 다들 토론에 참여하고 있어 꽤 열띤 토론이 되었다. 내가 지금 당장 부당한 논리로 누군가를 차별했다하더라도 나 또한 동양인이기에, 여성이기에, 청소년이기에 또 다른 누군가로부터 차별 받을 수 있다. 나와 단지 다르다는 이유만으로 행해지는 부당한 차별들은 우리 모두가 청산해 나가야 할 사회의 썩은 부분이다. 과거의 미국인들이 '앵무새 죽이기'라는 책에 찬사를 보낸 이유를 우리는 알고 있다. 그러나 아직까지도 죄 없는 앵무새들이 돌멩이에 맞아 죽는 걸 보면 안타깝다.

김민지 ▶ '앵무새 죽이기' 책은 정말 적나라한 고발 소설이었다. 흑인에게 죄를 뒤집어 씌울 만큼 흑인을 만만히 보는 태도가 만연한 그 때에 변호사 일을 계속 할 만큼 심지 굳은 그 사람이 너무 멋져 보였기도 했다. 책 자체도 무거운 주제보다 아이들의 생활에 대해 서술 비중을 더 크게 두어서 읽는 것도 그렇게 부담스럽진 않았다. 다양한 인간군상을 볼 수 있다는 게 이 책의 소소한 매력 포인트가 아니었을까 싶다. 이번 토론은 사회 문제에 대해 깊게 생각해 볼 수 있는 기회를 만들어 주었다. 사회의 가치, 개인의 이념 중 어느 것을 따라야 하는 지를 선택하는 것은 현실과 이상의 갈림길 앞에서 무엇을 선택하는 가와 똑같았다. 1번 발제부터 너무 난감했었다. 과연 내가 이걸 선택하면, 그 부작용을 견딜 수 있을까? 사회의 가치에 맞게 교육을 하면 그 아이의 도덕성에 해를 끼치지 않을까? 모진 경험을 안 할 수 있을 지도 모르는데? 이런 무구한 생각들을 했다. 그러면서도 현실만을 중시하는 나에 대한 반성도 많이 했다. 앵무새라는 키워드를 토론을 통해서 접근했던 게 좋았다. 내가 생각하는 해석과 타인이 생각하는 해석이 달랐기 때문에, 내가 미처 생각하지 못했던 부분을 캐치할 수 있어서 좋았다. 이번 토론은 사회에 대한 고찰, 자기반성, 미래 세대의 차별에 대해 우리가 할 수 있는 것에 대해 생각할 수 있어서 너무 유익했다.

#10

데미안

헤르만 헤세 지음

"새는 투쟁하여 알에서 나온다. 알은 세계다. 태어나려는 자는 한 세계를 부수어야 한다."

한 소년의 성장기를 담은 헤르만 헤세의 자전적 작품이다. 열 살 무렵의 에밀 싱클레어는 삶에서 한 번쯤 마주칠 법한 성장통을 겪으며 데미안을 통해 기존의 시각에서 벗어나 자신의 진정한 모습을 발견해 나가는 법을 배우게 된다. 인간이라면 누구나 겪게 되는 성장의 한 과정은 항상 아프고 고통스럽다. 과거의 삶에서 벗어나 새로운 세상을 마주하며 그 불일치를 깨고 변화를 요구받으며 느끼는 내면의 아픔을 어루만지고 이를 벗어나는 과정을 심리학적인 깊은 분석과 함께 그려내고 있다. 예전에 한 번쯤 들어보고 읽어 보았던 책을 다시 읽고 함께 토론하며 변화된 스스로를 느끼고 변화의 방향을 가늠해 보는 기회를 가지게 되었다.

데미안

🎙 사회자 : 권소은, 김한나, 이지현

소설에는 "새는 투쟁하여 알에서 나온다. 알은 세계이다. 태어나려는 자는 하나의 세계를 깨뜨려야 한다. 새는 신에게로 날아간다. 신의 이름은 아프락사스." 라는 구절이 등장한다. 싱클레어는 데미안이 그와 크로머의 악연을 끊어주면서부터 빛의 세계를 깨뜨리고 성장을 위한 방황을 시작한다. 크로머라는 '악'으로부터 벗어나면서 오로지 자신만의 구도의 길을 걷게 된 것이다. 만약 싱클레어가 빛의 세계를 깨뜨리지 않았다면 매우 평범한 삶을 살았을 것이다. 그러나 그 세계를 깨뜨림으로써 기나긴 방황과 동시에 자신만의 세계를 얻었다. 내가 만약 싱클레어였다면, 빛의 세계를 깨뜨리며 시작되는 성장의 과정을 겪었을 것인가, 빛의 세계 속에서의 평화로운 삶을 누렸을 것인가?

김규민 제가 만약 싱클레어였다면 빛이 세계를 깨트리며 시작되는 성장의 과정을 선택했을 것입니다. 물론 빛의 세계에서 안주하며 누릴 수 있는 편안한 삶도 좋겠지만 굳이 끝까지 빛의 세계를 고집하고 싶지는 않습니다. 인간을 알 속에 있는 새에, 알을 빛의 세계라고 해 본다면 새가 알을 깨지 못하면 그 안에서 죽어버리듯이 인간도 빛의 세계에만 있을 것이 아니라 그것을 깨고 나와 다른 세상과도 마주해야 할 것입니다.

김가현 ▶ 보충하겠습니다. 책 속의 구절 "각성한 인간에게는 한 가지 의무, 즉 자기 자신을 찾고 자기 속에서 확고해지는 것, 자신의 길을 앞으로 다듬어 나아가는 것 외에는 아무런 의미도 없다."를 통해서 알 수 있듯이 진정한 자아를 찾아가는 것은 우리의 삶에서 매우 중요합니다. 그렇기 때문에 빛의 세계 속에서 평화로움을 더 누리고 싶고 빛의 세계를 깨트림으로써 겪게 될 방황과 고통이 두려울지라도 내면의 목소리에 귀 기울이고 새로운 것들에 도전하며 진정한 자기 자신을 찾아가는 것이 옳다고 생각했습니다.

김민지 ▶ 동의합니다. 빛의 세계에 있다는 것은 그 자리에서 안주함을 의미합니다. 하지만 그곳은 편안할지라도 자신을 성장시킬 수 있는 환경이 되지 못합니다. 안락함만을 추구하는 사고관에서 탈피했을 때 싱클레어는 더욱 더 성숙해지고 고차원적인 사고를 할 수 있을 것이며 이는 스스로를 객관적으로 성찰할 수 있는 능력을 갖추게 할 것입니다. 빛의 세계 안에서의 삶은 일방적 사고관으로 자신을 가둬버리고 결국은 자신을 망가뜨리는 삶일 것입니다.

하이얀 ▶ 저도 빛의 세계를 깨뜨리는 것을 택할 것입니다. 왜냐하면 안락한 현실에 안주하는 것보다 새로운 것에 도전하며 세상을 바라보는 시야를 넓히는 것이 자아를 찾는 과정에 진정으로 도움이 될 것이기 때문입니다. 소설 속 싱클레어도 그의 유복했던 유년기에 데미안을 만남으로써 자신의 내면에 데미안과 닮은 면모를 찾게 됩니다. 자신이 동경했던, 자신과는 너무나 달라보이던 그의 모습을 자신의 내면에서 발견할 수 있었던 것입니다. 싱클레어는 빛의 세계를 깨뜨리며 어둠의 세계와 그로 인한 죄책감 등을 경험하며 이 세상에 빛만이 존재하지 않음을 알게 되었습니다. 저는 이 다른 두 세계를 아는 것이 인간으로서 나아가야 할 길이라고 생각합니다.

미소정 ▶ 저는 빛의 세계에서 편안한 삶을 누릴 것입니다. 싱클레어는 빛의 세계를 깨트리고 기나긴 방황을 했습니다. 결국, 마지막에 자신의 자아를 찾을 수는 있었지만 그렇다고 해서 그가 학생의 신분일 때 저지른 술과 함께한 방탕한 나날들이 없어지는 것은 아닙니다. 자아를 찾는 과정에서 가족과 친구들을 모두 잃고 자신이 더러운 세계라 칭한 곳에 속한 사람들과 어울리며 살기도 했습니다. 그리고 처음으로 빛의 세계를 깨트릴 때 싱클레어는 내적 불안과 고통 속에서 살아야 했고 외적으로 몸이 아프기까지 했습니다. 자아를 찾는 것이 결과적으로 봤을 때는 멋지고 일생에 꼭 필요한 일일지도 모르나 싱클레어의 삶처럼 이토록 고통 속에서 방황하며 자신의 자아를 찾아야 하는지는 의문이 듭니다.

이정민 ▶ 저는 빛의 세계를 깨뜨리며 성장의 과정을 겪었을 것입니다. 소설 내 빛의 세계가 의미하는 바는 '기성'입니다. 싱클레어의 가족을 포함한 주변 대부분의 사람이 이에 큰 불만을 가지지도 않고 살아가는 모습을 보여줍니다. 그 속에서 싱클레어는 다른 시각으로 세상을 바라보며 살아가는 진보적 인간상으로 생각됩니다. 그는 틀에 갇혀있길 거부한 것입니다. 저는 바로 이러한 사람들이 세상을 바꾸어 나간다고 생각합니다. 다른 사람들의 눈에는 혼자 튀고 기존의 질서를 어지럽히는 난봉꾼으로 보일 수도 있습니다. 하지만 그는 분명히 남들보다 성장하며 새로운 길을 찾아냈을 뿐만 아니라 자신의 진정한 본질까지 찾아내었습니다. 저는 이것이 많은 사람을 더 나은 미래로 나아갈 수 있게 만드는 참된 길이라고 생각합니다.

송지원 저 또한 빛의 세계를 깨트리며 성장의 과정을 겪었을 것입니다. 일단 발제에서 보았을 때 빛의 세계를 깨트리기 전까진 평화로웠다고는 하지만 사실 그는 악을 외면한 것일 뿐입니다. 데미안과 만났을 때 악을 직면했다고 표현한 것으로 보아 그는 이미 악의 세계를 일부 알고 있었을 것이라고 볼 수 있습니다. 그리고 싱클레어가 빛을 깨트리고 나와 겪었던 기나긴 방황은 성숙을 위한 준비 단계였을 뿐이고 그는 이런 과정을 지난 후 그만의 삶을 살며 진정한 평화를 얻을 수 있었습니다.

손세희 앞선 토론자들의 의견에 동의합니다. 빛의 세계는 안정되고 평화로운 삶을 지향하는데 만약 이런 것들만 추구한다면 나 자신은 없어질 것입니다. 욕구가 있음에도 불구하고 안락함만을 추구하고 도전하지 않으면 무기력한 자신을 발견하게 될 것이고 이것이 삐뚤어진 반항으로 이어질 수도 있습니다.

김수민 성장의 과정은 누구에게나 필연적인 것입니다. 나이에 상관없이 평안하고 안락함 속에서만 거주한다면 진정한 성장을 할 수 없을 것입니다. 청소년기에 빛의 세계에만 거주하기보단 방황을 경험해 보고 이에 적절히 대응하는 법을 익히는 것이 중요하다고 생각됩니다. 이러한 준비가 되었는가에 따라 성인이 되었을 때의 삶이 좌우될 것입니다. 급변하는 세계에 유동적으로 움직이는 것도 중요하지만 자신만의 세계를 구축하여 중심이 될 신념을 가지는 것이 참된 자신의 삶을 만들어나가는 것이라고 생각합니다.

권소은 대부분의 토론자께서 알, 즉 빛의 세계를 깨트리는 것을 선택하셨는데 발언 내용 중 몇 가지를 추가로 설명해 주셨으면 하는 부분이 있습니다. 먼저 진정한 자아, 자신을 찾아야 한다고 하신 분들은 그것이 어떻게 어떤 기준으로 규명되고 정해지는지 말해주십시오. 다음으로 데미안과의 만남에서 악을 직면했다고 하시는데 오히려 '악'과 직접 대면한 것은 크로머와의 사건 때문이라고 생각이 됩니다. 데미안과의 만남에서 어떤 부분이 싱클레어를 악의 세계와 만나게 했는지 언급해 주시길 바랍니다. 마지막으로 알을 깨트려야만 성장할 수 있다고 하셨는데 빛의 세계 안에서는 성장이 이루어질 수 없는가 라는 의문이 듭니다. 왜 알을 깨트리는 것이 성장과 필연적으로 연결되는지에 대해 설명해 주십시오.

김민지 데미안에서 시8된 알을 깨드린나는 의미는 고성된 편협한 사고방식을 깨뜨리고 다각도에서 세계를 바라볼 수 있는 넓은 시야를 가진다는 의미인 것 같습니다.

권소은 그렇다면 악을 만나는 것이 편협한 사고관을 깨트리는 것입니까?

김민지 ▶ 악을 제대로 만나지 못한 사람의 경우 악에 대해 잘 알지 못할 것입니다. 그것에 대해 획일적 사고관을 가진다는 것이죠. 악을 만남으로써 악을 본질에 대해 어느 정도 깨우치게 되고 그것을 자신의 경험과 연결해 한 단계 더 성장할 수 있다고 봅니다.

권소은 ▶ 악의 본질에 대해 어느 정도 경험하고 인지해야 한다는 점은 저도 동의합니다. 하지만 이소정 토론자께서 언급했듯이 싱클레어는 그것에서 그치지 않고 정상적 학교생활에 문제가 생길 정도로 더 깊은 악으로 빠져들었습니다. 그 정도가 지나치면 도리어 성장에 방해가 되는 결과를 발생시킬 수 있다는 것을 간과하신 것 같습니다.

이정민 ▶ 싱클레어가 악을 직면한 후 자신도 혼란기를 겪었던 것은 당연했던 것이라고 봅니다. 청소년기에 그의 주위에는 빛의 세계 속에서만 살아왔던 사람들이 대부분이었기 때문에 악에 어떻게 대처해야 하는지 가르쳐 줄 사람이 없었다고 봅니다. 후에 다시 데미안을 만났을 때 그와의 교류를 통해 비로소 성숙해 자신만의 가치관을 구축할 수 있었던 것입니다.

권소은 ▶ 데미안과의 만남은 악을 대면한 것이 아니라 그의 사고에 영향을 받으며 상호 간 교류를 한 것입니다. 알을 깨는 것, 데미안과 만난 것, 악을 대면한 것을 다 연결해 보기는 힘들다고 생각합니다.

이정민 ▶ 싱클레어가 크로머와의 사건으로 악의 세계를 직접 경험하게 되었고 이 사건으로 인해 데미안을 만나 기존의 사고에서 벗어나기 시작했고 이 과정을 알을 깨는 것으로 봐야 할 것 같습니다.

권소은 ▶ 궁극적으로는 사고를 넓히는 게 알을 깨는 것이라고 볼 수 있는데 꼭 그 수단이 악이어야만 할까요?

김민지 ▶ 꼭 빛과 악의 대립이 필요하다기보단 자신이 기존에 가지고 있던 사고와 반대되는 것과의 접촉이 필요하다고 보는게 맞을 것 같습니다. 이 책의 경우 그 기존에 있던 것이 빛의 세계고 반대되는 것이 악의 세계로 표현되었다고 보면 되지 않을까요.

권소은 ▶ 제가 말하는 바는 꼭 악을 만났어야 했냐는 것입니다. 빛의 세계 안에서도 충분히 다양한 관점의 사고를 할 수 있을 기회, 사고를 확장시켜 줄 사람들이 있을 것입니다. '악' 자체가 시련과 고난이라고 볼 수는 없습니다. 빛의 세계에 거주하는 상태에서도 어려움은 있을 수 있을 것이고 그 어려움이 빛을 세계를 벗어남과 필연적 관계가 없다고 생각합니다.

하미얀 ▶ 선의 세계에서 성장하기 위해, 그 세계를 지키겠다는 생각을 가지고 살아가기 위해서는 다른 세계가 있다는 것을 알아야 한다고 생각합니다. 데미안이라는 단어 자체가 악마를 뜻하는데 책 내용을 봤을 땐 데미안이 악 자체를 상징하는 것도 아니고 데미안이 악을 주입하지도 않습니다. 데미안은 매개체 같은 역할을 하면서 싱클레어에게 선택의 폭을 넓혀줬다고 생각합니다. 카인과 아벨의 이야기를 통해 싱클레어가 이제까지 가지고 있던 선의 기준에 대해 다시 생각해보게 하고 악의 개념 자체가 정해져 있지 않다는 유연한 사고를 하게 해 준 것입니다. 결과적으로 데미안은 악과 선을 바라보는 싱클레어의 시야를 확장했다고 볼 수 있을 것 같습니다.

권소은 ▶ 앞선 토론자께선 데미안이 악을 아는 것에 도움을 줬다고 말씀하신 것 같습니다. 악을 아는 것과 경험하는 것에는 분명히 차이가 있습니다. 데미안은 말로써 선악에 대해 더 잘 "알게 해준 것"이지 싱클레어가 악을 "경험"하는 것에 관여했다고 보긴 어렵습니다. 악을 "아는" 것은 빛의 세계에서도 가능한 일입니다. 앎만으로도 성장은 가능하다고 봅니다. 자신을 악 속에 담그는 "경험"은 오히려 너무 나가 아무리 열린 사고와 객관적 기준에서 봤을 때도 하면 안 되는 타락에 빠질 수도 있기에 "경험"이 꼭 필요한 것일지 의문이 듭니다.

김민지 ▶ 책의 초반에 보면 싱클레어는 사고가 확립되어 있지 않고 주변의 사람들의 영향을 많이 받는 모습을 보여줍니다. 이 상황에서 그는 악이라는 것을 들어 알았지만, 정확히 그것을 어떻게 받아들여야 할지 확립하지 못했습니다. 이같이 기준이 확고하지 못한 사람들은 확실한 자극, 즉 경험을 통해 자신의 가치관을 확립해야 한다고 생각합니다.

권소은 ▶ 저는 초반에 싱클레어의 사고는 거의 백지상태였다고 봅니다. 선과 악, 세계에 대한 어느 것도 확실히 성립되어 있지 않은 상태인 것이죠. 그런 상태에서 데미안이라는 너무나도 큰 자극과 마주하게 됩니다. 책의 마지막 부분에 자신이 데미안과 동일시 되었다는 그런 뉘앙스로 끝이 나는데 저는 이것이 진정한 자신을 찾은 것이라고 볼 수 없다고 생각합니다. 어릴 적 데미안이라는 큰 자극은 그저 동경의 대상이었고 다른 자극들이 들어올 때마다 그것들을 판단하는 기준은 은연중에 데미안이 되었을 것입니다. 데미안과의 만남이 여러 가치관과 환경을 만나고 이들을 주체적으로 선택해 나가는 것으로부터 막은 것이 아닐까요.

하이안 저는 데미안이 작가가 생각하는 완전한 인간의 모습으로도 볼 수 있다고 생각합니다. 데미안은 나이가 많지 않음에도 불구하고 선과 악에 대해 주체적으로 판단하고 자신만의 세계관을 구축하는 모습을 보여줍니다. 즉, 세상을 자신의 관점으로 바라볼 수 있는 능력이 있는 인간인 것이죠. 싱클레어도 이런 모습을 닮아가길 원했을 것입니다. 데미안 자체의 사고를 그대로 가지는 것이 아니라 그가 세상을 주체적으로 바라보는 능력을 갖추길 원했고 여러 시련을 겪으면서 그런 능력을 갖추게 된 것을 '나는 데미안이 되었다.'라는 식으로 책에 표현한 것 같습니다.

[발제 2]

싱클레어는 한동안 데미안과 만나지 못하면서 자기 생각을 진정으로 나누고 이해할 만할 사람을 찾지 못해 방황했었다. 그러는 중 피스트리우스라는 오르간 연주자를 만나게 되고 그들은 서로의 이야기를 들어주며 친분을 쌓게 된다. 싱클레어는 여러 방면에서 마음이 통하고 데미안처럼 자신의 궁금한 점들에 대한 대답을 주는 피스트리우스를 의지하고 따르게 된다. 하지만 시간이 흐름에 따라 피스트리우스를 무조건 자신의 마음의 지도자로 받아들이는 것에 대한 반감이 생기게 된다. 이런 감정이 결국 어느 날 터지게 되고 그의 이야기를 곰팡이가 슬었다고 표현하며 그들의 관계는 끝나게 된다. 싱클레어는 자신이 한 말에 곧장 후회를 하지만 피스트리우스는 오히려 이를 받아들이며 자신의 한계를 인정해버린다. 여기서 싱클레어가 피스트리우스를 떠난 이유는 정말 피스트리우스의 약점을 파악하고 이것이 옳지 못하다고 생각해서였을까 아니면 그가 옳다고 생각함에도 불구하고 단지 그의 틀에 갇히는 것이 싫어서였을까?

김규민 ➤ 싱클레어가 피스트리우스에게 "당신의 생각은 곰팡이가 슬었어요. 너무 진부해요"라고 한 뒤 바로 태도를 바꾸어 미안하다고, 실수라고 사과하는 부분이 책에 묘사되어 있습니다. 저는 이 부분을 보고 싱클레어는 실제 피스트리우스의 약점이나 꼬투리를 잡아 비판한 것이 아니라, 이제 피스트리우스의 틀에서 벗어나고 싶은 마음이 표출된 것이라고 보았습니다. 그는 항상 데미안을 우상시하며 섬기고 따라가려 했기에 피스트리우스가 데미안 같은 존재가 될 수 없음을 깨닫고 그에게서 벗어나려 한 것 같습니다.

손세희 ➤ 보충하겠습니다. 피스트리우스를 만나기 전 싱클레어는 아프락사스라는 존재를 알게 되고 빛과 어둠의 공존, 선신과 악신을 깨닫고, 이와 더불어 데미안의 편지를 받음으로써 자기 자신의 내면, 자아에 대해 생각해보게 됩니다. 자신의 자아, 즉 진정한 자신을 찾고 싶은 욕구가 생겼을 것이고 이는 과거의 남에게 의존했던 습관에서 탈피하고 싶은 마음으로 연결되었을 것입니다. 이러한 전반적 상황에서 남이 자신에게 뭐라고 꾸짖거나 지적한다면 그것을 그대로 받아들이기보단 일단 자신에 초점을 맞추어 그것에 반하는 태도를 보였을 것입니다.

김가현 앞의 두 토론자의 말씀에 동의합니다. 우선 지문에 나와 있듯이 피스트리우스의 이야기를 곰팡이가 슬었다고 표현하며 관계를 끝낸 후 싱클레어는 자신의 행동에 대해 후회하는 태도를 보입니다. 하지만 그럼에도 불구하고 그는 결국 피스트리우스를 떠나가게 됩니다. 결국 싱클레어는 자신의 자아를 형성하는 과정에서 '피스트리우스'라는 사람의 가치관에 정착해 버린다면 자아를 찾기는커녕 또 다른 틀에 갇히는 것에 불과하다고 판단했다는 것이죠.

하이얀 저 또한 같은 생각입니다. 싱클레어는 초기에는 피스트리우스의 말이 무조건 옳다고 생각했으나 시간이 지남에 따라 그는 그것이 어딘가 잘못됐다는 것을 느끼기 시작합니다. 크나우어라는 친구가 조언을 구하자 "이런 건 서로 도울 수 있는 문제가 아니야. 나를 도와준 사람도 없었어. 그냥 너 자신에 대해 스스로 깊이 생각해봐. 다른 해결책은 없어."라고 말하기도 했지요. 이처럼 그는 크나우어와의 교류에서 피스트리우스와 비슷한 조언자의 위치에 서 있는 자신을 발견했습니다. 결국, 자신이 크나우어에게 아무런 도움을 줄 수 없다는 사실을 깨달음과 동시에 그는 피스트리우스도 자신에게 궁극적으로는 아무런 도움이 되지 못한다는 것을 깨달은 것입니다.

송지원 ▶ 저도 싱클레어의 행동 이유는 피스트리우스가 옳음에도 불구하고 거기에 갇히는 것을 피하기 위해서라고 생각합니다. 그들 간의 대화에서 싱클레어는 피스트리우스와의 교류가 자신의 내면의 무엇인가를 만들어가는 데 도움이 되고 있다고 느꼈고 또 이로 인해 그의 이야기가 옳다고 생각했을 것입니다. 이외에도 그에게 상담하며 조언을 구하고 그가 하는 대부분 말에 동의하는 모습을 보입니다. 저는 싱클레어가 점점 피스트리우스와 더욱 더 가까워 지면서 그가 자신에 대해 너무 많은 것을 알아가는 것 같은 느낌이 들어 그에게서 의도적으로 벗어났다고 생각합니다.

이정민 ▶ 싱클레어는 피스트리우스의 말 속에서 완벽한 옳고 그름을 가려내지 못했다고 생각합니다. 싱클레어는 아직 성장 단계에 있었고 너무나도 많은 정보가 그에게 들어오고 있었습니다. 저는 싱클레어가 초기에 피스트리우스에게 접근한 이유는 단지 그의 이야기가 흥미를 돋우었기 때문이라고 생각합니다. 즉, 처음엔 그저 새로운 이야기에 끌려 그와의 교류를 이어가다가 생각이 더 자란 뒤에는 그에게서 더 찾아낼 것이 없다고 판단하여 그를 떠난 것 같습니다. 나중에 싱클레어는 그에게서 얻었던 사상적 부분들을 자신의 사상에 응용하는 모습을 보이기도 하지요.

이소점 ▶ 피스트리우스는 퇴보적 탐구자이면서도 낭만주의자로, 자신이 아름답고 신성한 것에 얽매여 있는 것이 자신의 약점이라고 스스로 인정했고, 이 과정은 싱클레어가 그에게 그것을 말함으로써 드러났다고 생각합니다. 결국, 싱클레어는 피스트리우스의 약점을 발견하고 그를 떠나간 것이죠.

김민지 ▶ 싱클레어는 성장하면서 여러 사상과 지식을 접해왔습니다. 피스트리우스도 그저 자신을 스쳐 지나가는 한 부분이라고 생각해 그를 떠난 것이라고 생각하는 바입니다.

권소은 ▶ 그렇다면 앞의 토론자는 싱클레어가 피스트리우스를 옳다고 생각했다고 보았나요, 아니면 옳지 않다고 생각했다고 보았나요?

김민지 ▶ 저는 그가 피스트리우스의 사상이 옳음은 인정했지만, 자신이 구축해가고 있는 생각, 관점과는 다르다고 판단해 그를 떠났다고 보았습니다.

권소은 ▶ 저는 이 발제를 좀 다른 방향에서 보면 좋을 것 같다고 생각합니다. 대부분의 토론자가 단지 틀에 박히는 것이 싫어서 피스트리우스를 떠났다고 하시는데 책에서도 나와 있듯이 피스트리우스도 자기 자신의 한계점, 즉 자신의 사상이 남에게는 도움이 될지언정 자신에게는 실질적 도움을 주지 못한다는 것을 스스로 깨달았습니다. 또한, 싱클레어가 자신이 한 언행에 대해서 후회했음에도 불구하고 다시 그에게 돌아가지 않은 것으로 보았을 때 충분히 피스트리우스의 사상의 오류가 싱클레어가 그를 떠나는 주요한 이유가 될 수 있다고 생각합니다.

김규민 ▶ 저는 시기를 나누어서 봐야 한다고 봅니다. 싱클레어는 처음에 피스트리우스의 새로운 사상에 매료되었고 그를 옳다고 보았을 것입니다. 하지만 어쩌다가 입 밖에 나온 말로 인해 그의 약점과 허점을 발견하고 떠난 것 같습니다.

권소은 ▶ 저는 마지막 선택이 중요하다고 보기 때문에 싱클레어가 떠난 궁극적 이유는 그의 옳지 못함을 발견했기 때문이라고 생각합니다.

이정민 ▶ 어떻게 보면 단순히 그들 간의 다툼 그 자체가 그들의 관계를 틀어지게 하고 싱클레어가 떠난 이유가 될 수도 있을 것 같습니다.

발제 3

싱클레어는 어릴 적 데미안과의 만남 이후로 데미안과 여러 해 동안 접촉하지 못하였다가 어른이 다 돼갈 즈음에 길에서 우연히 데미안을 만나게 된다. 이후 데미안의 집을 방문하게 되는데 첫 방문에서 데미안의 어머니를 대면하는 순간 싱클레어는 표현하기 힘들 정도의 벅찬 감정을 느끼게 된다. 그 후로 싱클레어는 데미안의 어머니에게서 때로는 여신의, 때로는 어머니의, 때로는 연인의 감정을 느끼며 혼란을 겪는다. 이런 그에게 데미안의 어머니는 별을 사랑한 청년의 이야기를 해준다. 별을 너무나 사랑한 나머지 별을 향하여 몸을 던지게 되고 '이루어질 수 없는 사랑이구나. 불가능한 것이었구나.'라는 것을 그제야 깨닫지만 이미 때는 늦어 몸은 암석 위로 떨어져 박살이 나버린다. 이는 이루어질 수 없는 것을 바라본 사람의 비극적 결말을 보여준다. 하지만 우리는 이 청년처럼 삶 속에서 현실적으로 실현 불가하지만 정말 그것이 없어지면 생활에 지장이 있을 정도로 바라는 무엇인가를 가지고 있을 때도 있다. 그렇다면 이런 불가능한 이상을 가지고 그것을 연모하는 것이 우리에게 긍정적인 영향이 더 클까? 부정적인 영향이 더 클까?

배민주 ▶ 저는 부정적인 영향이 더 크다고 생각합니다. 불가능한 망상을 하면서 살아간다면, 현실을 깨닫지 못하고 살아가다가 이상에서 깨어날 때 타격이 클 것 같습니다. 불가능한 이상을 현실의 삶에서도 따라가다가 본인은 안 된다는 것을 체감하면서 좌절과 절망감을 느낄 수 있습니다. 따라서 저는 불가능한 이상을 가지고 연모하는 것은 부정적인 영향이 더 크다고 생각합니다.

김효윤 ▶ 앞선 토론자의 의견에 동의합니다. 불가능한 이상을 가지고 그것을 연모하는 것이 자신의 내면이나 자아의 발전 및 안정화, 지향하는 바를 이루기 위한 동기부여나 앞으로의 계획 제시 등의 도움을 줄 수는 있습니다. 하지만 윤리적으로 보았을 때 그 상대가 이루어져서는 안 되는 것일 때는 큰 문제를 일으킬 수 있다고 생각합니다. 또한, 그 불가능한 이상을 이루지 못하였을 때 크게 좌절하며 절망감을 느끼거나 과도한 선망으로 죽음을 맞이할 수도 있습니다. 이에 대한 예시로는 발제에 나와 있는 '별을 향해 몸을 넣쳐 암석에 박살이 난다.'는 이야기를 들 수 있습니다. 그래서 저는 부정적인 영향이 더 크다고 생각합니다.

강은서 ▶ 보충하겠습니다. 앞선 토론자가 언급했듯이 불가능한 이상이 삶에 동기를 부여하는 등 긍정적인 영향을 주는 것은 사실입니다. 그러나 데미안의 어머니가 해준 이야기에서처럼 불가능한 이상을 가지고 그것에 집착하는 사람의 끝은 비극적입니다. 끝이 비극적일 수밖에 없다는 것은 어떤 긍정적인 영향도 부정적인 영향, 즉 비극적 결말보다 클 수 없음을 의미합니다. 불가능한 이상은 결국 그 사람을 불행하게 하므로 부정적인 영향이 더 크다고 봅니다.

윤희정 ▶ 앞선 토론자들의 의견에 반박하겠습니다. 고대의 한 철학자는 "인간은 풍요의 신과 부족의 여신 사이에서 태어났다. 그래서 늘 부족한 상태에서도 항상 아버지의 완전함을 추구한다"는 주장을 펼쳤습니다. 즉 인간은 완벽을 추구하며, 이는 전혀 이상한 점이 없고 오히려 당연하다는 말입니다. 불가능한 이상을 가지고 그것을 연모하는 것이 우리에게 어떤 영향을 끼칠지는 개인마다 다를 수 있지만, 대부분은 긍정적인 영향을 끼친다고 생각합니다. 항상 도달하기 힘든 이상을 품고 연모하면서 많은 시련을 겪는 것은 당연한 일입니다. 그 시련과 고난 속에서 깨달음을 얻고 정신적으로 성숙해지면, 결국 더 나은 사람이 될 수 있다고 생각합니다.

장지영 ▶ 무엇을 더 중점적으로 여기냐에 따라 다르겠지만 저는 부정적인 영향이 더 많다고 생각합니다. 물론 꿈이란 크게 가지는 것이 좋습니다. 하지만 그것을 이루어 가는 길은 매우 허망하고 공허하게 느껴집니다. 이미 불가능하다는 것을 머릿속으로는 알고 있기 때문입니다. 불가능하다는 것을 이미 알고 있지만, 막상 실제로 그 벽에 부딪힌 후에는 좌절감, 패망함을 느끼게 될 텐데, 그렇게 되면 그것이 자신의 한계라는 생각에 하던 일도 잘 안 될 것 같습니다. 따라서 저는 불가능한 이상을 가지는 것은 부정적 영향이 더 크다고 생각합니다.

하채운 ▶ 반박하겠습니다. 제3자의 눈으로 봤을 때는 분명히 부정적이지만 당사자의 입장으로서는 그런 이상을 가지고 살다가 비극적 결말을 마주하는 것과 지향하는 것 없이 무기력하게 사는 것의 차이는 크게 없을 것 같습니다. 오히려 자기가 연모하는 것을 바랄 수 있고 꿈꿀 수 있고 그것으로 인해 위로받을 수 있을 때 인간은 좀 더 완전하다고 생각합니다. 연모하는 이상이 있든지 없든지 결말은 우리에게 어떤 식으로든 다가오고 그것이 비극일지 아닐지는 누구도 알 수 없습니다. 어차피 마주할 결말이라면, 자신이 진정으로 연모하는 것을 바라보다가 마주하는 결말이 조금 더 아름답다고 봅니다.

장윤서 ▶ 저는 부정적인 영향이 그 연모의 정도에 비례하는 것 같습니다. 연모의 정도가 동경에 더 가깝다면 그 대상을 바라보며 미래를 좋은 방향으로 이끌어나갈 수 있을 것입니다. 그 대상과 조금이라도 더 닮기 위해 노력할 것이고 이는 곧 자기 발전과 관련되어 긍정적인 영향으로 돌아오게 돼 있습니다. 하지만 그 대상을 보면 좋아 미칠 정도, 또는 평상시에도 그 사람의 생각이 나서 일생생활에까지 지장을 준다면 좋아하지 않는 것이 더 나을 정도로 힘들 수도 있습니다. 미래뿐만 아니라 현재까지도 뺏기게 된다면 이는 결코 긍정적인 영향이라고 말할 수 없습니다. 따라서 저는 그 정도를 잘 조절하여 연모한다면 자신에게 충분히 도움이 될 것 같습니다.

싱클레어는 에바 부인에게 연모의 감정을 느낌과 동시에 구도의 길의 방향을 안내받는다. 싱클레어는 에바 부인을 마치 연인과 같이 사랑하기도 하고, 범접할 수 없는 존재로 우러러보기도 하고, 삶을 배우며 의지하기도 한다. 이를 미루어 보았을 때, 싱클레어에게 에바 부인은 연인에 가까운가, 어머니에 가까운가?

이소미 ▶ 연인은 단순히 그 사람에 대해서 연모, 사랑만의 느낌이 드는 상대가 아니라고 생각합니다. 때로는 나를 이끌어주는 지도자처럼 느껴질 때도 있고 내가 존중하고 소중히 여겨서 그 사람을 범접할 수 없는 존재로 여기기도 합니다. 싱클레어도 이와 유사합니다. 그 사람을 사랑하고 연모하면서도 그 사람의 자상한 모습에 엄마 같다고 느낄 수도 있고, 그 사람을 우러러볼 수도 있다고 생각합니다. 꼭 이것을 어머니라고만 생각하는 것은 고정관념이라고 생각합니다.

신지원 ▶ 저도 앞선 토론자와 동일한 의견입니다. 싱클레어에게 에바 부인이 연인이 아닌 어머니 같은 존재였다면 단순히 배울 것이 많은 존경스러운 사람으로만 느껴졌을 것인데 싱클레어는 에바 부인을 안고 싶다는 욕망을 갖기도 했고, 꿈에서 에바 부인과 결합을 상상하기도 하면서 연인을 향한 연모의 감정을 느낍니다. 에바 부인이 싱클레어에게 여러 가지를 가르쳐준 것은 어머니가 하는 행동이지만 싱클레어가 그렇다고 에바 부인을 어머니로 본 것은 아닙니다.

이세비 ▶ 저는 반대로 에바 부인이 싱클레어에게 어머니에 더 가깝다고 생각합니다. 물론 싱클레어가 에바 부인에게 연인의 감정을 가졌을 수는 있지만 오히려 연인보다는 글을 읽어보면 동경에 가까운 감정을 가지는 것처럼 보입니다. 어머니 같은 존재로서 존경하는 것을 연인으로 좋아한다고 착각하는 것으로 생각합니다. 또한 보통 어머니가 올바른 길로 인도해주는 역할을 하므로 저는 에바 부인이 싱클레어에게 어머니에 더 가깝다고 생각합니다.

채지원 ▶ 저도 싱클레어에게 에바 부인은 어머니에 더 가깝다고 생각합니다. 싱클레어는 그전에도 계속 친모에게 거부감을 느끼고 가정에서 나와 방황의 길을 걷게 되는데 그때 에바 부인이 삶의 방향을 잡아줍니다. 사랑의 관계라면 자신의 목숨을 바칠 수 있을 정도가 되어야 하는데 싱클레어는 그런 연인의 사랑이 아닌 어머니의 사랑을 한 것으로 생각합니다.

김나현 ▶ 이세비 토론자에게 질문하겠습니다. 어머니의 역할이 삶의 방향을 제시해주는 것이라서 싱클레어에게 에바 부인이 어머니에게 가깝다고 생각한다고 말씀하셨는데 연인 사이에서도 그것은 가능하지 않은가요?

이세비 ▶ 제가 생각하기에 이 책을 읽으면서 가장 이해가 되지 않았던 부분이기도 한 것이, 에바 부인 자체가 친구의 어머니이기에 부적절한 관계라고 생각을 해서 연인과는 다른 차원에 있다고 생각하고 에바 부인이 싱클레어가 성숙함을 기를 수 있도록 도와줬기에 어머니에 가깝다고 생각합니다.

채지원 ▶ 저는 어머니에 가깝다고 생각하지만, 싱클레어가 에바 부인에게 연인의 감정을 가졌을 수는 있다고 생각합니다. 하지만 그것은 싱클레어가 그런 감정을 가진 것뿐이지 둘이 연인 관계는 아니라고 생각합니다.

이지현 ▶ 이세비 토론자는 이들의 관계가 불륜이기 때문에 연인관계가 성립될 수 없다고 생각하는 것인가요?

이세비 ▶ 실제로 현실적인 부분이랑 싱클레어 자신이 혼자 에바 부인에게 느끼는 감정은 다르다고 생각합니다.

이나영 ▶ 데미안 이 책을 읽어보면 에바 부인은 별을 사랑한 젊은 남자의 이야기를 하면서 '네가 나에게 좀 더 마음을 표현해라.'라고 말했다고 나와 있습니다.

신지원 ▶ 여기에서 에바 부인이 '언젠가 내가 아니라 당신의 사랑이 나를 끌면 내가 갈 겁니다.'라고 말하는 것을 보면 에바 부인이 싱클레어에게 연인의 감정이 있었던 것 같습니다.

채지원 ▶ 하지만 에바 부인이 싱클레어에게 별을 따려다가 죽은 청년의 이야기를 한 것을 보면 싱클레어에게 '불가능한 나를 꿈꾸다가 너도 이렇게 될 것이다.'라고 말한 것이 아닐까요?

신지원 그런데 에바 부인이 싱클레어에게 하는 말을 보면 싱클레어가 에바 부인과 함께 한 꿈에 관해서 이야기 한 것에 그 꿈을 실현하라고 한 것을 보면 '불가능하다.'라고 생각하는 것 같지는 않습니다.

윤혜정 싱클레어가 사랑을 느낀 것은 그저 감정의 착각이라 생각됩니다. 제 주변에도 사랑이라 생각하고 만났다가 알고 보니 그저 친구로서의 감정을 착각한 것이라 다시 친구로 돌아온 경우가 있습니다. 이에 저는 싱클레어가 존경심을 잠시 사랑이라 착각한 것이라고 여겼고 길을 안내받는 것은 어머니에게 충분히 받을 수 있기에 저는 어머니에 가깝다고 생각합니다.

채지원 발제에서 나온 별을 따는 청년의 이야기를 에바 부인이 싱클레어에게 왜 해줬다고 생각하는지 궁금합니다.

신지원 에바 부인이 별을 따려던 청년의 이야기를 할 때는 불가능하다고 생각했지만, 뒤에 꿈을 실현하라고 한 것을 보면 연인으로서의 마음이 열린 것 같습니다.

이나영 남자가 아무런 준비를 하지 않고 별을 따려다가 죽었는데 그 이야기를 해서 준비를 하고 자신에게 다가오라는 이야기를 하고 싶었던 것이 아닐까요?

이지현 상대방이 한 말을 어떻게 해석하느냐에 따라서 연인으로 보일 수도 있고 어머니로도 보일 수 있는 것 같습니다.

이소정 사실 이 책은 내용이 매우 어려웠다. 철학적인 부분과 종교적인 부분이 많이 섞여 있었고, 또한 인간의 자아에 대한 탐구가 주된 내용이었기에 쉽게 와닿지 않았다. 그래서 쉽게 이해가 안 되는 부분을 두 세 번씩 읽게 되었고, 그로 인해 깊은 여운이 남았다. 토론한 지 한참이 지난 지금 토론 후기를 쓰는데도 책의 부분 부분의 내용이 내 머릿속을 떠나지 않는 이유이다. 토론 내용 중에서는 데미안의 어머니인 에바 부인에 대한 토론이 가장 기억에 남는다. 데미안의 어머니에 대한 토론에서 토론 주제는 에바 부인과 싱클레어는 연인에 가까울 지 어머니에 가까울 지였는데, 나는 에바 부인을 성숙한 자아라고 보았다. 이런 내 생각은 싱클레어가 자신이 사랑했던 여자를 그리는 장면에서 확고해졌는데, 싱클레어는 그 여자를 그리다 그 그림이 자신과 닮았다고 느꼈고, 나중에는 그 그림이 자신의 우상과 가까웠던, 어쩌면 멀고, 어쩌면 가까운 데미안이라고 느끼면서 데미안과의 동질감을 느낀다. 그러던 중 에바 부인을 만나면서 그 그림은 사실 에바 부인이었다면서 그 그림에 대한 궁금증을 해소한다. 싱클레어와 데미안이 동일시 되는 부분에서 데미안은 사실 싱클레어가 찾던 자아임을 알게 되었고, 책 속에서 성숙하고 거의 성인의 모습으로 그려지는 데미안보다도 더 완벽하게 그려지는 에바부인은 데미안 보다 한층 더 성숙한 자아라고 느끼게 되었다. 그렇기에 싱클레어는 자신이 그토록 찾던 자아를 찾았음에 행복해하고 사랑의 감정을 느낀 것으로 생각한다. 이 책은 여러 번 읽었음에도 아직 완벽하게 이해하기가 힘들었다. 그렇기에 내 자아에 대해 깊은 생각을 해 보고 나 자신이 더 성숙해진 다음 이 책을 한 번 더 읽어보고 싶다.

강은서 ▶ 초등학교 고학년 때부터 들어온 책이고, 또 워낙 유명한 책이라 전에 한 번 읽어본 적이 있었다. 그땐 분명 내 나름의 기준으로 책을 해석하고 받아들였던 것 같은데 이번에 읽어 보니까 하나도 이해가 안 됐다. 한 사람이 성장해 가는 과정, 그러니까 기존의 선에 대비되는 악과 만나며 벌어지는 상황들을 보며 선에 머물러 있는 것이 진정 옳은 일인지에 대해 생각해 보게 되었다. 평소에는 아무 생각 없이 어른들이 시키는 일을 다 하고, 나쁜 사람들을 상대하지 않기만 하면 착하게 사는 것으로 생각했는데 이 책을 읽으면서 생각이 조금 바뀌었다. 선에 머물러 있으면 그게 선인지 깨닫지 못한다. 악을 경험해 봄으로써 자신이 알고 있던 세계가 '빛의 세계'가 맞는지 스스로 판단해볼 필요가 있다고 생각한다. 이런 이야기를 나누며 북한에 사는 사람들이 생각났다. 자기들은 선의 세계에서 잘살고 있다고 믿겠지만, 다른 국가들을 보고 알게 된다면 그들은 매우 비참한 삶을 살고 있다는 것을 깨달을 것이다. 하지만 바깥 세계를 경험하지 않는다면 그들에게 발전은 없을 것이라고 본다. 그래서 나는 하나에 머무르는 것이 나쁘다고 본다. 나름대로 생각이 가지가지 뻗어 말은 했지만 내 독서 능력이 많이 부족하다는 사실을 나시금 깨달았다.

김효윤 ▶ 데미안이라는 책은 싱클레어가 자신의 본모습 즉 자아를 숨기고 있던 상태에서 데미안을 통해 안주할 수 있었지만, 자신이 아니었던 공간인 빛의 세계를 깨고 나와 방황하고 고난을 겪는 일들로 진행되었다. 책 내용 중 이 부분에 있어서 "나라면 빛의 세계를 깨고 나와 방황의 시간을 가지겠냐?"라는 발제 2번이 가장 기억에 남았다. 이 발제에 대한 내 생각은 빛의 세계를 깨고 나와 내 진짜 모습을 찾는다는 것이었다. 나는 안주할 수 있고 평온해 보이는 빛의 세계라는 공간에 있다 할지라도 과연 그곳에서의 내가 진짜 편안할 수 있겠느냐는 고민이 들었다. 겉으로 드러나지는 않지만 항상 가족의 기대치에 맞게 행동하고 거짓말로 가득 찬 삶에서의 나는 살아도 사는 것 같지 않고 특히 나를 위한 삶이 아닌 다른 사람을 위해 사는 것 같다고 생각했기 때문이다. 또한, 그 빛의 세계 밖은 방황하는 곳 일지라도 내 삶을 살 수 있는 공간이기도 하기 때문이다. 이 토론을 통해 나는 현재 나를 위해 삶을 살고 있는지 아니면 다른 사람들을 위해 삶을 살고 있는지 다시 한번 고민해보게 되는 계기가 되었던 것 같다. 또한, 만약 남을 위해 사는 삶이라면 나도 현실에서 싱클레어처럼 그 빛의 세계를 깨고 나올 수 있으면 좋겠다는 생각을 했다.

#11
미쓰윤의 알바일지

윤이나 지음

'88만원 세대', '이태백', '삼포세대'…. 이 땅의 청춘을 나타내는 각종 우울한 단어들을 들어본 적이 있는가? 이 책은 현재 청년들이 처한 현실을 고스란히 보여주는 주인공의 삶을 통해 이 세대에게 희망이 있는지를 반문하고 있다. 주인공 '미쓰윤'은 이 땅에서의 살아가기가 어려워 지자 새로운 기회의 땅 호주로 가서 더 나은 삶을 도모하려는 시도를 하게 된다. 가능성의 씨앗을 뿌리 내리기 위해 스스로 치열하게 살아나고자 노력하는 '미쓰 윤'의 처절한 생존기를 통해 몇 년 뒤 '미쓰 윤'이 되어 있을 우리를 그려보고, 우리의 눈 앞에 펼쳐질 사회에 대해 냉정한 분석과 성찰을 시도해 보았다.

미쓰윤의 알바일지

🎙️ 사회자 : 배민주, 이지현, 하채운

┌─────────┐
│ 발제 1 │
└─────────┘

미쓰윤의 알바일지에서 윤이나는 워킹 홀리데이(만 18세~30세까지 해외에 나가 일을 해서 합법적으로 돈을 벌 수 있는 비자)를 이용해 호주로 떠난다. 그러나 윤이나의 지인들은 나이 때문에 워킹 홀리데이를 이용하지 못 하는데, 여기서 워킹 홀리데이를 이용할 수 있는 나이를 제한한 것이 맞는 정책일까? 아니면 나이 제한을 두지 않고 누구나 돈을 벌게끔 기회를 주어야 할까?

하이얀 ▶ 워킹 홀리데이를 이용하는 당사자 입장에서는 현지에서 각종 아르바이트를 통한 수익으로 여행과 현지 문화를 체험하며 외국어 공부도 할 수 있는 기회인데 이것을 단지 30세 이상이라고 해서 이런 기회를 가지지 못 하는 것은 불공평하다고 생각합니다.

이정민 ▶ 앞선 토론자의 의견에 보충하겠습니다. 현대 사회에서 사람들은 서로 살아남고 다재다능한 인적자원이 되기 위해 고군분투하고 있는데 워킹 홀리데이는 이런 사람들에게 유용한 기회라고 생각합니다. 타국에서의 배움과 경험은 사람들에게 더 다양한 길을 제시해 고국으로 돌아온 사람들에게 스펙이 되고, 남아있는 사람들에겐 결정에 대한 큰 토대를 마련할 것입니다. 따라서 제한이 30세까지인 것은 합당하지 못한 정책이라고 생각합니다.

이소정 만 18세 이상으로 나이를 제한하는 것은 옳지만 30세 이상으로 제한하는 것은 옳지 않다고 생각합니다. 먼저 만 18세 이하는 미성년자입니다. 미성년자가 부모의 도움없이 해외에 체류하는 데에는 많은 어려움이 따르고 학업과 알바를 병행하는 데 어려움이 따를 것이기 때문입니다. 그래서 충분히 준비를 한 후 자립적으로 생활이 가능한 성인이 되었을 때 이용하는 것이 맞다고 봅니다. 하지만 30세 이상의 나이제한은 워킹 홀리데이의 취지를 생각해 보았을 때 굳이 나이제한이 필요한지 의문이며 현재 호주에서는 나이제한을 30세에서 35세로 늘릴 전망인 것으로 보아 나이 연장의 필요성이 느껴집니다.

신지원 저는 앞선 토론자들과 반대 의견입니다. 워킹 홀리데이의 본 목적은 일하고(Working) 여가를 즐기는 것(Holiday)인데 나이 제한을 두지 않으면 본 목적과 관계없이 다른 목적을 위해 쓰일 가능성이 농후하기 때문에 나이 제한을 두는 것이 옳다고 생각합니다.

장윤서 저 또한 같은 생각입니다. 비자 없이 해외에 취직하는 것이 아니라 젊은이들에 미지의 세계를 탐구할 기회를 주는 것입니다. 즉, 윤이나의 지인들이 워킹 홀리데이를 잘못된 목적으로 쓰이고 있는 것으로 저 또한 나이 제한을 두는 것이 옳다 생각합니다.

윤희정 앞선 토론자의 의견에 보충하겠습니다. 만약 나이제한이 사라지게 된다면 워킹홀리데이는 단순한 도피의 수단으로 의미가 퇴색될 수 있다고 생각합니다.

이나영 저는 앞선 의견자와 반대의 의견입니다. 예전과 다르게 인간 수명이 120~130세로 늘어남에 따라 퇴직금 수령 나이 제한이나 보험 가입 나이 제한을 늘리고 있는 것과 같이 워킹 홀리데이도 나이 제한을 늘리거나 없애야 한다고 생각합니다. 게다가 나이로 인해 기회를 잃게 된다면 사회적으로 인재를 잃는 큰 손실이 될 수 있으며 지금 한국 사회의 가장 큰 문제인 청년 실업률에 영향을 더 많이 주는 것이라고 생각하므로 좀 더 많은 사람들에게 기회가 주어져야 한다고 생각합니다.

장지영 저 또한 기회를 다양한 사람들에게 제공되어야 한다고 생각합니다. 그리고 아까 윤희정 토론자께서 워킹 홀리데이의 목적이 퇴색될 수 있다고 하셨는데 어떤 면에서 퇴색이라는 단어를 쓰셨는지 잘 모르겠습니다.

윤희정 워킹 홀리데이의 본 목적이 아닌 하나의 돈벌이 수단으로 사용될 수 있다는 가능성이 있다고 생각하여 퇴색이라는 단어를 사용하였습니다.

장지영 위의 내용이 나이제한과 어떤 연관성이 있는 지에 대해 묻고 싶습니다.

윤희정 ► 30대 이상의 나이대가 워킹 홀리데이를 경험을 우선으로 가는 게 아닌 돈을 목적으로 가는 경우가 많기 때문에 그렇게 연관성이 있다고 생각합니다.

하이얀 ► 윤희정 토론자에게 질문하겠습니다. 돈을 벌기 위한 목적으로 워킹 홀리데이를 신청하고 이용한다는 것은 외국 현지에서 장기적인 취업으로 이어지는 것을 말씀하시는 건가요? 즉, 1년까지만 일할 수 있는데 30대 이상의 나이대는 직접 직장을 구하고 정착할 가능성이 많다는 것을 뜻하시는지 묻고 싶습니다.

윤희정 ► 네, 앞서 하이얀 토론자께서 말씀하셨듯이 그 기간 내 충분히 외국의 취업으로 이어질 수 있고 그것이 본래의 의미 퇴색뿐만이 아니라 한국 경제에 위험을 가져다 줄 수 있는 행동이라고 생각합니다.

하이얀 ► 돈 또는 해외에서 취업을 목적을 위한 제도가 우리나라에는 '국비 해외 취업 지원 제도' 라는 이름으로 존재하며 이 제도는 나이 제한이 없습니다. 이미 위의 제도가 존재하는데 워킹 홀리데이를 돈의 목적으로 오남용할 수 있다고 말하는 것은 맞지 않다고 생각합니다.

고용노동부가 지난 5월 기준 사업체 노동력 실태를 조사한 결과, 상용 근로자 5인 이상 사업체의 상용직(정규직) 1인당 월평균 임금총액은 341만 7000원, 임시·일용직은 149만 6000원으로, 격차가 192만 1000원에 달했다. 이처럼 비정규직과 정규직은 계약기간, 고용방식 등의 사유로 인하여 복지, 급여 차이의 합리성을 두고 있다. 정규직과 비정규직의 이러한 차이를 정당하다고 할 수 있는가?

장문서 그들의 차이는 존재해야 하지만 심각한 차이는 이해할 수 없다고 생각합니다. 예를 들어 학교 비정규직은 2014년 9월 전까지 비정규직들만 출석 체크를 하거나, 조금만 늦어도 쉽게 해고되는 경우가 비일비재 한데 급여까지 많은 차별을 두는 것은 부당하다고 생각합니다.

이정민 저는 앞선 토론자들과 다르게 정당하지 않다고 생각합니다. 우리나라는 일자리 창출 및 기업의 성장을 빌미로 비정규직의 비율을 급격하게 확대해왔습니다. 하지만 비정규직은 불안정하고 경력이 되지 못하며 고용되는 입장에서는 큰 메리트가 없는데 그렇다고 일의 양면에서 정규직에 비해 적은 것도 아닙니다. 이런 식으로 많은 청년들이 인적자원으로써 고갈되어 떨어져 나가는 것입니다. 그러므로 정규직과 비정규직의 간극을 줄이기 위해 사회에서 비정규직 경력도 인정해주는 사회 문화가 필요하다고 생각합니다.

이나영 저는 비정규직과 정규직간의 차이를 줄여야 한다고 생각합니다. 정규직과는 다른 회사 대우에 제대로 보장 받지 못하는 인권으로 인해 비정규직 노동자들의 자살률은 매년 높아지고 있고, 임금차이도 많이 나기 때문에 비정규직과 정규직의 차이를 줄이고 비정규직의 노동 환경을 향상시킬 수 있는 정책적 지원이 있어야 한다고 생각합니다.

장지영 앞선 토론자의 의견에 보충하겠습니다. 비정규직 중 정규직과 같은 일을 하고 엄청난 경쟁률을 뚫고 들어온 계약직의 경우 비정규직과 정규직의 임금 차이는 줄여야하나 일시적이나 파트 타임 같은 경우는 하는 일이 정규직보다 단순하며 쉽기 때문에 차이를 두는 것이 당연하다고 생각합니다.

신지원 저 또한 비정규직 근로자가 정규직 근로자보다 임금, 근로 시간, 복지 측면에서 차별을 받기 때문에 정당하지 않지만 파트 타임은 정당하다고 봅니다.

이소정 원래의 계약직의 비정규직은 정규직이 되기 이전 일종의 수습기간과도 같은 개념으로 사용되지만 요즘 비정규직은 근로 2년을 초과하면서 또 다시 비정규직 계약서를 내미는 회사의 이익을 위한 것이므로 임금 차이를 줄여야 한다고 생각합니다.

하이얀 앞선 토론자들과 같이 계약직 고용은 대우를 정규직과 같게 해주어야 합니다. 하지만 책 속에 나온 아르바이트들은 정규직과 차이가 정당하다고 생각합니다. 왜냐하면 상용 근로자가 되기 위해 엄청난 경쟁을 거쳐 승리한 근로자들이 그 대가로 더 나은 복지와 임금을 얻는 것은 자본주의 사회에서 당연한 순리이기 때문입니다.

윤희정 비정규직과 정규직 차이는 어느 정도 존재해야 한다고 생각합니다. 정규직은 비정규직보다 회사에서 요구하는 것들이 더 충족되었을 것입니다. 하지만 현재처럼 극명한 차이는 법적으로 규제할 필요가 있다고 생각합니다.

김수민 정당하지는 않지만 다른 방식으로 필요하다고 생각합니다. 하는 업무가 비슷하지만 차이를 두는 것은 정당하지 않습니다. 저는 정규직, 비정규직으로 나누는 것 보다 업무의 강도와 계약기간 등을 나누고 그에 따라 급여를 달리하고 이를 선택할 수 있게 함이 타당한 것 같습니다.

발제 3

미쓰윤의 알바일지에서 윤이나는 자신이 좋아하는 글쓰기를 통해 원고쓰기, 자기소개서 대필, 예능 프로그램 구성작가, 체험기 기사 작성 등의 여러 가지 알바를 하면서 돈을 번다. 하지만 모두 다 언제 그만둬야할지 모르는, 일마를 받을 수 있을지도 모르는 '알바'이다. 돈을 얼마 못 벌고 불안정하지만 자신이 즐겁게 할 수 있는 직업과 수입이 안정적이지만 자신의 흥미와는 거리가 먼 직업, 그중에서 본인이라면 어떤 선택을 할 것인가?

김규민 저는 안정적인 것을 좋아합니다. 4대 보험이 되는 직장이 좋고 매달 꼬박꼬박 나오는 월급이 좋습니다. 그렇기에 내가 할 수 없는 삶을 살고 있는 윤이나 작가가 부럽고 신기하기도 합니다. 그러나 나이가 들어서 결국 일을 할 수 없을 때가 되면 이야기가 달라집니다. 물론 일생을 즐기며 살다보면 일이 잘 풀려 떼돈을 벌게 되거나 삶이 풍족해질 수는 있겠지만 이것도 극소수에 불과합니다. 이 또한 궁극적으로 보면 돈에 허덕이며 살게 될 것입니다. 그래서 저는 안정적인 직업으로 계획적으로 미래를 설계할 수 있는 삶을 살고 싶습니다.

김한나 발제에도 나와 있듯이 이 발제는 개인의 차이가 분명히 존재하고 저는 이상과 꿈과 완벽을 좇는 편이기 때문에 저는 제가 즐겁게 할 수 있는 직업을 선택하고 싶습니다. 삶의 목적은 자아실현이지 돈과 생계가 아닙니다. 현실이 있어야 꿈도 있는 것이긴 하지만 현실이 꿈보다 앞설 수는 없다고 생각합니다. 진정으로 원하는 일을 한다면 경제적으로 넉넉하지 않더라도 만족할 수 있을 것 같습니다. 하지만 경제적으로 여유로워도 나의 꿈을 완전히 포기하고 살아간다면 저는 행복할 수 없을 것 같습니다.

이지현 김규민 토론자에게 질문하고 싶습니다. 나이가 들면 일을 못하는 것 때문에 안정적인 것이 좋다고 했는데 오히려 수입이 안정적인 직업들은 정년퇴임을 하면 더 이상 돈을 벌 수 없는데 다른 글쓰기 같은 직업들은 나이제한 없이 꾸준히 할 수 있는데 이것에 대해서는 어떻게 생각하십니까?

김규민 ▶ 그런데 70살이라는 적지 않은 나이에 그 잠깐을 살기위해서 눈도 잘 안보이는데 글을 쓰는 것은 힘들 것 같습니다.

김한나 ▶ 제가 생각하기에는 자기소개서 대필이나 글쓰기는 이 사람이 돈을 벌고자하는 것이 아니라 이 사람이 하고 싶어서 젊을 때 한 것이고 이 사람이 70살이라는 나이에 이 일을 하는 것도 돈이 아니라도 하고 싶어서 하는 것인데 김규민 토론자의 예시는 맞지 않는 것 같습니다. 그리고 저는 제가 정말 좋아하는 직업을 하다보면 처음에는 힘들어도 나중에 그 분야에서 뛰어난 성과를 거둘 수 있는 가능성이 충분히 있다고 생각합니다.

권소은 ▶ 이 발제는 이상과 현실 중 고르라는 것으로 볼 수 있는데 이상을 좇는 대가로 어려운 현실을 마주해야하고 이상을 잃지만 안정적인 삶을 보장받는 것 둘 중에 고르라는 것이죠. 일단 어른들은 아이들이 어릴 때는 자신의 꿈을 마음껏 펼치게 합니다. 그런데 점점 아이가 커 가면 아이의 꿈을 현실적 방향으로 틀기위해 애를 씁니다. 물론 이것을 무작정 잘못되었다고 볼 수는 없습니다. 왜냐하면 우리보다 한 세대 앞서 인생을 경험해 본 사람의 조언이기 때문입니다. 분명 그들도 어릴 때 찬란히 빛나던 꿈이 있었겠지만 그 꿈만을 좇기에는 현실이 그만큼 아름답지 않은 것을 알고 우리에게 조언을 해주는 것일 것입니다. 하지만 최종결정권은 우리에게 있다는 것을 잊지말아야 합니다. 저의 경우는 제 가슴이 뛰는 일을 하고 싶습니다. 개인적으로 남들과 맞추어 정형화된 삶을 살기보다는 개척하는 삶을 살고 싶습니다. 보편적인 관점에서 보자면, 부모님 세대들이 겪었던 현실보다는 현재가 개개인의 개성을 발휘하기 훨씬 좋다는 점을 강조하고 싶습니다. 기성세대들은 자라온 현실이 한국이 급격한 경제적 발전을 위해 개성보다는 단체의 협력이 중요해서 그 흐름에 맞추어가는 것이 중요했을 것입니다. 하지만 현재는 3차 산업이 가장 많은 만큼 자신의 개성을 잘 살릴 수 있는 기회가 많다고 봅니다. 그러므로 부모님들의 말처럼 너무 현실을 보기보다는 지금 현재는 자신의 꿈을 좇는 것이 현실의 트랜드에 맞다고 봅니다.

김희주 불안정하지만 자신이 즐겁게 할 수 있는 직업을 선택할 것입니다. 요즘에는 직업을 급여에 따라 정하는 경우도 종종 있던데 계속 그렇게 직업을 선택하다보면 조금만 힘든 일이 생기면 쉽게 포기하는 사람이 많을 것입니다. 또 수명이 길어져서 평생 직업이 없기 때문에 어차피 직업을 바꿔야 하는 거 조금만 더 바꾸면서 즐겁게 즐기고 싶습니다. 돈은 많이 벌지만 매일 일을 할 때 불행하다면 많은 재산도 의미가 없어집니다. 그렇게 살 바에야 재정적으로 조금 부족하더라도 자신이 하고 싶은 일을 즐기며 행복하게 사는 삶을 추구합니다.

송지원 저라면 도전보다는 직업을 유지하는 것이 좋다고 생각합니다. 일단 수입은 인생에서 살아남는 일과 연관된 일이기에 저는 살아남는 것을 추구해야 된다고 생각합니다. 좋아하는 일을 해도 불안정하다면 마냥 행복하지는 않을 것 같습니다. 그리고 저는 수입을 번 것으로 노후에 자신이 진정으로 하고 싶은 것을 하면 된다고 생각합니다.

권소은 왜 굳이 노후에 자기가 하고 싶은 것을 해야 하죠? 아무리 요즘이 백세시대라고해도 몸이 따라주는 나이가 있기에 온전히 실현되지는 못할 것 같습니다.

김한나 저는 나이대마다 하고 싶은 일이 다 다르다고 생각합니다. 그런데 현실 때문에 계속 한 가지만 밀고 나가면 그것은 너무 잔인하다고 생각합니다.

김민지 불안정한 직종은 고용시장에서 과도한 노동력이 투입되기 때문에 미래가 불확실한 것인데 이런 직종은 인기가 많기 때문에 계속해서 해당 시장에 사람이 들어오면 계속 입지가 좁아지게 됩니다. 그렇게 되면 나중에 직장을 잃었을 때 새로운 직장을 얻기가 힘들 것입니다. 그러면 현실적으로 생각했을 때 저는 꿈을 추구하는 것은 불가능하다고 생각합니다.

김한나 비정규직도 계약을 통해서 고용을 하는 것이기 때문에 언제 짤릴지 모르고 이런 것은 아닙니다. 미래가 완전하게 보장된 사람은 아무도 없기 때문에 이 정도의 일 가지고 사람이 불행할 것 같지는 않습니다.

권소은 불안정은 어떻게 보면 정착하지 않는 것으로 볼 수 있는데 우리는 꼭 정착할 필요가 없습니다. 직업이 자신의 인생에서 큰 부분을 차지하는데 자기 인생의 큰 부분을 유동적으로 바꿀 수 있는 것을 저는 긍정적으로 봅니다.

이지현 ▶ 이 발제 3번은 사람이 중요하게 생각하는 것, 즉 가치관의 차이에 따라 다른 것 같습니다. 변화를 즐기는 사람도 있는 반면 적응이 힘들어서 한 가지 일을 꾸준히 하는 안정적인 것을 좋아하는 사람도 있습니다. 이것은 옳고 그르다의 문제라기보다는 자신이 중요하게 생각하는 가치의 차이라고 생각합니다. 이 토론은 그런 것에 대한 토론인 것 같습니다.

발제 4

고용노동부가 지난 7월 4일 전년보다 16.4% 인상된 내년 최저시급 7,530원을 확정·고시하였다. 이에 찬성 측은 임금 양극화 해소 및 소득 주도 성장 효과에 대한 기대감을 표출하고 있고 반대 측은 고용 감소 현실화 등 부작용이 심각해질 거라는 우려의 목소리를 내고 있는 상황이다. 여기서 최저 시급을 올해와 같이 또는 내년처럼 그대로 두는 게 현재 청년들에게 도움이 될까, 지금보다 더 인상하는 것이 도움이 될까?

윤혜정 ▶ 그대로 두는 것이 현재 청년들에게도 고용주들에게도 도움이 된다고 생각합니다. 최저시급을 십만원으로 지정한다 한들 고용주들이 월급을 지급할 능력이 안 돼서 아르바이트생을 고용하지 않으면 무용지물입니다. 이렇게 된다면 청년들은 일자리가 없어 힘들고 고용주들은 다섯 명, 열 명이 하던 일을 두세 명과 하기 때문에 힘들어지므로 최저시급을 인상함으로써 득을 보는 사람보다는 손해를 보는 사람이 월등히 많을 것입니다. 그러므로 저는 그대로 두는 것이 모두에게 도움이 된다고 생각합니다.

손세희 ▶ 반박하겠습니다. 각 나라별 최저시급은 호주 17.7 달러, 프랑스 14.98 달러, 영국 14.66 달러, 뉴질랜드 14.22 달러 등 대다수의 선진국은 최저시급이 높은 편이나, 대한민국은 7.6 달러라는 최저시급으로 낮은 편에 속합니다. 또한 인터내셔널 머니 펀드의 자료에 의하면, 위 나라들은 GDP가 높고 우리나라도 12등으로 적지 않은 GDP 상승세를 보이고 있습니다. GDP가 높음에도 불구하고 최저시급이 낮아 경제가 잘 돌아가고 있지 않다는 것이 현실입니다. 즉, 우리나라는 빈부격차가 크다는 폐단을 가지고 있다고 해석할 수 있습니다. 그럼에도 불구하고, 최저시급을 올리지 않는 이유는 고용주들의 반발이라고 생각합니다. 2017년 문재인 정부가 최저시급을 올림으로 인해서 전국 단위 고용주들의 시위가 일어났습니다. 따라서 예전으로 다시 돌아가라는 의견도 있었으나, 정부가 그대로 최저시급을 인상한 이유는, 더 많은 세금을 거두기 위함이라고 생각합니다. 그래서 이 돈으로 지식 창업 지원이나 사회에 필요한 것에 투자할 것이며, 기업들의 수출 지원에 집중을 하여 국가 경제가 활성화될 것입니다. 그로 인해 기업의 생산성이 증대되고, 투자와 고용을 늘릴 수 있으므로 선순환구조가 반복될 것입니다.

이소미 ▶ 앞선 토론자의 의견에 반박하겠습니다. 물론 최저시급을 높임으로써 최저시급을 받고 일하는 사람의 기본적인 임금을 보장해주는 것은 좋지만, 자영업자 중에서도 수입이 크지 않은 자영업자들은 아르바이트생들에게 인상된 최저시급을 지급하는 것은 부담이 될 수 있습니다. 때문에 대기업의 사정만 생각할 것이 아니라 중소기업의 고용주 입장에서도 생각해야 합니다.

손세희 ▶ 반박하겠습니다. 중소 상인들이 아르바이트생을 고용하는 이유는 가게가 잘 되기 때문에 손님도 많고 바빠서라고 생각합니다. 그러므로 임금을 올리는 것은 큰 부담이 되지 않을 것입니다.

김가현 ▶ 앞선 토론자의 의견에 반박하겠습니다. 저는 최저시급을 그대로 두는 것이 청년들에게 도움이 된다고 생각합니다. 최저시급이 인상되면 노동자의 소득은 증가하지만 그만큼 고용주의 소득은 감소하게 됩니다. 그 결과, 상승한 인건비만큼 고용주는 고용인원을 감소시켜 일자리는 줄게 되고, 소수의 노동자들의 노동강도는 상승할 것입니다. 실제로 2014년 미국 시애틀에서 최저시급 인상법안이 통과된 이후, 단순 노동직을 하는 저임금노동자들의 실업률이 증가했고, 높은 최저시급을 지급할 수 없는 고용주들이 무인화와 자동화를 시행하는 결과가 나타났습니다. 이처럼 부작용 대책이 세워지지 않은 상황에서 단순히 최저시급을 인상하는 정책은 그 의미를 잃어버리게 되고 오히려 소득의 양극화를 심화시켜 청년들에게 더 큰 부담을 줄 수 있다고 생각합니다.

손세희 ▶ 반박하겠습니다. 앞선 토론자께서는 임금인상으로 인해서 비정규직이 줄어들고 정규직의 노동량이 많아진다고 하셨는데요, 분명 노동량은 많아지겠지만 그에 비례하게 월급도 늘 것이기 때문에 정당하다고 생각합니다.

김가현 ▶ 그 문제 말고도 아예 아르바이트생을 고용하지 않고 자동화시켜 기계를 사용하게 될 수도 있기 때문에 청년들한테는 해가 되는 부분이 더 크지 않을까요?

최도영 ▶ 저는 최저시급 인상에 반대합니다. 직업 월급이 인상되면 물가도 올라갈 것이고 기업에서 인원감축을 실시할지도 모릅니다. 심지어 부동산에도 영향을 미칠 수 있고, 지속적인 인플레이션으로 인해 경제에 혼란이 올 것입니다. 일단 물가 안정을 위한 경제 개혁이 우선적으로 실시되어야 한다고 생각합니다.

최지원 ▶ 보충하겠습니다. 최저시급 인상보다 더 중요시되어야 할 것이 일자리 창출입니다. 최저시급을 많이 인상함으로써 고용할 인원이 줄어드는 것보다 최저시급을 적당선까지만 올려 일자리에 영향이 가지 않게 하고 생계를 유지할 돈 또한 늘리는 것이 고용주와 노동자 모두에게 이득을 줄 수 있는 방법이라고 생각합니다.

이세비 ▶ 저는 최저시급 인상이 도움이 될 것이라고 생각합니다. 저는 제가 흥미를 가진 일을 하고 싶고 남들의 시선을 의식하지 않는 삶을 살고 싶습니다. 하지만 안정된 직장을 추구하고 돈으로 인생의 대부분을 해결할 수 있는 오늘날이 물질만능주의적인 사회가 앞길을 막는 직접적인 원인이라고 생각합니다. 하지만 최저시급 인상을 통해 자신이 하고 싶은 일에 경제적인 부담을 덜 느낄 수 있게 될 것이므로 긍정적이라 생각합니다. 벌써 청년 실업률이 IMF 이후 최대를 기록했습니다. 직업이 없는 사람들은 최저시급이라도 받으며 일을 해야 하는데 이 책의 저자 윤이나처럼 아르바이트를 계속 하는데도 생활비가 부족할 수 있습니다. 아까 다른 나라들과 최저시급을 비교하였듯이 지금 우리나라 최저시급 자체가 기본적인 생활을 하기에 부족하다고 생각합니다.

토론 후기

김가현 날개 동아리의 5번째 토론 책은 '미쓰윤의 알바일지'였다. 이 책은 저자인 윤이나가 실제로 14년동안 알바를 하며 겪었던 일을 엮어놓은 노동 에세이라서 그런지 더 현실적으로 다가왔고 많은 공감이 되었다. 평소에 관심을 두지 않았던 정규직과 비정규직 문제나 워킹 홀리데이같은 것들을 새롭게 알게 되었고, 먼 미래 남의 얘기가 아닌, 곧 나에게도 닥쳐올 취업난에 대해 진지하게 생각해 볼 수 있었다. 토론을 준비하는 과정에서는 발제가 시사에 관한 주제라서 자료조사도 열심히 하고 평소보다 더 많은 시간을 들였던 것 같다. 나는 그 중에서도 특히 "최저시급을 그대로 두는 게 청년들에게 도움이 될 것인가 지금보다 더 인상하는 게 청년들에게 도움이 될 것인가" 에 대한 4번 발제에 관심이 갔다. 그에 대해 나는 최저시급을 그대로 두는 것이 청년들에게 도움이 된다는 입장이었다. 단기적으로 봤을 때는 최저시급 인상이 청년들의 생계에 도움이 될 것 같지만, 장기적인 결과를 고려했을 때 상승한 인건비만큼 고용주가 고용 인원을 줄이게 되면 결국 일자리가 줄어들어 청년들에게 오히려 해가 될수 있다는 것이 그 근거였다. 우리가 관심가져야 할 주제에 대해 토론을 해봄으로써 나와 같은 의견에 대해서는 내가 미처 생각하지 못했던 부분들을 보충하고, 나와 다른 의견에 대해서는 다른 관점에서 그 정책을 생각해볼 수 있어서 정말 의미있는 시간이 되었던 것 같다.

손세희 이번 토론의 책은 내용도 쉽고 미래의 나의 이야기가 될 것 같아 흥미 있게 읽어나갔지만 토론을 할 만한 문제가 있을까라는 걱정도 있었다. 토론의 발제는 그동안 토론해왔던 이상적이면서 현실적인 게 없는 4문제 모두 다 시사 발제였다. 확장시켜서 보자면 4개의 발제는 하나같이 보이지만 자세히 보면 추구하는 본질이 다른 발제가 나왔다. 3번 발제는 쉬운 발제이기도 하면서 어려운 발제였다. 직업을 선택하는 경우에 직업이 안정적인지 자기가 하고 싶은 일인지에 관한 발제인데 나는 안정적인 직업을 추구하지만 나와 반대로 자신이 하고 싶은 일을 하고 싶다는 사람에게 "너의 의견은 틀렸어."라고 단정 짓고 반박을 할 수 없었다. 상대편 토론자의 가치관이라고 생각했기에 토론보다 토의에 가까운 발제였던 것 같다. 나머지 발제들은 대립이 뚜렷해서 그동안에 있었던 의견이 한 편으로 몰리는 게 없어서 토론이 재미있게 진행되었던 것 같다. 무엇보다 1학년들의 토론 실력이 1학기와 다르게 많이 달라졌고 논리적이어서 뿌듯하기도 했고 나 자신도 1학년 때는 입론만 펼치고 반박은 잘 하지 못 하였으나 이제는 반박도 하면서 서로의 생각을 폭넓게 공유를 한다는 생각이 들었다. 2학기가 되어서 첫 토론이어서 떨리는 마음도 있었지만 설레는 마음이 더 컸던 것 같다. 앞으로 토론이 1번 밖에 안 남았지만 마지막이니만큼 지금까지 했던 토론 준비보다 더 열심히 하고 재미있게 끝내고 싶다.

이정민 좀 오바스럽지만 책을 읽다 눈물이 찔끔 났다. 윤이나는 무슨 생각으로 이 글들을 써 내려갔을까. 각 알바직에 그녀 스스로 매긴 별점이 나에겐 재미를 주는 동시에 비참하게 만들었다. 내가 꿈꾸던 미래의 실상이 실은 미쓰 윤의 알바일지와 별 다를 바 없다면? 뉴스에서는 늘 청년 실업률을 이야기하고 어른들은 안일하게 여기고 있다가는 너 또한 그 무리에 합류할 거라고 겁을 준다. 나는 학교 속에서 내 또래들과만 살아가기에 사회의 냉혹한 면에 대해선 무지하다. 이러한 모든 사실들이 맞물리면서 부정적인 사고들만 내 머릿속을 채워 갔다. 그렇지만 작가의 후기는 앞선 이야기들을 모두 뒤집는다. 그녀는 그래도 글을 쓸 것이라 말했다.

현대를 살아가는 수많은 사람들은 먹고살기에 급급한 현실에 휩쓸려 그들과 타협하고 포기하며 맞춰간다. 이상적인 교과 글들은 꿈을 좇으라 조언하지만 실제론 비정규직으로 전락에 허덕이며 살아가는 사람들이 대다수이다. 그렇다고 비정규직으로서의 삶이 넉넉한 것도 아니며 그나마 늘어나는 정규직은 생산성이 있다고 보기 어려운 공무원직 뿐이고 알바 시급이 올랐다고 사장들은 이 상황을 감당하기 어렵다며 알바생을 자르겠다고 울분을 토한다. 나는 언젠가 저런 사회에 뛰어들어야 할 것이다. 원하지 않아도 내 앞에 닥쳐진 현실은 저 모양 저 꼴 일 것이다. 나는 오늘도 내가 그 곳에 휩쓸리지 않기를 기도한다. 나도 윤이나처럼 꿈을 붙잡고 질질 끌려가면서도 놓아주지 않으려 한다. 이 책을 읽은 다른 사람들은 어떤 생각을 했고 어떤 결론을 내렸을까, 어떤 점을 후회하게 될까.

하이얀 ‘미쓰윤의 알바일지’는 이제껏 토론한 책들 중 개인적으로 가장 재밌게 읽은 책이다. 최근 우리 사회에서 불거지고 있는 비정규직 문제가 나에게 닥친 일이 아니라 생각하고 별 다른 관심을 두지 않았었다. 하지만 이 책을 읽고 나니 세상에는 하루하루를 힘겹게 살아가는 수많은 비정규직 근로자분들의 심정을 조금이나마 이해할 수 있게 되어 비정규직 문제에 좀더 관심을 가지게 되었다.또 2번 발제에서 정규직과 비정규직의 대우 차이를 두는 것이 과연 정당한지에 대해 토론해볼 수 있었다. 나는 특정 업종에 종사하는 근로자들 사이에서만 차이를 둬야 한다고 주장했다. 사실 모든 비정규직들이 정규직과 같이 대우받고 권리를 보장받는 것이 가장 이상적이라고 생각했지만 무한 경쟁 사회인 우리 사회의 현실은 그렇게 쉽지 않다는 것이 씁쓸했다. 또한 현재 이슈로 떠오르고 있는 비정규직의 정규직 전환 문제에 대해서도 생각해 볼 수 있었기에 굉장히 의미깊은 토론이었다.

PART 02

날개의 감상
· 책 감상문 ·

토론 활동을 하지 않을 때에 두 달에 한 번씩
주기적으로 도서를 지정하여 감상하고 독후감
을 쓰는 활동을 하였습니다. '날개의 감상'에서
우리는 부원들이 쓴 감상문 중 좋은 작품을 선
별하여 글을 싣습니다.

01

어린 왕자

앙투안 드 생텍쥐페리 지음

어린 왕자

앙투안 드 생텍쥐페리 지음
황현산 옮김

문학 평론가 황현산이 옮긴,
전 세계가 사랑하는 가장 아름다운 이야기

사라져 버린 순수함에 대한 그리움

8 대 배 유 진

어린 왕자의 주인공은 제목에서 알 수 있듯이 어느 별의 어린이 왕자이다. 그에게는 장미란 친구가 있었는데, 장미는 교만하였다. 그래서 그는 그녀의 교만함을 고치기 위해 여러 나라 별들을 탐험하게 된다. 그는 권위적이고 높임받길 원하는 왕이 살고 있는 별, 허영쟁이가 사는 별, 술꾼이 사는 별, 상인의 별, 점등인이 불을 켜고 끄는 별, 지리학자의 별 등에 가게 된다. 그리고 마지막 지구에서 조난당한 비행사를 만나 자신의 여행 이야기를 들려준다. 물론 왕자는 그의 원래 목적으로 인해 지구에서 다시 자신의 나라로 돌아가지만, 비행사가 그의 이야기를 적음으로써 나온 책이 '어린 왕자'이다.

앞서 언급했듯이 이 '어린 왕자'에는 수많은 종류의 어른들이 나오며, 또한 여우와 같은 동물들을 통해 '길들인다'는 것이 무엇인가에 대해 배우기도 한다. 물론 전부 좋은 이야기이고, 현대 사회의 어른들의 잘못된 자세나 상황을 제시, 비판해 교훈을 주기도 하지만 나는 그런 주된 이야기, 독자들이 많이 언급하는 이야기보다는 왕자가 조난당한 비행사와 이야기했던 일화 중 보아 뱀에 대해 이야기하고 싶다.

어린아이와 어른의 시각의 차이, 생각의 차이를 잘 보여주는 것이 위의 일화라 생각한다. 왕자는 모자 같이 생긴 것을 그리고 어른들에게 보여준다. 그때 어른들은 다 입을 모아 "모자네, 잘 그렸구나."라고 말한다. 하지만 실제로 왕자가 그린 것은 코끼리도 잡아먹을 정도로 무시무시한 보아 뱀이었다. 그는 보아 뱀에 대한 공포심, 두려움을 코끼리를 잡아먹는 보아 뱀을 그림으로써 그 마음이 얼마나 큰 지 묘사한 것이다. 하지만 어른 눈에는 보아 뱀은커녕 모자로 밖에 보이지 않는다. 이 상황을 보았을 때, 우리는 어린 아이와 어른의 생각, 즉 사고 방식과 시각의 차이가 크다고 볼 수밖에 없을 것이다.

나 같은 경우, 어른은 어린 아이보다 더 오랜 시간을 살면서 사회의 안 좋은 모습, 좋은 모습 두 가지 다 보고, 그만큼 사회에 녹아들고 그 관습에 얽매여 그 틀 안에 것 밖에 생각하지 못하기 때문에 보아 뱀을 모자라고 밖에 생각하지 못한 것 같다고 본다. 그리고 그와 반대로 어린 아이는 아직 아무것도 모르는 순수함이 흘러넘치는 마음에 모든 것을 자신이 알고 있는 지식 한도 내에서만 생각하기에 보아 뱀이 코끼리도 잡아먹을 수 있을 만큼 크다는 식으로 표현할 수 있는 것이다.

순수함이 있는가, 없는가. 나도 이제 고등학생이 되면서 사회의 관습에 적응하게 되어 예전의 순수함도 사라지고, 그 순수함도 없기에 창의력도 덩달아 사라지게 된 것 같다.

창의력이 높은 사람은 엉뚱한 생각을 많이 한다고 한다. 어린 왕자가 이 책의 어른들이 보는 엉뚱한 사람의 대표적인 예이다. 하지만 그것은 단순히 순수함을 잃지 않았다고 밖에 생각할 수 없다.

나도 요즘 같은 창의력을 요하는 시대에 너무 현실만 생각하며 살았나, 기발한 아이디어를 얻지 못하고 있던 참에 예전에 여러 번 봤던 어린 왕자를 다시 꺼내 읽고 이와 같은 생각을 하게 되었다. 사람들마다 책을 읽고 느낀 감상은 다 다르다. 나는 이런 관점으로 생각하더라도 또 다른 사람들은 다른 이야기에 주목하여 볼지도 모른다.

이것도 다 생각의 차이인 것이다.

　이번에 어린 왕자를 다시 한 번 읽게 되어 참 잘됐다는 생각이 든다. 예전, 고등학교 1학년 초반처럼 다시 한 번 심도 있는 사고 활동을 하게 된 기분이라 어린 왕자를 읽고 독후 감상문을 쓰는 것이 정말 유익하다 생각하게 되었다.

특별한 존재가 된다는 것

8 대　이은혜

　어린 왕자… 어릴 때부터 많이 들어보았던 책 이름이지만 사실 이 책을 제대로 읽어본 것은 이번이 처음이었다. 어릴 때 책장을 펼쳤지만 보아 뱀 그림과 함께 어른들의 이야기로 시작하는 내용이 어린 마음에 마냥 지루하게만 느껴져서 조금 읽다가 덮어둔 것이 다였다. 그 후 한 번 더 읽긴 했지만 막상 떠올려보니 어린 왕자, 뱀, 장미 등등의 등장인물과 정말 단편적인 이야기밖에 생각나지 않아서 이번 기회를 통해 좀 더 깊이 있게 읽게 된 책이었다.

　'어린 왕자'라는 책에는 모든 독자가 예상했듯이 어린 왕자가 등장한다. 그런데 이 어린 왕자라고 하는 인물은 우리가 읽고 있는 어떤 왕족사분의 거만한 왕자, 후손 그런 성격을 지닌 왕자가 아니다. 오히려 속세와는 대조적으로 정말 순수한 존재이고 또 작은 행성에 실고 있으면서 장미꽃 한 송이에게 책임을 다하고자하는 소박한 존재이기도 하다. 그 장미꽃 한 송이는 결국 어린 왕자가 마지막에 뱀에게 자신을 맡기게 되는 계기가 되는 것인데, 어린 왕자는 행성에 두고 온 장미꽃 한 송이를 책임지기 위해 되돌아가는 길을 선택한 것이다. 여기서 '길들임'의 의미를 생각해볼 수 있다. 어린 왕자가 만났던 여우는 말한다. 우리는 서로 만나서 길들이면서 서로에게 특별한 존재가 되는 것이라고. 정말 시간과 노력을 들여, 그리고 무엇보다 마음으로 누군가와 친밀한 관계를 맺는다는 의미인데, 그러한 존재가 있다는 것은 우리에게 커다란 행복감을 줄 수 있을 것이다. 예를 들어서 처음에는 수많은 여우가 모두 어린 왕자에게 낯설고 같은 존재였지만, 한 여우를 길들이면서 그 여우는 곧 어린 왕자에게 수많은 여우들 중에서도 특별한 존재가 된다. 어린 왕자는 조종사인 '나'에게도 그 의미를 설명해준다. 사람마다 별을 가지고 있지만 사람에 따라 다른 뜻을 지니는데, 이제 '나'는 특별한 의미를 지닌 별을 가지게 된다고 말이다. 그 수많은 별들 중 하나에서 어린 왕자가 살고 있을 별이 있을 것이니 밤하늘을 보고 웃을 수 있고, 괜히 밤하늘을 바라볼 일이 있을 것이라고 말하는 어린 왕자를 보니 나도 많이 공감이 되었다. 정말 그 특별한 관계를 맺는 순간, 가족이든 친구이든 선생님이든 아는 분이든 그냥 모를 때 지나칠 수 있는 사람들과 인연을 맺어 수많은 사람들 중에도 알아볼 수 있고 인사하는 사이가 된다.

여우는 어린 왕자에게 다른 충고도 해준다. 사람들이 잊고 있는 것은 '정말 중요한 것은 눈에 보이지 않는다.'라는 것이다. 그리고 어린 왕자가 그 장미꽃 한 송이를 아끼는 이유도 어린 왕자가 그 장미에게 바친 시간 때문이라는 것, 또 자신이 길들인 것에는 책임을 져야한다는 것이다. 그래서 어린 왕자는 자신의 장미에게 책임감을 느끼게 된다. 정말 이 여우는 어린 왕자의 여행에서 소중하고 중요한 존재였다는 생각이 든다.

또한, 어린 왕자는 여행을 많이 다녔는데 정말 여러 별에 가보면서 느낀 단 한 가지가 있다. '어른들은 정말 알 수 없다'는 것이었다. 어린 왕자가 각 별에서 만난 어른 중에는 우주왕도 있었고 하루 종일 셈하는 사람도 있었다. 그 어른들은 하나같이 바쁘고 허세부리기를 좋아하는 사람들이었다. 사실 이러고 보면 이 어른들은 우리 현실의 모습과 많이 다르지 않다. 우리는 항상 경쟁하고 과로하는 생활에 쫓겨서 항상 바쁜 상태에 있다. 그런데 이상하게도, 당연히 우리 현실의 모습을 잘 알고 있음에도 불구하고 읽었을 때 그 별의 어른들을 보면서 나 또한 정말 그 어른들을 이상하게 보았고 이상하게 생각했다. 마치 그런 사람은 우리가 현재 살고 있는 세상과는 전혀 어울리지 않는 사람이라는 듯이. 어린 왕자의 눈을 통해 본 우리 사회는 생각보다 씁쓸하다.

이 책은 누구나 어릴 때부터 어른까지 성장하면서 겪는 생각, 가치관의 변화를 순수함이 살아있는 어린 왕자라는 인물을 주인공으로 세워 코끼리를 삼킨 보아 뱀 그림을 보면서 정말 모자라는 생각밖에 들지 않는, 더 이상의 상상의 나래를 펼쳐 그 그림을 다시 다른 순수한 관점에서 보지 못하고 일에만 쫓기는 어른들의 모습을 보면서 그것이 자연스러운 삶의 일부분일까 아니면 미성숙적인 모습일 뿐일까에 대해 많은 생각을 가지게 되었다. 또한 '길들임'을 통해 서로 간에 특별한 존재가 된다는 말이 너무 마음에 와 닿아서 정말 한 순간도 눈을 뗄 수 없는 책이었던 것 같다. 이 책을 어릴 때 한 번 읽었고, 지금 청소년이자 학생인 내가 한 번 읽었는데, 어른이 되었을 때 한 번 더 읽고 싶은 책이다. 어릴 때 읽었을 때와 지금 읽었을 때의 생각이 다른 것처럼 어른이 되었을 때는 어떤 생각을 하게 될 지 궁금해진다.

눈이 아닌 마음으로
가장 본질적인 것을 바라보는 법

9대 하채운

초등학교 3학년 때 논술선생님이 선물 해주셔서 어린 왕자라는 책을 처음 읽어봤다. 그땐 사실 내용이 완벽하게 이해가 되지 않았고 코끼리를 잡아먹은 보아 뱀이 모자처럼 생긴 게 그저 신기했다. 중학교 2학년 때 어린 왕자의 영어원서를 읽게 됐는데, 내가 초등학생 때 읽은 것과는 전혀 다르게 다가왔고, 이번에 독후감을 위해 한 번 더 읽었을 때 또한 새롭게 느껴졌다.

어린 왕자는 많은 별들을 여행하다가 길들여지지 않은 여우를 만났다. 여우를 통해 어린 왕자는 자신에게 장미꽃이 얼마나 소중한지 깨닫게 된다. 어린 왕자가 여행했던 별들에서 만난 어른들은 자기들이 원하는 것이 어떤 의미를 갖는지도 모르는 채 그저 자기들이 바라는 것을 얻으려고 한다. 어린 왕자는 이들을 이해하지 못하고 우스꽝스럽다고 생각했지만 나는 이 어른들을 보고 이 세상에 살고 있는 어른들, 그리고 우리와 다른 게 없다고 생각했다. 뭐가 중요한지도 모른 채 남들 하는 대로 따라가고 있는 우리 사회가 너무 답답하게 느껴질 때가 많은데 이 책은 나에게 현실을 보여줬다. 왜 공부를 하는지, 왜 직장에 가는지, 왜 그리도 주변 사람들을 신경 쓰는지 사람들은 진지하게 고민해보지 않는다. 그저 맹목적으로 행하기만 할 뿐.

그런 우리에게 어린 왕자는 말하고 있다. 자신을 돌아보고 그 속에 있는 의미를 찾으라고. 또한 나는 친구의 존재에 대해서도 다시 생각해 봤다. 사막에 처음 도착했을 때 어린 왕자는 사람이 없는걸 보고 뱀에게 '사막은 조금 외롭구나.'라고 말한다. 뱀은 '사람들 속에서도 외롭기는 마찬가지야.'라고 대답한다. 우리는 하루에도 몇 십, 몇 백 명의 사람을 만나고 스쳐 지나간다. 하지만 사막에 홀로 있는 것과 같은 외로움을 느낀다. 우리를 타인과 단절시키는 수많은 물질적인 것들로부터 벗어나고 싶다. 이 딱딱함이 다 녹아 우리 속에 스며들면 좋겠다. 여우는 어린 왕자의 발걸음 소리만 들어도 심장이 두근거릴 것이라 말한다. 이건 여우가 어린 왕자에게 길들여졌기 때문이다. 난 그 구절을 읽고 나에게도 그런 존재가 있는지 생각 해봤다. 나를 진정으로 아끼고 하나 뿐인 존재로 여겨주는 사람이 내 주변에 누가 있을까? 만약 없다면, 단 한명이라도 좋으니 서로 길들여진 존재가 있었으면 한다.

어린 왕자의 가장 유명한 구절인 '가장 중요한 것은 눈에 보이지 않는 것이야.' 이 문장을 보면 난 가슴이 먹먹하다. 워낙 유명한 구절이고 많은 사람들이 알고 있는데 왜 이렇게 많은 사람들, 그리고 나는 눈에 보이는 것들만 좇기 바쁠까? 가장 중요하고 본질적인 것들을 마음으로 바라보는 법을 왜 알지 못할까? 지금보다 더 어릴 때에 나는 어린 왕자 같았다. 동심으로 가득 차있었고 눈에 보이지 않는 것들을 좇고 있었다. 하지만 지금의 나에게 눈에 보이지 않는 것들은 너무나도 허망하고 그것들을 떠올리는 방법조차 모르겠다. 어린 나에게는 꿈이라는 건 막연하고 이룰 수 있을 것만 같았다. 하지만 나이가 들수록 난 눈앞의 현실만을 따르고 있었다. 이 책을 읽고 내 꿈은 뭘까 생각해보았는데 아직 잘 모르겠다. 어른들의 세계 속에서 어떻게 내가 잃어버린 순수함을 다시 찾을 수 있을까? 이런 나와 사람들을 위해 어린 왕자가 존재하는 것 같다. 숫자로만 판단하는 우리들에게 어릴 적으로 다시 돌아갈 문틈을 어린 왕자는 보여주었다. 그 사이로 들어오는 빛을 통해 진짜 하고 싶은 것을 찾는 것은 우리 몫이다. 난 모든 어른들이 이 책을 읽으면 좋겠다. 더 늦기 전에 어린 왕자를 만나서 조금이라도 동심을 되찾으면 좋겠다.

　　내가 어린 왕자를 처음 읽었을 때 난 어린 왕자라는 아이가 있다는 것을 알았고, 중2 때 읽었을 때는 다른 별들에는 특이한 사람이 많이 살기 때문에 어린 왕자는 자신의 별로 다시 돌아갔다는 것을 알았고, 이번 주에 읽었을 때는 내가 지금 하고 있고 좇고 있는 것들의 진짜 의미를 찾아야 한다는 것을 알았다. 필리핀에서 내게 이 책을 주신 선생님께서는 어린 왕자는 어릴 때 한 번, 청소년기에 한 번, 어른이 돼서 한 번 이렇게 세 번 읽어야 하는 책이라고 하셨다. 이제 그 이유를 알 것 같다. 나는 어른이 돼서 이 책을 꼭 다시 읽을 것이다. 그 때는 어린 왕자로부터 또 어떤 것을 배우게 될까? 무엇을 배우던 내가 배운 것을 진정으로 느끼고 행하는 내가 되고 싶다.

어른들의 세상에서 어린 왕자가 알려준 것

9대 김규민

순수함을 잃어버린 어른들에게 많은 생각을 하게 해 주는 어린 왕자에는 다양한 인물이 등장한다. 꽃과 여우와 뱀도 의인화되어 등장한다. 생텍쥐페리는 이러한 등장인물들을 통해 우리에게 많은 교훈을 주고 있다. 조그마한 어린 왕자의 별에 날아온 꽃씨가 아름다운 장미로 피어났다. 어린 왕자는 장미꽃의 아름다움에 감탄하지만 교만하고 허영심 많은 장미꽃 때문에 별을 떠나기로 마음먹는다. 장미꽃에게 작별인사를 하고 별을 떠난 어린 왕자는 여우를 만나고 나서야 그 꽃이 세상의 다른 어떤 장미꽃과는 달리 자신만의 소중한 꽃이라는 걸 깨닫게 된다.

여우의 말 중에는 "정말로 중요한 것은 눈에 보이지 않는 법이야."가 있다. 어린 왕자는 눈에 보이지 않는 향기로 어린 왕자의 별을 향기롭게 해 준 것이 그 꽃이었다는 것을 마음으로 보지 못했던 것이다. 우리는 간혹 마음으로 보아야만 보이는 사랑과 이해, 배려, 감사, 행복은 보지 못하고 쉽게 보이는 말과 행동들만을 보고 괴로워하기 마련이다. 친구나 가족은 오랜 시간을 들여 서로를 길들여 왔는데 그것을 미처 깨닫지 못한 것이다 여우의 말처럼 길들인 것에 대해서는 책임을 져야 한다.

어른들은 쉽게 변하지 않는다. 다 자라 버린 바오밥 나무처럼……. 예전에 자신도 어린 아이였다는 사실조차 까맣게 잊어버리고 산다. 그래서 아이들의 눈으로 세상을 보지 못한다. 〈어린 왕자〉

에 등장하는 사업가처럼 숫자로만 세상을 판단하고, 물질주의적으로만 세상을 바라보는 것이다. 너무 비판적인 삶이다. 또한 어른들은 철도원이 말했듯이 자신들이 있는 자리에 만족하는 법이 없다. 그렇다고 자신들이 진정 원하는 것이 무엇인지 정확하게 알고 있지도 못한다. 사막에서 만난 꽃잎이 세 개 뿐인 하찮은 꽃의 말처럼, 어른들에게는 정착할 수 있는 뿌리가 없어 살기가 힘들다.아마 그런 것일지도 모른다.

어린 왕자는 약 한 알만 먹으면 일주일 동안 갈증을 느끼지 않는 약을 파는 상인을 만나게 된다. 상인은 이 약을 먹으면 물을 먹기 위해 쓰이는 시간, 53분을 절약할 수 있다며 말한다. 바쁘게 돌아가는 현대 사회에서 53분은 가치가 있을 수 있다. 하지만 어린 왕자는 그 53분으로 샘을 향해 천천히 걸어가겠다고 말한다. 세상의 속도에 매달려 앞만 보고 달리기만 하는 어른들이 찔끔하지 않았을까? 이렇게 어른들은 당장 눈 앞의 이익만을 좇는다. 멀리 내다볼 생각은 하지 못하는 것 같다. 눈 앞의 이익만을 좇다보면, 분명 후에 잃게 되는 것들이 훨씬 많을 것이다. 미처 보지 못하고 넘어가는 것들, 놓치는 것들이 분명 존재할 것이기 때문이다. 그래서 코끼리를 삼킨 보아뱀의 그림 따위를 무시하는 건 아닐까?

어른들은 아이들처럼 쉽게 길들여지지 않는다. 서로를 위해 많은 시간을 보내지 않기 때문이다. 높은 산에 오른 어린 왕자가 "내 친구가 되어줘. 나는 외로워."라고 외친 것도 이 때문인지도 모른다. 온통 뾰족하고 아주 각박한 세상, 그것이 어른들이 지배하는 이 세상의 모습이다. 우리는 장미꽃 한 송이에게도 책임을 느끼는 어린 왕자의 모습을 보고 배워야 한다. 정말로 중요한 것을 볼 수 있는 이 마음의 눈은 어쩌면 우리 모두에게도 있을 것이다. 다만 그렇게 보지 않으려 하는 것뿐이다. 눈에 보이는 돈이나 명예보다 더욱 중요한 사랑과 희생을 우린 순수한 어린 왕자를 보고 배워야 한다. 어린 왕자가 내려다보고 살고 있는 이 별, 지구도 살기 좋은 곳이 되었으면 좋겠다.

02

사랑의 기술

에리히 프롬 지음

사랑의 본질을 이해하는 사랑의 기술

8 대 허은서

매력적인 제목에 끌려 읽게 된 '사랑의 기술'은 나에게 성숙한 인간이 되어 진정한 사랑을 할 수 있는 방법을 가르쳐 주었다. 이 책의 서문에서 '사랑은 즐거운 감정인가? 아니면 사랑은 지식과 노력이 요구되어지는 기술인가?'라는 질문을 보고 약간의 충격과 복잡한 감정에 빠져든 나는 왜인지 모르겠지만 여태껏 아주 당연하고 자연스럽게 '사랑은 좋은 것이다'라고 생각해왔고, 사랑에 기술이 필요할 것이라는 상상조차 해 본 적이 없다. 마치 '건축학', '경제학' 등은 배워서 익혀야 하고 이들을 '기술'로서 받아들여야 하는 것처럼 배우고, 익히고, 훈련하여야만 '사랑'을 할 수 있다는 사실을 책을 통해 받아들이기까지 신선하고 멋진 경험을 하게 된 것 같아서 내심 뿌듯한 기분도 든다. 이 책에서는 우리가 흔히 말하는 사랑은 단순히 이기심의 확대일 뿐, 사랑이 아니라고 말하며 수련을 통해서만 사랑을 실천할 수 있다고 말한다. 또한 책에서는 성숙한 사랑이 무엇인지에 대해서도 언급하고 있다.

책에 따르면, 어른이 되면 우리는 자기중심성을 극복한다. 즉 타인들은 더 이상 우리의 욕구를 만족시켜주는 수단이 아닌 것이다. 유아기의 사랑은 '나는 사랑하기 때문에 사랑한다.'라는 원칙을 따르지만, 성숙한 사랑은 '나는 사랑하기 때문에 사랑받는다.'라는 원칙을 따른다. 그리고 미성숙한 사랑은 '나는 당신을 사랑하기 때문에 당신이 필요하다.'라고 말한다. 결국 성숙한 인간은 그가 그 자신의 어머니이고 그 자신의 아버지라는 경지에 이른다. 이 부분에서 나는 모성애의 본질이 '분리'에 있다는 사실을 발견할 수 있었다. 우리는 태어나면서부터 어머니로부터 무조건적인 사랑을 받지만, 바람직한 모성애란 자녀가 독립할 수 있도록 도와주는 것이라는 생각에 닿았기 때문이다.

이 책을 덮을 즈음에 내가 내린 '사랑'에 대한 정의는 작가인 프롬과는 조금 달랐다. '프롬이 말한 것처럼 사랑의 기술을 다 갖추어야만 진정한 사랑을 할 수 있다면 이 세상에 과연 진정한 사랑을 할 수 있는 사람이 몇이나 될 것인가?' '설령 그런 사람이 많아진다 해도, 사랑을 하는 과정에서 즐거움과 안정감을 느끼기보다 과정을 학습하기 위해 스트레스를 받는다고 생각하면 과연 그것이 진정한 사랑인가?'라는 생각이 들어서였다. 프롬의 생각과는 달리, 비록 사랑의 기술을 조금 갖추지 못한 사람이라도 그 사람과 그가 사랑하는 대상이 서로 행복을 느끼고 유대감을 가진다면 사랑의 기능이 충분히 다한 것이라고 나는 생각한다. 하지만 '사랑의 기술'이라는 견해에 대해 완전히 부정하는 것은 아니다. 우리가 사랑하려고 애쓰면서도, 참으로 나를 주는 사랑을 하고 싶으면서도 이러한 사랑에 실패하는 것은 기술의 미숙성에 있다는 주장에 어느 정도 동의하고, 원만한 갈등 해결과 관계 유지를 위해서 '사랑의 기술'이 필요할 것 같기도 하다.

결론적으로, 한 쪽으로 치우쳐 사랑을 바라보기보다는 있는 그대로, 마음으로 사랑을 받아들이는 것만이 사랑의 본질을 이해하는 길이 아닐까라는 생각을 해본다. 목적이 없는 사랑, 즉 사랑의 본성을 깨닫지 못하는 사랑은 오히려 인간에게 위험할 수 있다는 프롬의 경고를 마음에 새기고, 마음 한 켠에 사랑을 가득 안고 따뜻한 눈길로 세상을 바라보며 사랑을 실천해야겠다.

사람을 사랑하게 되다

8 대 정 주 현

'사랑의 기술' 제목만 보고 한참동안 생각에 빠졌다. '사랑에 기술이 있나, 사랑이 뭘까?' 어릴 땐, 그저 막연한 감정의 일종이라고 생각했다. '좋아함'의 감정과 유사하다고 하는 게 맞겠다. 그런데 크면서 사랑이 허영에 지나지 않는다는 생각이 들었다. 단순하게 말하자면, 내가 부모님을 사랑하는 것은 그들이 나를 보호해주고 나의 존립의 이유가 되기 때문이요, 친구들이 나를 사랑하는 것은 내가 그들에게 필요한 존재이기 때문이요, 가게에 종업원들이 수시로 사랑한다는 말을 내뱉는 이유는 내가 소비자이기 때문인지라, '사랑'이 불타오르는 아름다운 감정이기 보다는 관계 유지의 수단이라는 그런 생각이 들었다. 그 때문인지 그동안 나는 '사랑'이라는 것 자체를 외면해 왔고, 가끔은 굉장히 가식적이라는 생각이 들었다. 길거리의 연인들조차 상대가 진정으로 좋아서 사랑하기 보다는 서로의 외로움을 덮기 위해 사랑하지, 아니 사랑하려고 노력하지 않는가? 이런 생각들을 바탕으로 "사랑에 기술이 있다고? 누구나 배울 수 있는 기술적인 것이라면, 지금 이 사회의 많은 사람들이 사랑결핍 상태에 이를리는 만무하지."라며 감히 에리히 프롬을 삐딱한 시선으로 바라보며 책장을 넘겼다. 결론부터 말하자면, 이 책을 덮음과 동시에 나는 프롬을 사랑하게 되었다.

　많은 사람들이 사랑을 하는 것보다 받는 것을 중요시한다. 나도 어떻게 하면 선생님께, 친구들에게, 또 선배들에게 사랑받을 수 있을까만 생각했지 딱히 어떻게 하면 더 사랑해줄 수 있을까를 생각한 적은 없었다. 자꾸 사랑받는 것만 생각하다보니 남의 기준에 나를 맞추고, 매력이라는 포장을 갈구하며, 아등바등 노력 끝에 얻어진 사랑이 내 기대 수준에 미치지 못하면 실망하고 상처받고… 이런 관계들의 악순환이었다. 어떻게 보면, 사람들 사이 관계가 꼭 자본주의 사회의 상품과 비슷하다는 생각이 든다. 가치가 매겨지고, 일시적인 행복의 수단이 되는, 최악인 것은 지속적으로 새로운 것을 원하는, 한 가지 더 덧붙이자면 주는 것이 손해인, 그래서 두려움의 행위로 인식되는 듯하다. 대부분의 현대인들은 준다는 것은 무언가 빼앗기는 것이고 박탈당하는 것이라고 생각한다. 받는 것보다 주는 것이 낫다고 하는 사람들조차 주는 것의 환희보다는 박탈당하는 것을 감수하는 편이 낫다고 본다. 프롬은 주는 것은 잠재적 능력의 최고 표현이라고 말한다. 주면서 나의 힘, 부 그리고 능력을 경험하게 된다고.

　이 책을 읽으며 자기애와 이기심의 관계에 대해 꽤나 자세하게 설명한 부분이 독특했다. 프로이트와 칼뱅이 자기애와 이기심을 반비례적 관계로 설명한 것에 나 자신을 포함하지 않은 인간 개념은 존재할 수 없다며 모순점을 제기한 것이 참신했다. 통상적으로 이기적인 것은 나쁜 것이고 비이기적인 것은 바른 것이라 인식되는데 프롬이 '비이기주의라는 표면 뒤에는 미묘하지만 강렬한 자기 본위가 숨어 있다.'고 주장한 것이 의아했다. 이기적인 어머니보다 비이기적인 어머니 아래의 아이들은 덕이라는 가면 아래 혐오를 배운다고 한 부분은 시간을 두고 몇 번을 읽어보았지만 솔직히 아직도 이해가 잘 가지 않는다. 나의 생각의 폭이 넓어지면 다시 읽어봐야겠다.

'누군가를 사랑한다는 것은 단순히 강렬한 감정만이 아니다. 그것은 결의이고 판단이고 약속이다.' 참 많은 것을 내포한 문장이다. 올해 들어 유난히 사람들에게 상처를 많이 받았던 나여서 인지 여러 일들이 머릿속을 스쳐지나간다. 사랑을 하는 방법과 같은 20대들을 위한 단순한 사랑지침서라기보다는 '사랑이란?'이라는 꽤나 막연한 질문에 사랑은 기술인가, 사랑의 이론, 현대 서양 사회에서 사랑의 붕괴, 그리고 사랑의 실천이라는 네 개의 큰 단원으로 대답을 해주는 두고두고 읽고 싶은 좋은 책이다.

사랑을 진심으로 준다는 것

9대 신지원

처음에 이 책의 제목만 봤을 땐 깊이 있고 어려운 내용일 것 같아서 읽을까 말까 망설였다. 그런데 이 책을 읽은 사람들의 평점이 다 좋았고, 얼마 전에 한국사 선생님께서 이 책을 추천해 주시기도 해서 읽기로 결정하고 도서관에서 빌려 와 읽어보았다.

이 책에서는 제목을 보아서도 알 수 있듯이, 작가는 사랑을 기술이 필요한 것이라고 말한다. 사실 대부분의 사람들은 사랑을 자연스럽게 생기는 기본적인 감정이라 생각하여 사랑을 위한 기술은 필요하지 않다고 생각할 것이다. 나도 이 책을 읽기 전까지는 그랬다. 그래서 책의 처음 부분에서 '사랑은 활동이며 빠지는 것이 아닌 참여하는 것'이라고 적힌 문장을 보았을 때 이때까지 사랑을 빠지는 것이며 수동적이라고 생각해왔던 나는 이해가 잘 되지 않았다. 하지만 그 문장 뒤의 '사랑은 기본적으로 '받는 것'이 아니라 '주는 것'이다.'라는 문장이 내가 사랑을 하려면 남에게 무언가를 주는 능동적인 활동이 필요하다는 것을 이해시켜 주었다. 하지만 이 문장을 읽고도 이해가 안 되는 부분이 있었다. '사랑이 받는 것이 아닌 주는 것이라면 내가 받는 것은 없는 것인가?'라는 것이었다. 하지만 책을 읽으면서, 내가 '준다'는 것을 시장형의 성격으로 보아서 그 부분이 이해가 안 되었다는 것을 알았다. 나는 이때까지 어떤 것을 준다는 것이 그것을 줌으로써 나에게 있던 것을 빼앗기는 일이라고 생각해왔는데, 작가는 주는 것이 나에게 있는 무언가를 빼앗기는 것, 포기하는 것이 아니라 오히려 생동감을 받을 수 있는 일이라고 말하고 있었다. 이 부분 전체를 통해서 사랑은 '준다'라는 나의 능동적인 행동이 필요한 활동이라는 것을 잘 알 수 있었다. 그래서 나는 사랑을 위해서 적극적이며 능동적으로 활동해야겠다는 생각이 들었다.

　이 책을 읽고 나서 특히 기억에 남는 부분이 있었는데, '그는 받기 위해 주는 것이 아니다. 준다는 것은 그 자체로서 절대적인 기쁨이다. 주는 것을 통해서 그는 타인의 삶에 무엇인가를 가져오지 않을 수 없다. 또한 이렇게 가져온 것은 그에게 되돌아온다. 진실로 주게 될 때 그는 그에게 되돌아오는 것을 받지 않을 수 없다.'라는 부분이었다. 앞에서 말했듯이 나는 어떤 것을 준다는 것이 그것을 줌으로써 나에게 있던 것을 빼앗기는 일이라고 생각해왔다. 그래서 내가 주기만 하고 받는 것이 아무것도 없을 때 그 상황은 불공평하다고 생각했다. 그런데 저 부분을 읽으니 그렇게 생각한 내가 이기적이었다고 느껴졌다. 또 내가 가끔 남에게 받기 위해 무언가를 주었을 때는 내가 진실로 준 것이 아니었다는 것을 알았다. 그래서 받는 것이 중요한 게 아니라 진심으로 주는 것이 진짜 중요하다는 것을 깨달았다.

이 책은 전체적으로 사랑과 관련된 책이지만, 나에게는 그보다 좀 더 넓은 관점에서 많은 깨달음을 준 것 같다. 이 책에서 나에게 깨달음을 주었던 모든 것들을 항상 기억하고 실천하면서 살아야겠다.

남을 먼저 사랑하라

9 대 이 지 현

처음에 사랑의 기술이라는 제목을 봤을 때 다른 객관성의 칼날, 괴짜 경제학보다는 우리가 쉽게 접근할 수 있는 사랑에 관한 책이라서, 솔직하게 말하면, 별로 어렵지 않을 것이라고 생각하고 책을 읽기 시작했다. 그런데 내 예상과 다르게 이 책은 내가 생각했던 것과는 꽤 다른 방식으로 사랑에 대해서 접근하고 있었다. 난 이 책이 남들에게 사랑을 받을 수 있는 방법에 대해서 주로 다룰 것이라고 생각했는데 이 책에서 나온 말은 남을 먼저 사랑하라는 것이었다. 나도 남들에게 먼저 베풀려고 노력한 적이 있다. 처음에는 '보답을 바라지 말고 베풀자.'라고 생각했지만 생각보다 쉽지 않았다. 나도 모르게 시간이 지나고 나니 계산을 하고 있었다. '내가 저번에 이렇게 해줬었는데 왜 얘는 나한테 똑같이 안 해주지?', '저번에 내가 하고 다음번에 쟤가 나한테 해줬고 그럼 이제 내 차례인가?' 이런 식으로 서로에게 주는 사랑을 수학문제 풀듯이 계산하고 있었다. 이 책을 읽고 난 진정한, 성숙한 사랑을 하려면 아직 멀었다는 생각이 들었다.

그러고 보면 부모님이 나를 사랑해주는 것이 정말 대단하다는 생각이 들었다. 내가 단지 엄마의 뱃속에서 나왔다는 이유로만 나를 먹여주고 입혀주고 내가 원하는 요구사항을 들어주려고 노력하고 내가 나중에 사회에 나갔을 때 아무런 문제가 없도록 나를 위해 최선을 다해서 사랑을 준다. 엄마의 이 사랑에는 아무런 조건이 없다. 나는 특히 갓난아기일 때는 엄마가 해주는 행위에 대해서 아무런 보답도 안하고 보답을 해야 한다는 생각조차도 못했는데 엄마는 그저 묵묵히 계속 사랑을 주었다. 그런데 한 가지 의문이 드는 점은 이 책에서 아빠의 사랑을 주는 게 있어야지 돌아오는 그런 사랑으로 표현했다는 것이다. 난 이것에 대해서는 절대로 동의할 수가 없다. 아빠는, 적어도 우리 아빠는 어쩌면 엄마보다 더 나를 조건 없이 사랑해준다. 내가 어떤 일을 해도, 내가 잘못을 해도 꾸짖지만 결국 내 편을 들어준다. 내가 원하는 것을 들어주지 않은 적은 손에 꼽을 정도로 적다. 그런 아빠의 사랑도 조건 없이 베푸는 사랑인데 모성애만 그렇게 여기는 이 책한테 좀 화가 나기도 했다.

이 책을 읽으면서 아직 겉만 어른 같고 나이만 스무 살에 가까워져 갈 뿐이지 남에게 사랑을 베풀기에는, 특히 내가 책임져야하고 조건 없이 사랑해야하는 내 자식을 두기에는 내가 너무 부족한 사람이라는 생각이 들었다. 내가 지금부터 마음을 내려놓고 남들에게 사랑을 베풂으로써 나 자신에게서 사랑이 생겨난다고 생각하고, 진정한 사랑을 하려고 노력해서 나중에 이 책을 다시 읽었을 때 덜 부끄러웠으면 좋겠다.

03

도덕적 인간과 비도덕적 사회

라인홀드 니버 지음

고생 끝에 진정한 책을 만나다

9대 권소은

이 책을 처음 알게 된 것은 아마 1학년 윤리수업 때일 것이다. 아마 사회윤리를 배우는 부분이었을 것으로 기억된다. 책 제목을 처음 들었을 때 솔직히 말하면 딱 든 생각은 '작가가 참 세상 비관적으로 본다'였다. 인간이 아무리 착해봤자 사회 속으로 들어가면 비도덕적으로 변한다는 그 생각을 받아들이고 싶지 않았다. 그저 나에게 이 책의 첫인상은 '비관적 아저씨가 쓴 비관적 인간관찰' 그 이상도 그 이하도 되지 않았다.

다시 이 책을 만났다. 동아리 감상문 목록에 책 제목이 떡하니 있었다. 왜인지 모르겠다. 1학년 때의 혐오감이 역으로 작용했을까. 괜한 도전정신이 발동했다. 무려 도서관 3군데를 돌아다닌 끝에 희고 두꺼운 이 책이 내 손으로 들어왔다. 이것은 문제의 시작이었다.

인간 개개인은 이타적이고 다른 이들을 생각하는 힘을 가질 수 있다고 한다. 그러나 도리어 이것이 집단에서는 집단 이기주의로 변한다고 한다. 여러 종교들이 추구하는 이상은 인간 이성의 힘을 너무 맹신한다고 한다. 이것은 집단으로 이루어져 있는 사회 문제를 해결함에 있어 '이성'이라는 것이 얼마나 무용지물인지 깨닫지 못한 것이라고 한다. 읽으면 읽을수록 더더욱 책이 싫어졌다. 내가 살아오면서 겪었던 모든 집단들이 힘의 원리에 의해 움직인다는 사실이 싫었다. 특히 종교적 믿음이 현실과 너무나 동떨어져 있다는 주장은 믿고 싶은 마음이 티끌만큼도 없었다. 책을 읽는 도중 덮어버리는 일이 반복되었다. 다른 책으로 바꿔버릴까라는 생각도 여러 번 했다. 그런데 마음 한편에서 계속 책을 끝까지 읽어보고 싶다는 생각이 없어지질 않았다.

일단 이 책을 계속 읽으려면 내가 가지고 있던 인간과 사회에 대한 관념들을 잠시 내려놓아야 했다. 니버 씨가 무슨 말을 하고 싶은지 일단 들어보기로 했다. 내가 가지고 있던 기준들을 내려놓고 보니 조금씩 내용들이 읽히기 시작했다. 니버 씨는 내가 처음 가지고 있었던 생각처럼 '사회는 무조건 악하다!'라고 말하려는 것은 아니었다. 우리가 알고 있는 비폭력이, 우리가 믿고 있던 '선'이라는 것을 잠시 돌려 다른 관점으로 봤을 때도 과연 온전히 '선'으로 받아들일 수 있는가에 대해 의문을 던졌다. 역사 속을 봤을 때 우리가 비폭력 운동이라고 추앙했던 간디의 면화불매운동이 영국 면화공장에서 일하는 어린 노동자들을 굶주리게 했다는 점, 세계 2차 대전을 일으킨 것도 어떻게 보면 '폭력'을 사용하지 않은 연합국의 봉쇄정책이라는 점 등등. 이 책을 처음 접했을 당시의 '나'는 이것을 보고 '이 작가가 '악'한 사람들을 옹호하자는 말도 안 되는 주장을 하는구나!'라고 생각했을 것이다. 하지만 아까도 말했듯이 이때는 내가 모든 것을 내려놓은 상태였다. 영국의 식민지배와 독일이 일으켰던 전쟁들은 '악한 것'이라는 데 이의를 다는 사람은 거의 없을 것인데 왜 이런 부분들을 언급했을까라는 생각을 해보았다. 이 부분 이외에도 종교와 여러 위대한 '선인'들을 지적한 이유가 무엇일까에 대해 고민해보았다. 오랜, 그리고 지독한 고민이었다.

조금씩 책의 부분들이 연결되기 시작했다. 작가 양반이 조금씩 이 고집쟁이 독자를 이해시키기 시작했다. 선한 동기와 목적을 가지고 있다고 해서 그것을 실행시키는 방법까지 온전히 선하다고 말할 수 없다는 것을, 집단과 사회에서 정치적 영향을 끼치기 위해 하는 행동들을 이분법적으로 선, 악으로 나누기보단 그 집단에 속한 사람들 중 다수가 지지하는 가치를 따른 것이라는 것을 그는 보여주었다. 결국 '평화'라는 가치 또한 강제력과 힘에 의해 얻을 수 있다는 것이었다. 나의 부모님이 태어나기도 전에 존재했던 이 책이 나에게 다가온 순간이었다.

정말 힘들었지만 뿌듯한 과정이었다. 두껍고 어려운 말들로 가득 찬 이 책은 나에게 진정한 독자의 자세를 가르쳐준 것 같다. 끊임없이 탐구하고 고민하며 작가의 궁극적 의도를 읽어내는 것. 그것을 자신만의 방식으로 받아들이는 것. 그리고 포기하지 않는 것. 이런 자세를 가지도록 해준 우리 니버 씨께 감사의 인사를 드리며 이만 나와 '도덕적 인간과 비도덕적 사회'의 파란만장한(?) 여정을 끝맺도록 하겠다.

정의로운 집단 사회를 위하여

10대 장윤서

'도덕적 인간과 비도덕적 사회'는 생활과 윤리 시간에 전형우 선생님이 추천을 해주신 책이다. 꼭 읽어봐야지 생각만 하고 잊어버렸었는데 이렇게 읽게 되어 많이 기대되었다. 이 책의 제목을 확인한 순간 이 책을 추천받았던 그때의 기억과 함께 호기심이 밀려왔다. 책을 읽기 전만 해도 한 집단의 구성원들이 도덕적이면 그 집단은 도덕적일 것이라고 믿고 있었기 때문이다. 하지만 이 책의 저자인 라인홀드 니버의 생각은 조금 달랐다.

라인홀드 니버는 개인의 도덕적 사회행위와 사회집단의 도덕적 사회행위는 엄격히 구별해야 한다고 말한다. 집단사회는 이기적이고 도덕적 성과를 거두기 어려운 곳이며 이기적 충동으로 이루어진 집단이기주의가 굉장히 강하며 인간의 자연적 충동을 제어할만한 합리적 사회세력을 형성하기 어려운 곳이라고 설명한다. 이 때문에 집단사회와 개인 간에 차이가 발생하고 이러한 차이를 부정하거나 무시했기 때문에 '도덕적 정치적 혼란'이 야기되었다고 한다. 니버는 "개인과 집단의 도덕적 사회행위는 다르다. 집단 간의 관계는 힘의 역학관계에 의한 지극히 정치적인 관계이므로 사회집단 사이에 작용하는 운동의 강제성에 주목해야 한다. 개인과 집단 사이의 차이를 무시하면 자연의 질서에 속하면서 이성, 양심의 지배하에 완전히 들어오게 할 수 없는 요소를 파악할 수 없다. 그러면 인간사회의 정의 획득을 위한 싸움에는 정치가 꼭 필요함을 간과하는 우를 범한다." 라고 한다. 니버는 이러한 현상을 해결하려면 서로 다른 개인의 도덕과 사회 정치적 정의가 양립하는 상황에 해결책을 모색하는 것을 전제로 정치적 해결을 최우선으로 하라고 한다. 이때의 윤리적 사회목표의 달성을 위한 방법으로는 비폭력적 강제성과 폭력적 강제성, 이 두 가지가 제시되었다.

비폭력적 강제성은 간디의 비폭력운동을 생각하면 이해하기 쉽다. 이 방법은 그 어떠한 상황에서도 이해관계의 도덕적, 합리적 과정을 파괴하지 않고 갈등영역 내에서 도덕적 힘을 확대한다는 큰 장점을 가져 니버가 가장 추천하는 방법이다. 폭력적 강제성은 공정한 '재판소'의 역할을 하는 기관을 필요로 하는데 이는 이론적으로 불가능할 뿐더러 인류의 이익을 위협하고 도덕적 가치에 대한 파괴행위를 불가피하게 가져 불가능한 사회변혁의 수단으로 주로 쓰인다고 한다. 비폭력적 강제성을 설명하며 지도자의 도덕도 강조한다. 한 집단의 수장이 도덕적이면 비폭력적 강제성을 이끌 가능성이 높아진다는 것이다.

책의 내용 자체가 흥미로웠지만 철학적 기본지식이 필요해 어렵기도 했다. 이 책을 읽으며 전에 읽어보았던 '정의론'이 떠올랐다. 정의론은 다른 사람들의 욕구를 자신의 욕구인 것처럼 경험하고 동일화할 수 있는 완전히 합리적인 개인이다. 즉 개인 위주의 사회적 인간이란 뜻이다. 여기서의 개인은 집단에 아주 큰 영향을 미치는데 반하여 이 책에서의 개인은 집단에 거의 영향을 미치지 않는다는 식으로 표현된다. 이 두 책의 개인이 집단에 미치는 영향의 정도에 대한 관점의 대립이 매우 흥미로웠고 검색 도중 이와 관련된 관점이 무수히 많다는 것도 알게 되어 놀라웠다. 또 책 내에서 비폭력적 강제성의 장점들을 도덕적인 수장이 이끌어낼 수 있다는 글을 읽고 자신을 반성하기도 했다. 대한민국은 현재 경쟁사회로 변화하고 있으며 이 과정에서 당연히 이기주의가 활성화될 수밖에 없다. 하지만 여기서의 이기주의는 개인의 이기주의와는 다른 문제이므로 지도자가 도덕적인 마음을 가지고 집단의 사기를 고양시켜 우리의 경쟁사회와 같은 집단이기주의 현상을 완화시켜주기를 바란다.

선의지와 이기심 사이에서

10대 김수민

마냥 착할 것이라고 생각했던 인물이나 위인이 단체에 속하면서 비정하고 냉혹해지는 모습을 본 적이 있는가? 우리가 일반적으로 선하다고 생각하는 인물도 특정한 목적을 지니는 단체나 사회에 소속된다면 개인의 성격과 본성은 단체의 이익을 좇으려는 의도에 뒤처지게 된다. 그렇기에 사회 속 개인의 도덕적 선의지나 의식은 사회 전체의 선함과는 관련이 없다고 말한다. 이 책에 따르면 인간은 국가와 같은 큰 사회 속에서도 그렇다고 한다. 한 예로 자신의 국가의 이익과 전혀 관계없는 일은 큰 염두에 두지 않으려고 한다는 것을 들 수 있다. 이렇듯 도덕적이던 인간도 특정 사회, 단체에 속하면 비도덕적으로 변질될 수 있다는 것이 니버의 생각이고, 그는 이러한 상황을 통제하기 위해 강제성이 필연적이라고 한다.

위에 나타나 있듯 니버는 비도덕적인 사회를 통제하기 위해 필요한 것은 강제성이고, 따라서 강제성이 있어야 최소한의 사회질서가 유지된다고 생각한다. 그래서 그는 역사란 사회통합과 정의라는 두 마리 토끼를 다 잡기 위해 수없이 행해진 부질없는 노력의 기록이라고 정의 내린다. 여기서 노력을 부질없게 만드는, 실패의 요인은 강제성을 완전히 없애려고 했거나 지나치게 강제성에만 의존했다는 것이다. 인간의 도덕적 선의지를 믿고 강제성을 완전히 배제하려하는 것은 어리석은 행위라고 믿는다. 나 또한 이러한 생각에 찬성한다. 강제성이라는 것은 과거 중세시대처럼 가혹한 처벌로 이루어지는 것이 아니다. 단순히 법이라는 울타리 안에 두는 것만으로도 충분히 강제성이 있다고 생각한다. 폭력적인 행위로 강제성을 두려고 하는 것은 이전에 니버가 말했던 것처럼 강제성에 지나치게 의존하는 것밖에는 되지 않는다. 인간의 선의지를 믿되, 그 안에서 발휘되는 이기심은 법률이라는 울타리를 쳐서 날뛰는 것을 막아주어야 한다.

인간이 특정한 사회에 소속되면서 가지는 이기심은 본성이 변한다는 것보다 오히려 그것이 가장 인간적이고 사회적이기 때문인 것 같다. 자신이 속한 사회를 감싸려고 하고 사회의 이익을 먼저 생각하는 것은 이기심의 발휘가 맞다. 하지만 이것이 사회적인 이기심이기에 이러한 문제가 생길 수도 있는 것이다. 인간이 정말 자신밖에 모르는, 그러니까 사회적이지 못한 이기심을 가지고 있었다면 단체의 이익보다 자신의 이익을 먼저 생각했을 것이다. 그렇게 되면 지금 비도덕적 사회에서 쳐야 할 울타리보다 더 좁고 가혹한 울타리를 쳤어야 했을지도 모른다. 그렇다고 현재의 비도덕적 사회를 형성하는 이기심이 마냥 좋다는 것은 아니다. 이 또한 문제를 일으킬 수 있기 때문에 우리는 적당한 수준의 법률로 이를 무마하려고 하는 것이다. 인간은 사회를 벗어나 살 수 없기 때문에 이러한 이기심이 필요한 것일지도 모른다.

04

객관성의 칼날

찰스 길리스피 지음

과학사를 관통하는 객관성이란 칼날

8 대 서 수 민

우리는 생활하면서 수많은 과학과 마주치게 된다. 그러나 그런 과학의 역사에 관해 생각해 본 적은 거의 없을 것이다. 나는 그런 과학의 발달 과정, 역사에 관해 구체적으로 알기를 원했고, 자연스럽게 날개 감상문 추천도서목록에서 과학과 과학사의 역사와 그 발달 과정에 관해 다룬 '객관성의 칼날'이라는 책에 먼저 눈이 갔다.

이 책은 운동학의 창시자 갈릴레오로부터 시작한다. 대중들에게 많이 알려져 있는 갈릴레오는 아리스토텔레스의 추상적 과학관을 타파하고, 비로소 운동학을 창시했다. 그런데 여기서 주목해야 할 부분이 있다. 길리스피가 이러한 객관적인 업적으로 갈릴레오를 위시한 과학자들을 평할 뿐 아니라 그와는 전혀 관계없어 보이던 사상적 흐름이 과학자들의 태도와 연구 방향을 결정해줌으로써, 과학의 발전에 위대한 영향을 끼쳤다는 사실에 주목한다는 점이었다.

작가는 진리만을 탐구하는 분석적 과학 철학의 형식주의와 과학의 정치·사회적 배경만을 강조하는 사회 구성주의의 양극단에서 균형을 잡기 위해 '객관성'이란 기준점을 제시했다. 과학자의 주관성을 강조하면서도 과학이 독립적 이론임을 잊지 않았으며, 과학이 독립된 분야임을 인정하면서도 전체 지성사의 한 부분임을 강조했다.

이 책을 읽는 과정은 다소 힘들고 괴로웠다. 비록 저자는 친절하게 풀어 설명하려 노력하지만, 여타 교양 과학도서에 비하면 전문성이 매우 커 해당 분야에 배경지식이 없다면, 극도의 곤란에 처할 것이 틀림없었다. 작가의 현학적 문체는 그 어려움을 한층 더 가중시켰다고 생각한다. '중국에 핵폭탄이 있으면 어떨까' 식의 명백한 오리엔탈리즘과 '엘리트 프리스턴 대학인'과 같은 엘리트주의는 내 눈을 의심케 할 정도로 단어들이 어려웠고, 이해하는 과정이 험난했다. 하지만 이 책은 물리, 화학, 생물에서 지질학에 이르는 과학사를 시대적으로 정리해 한눈에 바라 볼 수 있는 것에 그치지 않고, 그 속에서 사상적 흐름을 찾아내는 새로운 시각과 방식을 배워볼 수 있었던 의미있는 책이었다.

과학이 통념을 넘어 발전하는 법
9대 김한나

객관성의 칼날이란 책이 워낙 유명하기도 하고, 꼭 읽어야 할 책이라고 주위에서 말을 많이 들어서 언젠가 한 번 쯤은 읽어보고 싶다는 생각을 해왔다. 그러나 아무리 내가 과학에 관심이 많다 하더라도 거의 600쪽에 가까운 두꺼운 과학 서적을 읽기란 쉬운 일이 아니었다. 그렇게 미루고 또 미루다가, 방학을 맞아 도서관에 간 김에 빌려 읽어보기로 했다. 그러나 책을 읽어가면서 처음 한 생각은 '조금만 더 미룰 걸….' 하는 생각이었다. 아무래도 내가 읽기에는 너무 수준이 높은 책이었던 것 같다. 전혀 이해가 되지 않는 건 아니었지만 힘들었다. 더군다나 내용이 많아서 모두 읽는 데 굉장히 많은 시간이 필요했다. 완전히 이해하지도 못하면서 말이다.

그래도 읽기를 잘한 것 같다. 과학의 역사를 다룬다는 점이 굉장히 흥미로웠다. 전체적으로 과학이 이전의 잘못된 통념을 깨어가며 발전해온 과정을 보여주었다. 책에서 소개하는 과학자들의 대부분은 우리가 잘 알고 있는, 과학에 관심이 없다 하더라도 이름은 들어봤을 법한 유명한 과학자들이었다. 책은 그 과학자들이 자신의 이론을 증명하기 위해 했던 실험들을 자세하게 소개한다. 물론 나에게는 많이 어려웠지만, 그래도 꽤 쉽게 적혀 있어서 절반 이상은 이해할 수 있었다.

내게 가장 인상 깊게 다가온 건 '제6장, 물질의 합리화'였다. 6장에는 오늘날 우리가 말하는 '물질'이라는 개념이 어느 정도 자리 잡기까지의 과정이 정리되어 있었다. 다른 이야기들도 많았지만 나는 6장에서 비중 있게 다룬 라부아지에에 관한 부분이 가장 기억에 남는다. 라부아지에가 이루어낸 업적만 보아도 그가 뛰어난 과학자라는 것은 충분히 알 수 있었지만 그가 그 업적을 이루어내기 위해 했던 수많은 실험들을 자세히 읽어보니 정말 대단하다는 생각이 들었다.

책을 읽기는 했는데 무언가 많이 부족하게 읽었다는 게 느껴진다. 책이 많이 어렵긴 했지만 그래도 꼭 읽어보아야 할 좋은 책이라는 것 정도는 느껴졌다. 지금 당장 다시 읽어보기보다는, 조금 시간이 많이 흐른 뒤 다시 읽게 된다면 지금보다 많은 것들을 얻어갈 수 있을 것 같다. 이후에 다시 읽을 때에는 지금보다 더 꼼꼼하게 읽어서 더 잘 이해하여 더 많은 것들을 얻어갈 수 있도록 해야겠다.

#05
광장

최인훈 지음

텅 빈 두 개의 광장

8 대 김 진 하

　나는 처음에 이 책의 제목을 보았을 때 '왜 광장으로 지었을까?'라는 의문점을 갖게 되었다. 그리고는 내가 아는 광장의 모습을 머릿속에 그려 보았다. 가족 여행으로 중국에 갔을 때 보았던 천안문 광장, 역사책에서 그림으로만 보았던 프랑스 전제정권의 상징인 베르사유 궁전 안의 베르사유 광장, 그리고 6월 항쟁이 일어났던 우리나라의 서울 광장 등의 모습이 떠올랐다. 내가 알고 있던 광장들의 모습은 탁 트인 공간에 사람들이 삼삼오오 모여 앉아 있거나 서 있는 모습이었다. 사람들은 광장에서 소중한 사람들과 함께 휴일을 즐기거나 어떤 분명한 뜻이나 목적을 가지고 광장에 모였을 것이다.

　하지만 이 책에서 주인공의 눈을 통해 본 두 광장의 모습은 내가 알고 있던 광장과는 사뭇 달랐다. 한 광장은 비어 있는 광장이었다. 첫 번째 광장의 사람들은 집에서 개개인의 원하는 바를 이루어 광장에 나와 무엇인가를 도모할 필요가 없었다. 개개인의 집이 풍요로우면 그에 만족하고, 광장의 풍요에는 전혀 관심도 없었다. 그렇게 아무도 찾지 않는 텅 빈 광장을 보고 실망한 주인공은 두 번째 광장을 찾아간다. 두 번째 광장의 사람들은 모두가 광장에 나와 있었다. 모두가 전체를 위한다는 말 아래 광장에 모여 큰 목적을 위해 개개인의 집에 들어가지도 않고 광장에 나와 서 있었다. 두 번째 광장은 분명이 꽉 차 있었지만 사람들의 표정은 비어 있었다. 겉으로는 광장에 나와 있는 듯 보였지만 마음은 집으로 가 있는 듯한 표정이었다.

그렇게 주인공은 두 광장의 모습에 모두 실망하고 떠나게 된다. 여기서 나는 '그렇다면 이 소설에서 작가가 보여주려던 꽉 차있는 것은 무엇일까?'라는 생각을 하게 되었고, 이 책에서 유일하게 꽉 차 있는 것은 사랑이라고 느꼈다.

당신이 생각하는 광장은 무엇인가

8 대 최 세 정

'당신이 생각하는 광장은 무엇인가?'

독후감을 쓰기 전 독자인 내가 또 다른 독자인 당신에게 묻고 싶은 말이다. 사람마다 광장이 가진 의미는 꽤나 다양하다. 누군가에게는 부모의 품이 될 수도 있고 또 누군가에게는 고단한 몸을 뉘일 작은 단칸방이 될 수도 있다. 그 중에서 이 책의 주인공인 명준의 광장은 푸른 바다였다. 사실 말이 좋아 푸른 바다지 결국 그가 선택한 광장으로 가는 길은 자살이었다.

그는 명문대를 다니던 철학과 청년이었다. 명문대를 다닌다는 것은 곧 대한민국의 미래를 밝힐 인재임을 의미했고 철학과는 그가 세상에 대한 깊은 사색과 고뇌를 가진 지식인임을 의미했다. 그런 앞날 창창한 지식인이 자살이라는 지독한 결정을 한 데에 작가는 의중을 두었음을 알 수 있다. 평등을 넘어 집단화를 강요하는 북과 번듯한 이름 뒤 숨겨진 변질된 자유를 내세우는 남. 그사이에서 갈등하다 죽음만이 평등과 자유의 이념이 실현된 곳이라는 믿음을 가지고 웃으며 몸을 던진 그를 통해 작가는 아마 세상을 향한 조소를 보이려 했던 것이 아닐까.

사실 작가의 의도가 잘 작용했다는 것, 그 시대의 지식인에게 회의를 느끼게 하고 계몽적인 효과를 거두었다는 점에서는 좋은 작품이라고 생각하는 바이나 주관적으로 명준의 선택에는 동조할 수 없다. 우선 우리는 광장의 의미에 대해 다시금 생각해 보아야할 필요가 있다. 자, 당신은 내가 위에서 한 질문에 뭐라고 답했는가. 아마 그 대답은 한 문장으로 정의 내리기 어렵고, 설사 한 문장으로 정의된다 할지라도 쉽게 바뀌기 마련일 것이다. 즉, 광장은 지극히 주관적이며 비교적으로 일시적이기 때문에 절대적일 수 없다. 다시 말해 완벽한 광장은 없다. 마치 누구나 유토피아를 꿈꾸지만 그 누구도 유토피아에 도달할 수 없는 것처럼 광장은 우리에게 그런 존재인 것이다.

이런 관점에서 본다면 명준의 선택은 최선이 될 수 없다. 현실적으로도 1950년대의 시대적 상황에서 누가 보아도 썩 괜찮을 광장이라는 결과가 나오기는 매우 어렵다. 나는 그런 광장을 하나의 공간이 아니라 모두가 지향하는 공간으로 가는 과정이라고 생각한다. 불완전한 대한민국을 광장으로 변화시키기 위해 필요한 것이 바로 명준과 지식인의 노력이자 의지이다. 명준은 지식인으로서의 고뇌와 같은 고초를 겪으며 무기력에 빠져버렸고 결국 죽음이라는 무책임한 선택을 했다. 그의 죽음은 이념의 대립 속 희생이라기보다는 무기력에 빠진 지식인의 책임의식 부족이라고 생각한다.

그런데 21세기의 청년들도 나르지 않다. 그리고 21세기의 세상도 호락호락하지 않다. 세상은 물질주의적으로 변했고 취업을 위한 갖은 술수와 빈익빈부익부의 잔혹한 연결고리 속에서 돌아간다. 물론 그런 세상에 살아가는 청년들을 탓하려는 의도는 아니다. 다만 이런 각박한 세상을 당신이 추구하는 광장으로 바꿀 수 있는 존재는 바로 당신이라는 현실을 직시시켜주고 싶다. 지금까지 다양한 방식과 다양한 노력이라는 배로 그들이 지향하는 광장이라는 섬으로 항해하는 중이다. 그리고 지금도, 아마 앞으로도 항해는 계속될 것이다. 항해 도중 거친 풍파를 만나거나 난파하는 등의 불상사가 발생하더라도 배를 버리지 않기를 바란다. 부서진 뱃조각을 모아 다시 뗏목을 만들어 조금 힘들더라도 다시 광장을 향해 나아가기를 바란다.

"21세기의 대한민국을 책임진 그대여, 부디 건투를 빈다."

#06

괴짜 경제학

스티븐 레빗·스티븐 더브너 지음

FREAKONOMICS
Revised and Expanded Edition   스티븐 레빗·스티븐 더브너 지음 | 안진환 옮김

괴짜경제학

상식과 통념을 깨는 천재 경제학자의 세상 읽기

웅진 지식하우스

경제학을 통해 현실을 알아가기

9 대 배 민 주

　처음 이 책을 접했을 땐 '경제'라는 단어를 보고 지루한 부분이 꽤나 있을 것이라고 예상했는데 읽어보니 그러한 면은 딱히 찾아 볼 수 없었다. 왜냐하면 제목에 실려 있는 것과 같이 내가 생각하는 경제학과는 조금 다른, 조금 벗어난 경제를 이야기하기 때문이다. 내용은 부정행위와 믿고 있었던 것들을 경제학적으로 알려주는 것이었다. 난 이 책 내용 중 '그 많던 범죄자들은 다 어디로 갔을까?'의 주된 내용인 '낙태'라는 주제에 가장 관심이 갔다. '낙태'는 지금 사회에서 허용과 비허용으로 논란이 있으며, 수업시간에 배운 터라 이 책의 생각을 읽으면 좋을 것 같아서였다. 그러나 이 책은 다양한 의견을 담았지만 난 이 책에 서로 대 웨이드 판결을 언급한 부분을 이야기를 할 것이다. 미국에서 난 이 판결은 낙태를 허용하는 나와 의견이 비슷한 판결이라고도 할 수 있는데 이 허용이 원치 않는 임신을 막아 10대 범죄율을 줄이는 데 큰 영향을 끼쳤다고 하는 내용이다. 이 내용 중 작가가 담은 말이 있는데 '낙태 합법화가 범죄율을 크게 떨어뜨렸다는 주장은 윤리적 반론의 폭발적인 반응을 일으켰다. 하지만 괴짜 경제학식의 사고는 단순히 윤리적인 문제를 취급하는 게 아니다. 윤리학이 이상 세계를 반영한다면 경제학은 현실 세계를 반영한다.' 어쩌면 그냥 지나칠 수 있는 문장이지만 앞서 말했듯 공부한 내용에 초점을 둔 나에겐 이 학문들의 영향을 알게 되는 좋은 문장이라 기억에 남는다.

이후 책을 계속해서 정독하다 학생인 나에게 흥미로운 부분을 보게 되었는데 바로 '부모와 아이 성적의 상관관계'였다. 그 안의 내용은 ELCS라는 연구를 진행하면서의 성적 상관관계를 알아내는 것이었는데 그 결론은 아이들의 개인적 환경과 학교 성적 사이에 강력한 상관관계가 있음을 제시한다. 교육수준이 높고 성공적이며 건강한 부모의 아이가 학교 성적이 높은 경향이 있다. 하지만 '당신이 부모로서 '무엇을 하는가'는 그다지 중요하지 않아 보인다.'는 내 흥미와는 달리 약간은 뻔하고 진부한 내용을 담아서 그냥 수긍하면서 읽은 것 같다. 그러나 당신이 부모로서 '무엇을 하는가'가 아이의 성적에 영향력이 떨어진다는 내용은 나에게 나름의 충격을 주었다. 난 무엇을 하는가가 곧 직업이라고 생각을 했으며 아이들은 부모의 직업을 따라가려는 경향이 있다고 줄곧 생각해왔기 때문이다. 또 저 내용을 요약하면 재력을 갖춘 부모 밑에서 자란 아이가 성적이 좋다고 할 수 있겠다는 생각이 들어 씁쓸한 기분이 들었다.

이 책에서 인상 깊었던 문장을 선정해본다면 '이 책을 읽음으로써 얻을 수 있는 성과는 아주 단순하다. 바로 스스로에게 많은 질문을 던지게 된다는 것이다. 이중 대다수는 아무런 소득도 가져다주지 않을 것이다. 하지만 어떤 흥미롭고 때로는 심지어 아주 놀라운 답을 내놓을 수도 있다'이다. 사실 중간 구절인 아무런 소득이 없다는 내용이 너무나 찔린 부분이었다. 만약 내가 독후감 목적이 아니라 그냥 읽은 책이었다면 어려운 부분에 있어서는 아무 생각 없이 넘어갔을 내용들이 분명히 있기 때문이다. 그리고 이 책은 정말 수많은 질문들을 낳는다. '왜 그럴까?'라는 질문이 가장 높은 비율을 차지하고. 왜 그런지 궁금하다면 이 책을 한번 읽어보면 바로 해답이 나온다. 난 이 외 내용 중 KKK단 내용과 인센티브라는 새로운 내용들을 알게 되어 원래 알고 있던 내용들을 정리한 것뿐만 아니라 새로운 용어와 지식들을 얻게 되었다. 난 이 책을 지식을 얻고 싶은 사람에게 추천하는 바이다. 그중 경제학에 관심이 있는 사람. 이 책은 그 외의 사람이 읽어도 무관하겠지만 조금은 어렵다고 느낄 수 있다고 생각한다.

07

이기적 유전자

리처드 도킨스 지음

진화론의 새로운 패러다임

The Selfish Gene

전면개정판

이기적유전자

Richard Dawkins

| 리처드 도킨스 지음 | 홍영남 · 이상임 옮김 |

과학을 넘어선 우리 시대의 고전

서울대 권장도서 100선 선정
KBS TV 책을 말하다 방영
한국간행물윤리위원회 대학 신입생을 위한 추천도서 선정

이타적 유전자

9대 손세희

　이 책은 제목과 달리 이기성을 강조하기보다는 이타적인 유전자에 관해 서술되어 있는 모순적이었던 책인 것 같다. 이 책의 저자인 리처드 도킨스는 다른 별의 뛰어난 지적 생물과 만났을 때, 근본적으로 "당신들은 진화를 알아냈는가?"라는 질문을 던지면서 이 책의 다윈주의 입론을 답하면서 글의 서두가 시작된다. 다윈주의의 중심 논쟁은 실제로 선택되어 단위에 대한 것인데, 실제로 어떤 종류의 실체가 자연 선택의 결과로 살아남느냐 또는 살아남지 못하느냐 하는 것이다. 단위는 '이기적'이 되겠지만 우리는 생물 개체들이 '종의 이익을 위해서' 이타적으로 행동할 것이라는 생각을 하며 유전자에 관해 설명하는 글이었다. 문과에 재학 중인 나로서는 유전자에 대한 심층적인 이야기를 이해하기까지의 과정이 오래 걸렸지만 평소 유전자에 관심이 많아서 흥미롭게 책을 읽어나갔다.

　가장 인상 깊게 읽었던 부분은 뇌의 기능이 컴퓨터와 유사하다는 점이다. 얼마 전 바둑기사인 이세돌과 인공 지능 프로그램인 알파고의 바둑 대결이 문득 떠올랐다. 결과는 4승 1패로 인간인 이세돌이 졌지만 1승이라는 승리를 하였다. 과연 인간의 뇌가 컴퓨터를 능가할 수 있는 능력이 있는가에 관해 궁금증을 가지고 있었다. 이 책에서는 뉴런과 컴퓨터에 대해서 비유를 하였다. 생물의 기본 단위인 신경세포, 즉 뉴런은 그 내부 활동이 컴퓨터의 회로인 트랜지스터와 비교해서 나의 궁금증을 해소시켰다. 궁금증은 해소됐지만 뇌의 자동 방식은 우리의 기술이 발전시킨 특정 종류의 컴퓨터와는 매우 다른데 이것이 기능상 유사하다고 할 수 있을까라는 의문이 남기도 했다. 고등학교 과학시간에 얕게 배웠던 유전자 이론에 관한 지식이 이 책에서 깊게 서술되어 있어 집중도 잘 되고 이해도 잘 되어서 재미있게 읽어나갔다.

하지만 혈연 선택과 혈연 이타주의의 중심을 다루었던 6장은 처음 접해 본 이론이라서 이해를 하는 데 있어 시간이 오래 걸렸고 이해를 하지 못 한 부분도 있어 그냥 넘어간 부분도 많다. 이 책의 저자는 생물학에 문외한인 일반 독자들을 위해 특수한 용어를 배제시켜 서술했다고 했다. 하지만 책의 곳곳에 특수 용어는 있었고 그 용어를 설명하기 위한 각주의 설명이 책 뒷장에 존재하여 읽기 힘들었다. 나는 이 책을 읽음으로써 생물학에 대한 관심도는 높아졌지만 아직까지 이 책이 말하고자 하는 핵심적인 내용을 파악하지 못했다는 한계가 있는 것 같다.

유전자, 사회, 문화, '밈'

10 대 송 지 원

'이기적 유전자'라는 책은 워낙 유명한 책이었기에 과학을 진로로 생각하는 사람으로서 한번쯤 읽어 봐야겠다는 생각을 가지고 있었다. 그래서 이번에 리처드 도킨스의 이기적 유전자를 읽어 보게 되었다. 사실 이기적 유전자라는 책 제목을 처음 들었을 때 내용이 뭔가 인간의 이기적 본성에 대해 비판하는 책이라는 인식이 있었다. 그러나 막상 책을 펴보니 인간의 이기적 본성에 대한 내용보다 인간에 대한 여러 유전적 정보들이 있었다. 그래서인지 이런 과학 관련 도서를 읽는 데에 익숙하지 않은 나는 시간이 좀 걸렸다.

그중 가장 인상 깊은 내용은 '밈'이라는 개념이었다. 읽을 때는 몰랐지만 이 책을 검색해 보니 밈이라는 개념이 이 책에서 처음으로 등장했다고 한다. 밈이라는 개념은 유전자와 같은 개념이라기 보다는 인간의 사회 현상을 설명하는 단어 같다. 대표적으로 문화, 종교와 같이 인간이 현혹되고 따르는 것들을 밈이라고 작가는 칭한다. 유전학 박사인 작가가 이를 언급한 이유는 유전학과 밈이 자기 복제라는 특징이 있기 때문이라고 한다. 유전학은 생명체와 생명체를 통해 자신을 복제하지만 밈은 그 개체가 의도한 것은 아니지만 모방을 통해 사람의 뇌에서 뇌로 옮겨 가고, 이 옮겨간 밈이 발전되며 더 많은 개체에게 전파되는 것이 이 밈의 생존과정이다. 사실 밈이라는 개념이 전달되는 과정을 현실에서 찾아보면 좋아하는 연예인에게 빠지는 과정과 비슷하다고 생각한다. 처음에는 그저 시큰둥하던 연예인이 점점 검색하고 관심을 가지면서 좋아지는 과정은 일상생활에서 흔히 일어나는 일이기에 밈이라는 새로운 개념을 생각해보지도 않았다. 그런데 작가는 이 과정을 새로운 관점에서 바라보며 문화가 전파되는 과정을 논리적으로 보여준다. 이 부분을 보며 일상생활 하나하나가 그저 평범한 게 아닌 과학적 논리로 표현될 수 있고, 나도 나중에 과학 관련 일을 하게 되면 전문적 지식을 동원한 전문적 발견이 아닌 일상에서 찾을 수 있는 새로운 내용을 탐구 해 보고 싶다.

그리고 내용 중 기억나는 부분은 제목과 같은 이기적 유전자에 관한 것이다. 작가는 인간이 복제하는 것이 아닌 유전자가 과거의 경험을 바탕으로 여러 조건 속에서 살아남아 왔다고 주장한다. 나는 이 작가의 주장에 공감이 된다. 이런 이기적 유전자가 있기에 인간들이 경쟁사회를 구성했고, 이를 통해 살아 남기 위해 노력하며 또 발전한다고 생각한다. 또, 이기적이라는 감정이 있기에 사람들은 갈등이 있다고 생각한다.

이 책은 유전 문외한인 나에게 유전에 대한 새로운 생각을 가지게 해 주었다. 그리고 유전학에서 기본적인 지식을 여러 예를 통해 이해하고 알게 되었다. 이 책은 지금까지의 나에게 언젠간 읽어야 할 숙제 같은 책이었는데 이번 기회에 읽게 되어서 기쁘다. 다음에도 새로운 과학 관련 도서에 도전해 보겠다.

문학과지성사 **한국문학전집**

채만식 장편소설
탁류

시대의 탁류 속에서

10대   채지원

　'탁류'라는 이 책의 제목을 처음 봤을 때, 어떤 시대상을 그리기에 탁한 흐름이 제목만 봐도 떠오르는 걸까라는 생각이 들었다. 풍자의 대가로 알고 있던 채만식의 대표소설 중 하나이기에 어떤 풍자로 그 시대를 날카롭게 꼬집을 것인지 궁금했다. '탁류'를 보고 난 후 제목은 '초봉'의 기구한 삶을 더욱 안타깝게 여기도록 하는 것 같았고 나에겐 마치 '초봉'은 시대의 소용돌이에 휩싸인 피해자라고 이야기하는 것 같았다. 하지만 수동적이었던 '초봉'과 달리 능동적이었던 여동생 '계봉'을 보면서 '초봉이 적극적인 자세를 가졌다면 심한 물길 속과 같은 상황이더라도 빠져나올 수 있지 않았을까?' 하는 아쉬움이 남았다.

　신문물도 배우고 군에서 일도 해서 나름의 재산을 모아 놓았던 '정 주사'에게는 꽃 같이 어여쁜 딸 초봉과 굳센 둘째 딸 계봉이 있었다. 수동적이었던 초봉은 자신의 집의 하숙생이었던 의사 준비생 '승재'를 맘에 두고 있었지만 부모님의 권유로 돈 많은 은행원 고태수와 결혼하게 된다. 하지만 고태수는 여자를 밝히며 은행에서 뒷돈을 빼돌리는 좋지 않은 남자였다. 하지만 고태수의 이름만 친구인 '형보'가 자신이 나중에 초봉을 가로챌 마음으로 고태수의 결혼을 도운다. 결혼을 하자마자 10일 후 형보가 태수와 불륜을 저지른 유부녀의 남편에게 사실을 고했고 간통 현장에서 고태수는 유부녀의 남편에게 맞아죽는다. 그 후 초봉은 형보의 계획대로 강간을 당하고 마음 좋은 아저씨라고 여긴 '제호 아저씨'를 만난다. 제호는 초봉을 서울에 같이 데려가고 초봉은 제호의 첩이 된다. 초봉은 아빠가 누구인지도 모르는 아이 '송희'를 낳게 된다. 사업에 필요한 돈을 아내의 친정에서 빌린 제호는 요양 중이었던 아내가 오게 되자 초봉을 넘기려고 하고, 형보는 죽은 태수가 초봉을 자기에게 맡겼다며 초봉을 데려간다. 경제적 도움이 필요했던 초봉은 어쩔 수 없이 형보와 살게 되지만 형보의 계속된 추행에 형보를 죽일 결심을 한다. 서로 사랑하게 되어 결혼한 승재와 계봉이 초봉을 구하려고 찾아오지만 이미 초봉이 형보를 맷돌로 죽인 후였다. 승재와 계봉의 권유로 초봉은 자수를 하려 한다.

'탁류'는 일제강점기의 가련한 삶을 사는 초봉의 삶을 그리고 있는데 시대의 혼탁한 물결에 휩쓸리는 초봉과 주변 인물들을 통해 당시 사회의 어두운 세태를 묘사하고 있다. 계속된 불행에 살인을 저지르는 '초봉'과 반대로 능동적이고 주체적이며 시대의 탁류에 휩쓸리지 않는 '계봉'이 대비됨으로써 더욱 주제를 부각시키고 있다. 초봉과 부정적인 인물들인 정 주사, 고태수, 형보, 제호의 모습이 더욱 날카롭게 묘사되고 있으며 주변인물로 긍정적인 인물인 승재와 계봉을 설정하여 긍정적인 인물들의 세계관은 보다 덜 자세하게 나타난다.

어두운 시대의 비극적인 인생을 사는 '초봉'을 보며 안타까웠지만 초봉이 굳이 고태수와 결혼하여야 했는지, 계봉과 같은 능동적인 인물이었다면 승재를 바라봤을 수도 있었을 것이라는 생각이 들었다. 자본주의로 인해 돈으로 딸을 파는 초봉의 부모님과 여색·도박에 빠져있던 고태수, 장형보, 제호를 통하여 채만식이 꼬집었던 시대의 고난을 느끼게 되었다. 그리고 채만식은 책의 마지막 장의 제목을 '서곡'이라고 하고 있는데 이를 어두운 시대의 고난, 탁류를 찌꺼기와 함께 씻어 보낼 수 있는 새로운 시대가 올 것이라는 희망을 주기 위해 지은 것이라고 해석해 봤다. 안타까움과 함께 오늘날 이 시대의 문제점과 함께 이 시대의 탁류에 휩쓸리지 않기 위해서 적극적이며 능동적인 자세를 가져야겠다는 생각이 들었다.

초봉의 인생을 더럽힌 자는 누구일까

10 대 윤 희 정

치숙, 태평천하, 레디 메이드 인생, 미스터 방 등으로 잘 알려진 한국의 유명한 소설가인 채만식은 당시의 현실 반영과 비판의 내용을 중심으로 소설을 썼다고 한다. 특히 식민지 상황 아래에서 농민의 궁핍, 지식인의 고뇌, 도시 하층민의 몰락 등을 실감나게 묘사하고 비판과 풍자로 작가의 메시지를 효과적으로 전한다고 한다. 채만식의 대표 작품 중 하나인 '탁류'는 가련한 여자 '초봉'의 인생을 통해 당시의 시대상황을 설명한다.

주인공 초봉은 군산의 조선인 마을에서 살던 엄청난 미인으로 약방에서 일하며 약학을 배우던 여인이었다. 하지만 그녀의 집안은 외상과 빚만 가득한 가난한 집이었다. 원래 그녀는 자신이 일하는 약방 주인인 제호의 제의를 받아 서울로 올라가 돈을 벌고 승재와 혼인하려 했다. 그러나 그녀의 부모님인 정 주사 부부는 돈을 목적으로 부자지만 행실이 나쁜 고태수에게 시집을 보낸다. 결혼 후 초봉은 고태수와 살고 있었지만, 남편의 친구인 형보에 의해 남편을 잃고 겁탈까지 당했다. 하지만 그런 사실을 말하지 않고 서울로 상경해 약방 주인 제호에게 시집을 간다. 초봉은 다시 행복한 삶을 사는 것처럼 보였지만 초봉에 질린 제호는 초봉을 형보에게 보내버렸다. 초봉은 결국 형보와 살게 되는데, 딸을 함부로 대하는 형보의 행동에 분노해 그를 죽인다. 그 후 초봉은 자살을 하려 하지만 그녀를 말리는 승재와 동생 계봉에 의해 저지당하고 경찰에 자수할 것을 권유받는다.

책 제목인 '탁류'처럼, 순수했던 초봉의 인생은 주변의 욕심에 의해 점점 흐려져 간다. 돈, 사랑, 행복 등 아무것도 얻지 못하고 자신도 모르게 더럽혀진 초봉의 인생은 기구하다는 말로는 다 표현할 수 없다고 생각한다. 그리고 그녀의 인생을 지켜보는 승재나 계봉의 심정 또한 참담하다는 말로는 부족하지 않을까 생각하곤 한다.

이 책은 처음부터 끝까지, 단 한 문장도 인상적이지 않을 수 없었다. 주인공들 또한 인상적이었다. 순수하지만 소극적인 초봉, 반대로 적극적인 동생 계봉, 배려심 있는 승재와 탐욕에 눈에 먼 태수, 제호, 형보 등. 모두가 그녀의 인생에 발자취를 남기면서 그녀가 받는 영향을 솔직하게 표현한 것도 인상적이었다.

책을 읽으면서 생각했다. 과연 그녀의 인생은 누구에 의해서 더럽혀지고 고통 받은 건가. 그런 그녀의 인생은 누가 책임져야 하나. 답이 정해지진 않았다. 하지만 그녀 자신을 포함한 주변의 사람들과 사회 모두가 책임이 있는 것은 분명한 사실이라고 생각한다. 그녀가 조금 더 강단 있는 성격을 가졌고 주변의 좋은 사람들과 꾸준히 연락하며 지냈더라면 그녀의 인생은 조금 더 낫진 않았을까 하는 생각이 든다. 지금까지의 내 삶의 많은 부분을 다시 생각해볼 수 있었다는 점에서 이 책은 충분히 가치가 있다고 생각한다.

#09

삼대

염상섭 지음

일제 강점기 가족과 사회, 사람들

10대 송지원

이 소설은 조 씨 삼대를 둘러싸고 벌어지는 일들을 담고 있다. 일단, 조 씨 삼대 중 가장 어른인 조의관은 봉건적 가치관을 지녔고 부유하다. 개인의 이익과 집안의 위신을 높이는 일에 관심이 많기에 의관이라는 벼슬을 돈으로 사고, 집안의 명예를 위해 족보를 만드는 인물이다. 또, 아들 상훈이 크리스천이기에 제사를 지내주지 않을 것이라 생각하여 아들과 사이가 안 좋은 인물이다. 또한 며느리보다도 어린 후처를 두고 있다. 조 씨 삼대 중 2대 즉 조의관의 아들, 조상훈은 미국에 유학을 다녀온 지식인이고 교회의 장로로써 품위를 유지하는 사람이다. 그러나 실제로는 술집에 드나들고 아들의 동창생인 홍경애와의 불륜 또한 저지른 타락한 인물이다. 또한, 아버지가 가문의 명예, 제사에 집착하는 것을 싫어한다. 그래서 조의관과 매우 사이가 좋지 않다. 조 씨 삼대 중 3대 조덕기는 일본에 유학을 다녀온 인물로 할아버지와 아버지의 가치관 차이를 중간에서 지켜본 인물이다. 그는 사회주의 사상을 가진 친구 병화를 돕기도 하지만 사회주의 사상을 가지고 있지는 않다. 그는 아버지와는 다르게 할아버지의 사상도 이해를 하는 유동적 인물로 그려진다.

'삼대'라는 소설은 두 개의 큰 갈등을 그린다.

일단, 세 인물과 그 주변 인물을 통해 개화기의 사람들의 갈등, 그리고 이를 해결하는 방안을 보여준다. 특히 조상훈과 조의관의 갈등에서 개화기 세대 간의 갈등을 확실히 보여 준다. 조의관은 조선 말기의 사람으로 봉건적 가치관에서 벗어나지 못한 인물을 대표하고, 그의 아들 조상훈은 개화기 교육을 받은 사람으로서 개방적 사고를 지닌 사람이다. 이 둘은 제사와 족보 문제로 갈등한다.

두 번째는 돈이라는 물질적 가치를 좇는 사람들 간의 갈등을 보여준다. 사실 이 책에서 일어나는 모든 일들은 다 돈이라는 것 때문에 일어난다. 위에서 언급하지는 않았지만 조의관은 돈을 원하던 그의 첩에게 죽임을 당한다. 또 상훈이나 덕기가 자본적으로는 풍부한 생활을 할 수 있었던 이유도 다 재산 때문이었다. 이 자본주의적 가치관을 지닌 사람들이 서로 충돌하며 결국 살인이라는 일을 저지른다. 조상훈은 자신의 아들에게 물려진 재산을 훔치다가 경찰에 잡히기까지 한다.

나는 이 소설 전체에서 조상훈이라는 사람이 가장 어리석어 보였다. 조상훈은 겉과 속이 다른 사람이었다. 겉으로는 고상한 척, 유식한 사람인 척하나 실제로는 돈을 매우 좋아하고 여자를 밝히는 도덕적으로는 불량한 사람이다. 자신의 이미지는 중시하면서 실제 모습은 매우 다른 조상훈의 모습을 보며 너무 답답했다. 한 가정의 가장이자 아버지인 사람이 아들보다 더 어린 행동을 하는 느낌이었다. 조상훈이 만약 정신적으로 조금만 더 성숙했더라면 재산도 자신이 받았을 것이고 진정한 명예를 얻었을 것이다. 이는 더 나아가 조 씨 집안의 몰락도 막았을 것이다. 물론 돈이나 명예는 누구나 바라는 것이다. 아무리 돈, 명예가 좋아도 조상훈은 나이, 그리고 학력에 맞지 않게 너무 어리석은 행동을 하는 인물이었다.

세상의 빠른 변화에서
인간성을 지키고 살아가려면?

10대 하이얀

  염상섭이 쓴 이 소설의 배경은 1930년대 서울이다. 대지주이며 재산가인 조부 조의관은 양반 행세를 하기 위해 족보도 사들이는 비양심적이고 구시대적인 인물이다. 부친 조상훈은 장로로서 사회적 명분, 지식, 재산 등을 갖추고 신문물을 수용하는 등 겉으로는 근대적인 인물로 보이지만 홍경애, 김의경 등 여자를 만나고 축첩을 하며 재산을 쾌락에 쓰는 등 이중적인 모습을 보인다. 아들 덕기는 지식인으로 정의를 추구하지만 조의관의 유언대로 집의 재산을 지키는 일에만 매달리는 등 소극적이고 우유부단하다. 조의관이 죽자 수원댁, 조상훈 등이 재산을 위해 끝없이 추락한다.

  조의관은 사회 혼란을 틈타 의관 벼슬을 사들인다. 그는 큰돈을 들여 족보를 만들고 사당 관리에 힘쓴다. 조의관의 아들 상훈은 미국 유학을 다녀와 교회 장로를 하면서도 술집에 드나들며 불륜 관계를 맺는다. 그는 부친의 족보 사업을 비판하고 사회사업을 하기 위해 집안 돈을 쓰지만 뚜렷한 의식 없이 살아간다. 덕기는 일본에 유학하면서 조부와 부친 사이에서 갈등을 겪는다. 그러다가 병화를 통해 하숙집 딸 필순을 알게 되고 그녀에게 사랑을 느낀다. 조의관은 환갑이 지난 나이에도 불구하고 수원댁을 첩으로 들인다. 얼마 지나지 않아 덕기는 조부의 급환으로 귀국한다. 조의관은 덕기에게 유학을 포기하고 가문을 돌볼 것을 당부하면서 금고 열쇠를 준다. 조의

관은 비소 중독으로 사망한다. 상훈은 방탕한 생활에 빠져 노름과 사치로 재산을 탕진한다. 어느 날 조의관의 죽음과 관련하여 병화와 덕기 등이 일본 경찰에 검거된다. 덕기는 무혐의를 인정받아 감옥에서 풀려난다. 다른 사람들 역시 일제와 타협하여 석방되지만 병화만 감옥에 남는다.

나는 이 소설에 나온 인물들을 보면서 인간의 불완전한 면을 보게 되었다. 나는 조의관의 구시대적인 모습을 보고 빠르게 변화하는 사회에서 자신에게 익숙한 것만 고집하며 변화를 추구하지 못하는 그의 사고방식을 답답하게 느꼈다. 세상의 빠른 변화에 유연하게 순응하며 사는 삶이 이 사회에서는 가장 필요한 것 같다. 조상훈의 모습에서는 인간 내면에 자리한 이중적인 모습, 이기적인 위선의 모순을 느꼈고 겉과 속이 일치하는 사람이 되기 위해 노력해야겠다고 생각했다. 또한 삼대 동안 그들을 괴롭힌 '돈'에 대해서도 생각해 보게 되었다. 가족과 친구 등 주변 사람들을 저버리고 조의관이 독살당할 만큼 돈이 가치 있는 것인지 의문이 들었다. 자본주의의 확산으로 인해 전 인류에게 가장 큰 권력을 행사하게 된 돈. 어쩌면 우리는 인간이 만든 단순한 도구인 돈에 휘둘리며 물질만능주의로 점철된 삶을 살아가는 것이 아닐까. 현대 사회에서도 마찬가지로 인간이 물질과 자본에 굴복하면서 인간다움을 잃어버린 것 같다. 이 책을 읽고 나는 물질로 인한 인간성의 상실이 현대 사회의 중대한 문제점이라고 인식하고 더불어 살아가는 공동체의 중요성을 다시 한번 깨달았다.

PART 03

날개의 활동

· 타 고등학교 연합토론 ·
· 지역아동센터 책 기부 ·

타 고등학교 연합토론

• 2016. 5. 4. 연합토론(능인고)
• 2017. 5. 25. 연합토론(경신고)

　지금까지는 '날개' 부원끼리만 조를 짜고 발제문을 만들어 토론을 하면서 서로의 의견을 들어 보았는데, 이번에는 날개 부원이 아닌 다른 사람들의 이야기에도 마음을 열고 귀를 기울이고 싶다는 생각이 들어서 타 고등학교와 연합토론을 하게 되었습니다. 우리는 두 팀으로 나누어 '동성 결혼 찬반여부, 청년실업의 원인과 해결방안' 등을 주제로 토론을 하며 서로의 의견을 나누어 보았습니다.

　연합토론을 준비하는 과정도 쉽지는 않았지만, 서로 협력하고 계속 이야기를 나누어보면서 하나하나 맞추어가는 과정이 뜻 깊었고 토론을 하면서 각자의 개성 있는 의견들을 자유롭게 말함으로써 서로가 배워갈 수 있는 시간을 가졌습니다.

지역아동센터 책 기부

　'날개'에서는 함께 이야기한 많은 생각들을 보다 더 넓은 곳에서 나누고 싶다는 생각이 들었습니다. '책이 필요하고, 나눔을 기다리고 있는 곳이 어디일까?' 고민을 하다 우리의 손때가 묻은 책들에 더 많은 여러 아이들의 생각이 덧입혀지면 좋겠다는 결론을 내리고 '솔잎지역아동센터'에 책을 모아 기부를 하며 의미 있는 마무리를 할 수 있었습니다.

　저희 '날개'에서 준비한 한 권 한 권의 책들이 아이들에게 꿈과 희망을 심어줄 수 있는 계기가 되길 바라는 소망을 가득 담았습니다. 책을 받고 기뻐할 아이들의 모습이 벌써 눈에 훤합니다. 이런 뜻 깊은 기부에 참여할 수 있다는 사실이 날개의 일원으로서 매우 기쁘고 자랑스러운 일이 아닐 수가 없습니다. 이런 기회를 마련해준 '날개'라는 동아리에 또다시 감사합니다.

PART 04

날개 달기

· 추천 도서 목록 제작 ·

'뭐 읽지?' 고민하지 마세요
'날개'가 추천합니다

　'날개 추천 도서'는 정화여고 독서토론 동아리 '날개'가 정화여고 선생님들께 직접 추천 받은 도서들을 바탕으로 각 교과목별로 분류하여 정리한 우리 학교만의 독특한 추천도서 목록입니다. 독서를 하고 싶은데, 무슨 책을 읽을까에 대해서 고민이 되고 특히나 교과목과 관련된 책을 읽고 싶을 때 어떤 책을 읽어보아야 할 지 막연할 때가 있을 것입니다. 그럴 때, '날개 추천 도서'는 그런 궁금증을 해소할 수 있는 열쇠가 될 수 있습니다. 우리 학교 선생님들께서 학생들을 고려하여 좋은 책을 추천해 주셨기 때문에 읽은 후에도 많은 도움이 될 수 있고, 읽기 전에도 책의 난이도에 대해서 크게 걱정하지 않아도 되어서 독서활동에 쉽게 접근할 수 있습니다. '날개 추천 도서'를 참고하여 좋은 책들을 접해보고 유익한 시간을 가졌으면 합니다.

Nudge
(리처드 탈러,
캐스 선스타인)
석진일 선생님

작은 변화로 세상을 바꾸는 이야기가 현재 배움의 과정에 있는 학생들에게 도움이 될 듯.

The Pearl
(John Steinbeck)
이한희 선생님

가난한 마을과 부유한 마을의 빈부격차를 비판함. 큰 진주를 구하다가 주인공을 대하는 태도가 완전히 바뀐 것을 보여주며 물질만능주의를 비판하기도. 재산의 양에 따라 대하는 태도가 달라지는 사람들을 주의하라는 교훈을 얻을 수 있음.

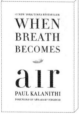

When breath becomes air
(폴 칼라니티)
이재민 선생님

다양한 상황이나 감정 묘사를 뛰어나게 묘사함. 죽음을 향해 육체가 무너져 가는 순간에도 미래를 빼앗기지 않을 확실한 희망을 잃지 않았던 작가는 삶의 매 순간 곁에 있지만 낯선 죽음, 삶의 의미에 대한 성찰, 숨이 다한 후에도 지속되는 사랑과 가치에 대해서 다시 생각해보기를 담부히는 듯. 녹자에게 의미 있는 삶이란 어떤 것인지를 고민해 보게 하는 명작.

수학

82년생 김지영
(조남주)
이가영 선생님

이 책은 김지영 씨의 인생 곳곳에서 일어나는 남녀차별에 대한 이야기를 서술. 학생들이 이 책을 읽으며 무심결에 일어나는 남녀차별에 대해 생각해보는 기회가 되었으면.

지적 대화를 위한 넓고 얕은 지식
(채사장)
김정규 선생님

어렵게 느낄 수 있는 분야들을 누가 읽든지 쉽게 이해할 수 있도록 구성되어 있어 상식을 넓히는데 도움이 됨.

과학탐구

재밌어서 밤새 읽는 화학이야기
(사마키 다케오)
이지은 선생님

일상생활에서 볼 수 있는 소재로 화학을 재미있게 풀어냄. 독자들에게 화학에 대한 호기심을 자극시켜 도움을 주고 학생들에게 교과에 관련된 예시로도 적용될 수 있어 효과적.

사회는 무엇으로 사는가?
(뒤르켐, 베버)
이한나 선생님

사회학의 시작, 즉 기초를 만드신 분들의 이야기. 모든 사회학의 전반적 밑바탕이 되는 과정과 내용을 담았으므로 사회 쪽으로 관심 있는 학생들에게 추천.

세계지리, 세상과 통하다
(전국지리교사모임)
조영주 선생님

국가별로 유명한 관광지와 음식문화가 소개됨. 세계지리 수업에 있어 사진과 그림 등 보충내용이 포함되어 있음.

사기열전
(사마천)
김한곤 선생님

중국의 춘추전국시대의 생활을 인물 중심으로 볼 수 있는 책. 몇몇 유명한 고사성어가 어떻게 나왔는지 알 수 있으며 큰 부담없이 흥미롭게 읽을 수 있음.

사피엔스
(유발 하라리)
전형우 선생님

'호모 사피엔스'라는 종. 곧 인류가 어떻게 지구를 지배하게 되었는지를 총체적으로, 흥미롭게 풀어냄. 철학적인 관점에서 바라보았을 때, 이 책은 제국주의나 자본주의의 발달 양상을 통해 인간의 사고가 시대적 상황과 삶의 양식을 벗어날 수 없음을 보여주는 동시에 같은 사회적 상황 속에서도 얼마나 다양한 사고가 가능한지 알려줌.

EPILOGUE

날개를 접으며

한 해 동안 이어진 우리의 치열한 날갯짓을 마무리합니다. 함께 울고 웃던 날들의 기억을 싣고, 새로운 곳에서도 힘차게 날아오르는 멋진 깃털들의 모습을 새로이 그리며 많은 이야기를 접습니다.

2016년 4월
흐드러진 벚꽃 아래
8·9대

2017년 4월
꽃처럼 피어난
9·10대

2016년 10월
정화제 우수 동아리
선정 기념

생각에
날개를 달다

발 행 일　2018년 2월 5일

글 쓴 이　정화여자고등학교 독서 토론 동아리 '날개'

　　　8대　│ 정주현 장민경 김경민 김진하 김민향 배유진 서수민
　　　　　　│ 이은혜 이솔희 최세정 한지원 허윤서 허은서

　　　9대　│ 김한나 김나현 권소은 김규민 배민주 신지원 손세희
　　　　　　│ 이소미 이소정 이정민 이지현 장지영 최도영 하채운

　　　10대 │ 이세비 하이안 강은서 김가현 김민지 김수민 김효윤
　　　　　　│ 송지원 이나영 윤희정 윤혜정 장윤서 채지원

펴 낸 곳　매일신문사
　　　　　　대구광역시 중구 서성로 20
　　　　　　053)251-1422~4
　　　　　　www.imaeil.com

출판등록　제25100-1984-1호

ISBN 978-89-94637-76-1